LI Jingze

RELATIONS SECRÈTES

Réflexions insolites sur les relations entre la Chine et l'Occident au fil des siècles

Traduit du chinois par Hervé Denès
en collaboration avec Li Ru

OUVRAGE TRADUIT AVEC LE CONCOURS FINANCIER
DE LA RÉGION PROVENCE-ALPES-CÔTE D'AZUR

*Éditions
Philippe Picquier*

Ouvrage publié sous la direction de
CHEN FENG

Titre original : *Kanlai kanqu huo mimi jiaoliu*

Mas de Vert
B.P. 20150
13631 Arles cedex
www.editions-picquier.fr

Conception graphique : Picquier & Protière

En couverture : © Musée de l'Impression sur Etoffes

Mise en page : Christiane Canezza – Marseille

ISBN : 978-2-8097-1228-5

SOMMAIRE

1

NOTES DE CHEVET, UN PERSAN PAUVRE, AINSI QUE LA PERLE

Notes de chevet, de la Japonaise Sei Shônagon, poétesse du XIe siècle, nous renseigne, dans un court passage, sur *les choses qui ne s'accordent pas* :

Une personne aux vilains cheveux qui porte un vêtement de fine soie blanche.

Des roses trémières fichées dans des cheveux crépus.

Une mauvaise écriture sur un beau papier rouge.

La neige sur la maison de pauvres gens, encore plus pénible à voir quand la lumière de la lune pénètre dans la maison.

Par un beau clair de lune, rencontrer une vulgaire voiture découverte. Ou encore un bœuf à la robe châtain clair attelé à un pareil véhicule. (...)

L'effarement d'un homme âgé qui s'éveille, ayant trop dormi. Ou encore un pareil homme, dont la barbe envahit la face, qui a cueilli et mange des glands.

Une femme édentée qui mange des prunes et fait une grimace montrant qu'elles sont sures.

Une femme d'un rang inférieur qui porte une jupe écarlate. On ne voit plus guère que cela ces temps-ci !

A l'époque, un mikado exerçait le pouvoir et Sei Shônagon était une fonctionnaire du palais[1]. Les faits et

1. Elle fut la dame d'honneur de l'impératrice consort Tadako à la fin du Xe siècle et au début du XIe siècle.

les réflexions qu'elle coucha sur le papier au fil du pinceau devinrent par la suite un classique de la littérature japonaise. Le film *Ecrit sur l'oreiller*, sorti il y a deux ans, dans lequel le rôle principal est tenu par un mannequin, est une transposition de *Notes de chevet*. Ce mannequin japonais, interprété par Wu Junmei, assouvit ses désirs et ses passions les plus sombres et les plus brutales à Tokyo, Hongkong et autres grandes villes de tous les plaisirs.

Sei Shônagon rédige ses propres *Notes de chevet*, mais sa voix est celle de sa mère, qui lui parvient de son enfance lumineuse et lointaine.

Il s'agit probablement aussi de *choses qui ne s'accordent pas*. Les *Notes de chevet* et la fin du XXe siècle ne s'accordent pas ; l'esprit et le regard du personnage n'ont plus le subtil sens de la mesure de l'époque ancienne. L'esthétique moderne ne repose plus sur l'harmonie et l'accord, mais sur la dysharmonie et le désaccord ; seuls la dysharmonie et le désaccord permettent à notre esprit de rassembler son énergie et de fixer le regard sur une « chose » quelconque.

L'époque de Sei Shônagon correspond au début des Song en Chine. Un de mes amis m'a déclaré un jour que son rêve aurait été de vivre sous les Song. En ce temps, l'empire des grands Song était gouverné par un groupe de philosophes ; ce fut sans doute la seule fois où la « République » de Platon se réalisa ici-bas. Hélas ! tous ces philosophes étaient souvent aussi des poètes, or dans la « République » les poètes devaient être chassés hors des frontières. Sur terre les événements malheureux sont innombrables et l'on sait que réaliser un idéal est difficile.

Outre la dynastie Song des Bao Zheng[1], des *Généraux*

---

1. Bao Zheng, aussi appelé le juge Bao, fonctionnaire célébré pour son intégrité.

de la famille Yang[1] et de Pan Renmei[2], une autre dynastie Song marqua l'apogée de la civilisation chinoise. Dans l'histoire chinoise, aucune autre dynastie, ni avant ni après, ne s'est autant approchée de la « modernité » que celles des Song. La fleur de la civilisation s'épanouit, la richesse se développa dignement.

Le Japon des *Notes de chevet* contemporain des Song ressemble davantage à la dynastie Tang, raffinée et simple, où les fleurs étaient encore couvertes de la rosée du matin ; cette image illustre une vie à la cour dépourvue de gravité et de profondeur ressemblant plus à un train-train domestique dans un Jardin au Vaste Panorama[3] où règnent la bonne intelligence et la décence.

Les *Notes de chevet* étaient à l'origine un poème « à la manière des Tang ». Zhou Zuoren[4] a montré que le style « imitait les "mélanges" de Li Yishan[5] des Tang, en employant pour exemples des formules telles que "sans joie", "gâcher le plaisir", et autres du même type, à cela près qu'elles ont un développement plus ample, et qu'en outre elles abordent des sujets comme les monts et les eaux, les herbes et les arbres, certains beaux d'autres laids, tous minuscules ».

C'est pourquoi les gens qui n'étudient pas ne peuvent éviter la médiocrité. Lorsqu'on lit à loisir les *Notes de chevet*, à chaque passage de ce genre, on

1. Ensemble d'ouvrages littéraires décrivant les exploits de la famille Yang pendant plusieurs générations sous les Song du Nord.

2. Pan Renmei, un des héros de la saga des *Généraux de la famille Yang*, dont le personnage est inspiré de Pan Mei (c. 925-991), général et homme d'Etat qui guerroya contre les royaumes rivaux des Song.

3. Jardin merveilleux qui apparaît dans le roman *Le Rêve dans le pavillon rouge*.

4. Essayiste (1885-1967).

5. Li Shangyin (812 ou 813-858), poète.

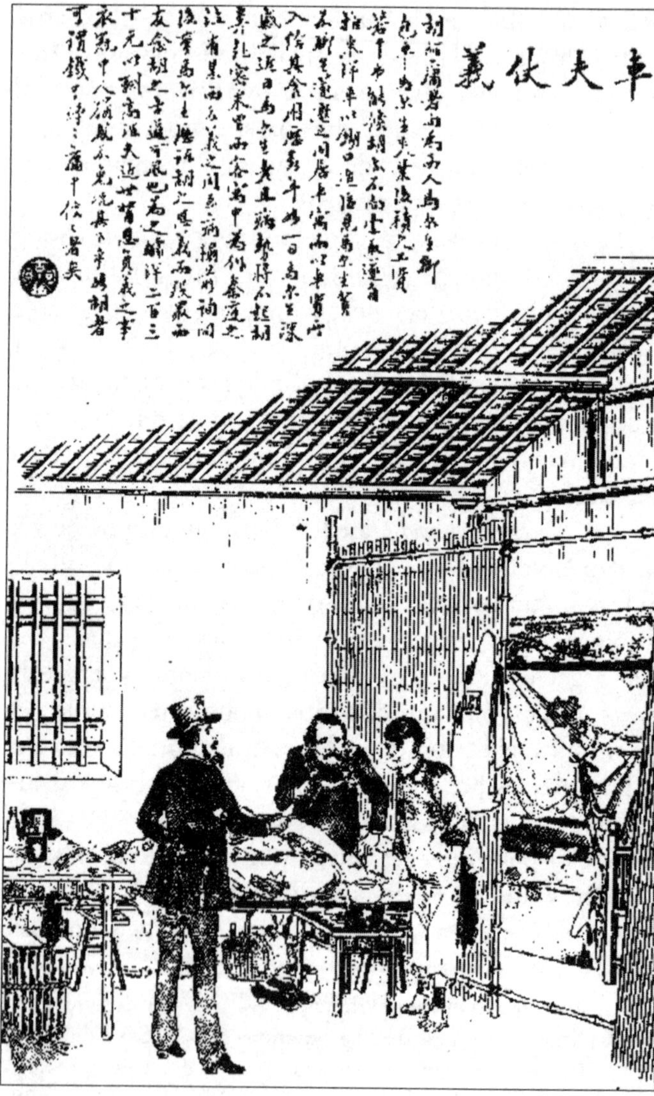

Le pousse-pousse qui fait preuve de noblesse de caractère (il continua à servir son patron occidental qui, ruiné, avait cessé de le payer).

éprouve un vrai ravissement ; on se croirait en présence d'un texte de chinois classique ou d'une composition sans égal, comme dans *les choses qui évoquent un doux souvenir du passé* :

Les choses qui évoquent le passé : les roses trémières desséchées, les objets qui servaient à la fête des Poupées, le bout d'étoffe bleu clair et couleur de raisin qu'on découvre inséré entre les pages d'un livre, la lettre reçue jadis d'un homme qu'on a beaucoup aimé, retrouvée un jour de pluie où l'on s'ennuie, l'éventail chauve-souris dont on s'est servi l'an passé, une nuit où la lune resplendit, autant de choses qui rappellent le passé et vous emplissent de nostalgie.

Autre exemple, *les choses raffinées* :

Les choses raffinées, ce sont : un homme vêtu d'un sous-vêtement violet clair qui a enfilé par-dessus une veste blanche, un œuf de cane, du sirop de liane versé sur de la glace pilée qui emplit un bol en métal neuf, un rosaire en cristal de roche, une vigne fleurie, la neige accumulée sur des fleurs de prunier, un très bel enfant en train de manger des fraises. Autant de raffinements.

Maintenant, après avoir entendu les paroles du Vieux-du-temple-du savoir[1] et feuilleté les *Compilations diverses* de Li Shangyin, on comprend enfin que ce style « nous l'avions connu dans le passé » – tout comme la formulation citée plus haut, *les choses qui ne s'accordent pas.* On lit dans les *Compilations diverses* des expressions « mal accordées » :

un Persan pauvre, un médecin malade, des maigrichons qui font du sumo, une nouvelle mariée obèse.

1. Un des nombreux noms de temple de la famille de Zhou Zuoren.

Plus de mille ans plus tard, les trois dernières expressions continuent d'être « mal accordées » ; il semble, au premier coup d'œil, qu'il ne soit pas nécessaire de s'étendre. Cependant, qu'y a-t-il de « mal accordé » dans l'expression « Persan pauvre » ? Qu'un Persan fût un pauvre, était-ce parfaitement invraisemblable aux yeux des Chinois de l'époque Tang ?

Sous la lointaine dynastie des Tang, les gens faisaient souvent des rencontres inattendues, par exemple lors d'un voyage en solitaire, il arrivait que l'on tombât par hasard sur un marchand persan à l'agonie. Il y eut ainsi un homme dont on ignore qui il était, d'où il venait et où il allait ; on sait seulement qu'il s'appelait Li Guan et qu'il était d'humeur solitaire. Un jour, le bateau sur lequel il voyageait accosta dans une région déserte ; sur la berge se dressait une hutte en paille, dans laquelle était allongé un homme, un Persan. A la vue de ses yeux bleu foncé profondément incrustés dans leurs orbites et de sa barbe frisée, Li Guan en déduisit avec certitude qu'il était persan, un « pauvre Persan ». Le Persan malade était en train de mourir en terre étrangère. C'est alors que cet homme du nom de Li Guan arriva près de lui et le nourrit chaque jour avec du gruau. Le reste du temps, Li Guan restait assis là à le veiller tranquillement avec un regard paisible et bienveillant.

Quelques jours plus tard, le Persan agonisait. Il tendit son bras devenu livide à l'approche de la mort pour montrer le tapis noir placé sous lui : « Perle... »

Eh oui, une perle de grosse taille. Quand Li Guan écarta le cadavre du Persan, il découvrit sur le tapis noir un objet qui brillait de mille feux : une perle cousue dans le tissu...

Avant de refermer les planches du cercueil, Li Guan regarda le Persan de son même regard paisible et bienveillant, puis examina la perle qu'il tenait dans la main.

La perle renvoyait un reflet argenté pareil à la brume. Il referma la main et la tendit vers la bouche légèrement entrouverte du Persan. Puis il ouvrit grand la main, elle était vide, comme si elle n'avait jamais contenu quoi que ce fût.

Debout à la proue de son navire, cet homme qui s'appelait Li Guan regarda un petit arbre qui poussait sur la rive. Sous cet arbre était enterré le Persan dont la bouche contenait une perle. Le petit arbre devint de plus en plus petit et plus personne ne revit Li Guan.

Cette histoire est tirée des *Annales singulières*[1], texte qui figure dans le *Taiping guangji*[2]. J'éprouve à l'égard de cette histoire le sentiment classique que suscite la rencontre avec un être errant en terre étrangère, et lorsque les conteurs de l'époque Tang la transmirent oralement, ils relataient en réalité un fait indéniable : même s'il s'agissait d'un « Persan pauvre », il possédait sûrement sur lui un trésor inimaginable.

L'histoire de Li Guan n'est qu'une des très nombreuses anecdotes qui retracent ce même événement. Par exemple, il y eut aussi un homme du nom de Li Mian, dont nous savons cette fois qui il était. Quand l'histoire se propagea, il était déjà ministre de l'Education – un mandarin de rang élevé – mais quand l'événement se produisit, il n'était encore qu'un magistrat de sous-préfecture. Cela se produisit au début de l'ère Kaiyuan (712-756), sous le règne de l'empereur Xuanzong. Li Mian tomba lui aussi au cours d'un voyage sur un « pauvre Persan » à l'agonie, qu'il prit en pitié et qu'il fit monter sur son bateau pour l'emmener à Yangzhou. A mi-chemin, le Persan mourut, mais juste avant de mourir, il voulut lui aussi dédommager son bienfaiteur

1. *Duyi zhi*, de Li Yin, auteur d'époque Tang.

2. Recueil de textes classiques compilés sous les Song par Li Fang.

au moyen d'une perle. Or cette perle était encore plus précieuse que celle de Li Guan ; c'était une perle de Perse « transmise de génération en génération », d'un « prix équivalent à un million ». Et Li Mian, comme Li Guan, restitua la perle en la plaçant dans la bouche du Persan…

C'est pourquoi, lorsque Li Shangyin affirme qu'un « Persan pauvre » est une formulation « mal accordée », il exprime le sens commun en usage sous les Tang. Un médecin doit être en bonne santé et non ressembler à un tuberculeux, des athlètes sélectionnés pour pratiquer le sumo doivent être gros et imposants et non ressembler à un couple de Puce-sur-le-tambour[1]. De même, un Persan venu d'une contrée lointaine doit être riche et non pauvre ; tel est l'ordre du monde, la science acquise. Certes il y a souvent des écarts entre le monde et son ordre, la vie d'une part et la connaissance de la vie d'autre part. Cela nécessite des rectifications ; on doit alors raconter des histoires. Nous devons savoir que dans la cuisse d'un « Persan pauvre » se cache souvent une perle précieuse, si bien que ce qui « ne s'accorde pas » finit par « s'accorder ».

Dans l'histoire de Li Mian, le Persan « sortit son sabre et se fendit la cuisse » – le sang jaillit et une perle scintillante roula hors de la blessure. Ce moyen cruel et secret de cacher une perle se rencontre dans les romans de l'époque Tang, souvent d'ailleurs chez les Barbares. Certes, si malheureusement on se heurte à un rival dangereux, on peut bien cacher la perle où l'on veut, cela ne sert à rien. A l'époque où l'impératrice Wu Zetian[2] était au pouvoir, un Barbare acheta une perle à un moine pour un prix élevé. La perle avait seulement

1. Cambrioleur habile, surnom d'un personnage du roman *Au bord de l'eau.*

2. 624-705.

la taille du pouce, elle était légèrement azurée et le moine pensa qu'elle n'avait pas grande valeur. Mais voyant l'homme qui la lui avait achetée la chérir comme un trésor, il se mit à réfléchir et fut de plus en plus convaincu qu'il s'était fait rouler ; il adressa un petit rapport à Wu Zetian. Le Barbare fut arrêté et les autorités lui ordonnèrent de restituer la perle. Il répondit : « Je l'ai avalée. » Le magistrat frappa son bureau et ordonna à ses sbires de lui ouvrir le ventre. Voyant que l'affaire prenait mauvaise tournure, le Barbare n'eut d'autre choix que de brandir son sabre et de se trancher la cuisse pour en extraire la perle, sans que, j'imagine, quiconque lui administrât d'anesthésique.

La « Perse », c'est l'Iran d'aujourd'hui, mais sous les Tang cela désignait aussi les pays des Barbares, en particulier ceux de la péninsule Arabique et des îles de l'archipel Malais, dont nous ne nous rappelons plus les noms tant ils étaient difficiles à prononcer. Si l'on n'avait pas étudié la géographie du monde, même si l'on se souvenait de ces noms, on était incapable de dire d'où venaient ces gens. Du coup, on les appelait tous « Persans » sans distinction. Et comme à l'époque les Persans étaient les maîtres du commerce entre la Chine et l'étranger, dans la ville de Yangzhou il y avait partout des « magasins barbares persans », avec de riches marchands qui vivaient dans le luxe et que les Chinois regardaient de travers.

C'est peut-être depuis cette époque que les Chinois considèrent que tous les étrangers ont de l'argent, qu'un « Persan pauvre » est une incohérence, et qu'un « étranger pauvre » est encore plus incohérent – c'est en tout cas le point de vue du vieux Li qui est installé au rez-de-chaussée en bas de chez moi. Son étal de cordonnier reçoit parfois la visite d'un client étranger ; quand il tient entre ses mains une paire de chaussures grandes comme des péniches, il la recoud avec beaucoup de soin, mais quand ensuite il voit l'étranger s'éloigner, il avale une gorgée de thé et s'écrie : « Ah, ces étrangers, c'est quelque chose ! Plus ils ont d'argent, plus ils sont radins ! » Si à ce moment-là je me trouve à proximité, il m'arrive de lui rétorquer : « Vieux Li, vous vous trompez, deux fois sur trois ces gens ont la vie dure. »

On pourrait le dire ainsi, mais ordinairement la sagesse du vieux Li est fondée et difficile à réfuter. Par exemple, actuellement, je sais que mille ans avant lui il y avait un certain Li Shangyin, et que leurs points de vue sur les choses sont la prolongation l'un de l'autre. Bien sûr, pour argumenter sur la richesse des étrangers, le vieux Li ne dispose que d'un critère d'appréciation assez simple, l'argent, alors qu'à l'époque de Li Shangyin, la richesse des Barbares ne pouvait se mesurer en or, en argent ou en billets de banque. La richesse de ces inconnus venus de contrées lointaines dépassait notre expérience courante, quotidienne ; elle ne pouvait qu'exciter l'imagination, et l'imagination pointait vers des preuves surréalistes, comme les perles précieuses. Dans les romans de l'époque Tang, les perles qui terrifiaient le commun des mortels venaient le plus souvent des territoires barbares ; ayant traversé les océans sur des milliers de *li*, elles venaient errer au centre de l'univers [1], souvent chargées d'un pouvoir magique prodigieux, lequel restait en sommeil en attendant d'être éveillé par un Barbare.

Ce Barbare qui avait failli se faire ouvrir le ventre fut ensuite conduit devant Wu Zetian. Le « Vieux Bouddha [2] » prit la perle entre ses doigts pour l'examiner à la lumière du soleil. L'ayant regardée un moment, l'impératrice dit : « Elle n'a rien d'extraordinaire »,

1. Expression qui désignait la Chine.

2. Appellation honorifique que s'attribua l'impératrice douairière Wu Zetian.

avant de demander : « Pourquoi as-tu dépensé tant d'argent pour l'acheter ? » Le Barbare comprit qu'il risquait gros et n'osa pas répondre sans se conformer à la réalité : « Dans un petit village, il y a un grand lac ; dans ce lac se trouvent d'innombrables pierres précieuses, mais comme le lac est rempli de vase, on ne réussit pas à s'en saisir. En revanche, il suffit d'y jeter cette perle pour que l'eau sombre se transforme aussitôt en eau claire et qu'il n'y ait plus qu'à pêcher ces trésors, filet après filet. »

Evidemment, il ne fallait plus qu'il songeât à récupérer sa perle. Dès lors, la perle merveilleuse fut cachée au fin fond du palais. On raconte que sous l'empereur Xuanzong des gens purent encore la voir mais on ignore ce qu'elle devint par la suite. Peut-être qu'une femme du palais la fit monter en bijou.

Il est probable que sous les Tang les perles précieuses équivalaient à ce qu'était le diamant dans l'Angleterre des XVIIIe et XIXe siècles ; c'était une richesse prodigieuse en même temps que dangereuse. Elles étaient beaucoup plus précieuses que l'or, l'argent et les billets de banque ; mais contrairement à ce que l'on sait des métaux et des billets de banque, qui sont solides et dignes de confiance, elles sont fragiles, telles des bulles de savon au soleil. Il y a toujours un moment où apparaissent à la porte de votre logis plusieurs Barbares d'apparence étrange qui, dans un chinois incertain, vous demandent : « Les berles de da vamille, du les vends ? »

Cette scène rappelle *La Pierre de lune*[1] de Wilkie Collins : *A la date fixée, la perle me quittera et retournera dans son pays natal.*

1. Roman paru en feuilleton en 1868, dans la revue *All the Year Round,* alors dirigée par Dickens ; traduction de Marguerite de Vaudreuil, comtesse Gédéon de Clermont-Tonnerre, Hachette, 1872.

La perle est ce genre d'objet : elle possède l'élégance frivole du monde des hommes.

C'est pourquoi Sei Shônagon a écrit : *La neige sur la maison de pauvres gens, quand le clair de lune éclaire la scène, ce sont des choses qui ne s'accordent pas, et qui vous font pousser des soupirs de regret.* Lorsqu'elle écrivit ces mots sur sa feuille de papier blanche comme neige, c'était au cœur de la nuit, au plus profond de son palais luxueux et silencieux.

Des années plus tard, Sei Shônagon ayant vieilli revint à Kyôtô, accablée par la pauvreté et la maladie, seule au monde. Un jour qu'il neigeait, une lune glacée éclaira sa maison. Peut-être se rappela-t-elle alors qu'elle avait écrit sur *les choses qui ne s'accordent pas*, des années auparavant, quand des bougies rouges brûlaient dans la nuit.

2

LE BOIS D'AIGLE, L'AMBRE GRIS ET LA ROSE

Le bois d'aigle

Le « bois d'aigle[1] » est le nom d'un parfum d'encens qu'on appelle aussi « encens de bois d'aigle ». Dans l'*Histoire des Liang*[2], on lit : *Le bois d'aigle est parfumé, les paysans le coupent et le laissent pourrir pendant des années, jusqu'à ce qu'il ne reste plus que le cœur, qu'ils plongent ensuite dans l'eau pour l'y faire décanter.*

Nous comprenons alors pourquoi il porte le nom d'« eau de décantation ». En général, le bois flotte à la surface de l'eau mais le bois d'aigle coule. C'est pourquoi le moyen de vérifier la qualité de ce bois consiste à le plonger dans une cuvette d'eau claire et à regarder s'il repose tranquillement au fond.

Li He[3] a écrit dans un poème intitulé *Portrait d'un noble prince tard dans la nuit* :

La fumée de bois d'aigle s'élève en volutes, les oiseaux pépient au cœur de la nuit.

---

1. *Chenshui*, littéralement « eau de décantation » ; désigne une variété d'aloès, aussi appelée « aquilaire », réputée pour le parfum de son bois.

2. Dynastie qui régna de 502 à 587.

3. Poète (791-817).

Dans la chambre d'amour, la fille l'attend, la taille ceinte du froid du jade blanc.

Ce noble prince devait être doté d'une remarquable grandeur d'âme, telle qu'elle est souvent décrite dans les romans de chevalerie comme *l'arbre de jade dans le vent*[1]. Mais ce tableau exhale une sorte de fraîcheur, de fragilité. Le vent traverse l'étang couvert de lotus, la ceinture de jade serrée autour de la taille dégage une sensation de froid, le noble prince doit encore rester debout à attendre, il écoute attentivement les oiseaux qui chantent, c'est ce que décrit le vers *la lune tombe, les oiseaux chantent, le givre emplit le ciel* ; tard dans la nuit, à la lisière de l'aube, telle est la solitude qu'éprouve l'homme.

Mais quand une *fumée de bois d'aigle s'élève en volutes,* c'est un infime mouvement au milieu de la quiétude, c'est un battement de cœur, battement qui frissonne imperceptiblement, tel un doux rêve à la fin de la nuit.

Fumée parfumée qui s'élevait en volutes, le parfum s'appelait *chenshui* ; il semble que ce nom servit alors à l'auteur à « entrer dans le champ », à pénétrer le poème, parce que les deux caractères *chen* (décanter) et *shui* (eau) qui composent ce mot sont immobiles, tranquilles, c'est-à-dire capables de retenir la « fumée », de l'empêcher de faire du tapage, de l'obliger à se fondre en silence dans ce petit matin parfaitement calme.

Bien. Nous pouvons ne plus parler de poésie. Lorsque nous en parlons, nous risquons en effet de sentir que la beauté de la langue chinoise, la sonorité et la matière délicieuses de cette langue ont été totalement détruites et qu'il n'en reste qu'une vaste masse uniforme.

---

1. Expression servant à décrire un beau jeune homme talentueux.

Parlons maintenant du « noble prince ». Ce genre de personnage vit toujours dans l'imagination des foules, il possède une incomparable maîtrise des arts martiaux et apparaît généralement quand les gens ont fini de dîner. Le noble prince porte une ceinture de jade autour de la taille, il habite tout au fond d'un palais où se trouve forcément un jardin avec au milieu un étang sinueux où foisonnent les lotus. Pour finir, mais c'est le plus important, on sent dans la pièce où il habite un parfum de bois d'aigle qui brûle tout au long de la nuit. Et cette odeur qui se disperse avec le vent risquera le plus souvent d'avoir été oubliée dans l'imagination qui fleurira dans mille ans.

Dans les années *tianbao* (742-756) de l'ère Kaiyuan, il y avait à Chang'an, la capitale, un homme du nom de Wang Yuanbao. D'après son prénom, on voit tout de suite que le bonhomme était ventripotent[1]. Conformément à son prénom, Wang Yuanbao avait beaucoup d'argent. Son principal problème, c'était de trouver le moyen de dépenser cette fortune inépuisable. Pour cela, il déployait des efforts considérables et se fatiguait énormément. Parmi les nombreuses méthodes qu'il employait, il y en avait une qui s'appelait « brûler de l'encens ». L'auteur des *Legs du passé des années tianbao de l'ère Kaiyuan* a écrit, le souffle court : Wang Yuanbao « s'était plu à faire sculpter devant son lit à baldaquin deux petits enfants en bois qui tenaient des encensoirs du mont Bo[2] où il faisait brûler du musc depuis le soir jusqu'à l'aurore, luxe dont il était très fier ». C'est-à-dire que si l'on ne craint pas d'être étouffé par la fumée, placer un brûle-parfum à la tête de son lit et le faire

1. Yuanbao signifie « lingot chinois de cinquante onces », lequel avait la forme d'une raviole rebondie.

2. Ainsi nommé parce que le couvercle avait la forme de cette montagne.

brûler depuis le crépuscule jusqu'à l'aube permet d'obtenir le même résultat que si l'on brûlait de l'argent.

Ce qui précède nous permet de voir ce que signifie le mot « noble[1] » dans l'expression « noble prince ». Même si la scène décrivant cet encensoir qui dégageait « des volutes de fumée de bois d'aigle » jusqu'au bout de la nuit se passait dans la première partie de l'ère Kaiyuan[2], où les riches se livraient à des dépenses somptuaires, elle remua l'opinion. Cependant, s'il était « noble », Wang Yuanbao était surtout d'une noblesse arrogante, d'une noblesse qui faisait grand tapage. Il aurait souhaité ardemment inviter le Tout-Chang'an à venir le regarder dormir, alors que le prince de la peinture et du poème était très calme. Le bois d'aigle aussi précieux que l'or aurait brûlé petit à petit et la fumée parfumée se serait ouverte toute seule comme une fleur n'appartenant à aucun maître.

Tout comme ils font brûler de l'encens, certains font brûler de l'argent, d'autres font brûler leurs sentiments, mais quoi qu'il en soit, l'encens de bois d'aigle reste incomparablement précieux. Dans *M. Zhang peut écrire* de Zhang Zhifu des Song du Sud, on lit : « Yan Ying quitta son poste d'administrateur des transports et revint à la cour avec des dizaines de bateaux chargés de bois d'aigle afin de faire des cadeaux ; les gens de l'époque l'appelèrent l'administrateur Yan-le-Parfumé. » Alors que régnait la dynastie des Song, ce Yan Ying quitta donc son poste d'administrateur des transports du Guangdong pour être muté ailleurs, en emportant avec lui une dizaine de bateaux chargés de bois d'aigle pour les offrir, et obtint grâce à cela une nouvelle prébende grassement rémunérée. Mais apparemment, sous les Song comme aujourd'hui, on ne tolérait pas les mesures

---

1. En chinois, *gui*, « noble », signifie aussi « cher », « coûteux ».
2. Période considérée comme l'apogée de la dynastie Tang.

injustes et les gens ne ménagèrent pas leurs sarcasmes. Du coup l'administrateur Yan se vit affubler du surnom d'administrateur Yan-le-parfumé. Or Yan sonne comme *yan* (galant), ce qui était très acerbe, d'autant plus que pour tout le monde « parfumé » devait être compris par antiphrase comme « puant ».

Evidemment, jadis comme de nos jours, les ragots qui courent par les rues ont tendance à exagérer. Même si Yan Ying était corrompu, le fait qu'il eût ramené avec lui une flottille de bateaux chargés de bois d'aigle était difficilement crédible. Le bois d'aigle est un matériau précieux et pouvait donc être converti en un poste de mandarin ; mais une dizaine de bateaux formant une véritable armada évoquent plus un chargement de bois de construction destiné au commerce illicite.

Tout cela cependant nous permet de voir quel était le chemin emprunté par le bois d'aigle : il provenait du Guangdong, aussi bien sous les Song que sous les Tang. Et dans la Chine ancienne, le Guangdong était le lieu qui diffusait les encens les plus étranges.

En Occident, la Chine fut toujours considérée comme le lieu de production de l'encens de bois d'aigle. Du temps des Tang et des Song, les marchands du golfe Persique venaient en Orient acheter du bois d'aigle. Bien sûr, ils apportaient aussi des contrées lointaines des parfums exotiques tels que l'oliban et la myrrhe, qui étaient les parfums cités dans la Bible :

Qu'est-ce là qui monte du désert
comme une colonne de fumée
vapeur de myrrhe et d'encens
et de tous parfums exotiques ?
(*Ancien Testament*, Cantique des cantiques, 3e poème, « Le Poète ».)

Qu'est-ce là ? Dans la Bible, c'est la bannière qui sur la grand-route de Jérusalem accueille le nouveau marié en liesse, alors que sous les Tang c'est le navire persan qui, toutes voiles dehors, apparaît peu à peu à l'horizon sur la mer de Chine du Sud. En l'an 8 de l'ère Tianbao (742-756), le moine Jianzhen[1] qui faisait route vers le Japon, à l'est de la Chine, essuya une tempête et dériva jusqu'à la préfecture de Wan'an sur l'île de Hainan, où il fut accueilli par le grand pirate Feng Ruofang ; « pour recevoir ses invités, Ruofang se servait souvent de bougies fabriquées avec de l'encens d'oliban, dont il pouvait faire brûler cent livres d'un coup » (*Récit des voyages vers l'Est sous l'ère Dahe*[2] *des Tang*). Un grand moine à l'esprit religieux plein de sainteté considéra avec effroi la cupidité et le relâchement des mœurs de l'humanité ; c'était un parfum aussi précieux que l'or ! Dans les pays lointains comme la Somalie, la sève étincelante coulait goutte à goutte, « quand on en recueillait une goutte, il y en avait aussitôt une autre goutte qui coulait dessus, le tout finissant par constituer une boule », raconte Pline l'Ancien dans son *Histoire naturelle*. Ainsi, un arbre donnait une essence qui se coagulait en forme de sein et qui, grâce aux caravanes et aux navires de haute mer, traversait l'océan Indien et finissait par tomber entre les mains des grands pirates qui attaquaient les navires marchands et la faisaient brûler comme de vulgaires torches.

Dans le monde antique comme aujourd'hui, les choses voyageaient plus loin que les hommes. Je suis chaque jour face à mon ordinateur, mais je ne verrai jamais ceux qui l'ont conçu, ceux qui l'ont fabriqué ni ceux qui l'ont vendu ; ils constituent certainement une longue liste, ils vivent dans des pays différents et la grande majorité d'entre eux ne se connaissent pas. Tous les produits de l'industrie moderne traversent et relient

1. 688-763.
2. 827-835.

le monde entier ; les théoriciens peuvent en témoigner et proclament la venue d'une époque totalement mondialisée. Or, en fait, cette époque était advenue depuis longtemps : il y a trois mille ans, certaines des carapaces de tortues dont on se servait pour la divination au palais des Yin[1] provenaient de la péninsule de Malaisie, et il y a mille ans c'est de l'encens d'oliban venu de Somalie qui exhalait sa fumée dans les brûle-parfums de la dynastie Tang. Certes, dans l'Antiquité, cette expérience de la « mondialisation » était un privilège qui suscitait une crainte révérencielle alors que maintenant… Maintenant, n'est-ce pas la même chose ? A ceci près que la vitesse à laquelle les privilèges se diffusent et se dévaluent est plus rapide que dans l'Antiquité.

C'est pourquoi, même si les ouragans sont fort dangereux, on peut encore rencontrer des bandits de grand chemin à la Feng Ruofang ; des Sinbad continuent, année après année, à aller et venir, en profitant selon la saison des vents favorables. Lorsqu'ils vendent du parfum d'oliban et achètent de l'encens de bois d'aigle dans les comptoirs étrangers de Canton, ils font l'expérience de la « mondialisation » des échanges de matières précieuses, commerce hautement lucratif.

Le bois d'aigle venu de chez les grands Tang suffisait. Les marchands ne se souciaient pas de connaître son lieu de production précis, de même qu'on se moque de savoir que les chaussures Nike sont fabriquées au Fujian.

Eh oui ! L'encens de bois d'aigle n'était absolument pas produit au pays des grands Tang. Pour l'essentiel, il provenait d'un pays appelé Châmpa, qui se situait dans la région de l'actuel Cambodge. Les marchands chinois de Canton allaient souvent acheter du bois d'aigle à la

1. Dynastie qui régna de 1765 à 1121 avant notre ère.

frontière de l'Annam, et dans l'Annam ancien, l'actuel Viêtnam, ils devaient faire un voyage long et difficile afin d'atteindre le Châmpa pour se fournir en marchandise. Là-bas, les marchands arrivaient justement de territoires situés dans les forêts tropicales où ils étaient allés acheter un lot de bois d'aigle.

C'était un système commercial extrêmement compliqué qui, parti des profondeurs des forêts du Châmpa, se ramifiait à chaque maillon de la chaîne pour, finalement, couvrir tout le monde oriental ancien. Placés au tout premier nœud de ce réseau se trouvaient les « hommes des forêts » qui vivaient entièrement nus ; le soleil tropical brûlait leur peau bronzée. Quand ils examinaient les arbres qu'ils avaient sous les yeux, ils savaient dire quand ils étaient malades et les abattaient alors. Les arbres immenses tombaient en sifflant et en hurlant. Et quand la forêt avait retrouvé son calme, comme si tous les oiseaux s'étaient arrêtés de chanter, le soleil déversait sa chaleur avec encore plus de violence.

Au bout de deux, trois ans, peut-être quatre ou cinq ans, les hommes des forêts s'approchaient du vieil arbre. Les branches et les feuilles avaient totalement disparu et il ne restait que le tronc pourri. Ils sortaient un couteau qui brillait comme neige et pelaient l'écorce couche après couche jusqu'à faire apparaître le cœur du bois de couleur très foncée. Ils éclataient alors de rire en sentant l'odeur capiteuse du bois.

Nul ne sait à quel prix les hommes des forêts vendaient le bois d'aigle. J'imagine qu'ils l'échangeaient contre de la pacotille et des outils en fer, par exemple le couteau qu'ils utilisaient pour peler l'arbre. Quoi qu'il en soit, dans ce système « mondialisé », ils occupaient la part la plus infime. Ils ignoraient certainement la destination finale de ces morceaux de bois chargés de résine, et ils ne savaient pas non plus qu'à l'extérieur de la forêt il existait un nom tel que « bois d'aigle », qui représentait une fortune considérable. A cet égard, un économiste moderne vêtu d'un costume trois pièces et de chaussures de cuir ne daignerait même pas leur jeter un regard. Il tendrait le cou pour tenter d'apercevoir au loin la florissante capitale : Chang'an.

Maintenant, examinons à nouveau cet arbre. D'après le *Récit de l'escalade du mont Luo par le moine Zhu Fazhen* cité dans le *Taiping yulan*[1] : « Le bois d'aigle a des feuilles qui ressemblent à celles du houx et l'arbre est de grande taille. » C'est un arbre élevé sur lequel poussent des feuilles de couleur vert foncé, qui n'est alors qu'un arbre, un « objet » pur, et il faut encore de nombreuses années pour qu'une « fumée s'élève en volutes », qu'il se transforme en esprit, en imaginaire et en beauté, et devienne aussi dureté, cupidité et relâchement des mœurs.

Fragment : choix de textes anciens

Sur le bureau, un parfum d'encensoir flotte dans l'air en permanence et transforme la pièce en « salle élégante[2] ». Evidemment, le bureau doit être une table de santal rouge ou un petit guéridon laqué de rouge ; l'encensoir ne peut pas non plus être de qualité inférieure, ce doit être un véritable brûle-parfum de l'ère Xuande (1426-1436), dont l'éclat est seulement suggéré, ou bien un trépied antique à la patine bigarrée.

On ne peut pas ouvrir les fenêtres, du moins les jours venteux, car la fumée d'encens n'est pas de la fumée de loup[3] ; quand le vent souffle du sud-est, la

1. Encyclopédie impériale publiée sous les Song, en 977.

2. Pièce décorée avec goût par un lettré raffiné.

3. Fumée obtenue en brûlant des crottes de loup et utilisée comme signal d'alarme.

fumée se dirige vers le nord-ouest, et quand le vent souffle du nord-ouest, la fumée se dirige vers le sud-est ; quand on se trouve sous le vent, on en profite ; et si l'on est contre le vent, on l'offre gratuitement à la ronde. Li Yu[1] s'était creusé la tête sur cette question et au bout du compte n'avait trouvé pour seule méthode que de déplacer le brûle-parfum selon la direction du vent ; il dit dans son ouvrage classique *Recueil occasionnel de sentiments paisibles* que le brûle-parfum « est d'une essence qui convient à l'immobilité mais d'un usage qui convient au mouvement ».

Mouvement et immobilité, essence et usage, les deux éléments se tiennent côte à côte comme lorsqu'on chevauche un mur avec les deux pieds qui touchent le sol, mais lorsqu'on chevauche vraiment le sommet du mur ou un cheval, il est difficile de rester stable. Dès que l'on bouge le brûle-parfum, qu'on le déplace soi-même ou que ce soit M. X ou Mme Y, on rompt forcément l'équilibre ; si la direction du vent change souvent, c'est exactement comme l'eau qui ondule au printemps, il n'y a pas un instant de calme.

C'est pourquoi, les jours de vent, il ne convient pas d'ouvrir la fenêtre, mais sous un ciel serein et sans vent, mieux vaut ne pas ouvrir la fenêtre non plus ; par temps clair, le grand soleil surchauffe la pièce et atténue l'effet de l'encens qui brûle.

Le domaine où brûle l'encens est calme et obscur ; s'il est calme, ce n'est en revanche pas forcément un moment où règne le silence ; la cigale qui stridule et la grenouille qui coasse, la pluie nocturne qui frappe contre la fenêtre peuvent faire naître un sentiment de calme ; l'important, c'est de suspendre les bruits humains. Quand le vieillard assis seul fait brûler de l'encens, les servantes ne doivent pas rester sous la fenêtre à

1. Romancier et dramaturge (1611-1680).

appeler les poules et crier après le chien, ou se préoccuper de savoir s'il reste du bois, du riz, de l'huile et du sel.

Quand règne un grand calme, une traînée de fumée bleu clair flotte dans l'ombre obscure. Une vieille maison où l'éclairage est insuffisant est l'endroit idéal pour faire brûler de l'encens. Dans une vieille demeure qui a dépassé les cent ans, le nuage noir se répand dans les coins de la pièce et les fentes du mur, s'étale entre les cloisons, les paravents et les tentures, les ombres obscures se multiplient et, vague après vague, le parfum d'encens se glisse dehors à la dérobée.

A ce moment, le maître de maison doit occuper le centre de la scène. Il se tient là, debout ou assis. Vu de dos, il semble décharné, évidemment il est décharné, tout comme un esprit semble décharné. Comment pourrait-il être grassouillet ? Il porte forcément une longue robe, et sa maigre silhouette vue de dos, drapée dans une longue robe, est solitaire et élégante. Il ne regarde pas forcément la fumée qui flotte dans l'air ; il lit, il écrit ou il peint, ou bien encore il reste seulement debout ou assis.

Alors, à quoi bon brûler de l'encens ? C'est vrai, ce n'est vraiment pas nécessaire. Sauf si l'esprit vagabonde vers l'extérieur et se transforme en fumée, et bouge à peine avec une grande délicatesse dans le grand calme qui règne autour de lui…

Un homme en compagnie d'un parfum d'encens est comme une fleur ou une rivière ou un beau paysage qui renvoie au vers d'un poème. Un vers ne peut pas épuiser la richesse d'une fleur, d'une rivière ou d'un paysage, mais il peut permettre qu'on fixe son regard sur la fleur, la rivière ou le paysage.

L'encens qui brûle exprime la légèreté, le calme et le recueillement de l'esprit ; c'est la liberté, mais c'est en fait une liberté légère, paisible, qui ne trouble pas autrui et ne nous trouble pas nous-même, telle une troupe qui attaque par surprise après avoir progressé à marche forcée toute la nuit.

Nous avons donc besoin de faire brûler de l'encens, besoin d'un rituel aux règles strictes qui dissimule et dissipe la tension de cette liberté.

L'ambre gris[1]

Les *Mélanges* de Zhang Hua[2] contiennent une histoire :

Un émissaire des territoires de l'Ouest apporta de l'encens en tribut. Le système des Han prescrivait que lorsqu'on offre de l'encens en tribut, s'il y en a moins d'une livre, on ne peut l'accepter. Avant de quitter la capitale, l'émissaire de l'Ouest fit brûler un morceau d'encens de la taille d'un gros pois devant la porte du palais. Le parfum de l'encens se répandit alors aux quatre orients de la ville de Chang'an, à plusieurs dizaines de li *à la ronde, et ne se dissipa qu'au bout d'un mois.*

Le début de cette histoire est relativement banal : un homme a parcouru des milliers de *li* pour apporter de l'encens en tribut ; un employé de la cour des Han brandit une balance, et comme il y en a moins d'une livre, il n'en veut pas. Certes ce régime obéissait à certaines règles. Peut-on arriver avec une once d'encens ne valant que quelques sous et considérer que c'est un cadeau ?

Mais ensuite, l'affaire devient beaucoup plus intéressante. Par un matin clair, les citoyens de Chang'an se

1. Littéralement, la « bave de dragon ».
2. Poète et homme d'Etat de la dynastie des Jin occidentaux (232-300).

lèvent, nourrissent leurs chiens, leurs cochons et leurs poules, puis ils se mettent à manger. Or il y a deux mille ans comme aujourd'hui, au petit matin, l'air se remplit de la fumée des feux qu'on allume. Soudain, tout le monde, ou presque tout le monde, s'arrête de mâcher. Les gens regardent devant eux, éberlués, avec les ailes du nez qui s'agitent rapidement. Si les gens dans la maison étaient enrhumés ou souffraient d'une rhinite, ils durent certainement trouver cela bizarre : est-ce que par hasard, sans s'être donné le mot, ils auraient tous envie d'éternuer ? Mais rapidement même eux finirent par sentir l'odeur de l'encens déferler comme une vague. On ouvrit la fenêtre pour voir ; le soleil dardait ses rayons et tous les chiens de la ville s'étaient mis à aboyer à l'unisson.

Le parfum d'encens remplissait Chang'an. De l'empereur, l'impératrice et les ministres jusqu'aux colporteurs et aux coursiers, des millions de personnes étaient ivres. Sur les avenues et dans les venelles, tout le monde levait la tête, fermait les yeux et marchait d'un pas mal assuré. Le soir venu, juste avant le coucher du soleil, il sembla qu'à Chang'an, sur presque chaque natte, les corps s'étaient mis à se tourner en tous sens, enlacés sous l'effet du désir…

Si vous pouviez tendre le nez deux mille ans en arrière pour sentir cette folle joie de l'odorat, le travail préparatoire indispensable serait de commencer par mettre le nez sur votre poubelle. Sous les Han, Chang'an était sans aucun doute la plus grande ville du monde. C'était le centre du pouvoir, du prestige, de la culture et de la richesse, mais ses infrastructures et la gestion urbaine ne permettaient manifestement pas d'assurer la pureté de l'air. Dehors, ce n'étaient qu'ordures et eaux usées qui répandaient une puanteur aigre et fétide. L'air était limpide mais dans leur environnement quotidien, les gens étaient comme des poissons marinés dans toutes sortes d'odeurs étranges : il n'y avait pas d'égouts, pas d'installations sanitaires, l'aération des pièces était mauvaise et il n'y avait pas de climatiseurs…

Dans cette atmosphère putride, les gens imaginaient que l'encens était pareil au ciel qu'imaginent les poissons au fond de la mer.

Or en ces jours lointains d'avant notre ère, une utopie odoriférante descendit sur la ville de Chang'an. C'était en fait un miracle, mais il est à craindre que l'empereur Wu des Han ne pensa pas cela ; l'empereur devait être informé de tout, il devait contrôler toute connaissance et toute réalité. Et voilà qu'un parfum avait empli Chang'an et que jour après jour il ne se dissipait pas. L'empereur, comme la masse de la population, n'y comprenait rien. Si j'avais été l'empereur, moi non plus je n'aurais pas fermé l'œil… Du coup, on enquêta partout ; grandes avenues et petites rues furent envahies de personnages sournois en uniforme ou en civil, le nez en avant pour tout renifler. Finalement, une dizaine de fonctionnaires à l'odorat particulièrement aiguisé se retrouvèrent sans s'être donné le mot devant la porte du palais.

Dès lors la situation s'expliquait : c'était un coup des étrangers. Entendant cela, les citoyens de Chang'an poussèrent un soupir de soulagement : pas étonnant !… Mais à cela fit suite une profonde émotion : l'encens étranger est vraiment très parfumé !

Parfum étrange venu de contrées étrangères.

Voici maintenant une autre histoire, tirée des *Mélanges du mont Tiewei*, de Cai Tao des Song :

Sous l'ère Zhenghe[1]*, on trouva dans le trésor des joyaux impériaux deux vases émaillés remplis d'ambre gris, (…)*

1. Ere des Song qui s'étend de 1111 à 1117.

qui furent partagés entre les ministres et les fonctionnaires de la cour. Les morceaux étaient de grande taille mais d'apparence extérieure grossière. Dès qu'on en faisait brûler un morceau de la grosseur d'un pois, le parfum emplissait la pièce sans faiblir pendant la journée entière. L'empereur, trouvant le phénomène fort étrange, ordonna de répertorier tous les bénéficiaires afin de récupérer le produit à proportion de la quantité qu'ils avaient reçue ; quant à l'émissaire étranger, il fut rappelé au palais et son encens honoré du nom d'« antique bave de dragon ».

Si l'on lit ce texte avec soin, on s'aperçoit que cette histoire et celle rapportée dans les *Mélanges* comportent un minuscule point commun irréfutable, à savoir le caractère *dou* (pois). L'émissaire des territoires de l'Ouest réussit au moyen d'une quantité d'ambre gris de la taille d'un « gros pois » à parfumer la ville de Chang'an tout entière, tandis que l'empereur Huizong prit un grain d'ambre gris « de la grosseur d'un pois » qui, lorsqu'il le fit brûler, répandit une odeur semblable à celle d'une fleur extraordinaire, dont le « parfum étrange emplit la pièce » sans s'arrêter durant toute une journée.

La dynastie des Han fut une époque d'une magie simple et généreuse. En ce temps-là, les hommes étaient des guerriers, dont les rêves étaient exagérés, d'où le fait qu'un « pois » d'encens pût remplir les quatre orients ; alors que les gens de la dynastie Song étaient des philosophes, des artistes, des artisans et des marchands, aux rêves plus raffinés, dont les organes des sens étaient plus sensibles, et qui réussissaient à effacer la tyrannie qui régnait partout sur la terre. Retirés dans leur chambre, ils traçaient des caractères plus vigoureux, ils y écoutaient des musiques plus raffinées et limitaient à une « pièce entière » leur émerveillement pour le parfum d'un « pois » d'encens.

Huizong était un empereur raffiné. Qu'il fît extraire des réserves du palais deux pots d'ambre gris et les partageât entre ses ministres était en soi un geste noble, mais qu'il envoyât ensuite des hommes chez chacun avec ordre de récupérer l'encens qu'il avait offert quelques jours plus tôt est un peu mesquin et déraisonnable. Certes nul ne saurait faire entendre raison à un empereur ; quelle que soit la quantité qui n'avait pas encore été brûlée, il fallait la restituer d'urgence. L'« antique bave de dragon » qui avait été dispersée devait être récupérée et rapportée au palais impérial.

Le dragon suscite une vénération suprême et évoque une noblesse suprême ; la bave de dragon était évidemment un produit rare. L'empereur était lui-même le descendant d'un dragon. On peut trouver cette idée rhétorique, mais en disant cela les anciens étaient sérieux, ils énonçaient une réalité : l'empereur ne ressemblait pas à un dragon, il *était* un dragon. Dans la vision du monde des anciens, même si l'on ne pouvait le voir, c'était forcément une espèce rare. Par conséquent, les anciens le considéraient comme une réalité, le parfum d'ambre gris était véritablement de la bave de dragon : le dragon tournoyait, dansait, son souffle devenait nuage, sa salive se transformait en pluie, sa bave étincelante ruisselait jusqu'au sol, se répandait sur la terre, se condensait peu à peu au soleil, concentrait son éclat et devenait une matière gris-blanc, apparemment très banale.

Mais il suffisait qu'il y eût du feu, un feu pur, pour qu'elle se transformât en fumée, en un parfum indescriptible, tel un corps pesant qui se serait défait de son âme. La « bave de dragon » gris-noir recelait une âme d'une légèreté extrême qui n'attendait que le moment propice pour s'envoler.

Concernant la formation de l'ambre gris, les résultats des recherches des savants chinois correspondaient en gros à ce qui précède. Mais dans la lignée de ce savoir figure une autre branche que nous pouvons appeler les écoles persane et arabe. Ces dernières présentent une originalité particulière sur le sujet, avec en outre des opinions divergentes qui entrent en conflit les unes avec les autres. Grosso modo, elles se divisent en trois :

1. La « théorie de l'eau de source » : ce serait une matière qui coulerait de sources situées au fond de la mer.

2. La « théorie de la rosée » : il s'agirait d'une rosée apparaissant sur le granit qui coulerait ensuite dans la mer où elle figerait comme du mercure.

3. La « théorie des excréments » : il s'agirait des matières fécales d'un animal merveilleux.

J'estime que des trois théories, la dernière est la plus audacieuse ; il faut une confiance en soi particulièrement robuste pour amener autrui à croire que les excréments d'un animal quelconque puissent constituer un encens extraordinaire. Les deux autres théories sont liées à la mer ; or la théorie de l'« ambre gris » de l'école chinoise révèle également une information concernant la mer.

Les *Morceaux choisis de Youyang*[1] de Duan Chengshi[2] de l'époque Tang parlent d'un lointain « pays de Barbarie[3] » :

Le pays de Barbarie se situe dans la mer du Sud-Ouest. On n'y mange pas les cinq céréales mais de la viande et rien d'autre. Souvent, on y pique avec une aiguille les veines des bovins et autres animaux domestiques pour en tirer du sang et du lait qu'on boit cru. On n'y porte pas de vêtements et l'on se sert d'une simple peau de mouton ceinte autour de la taille pour se couvrir…

---

1. Youyang, ville et monts du Sichuan.
2. Poète (803-863).
3. Ou de Berbérie.

Si l'on ouvre une carte du monde et qu'à partir de la ville de Chang'an d'autrefois, la Xi'an actuelle, on se dirige vers le sud-ouest en traversant les hauts plateaux du Tibet, l'Inde, l'océan Indien, le doigt tombe sur un lieu qui représente la « Barbarie », c'est-à-dire la Somalie actuelle. Il y a mille ans, les marchands de Perse qui arrivaient d'Occident par la mer achetaient de l'ivoire et de l'ambre gris.

L'océan immense des temps anciens était une limite géographique qu'on ne pouvait franchir qu'avec de l'expérience, du savoir-faire, du courage et de la chance. Il constituait aussi une limite du savoir. *Un marin parlera du Japon dont les eaux et les brumes découragent l'approche*[1]. Pour les hommes, la recherche par mer de la connaissance ressemble à la quête de l'ombre des choses ; quand ils s'en approchent, ce n'est plus qu'un silence vide. Dans ce silence, les hommes émettent des sons qui racontent des histoires en décrivant des ombres ; ils produisent pour eux-mêmes un savoir imaginaire.

A ce moment-là, les choses véritables ont déjà vogué au loin ; des centaines et des milliers d'années plus tard, elles entrent par hasard, distinctement, dans leur champ de vision : et ce n'est qu'une baleine, un cachalot.

Jadis nageaient dans l'océan Indien d'innombrables cachalots. Au cours de leurs longues traversées, les marchands persans et arabes devaient souvent les voir passer, mais personne n'imagina qu'ils recelaient dans leur ventre une sécrétion pathologique qui, une fois extraite et coagulée, ressemblait à de l'ambre de couleur grise et n'était autre que de l'ambre gris.

Le savoir est donc parfois la destruction de la beauté du monde et il y a certaines choses qu'il vaudrait mieux

1. Premier vers du célèbre poème de Li Bai, *Ascension en rêve du mont Tianmu.*

ne pas savoir que le contraire. Sous la dynastie des Song, les esprits raffinés qui se délectaient du parfum délicat de l'ambre gris ignoraient totalement qu'il s'agissait d'une matière résultant d'une maladie du tube digestif des cachalots. Ils savaient seulement que cet encens venait de pays étrangers mystérieux et lointains, qu'ils humaient une odeur provenant de milliers de *li* de là et que leurs organes des sens et leurs états d'âme s'affinaient et s'étendaient considérablement.

A partir de la dynastie des Song, l'encens d'ambre gris devint une force motrice importante du commerce maritime florissant qui reliait la Chine et la péninsule Arabique. L'expression « force motrice » n'a rien d'exagéré ; la force originelle qui poussa une partie de l'humanité à lier connaissance avec une autre n'était pas un désir de bonne volonté, ni un signe de curiosité intellectuelle, mais c'était une envie de « choses » nouvelles et, à l'occasion de l'échange de ces « choses », le désir de produire un surplus de valeur gigantesque. Les explorations de Christophe Colomb ne visaient absolument pas la « découverte » des Indiens mais la recherche de clous de girofle, de cannelle et d'or dont on racontait que le pays regorgeait.

L'ambre gris pénétra alors en Chine par Canton, Quanzhou et par tous les grands ports de commerce où affluaient les navires ; des profits colossaux se mirent à couler dans le trésor public des grands Song. Le gouvernement des Song exerça un monopole sur la vente de l'encens importé, c'est-à-dire qu'il devint le seul acheteur à l'extérieur et le seul vendeur à l'intérieur. Cette dynastie Song qui était passée maîtresse dans le commerce est un phénomène inconnu dans le champ visuel historique de l'homme moderne. Nous avons oublié que ce sont les Song qui inventèrent le papier-monnaie ; ils furent aussi à leur époque les promoteurs du « New Deal » d'un capitalisme d'Etat à la Roosevelt.

Avec l'avènement des Song du Sud, les revenus des droits de douane sur l'import-export représentaient trente pour cent du revenu global de l'Etat. J'ignore si cette proportion est inférieure ou supérieure à ce qu'elle est aujourd'hui.

C'est seulement avec le recul de l'histoire que nous pouvons nous représenter clairement le rôle de l'ambre gris. Cet encens célèbre venu de l'étranger opérait secrètement et sans bruit ; il s'immisça dans les chambres des gens de l'époque ; sa fumée azurée qui s'élevait en volutes devint un élément essentiel de l'environnement quotidien de l'élite de ce pays ; dans l'air parfumé d'ambre gris venu de Somalie, la vie spirituelle la plus exquise, la plus subtile du Moyen Age chinois s'épanouit lentement.

Fragment : tiré d'un texte ancien

Dans les *Souvenirs de l'ermitage aux pruniers ombreux*[1] de Mao Bijiang[2], on lit :

Chaque fois que nous faisions brûler de l'encens dans le calme de la chambre, nous comparions les plus réputés. (…)

Il y a un aloès plus dur et fin, appelé henggechen, *celui qui parmi les quatre variétés d'aloès a des veines horizontales ; son parfum est très subtil. Il y en a encore un autre, appelé encens de Penglai, qui prend des formes diverses sans être tout à fait développé et ressemble à de petits chapeaux pointus ou à de grands champignons. J'en avais une bonne provision. Quand on le fait brûler*

---

1. Voir Mao Xiang, *La Dame aux pruniers ombreux*, traduction de Martine Valette-Hémery, Picquier, 1992.

2. Autre nom de Mao Xiang, écrivain et calligraphe (1611-1693).

au-dessus d'un feu très doux sur une couche de gravier pour retenir la fumée, il répand dans la pièce des effluves exquis de banian caressé par le vent ou d'églantine baignée de rosée ou d'ambre chauffé ou encore de vin dans une coupe de corne, effluves qui flottent longtemps autour des oreillers et des couvertures, et se mêlent à l'odeur de la peau ; à la fois doux et enivrants, ils vous inspirent des rêves délicieux.

Le vent de la forêt (même si les arbres sont des *jia'nan*, c'est-à-dire des aquilaires de Malacca, arbres romantiques), la rosée déposée sur des roses, la fumée d'ambre, l'alcool dans des coupes en corne de rhinocéros, à quoi s'ajoute l'odeur du souffle et de la sueur d'êtres humains, appelée élégamment « parfum de chair »... Portes et fenêtres fermées, on y mijote lentement. Cependant, « à la fois doux et enivrants, vous inspirent-ils des rêves délicieux » ?

Le nez de votre serviteur est vulgaire lui aussi ; alors que trois cents ans ont passé, je n'arrive pas à humer ces parfums « doux et enivrants » extraordinaires. Quant à savoir s'ils m'« inspirent des rêves délicieux » ? Et si je mesurais le nez d'un lettré de talent et d'une belle femme à l'aune de mon nez vulgaire, la sensation tiède, mûre et suffocante que j'en tirerais me donnerait seulement envie de dormir et de bien dormir.

Mao Bijiang et Dong Xiaowan[1], couple d'amants populaires du XVIIe siècle, « faisaient brûler de l'encens dans le calme de la chambre » ; cet amour et cette scène feraient un joli tableau et seraient dignes d'un film, mais l'odeur qu'ils « comparaient » s'est dispersée au gré du vent et il n'en reste qu'une série de métaphores carillonnantes ; l'aquilaire de Malacca, la rose, l'ambre et la corne de rhinocéros, ces végétaux et ces objets

1. Dong Xiaowan (1624-1651), courtisane, concubine de Mao Bijiang.

précieux renommés produisent un effet verbal puissant, qui vous donne l'impression que cette odeur dépassait la capacité des organes sensoriels et ne pouvait être ressentie que par l'esprit ; on ne peut pas se servir de son grand nez, de son petit nez, de son nez blanc, de son nez rouge pour la sentir.

Antérieurement à Mao Bijiang, dans l'Europe du XVIe siècle, selon Fernand Braudel, il fallait répandre en été, sur le sol de la chambre à coucher, du romarin, de la menthe poivrée antipuces, de l'origan, de la marjolaine, de la lavande, de la sauge et autres plantes odoriférantes ; et lors des grands bals, il fallait aussi jeter des fleurs fraîches sur le sol de la salle de danse.

Coutume extrêmement romantique et relâchée. Un des crimes du capitalisme a consisté à remplacer les fleurs fraîches et les plantes odoriférantes par de la moquette ; si l'on est un philosophe *marxoccid*[1], on voit certainement d'après cela l'aliénation de l'homme par rapport à la terre, l'aliénation de l'homme par rapport à la nature, l'aliénation de l'homme tout court, etc., etc.

Quelques petites questions demeurent toutefois, par exemple, après les folies de la nuit, lorsqu'on raccompagne une femme de la noblesse à la porte et qu'on la fait monter dans son carrosse, le sol qu'on a derrière soi n'est plus qu'un fouillis de fleurs mortes et l'on ne se préoccupe plus que de contempler, l'air éperdu, le visage souriant comme une fleur de son amante. Autre exemple, lorsque les plantes odoriférantes jonchent le sol de la chambre à coucher, si l'on les remplace chaque jour comme on empile les courtepointes, il faut avoir hérité de ses ancêtres une grande prairie pour que la chambre à coucher puisse ainsi devenir un jardin débordant d'activité. C'est pourquoi, si les herbes odoriférantes de la chambre à coucher ne

1. Abréviation de « marxiste occidental ».

sont pas souvent renouvelées, il faut probablement les garder dix à quinze jours, jusqu'à ce que la chambre raffinée ne soit plus qu'une grotte dont on enlève ensuite les ordures, les *ordures* – c'est le mot qu'emploie Braudel.

Il y a longtemps que dans la vie quotidienne, dans leur chambre à coucher ou leur bibliothèque, les Orientaux font brûler de l'encens, apaisant ou érotique. Quand le vent emporte le parfum qui emplit la pièce, nous ne nous en apercevons pas.

C'est une histoire qui s'étend sur une longue période, embrumée par la fumée. Lorsque j'imagine la possibilité d'écrire une *Histoire de l'encens*, j'ai l'impression que ce fil conducteur embrouillé suffirait à toucher l'ensemble de ce monde si grave. Par exemple, quand Mao Bijiang sentait le vent lui apporter le parfum du banian, quand une vaste forêt de ces arbres odoriférants était baignée par le vent de la mer de l'archipel Malais, le commerce actif avec l'outremer et les réseaux secrets du capital étayaient les rêves érotiques des jeunes nobles libertins du XVIIe siècle.

Les parfums capiteux ou délicats qui emplissaient nos chambres se sont dissipés. Est-ce le résultat d'un choix de notre part ? A moins que cette manière de poser la question ne soit en soi absurde, comme une réflexion menée devant Dieu. Car dans l'histoire faite de longues périodes, lorsque l'on fait des choix, on ne sait jamais ce que l'on a choisi. Le battement d'ailes d'un papillon finit par provoquer des tempêtes à mille lieues de là, ou bien une tempête peut finir par tremper les ailes d'un papillon situé à la même distance ; nous sommes ce papillon.

La rose

Rose : fleur du rosier ; rosacée ; arbuste à feuilles caduques à tige rigide couverte d'épines, à feuilles composées pennées ; les petites feuilles au nombre de 5 à 9 sont de forme ovale ou obovale et présentent une surface ridée ; le rosier fleurit en été, la fleur pousse seule, elle est de couleur violette à blanche, et dégage un parfum.

Le texte qui précède est tiré du dictionnaire *Cihai* (p. 1206) ; il s'agit de la description de cette plante en langage scientifique. Mais la fleur n'est pas seulement un végétal ; la fleur est aussi une essence ou un esprit. Les anciens qui jadis en regardant une fleur se réjouissaient, étaient affligés, plongeaient dans un état d'ivresse ou donnaient libre cours à leur imagination nous ramènent à nous-mêmes. Dans l'*Encyclopædia Britannica*, à l'article « Rose » on lit : *Roman de la Rose*, rosaire, Rose Theatre, Rose-Croix, guerre des Deux-Roses ; en suivant tout l'article, je pense que je pourrais écrire l'histoire de l'Europe au Moyen Age dans les domaines de la politique, de la guerre, de la religion, de l'amour et de l'art. La rose est la fleur de la civilisation européenne, mais en cet hiver où il a beaucoup neigé, chez les fleuristes de Pékin, lors des mariages, quand les amoureux se rencontrent en secret, dans la vie spirituelle des Chinois, ce sont d'innombrables roses qui éclosent.

Dans le *Cihai*, on lit que les roses « ont été cultivées en premier dans notre pays », mais je continue de penser que les roses ne sont pas des fleurs de « chez nous ». Les fleurs de Chine, ce sont les fleurs de prunier, les orchidées, les chrysanthèmes, les pivoines, les fleurs de pêcher, etc. Ces fleurs ont été chantées à maintes reprises par nos poètes, ce qui incita les beautés de l'Antiquité à donner leur cœur à un autre sans le laisser voir ; les fiers pétales, les gouttes de rosée sur les fleurs, le secret parfum d'une fleur, leur forme, leur couleur, leur texture et leur odeur sont entrés dans le patrimoine spirituel comme un code secret. Et la rose ? C'est une fleur qui apparaît très peu dans nos poèmes. Elle est peut-être vraiment apparue « en premier dans notre pays », mais je ne sais pourquoi, elle n'a jamais réussi pendant de longues années à attirer le regard des poètes.

Du Mu[1] a écrit un poème où il chante le rosier :

Force vitale dans chaque fleur, douceur sur chaque feuille, quand la pluie cesse, son parfum effleure ma tête enivrée.

Y a-t-il toujours des rideaux de brocart chez Shi[2] *? La rose reste calme malgré le vent furieux, et continue de s'épanouir la nuit.*

Ce poème est mal écrit ; Du Mu y manque d'égards. Si l'on s'était adressé à Li He pour écrire ce genre de poème, en une journée il aurait pu en pondre sept ou huit, sans avoir à suer sang et eau. Mais si je cite ce poème, ce n'est pas pour parler poésie mais pour parler des roses, parler d'un doute que j'ai sur la taxinomie des végétaux. La rose appartient aux rosacées. Ce genre comprend de nombreuses plantes telles que le pêcher, le prunus, le prunier, l'amandier, le pommier, le châtaigner, le rosier d'Inde et le cerisier du Japon. Les anciens ne connaissaient évidemment pas les rosacées, chacune de ces plantes avait un nom qui suffisait à les distinguer avec précision, mais seul le nom du rosier était fréquemment omis et les hommes l'appelaient avec négligence *qiangwei*[3]. Dans un poème de Xu Yin des

1. Poète (803-852).

2. Shi Chong (249-300), général et bandit sous les Jin, célèbre pour sa richesse et son faste.

3. Nom de la rose dite du Japon.

Tang, on lit : *La plante parfumée (le rosier) venue de Yue Wang Tai*[1] *ressemble beaucoup au* qiangwei, *il faudra les faire pousser ensemble.* Dans un poème de Yang Wanli des Song, on trouve : *Elle n'a pas les mêmes nom et prénom que le* yueji[2], *ni le même registre clanique que le* qiangwei. Et dans un poème de Chen Chun[3] des Ming, on lit encore : *Sa couleur et son parfum ont la même qualité, dans les régions où abondent les cours d'eau, il est rare qu'on la fasse pousser. Les enfants des régions voisines croient faussement que c'est un* qiangwei. Apparemment, des Tang aux Ming, les Chinois n'ont pas fait la distinction entre les rosiers et les *qiangwei.* C'est pourquoi il est très difficile de dire si ces plantes sur lesquelles on hésite par rapport à celles du poème de Du Mu étaient des rosiers ou des *qiangwei.*

En l'an 5 des Zhou postérieurs des Cinq Dynasties (en 958), le roi du Champâ envoya un émissaire porteur d'un tribut, où figuraient quinze bouteilles de parfum. Le Champâ se trouvait dans l'actuel Viêtnam, et l'on ignore quelle langue on y baragouinait à l'époque. Quoi qu'il en soit, une fois cela traduit en langage châtié et noté dans la liste des présents envoyés, on put lire cette ligne :

*Quinze bouteilles en lapis-lazuli contenant du parfum de rose (*qiangwei*).*

Cette eau de rose consignée dans le mémoire perdit son parfum avec le temps. Dans le *Taiping huangyu*[4], on lit : « On aspergera tous les beaux habits avec ce liquide, ainsi ils ne se saliront pas, sentiront bon et leur parfum pénétrant durera pendant des années. » Cette

1. Lieu voisin de Shaoxing, au Zhejiang.
2. Rosier d'Inde.
3. Peintre (1483-1544).
4. *Géographie universelle de l'ère Taiping* (976-983), de Yue Shi.

phrase pourrait figurer dans une revue de mode et servir de publicité à tel ou tel parfum ; or sous les Song, de Li Shishi[1] à Yan Poxi[2], de l'empereur Huizong à Yan Qing le Prodigue[3], les beaux jeunes gens à la mode ont retenu leur respiration à cause de cette phrase. Dans leur imagination, ils se sont enivrés de ce parfum capiteux qui imprégnait les manches et les pans de leurs beaux habits, comme si des roses avaient fleuri sur tout leur corps.

Eh oui ! A cette époque, les hommes et les femmes vêtus de jolis habits ressemblaient à une corbeille de fleurs. Si l'on se promenait sur les avenues de Kaifeng au XIe siècle et qu'on sentait soudain un parfum vous chatouiller les narines, on s'empressait de céder le passage, parce qu'on savait qu'ils arrivaient – c'était une scène quasi mythique, qu'a rappelée Lu You[4] dans ses *Notes du vieil ermitage studieux* :

Du temps de paix où j'étais le disciple d'un maître de la capitale, quand les familles alliées du clan impérial étaient autorisées à pénétrer dans la Cité interdite[5]*, les femmes montaient sur un char à bœufs, employaient deux petites esclaves qui tenaient des boules d'encens à leurs côtés et portaient elles-mêmes deux petites boules d'encens dans leurs manches ; quand le char passait, la fumée parfumée se répandait comme un nuage à des lieues à la ronde sans jamais s'arrêter, au point que la poussière en était tout imprégnée.*

C'est-à-dire que lorsqu'on rentrait chez soi baigné de parfum et que madame arrivant inopinément se

1. Concubine de l'empereur Huizong (1100-1125).

2. Courtisane célèbre, et personnage du roman *Au bord de l'eau.*

3. Autre personnage du roman *Au bord de l'eau.*

4. Poète (1125-1209).

5. Ce qui se produisait une fois pas an à date fixe.

mettait à poser des questions, il suffisait de répondre : « Je suis tombé sur les demoiselles de telle résidence princière qui se rendaient au palais » – ce qui permettait de franchir l'écueil sans dommage. Si « la poussière était tout imprégnée de parfum », comment les passants ne l'auraient-ils pas été également ? En réalité, les hommes du Moyen Age qui étaient assis dans leurs chars étaient parfumés eux aussi et leur désir de se parfumer le corps ne le cédait en rien à celui des femmes. Sous les Song du Nord il y avait un ministre nommé Zhao Bian[1], incorruptible et d'une droiture inflexible, qu'on avait surnommé le « contrôleur général au masque de fer ». A ce qu'on raconte, c'était un homme extrêmement « odoriférant[2] » mais ce vieillard avait une habitude exquise : chez lui, tout au long de l'année, il faisait brûler un fumigateur[3]. Chaque jour, il suspendait ses vêtements au-dessus de la corbeille, et quand il les remettait, le parfum imprégnait notre homme. Ce n'était pas un défaut qui lui était propre mais une coutume de l'époque. Aussi, lorsqu'on reniflait les nobles de Kaifeng, s'apercevait-on que Leurs Excellences les ducs Bao-le-Noir[4] assis en tailleur étaient aussi tout parfumés, cela ne voulait pas dire qu'on avait des problèmes d'odorat.

Un beau jour du mois de janvier 2000, devant un groupe de gens réunis autour d'une longue table de forme ovale, un homme parlait ; tout le monde attendait qu'il eût fini de parler et que ce fût son tour de le faire. S'il se trouve que vous étiez là à attendre patiemment,

1. 1008-1084.

2. L'auteur joue ici sur le mot *ku* (parfumé), qui sert aussi à transcrire le mot anglais *cool*.

3. Corbeille que l'on plaçait sur un brasero pour faire sécher ou fumiger les vêtements.

4. Appellation honorifique de Bao Zheng (999-1062), juge célèbre pour son impartialité, qui avait le teint très foncé.

vous finissiez par comprendre qu'en fait ils étaient en train de discuter du « système de valeurs de la classe moyenne ». Il faisait très chaud dans la pièce, située dans un grand immeuble construit par un organisme qui avait engrangé beaucoup d'argent ; le système de climatisation démontrait son opulence pleinement satisfaite. En outre, on n'avait pas le droit de fumer ; à peine avait-on allumé une cigarette qu'une demoiselle s'approchait pour vous dire dans les termes les plus courtois : « Excusez-moi, monsieur, il est interdit de fumer dans tout l'immeuble. » Si vous ignoriez ce qu'est le « système de valeurs de la classe moyenne », si vous ne vous intéressiez pas à cela, si en outre vous n'apparteniez pas vous-même à la « classe moyenne », vous pouviez sortir de la salle de réunion et aller flâner dans le couloir. Fréquemment, des gens passaient devant vous, les femmes étaient forcément vêtues de tailleurs, les hommes de costumes trois pièces et de souliers en cuir, personne n'était ni trop gros ni trop maigre, avec des dents d'une blancheur éclatante et des cheveux soigneusement peignés. Ils arboraient tous une expression sérieuse, ils étaient en train de travailler ; et si donc vous croisiez leur regard, vous aviez l'impression d'être devenu une matière transparente. Vous sortiez une cigarette, l'allumiez et faisiez tomber la cendre sur la moquette violette. Vous vous demandiez, est-il encore nécessaire de gâcher sa salive pour discuter ? Ce lieu était un camp de concentration des valeurs de la classe moyenne ; tout le monde était donc propre sur soi, mais la vie de ces gens était marquée par un manque d'intérêt irrémédiable.

On regrette alors un peu la dynastie des Song. Le « contrôleur général au masque de fer », parfumé des pieds à la tête, était en revanche plein d'intérêt ; concernant son corps, il pouvait agir à sa guise, il n'était pas obligé de subir la dictature des corps, il aimait son corps, il pouvait même se tatouer tout le corps comme

Yan Qing, dit le Prodigue, ou Shi Jin, dit le Tatoué-aux-neuf-dragons[1].

Avant cela, sous les Tang, les Chinois accordaient avec élégance toute liberté à leur corps, le parfum qui imprégnait le corps des hommes et des femmes vous enivrait. Les choses pouvaient en devenir comiques ; par exemple, il y avait un type qui, chaque fois qu'il ouvrait la bouche pour parler, devait d'abord avaler une boule d'aquilaire ou de musc. Dès lors, « aussitôt qu'il prenait la parole, le parfum se répandait autour de la table » (voir Wang Renyu, *Legs du passé des années tianbao de l'ère Kaiyuan*[2]). Les anciens n'étaient absolument pas inconscients de leur propre corps et la manière dont ils en prenaient conscience ne consistait pas à l'exposer en plein soleil – les rives du fleuve Jaune n'étaient pas la Méditerranée, si l'on se déshabillait, on risquait d'attraper froid – mais consistait à le couvrir de parfum et à manifester ainsi leur intérêt pour le corps en exagérant son odeur. Le parfum se dispersait au gré du vent et diffusait tout autour du corps un espace imaginaire magnifique :

Quand à l'aube l'officier sort chasser, un fameux parfum étranger imprègne ses manches.

Sur l'étui à peinture est suspendu un perroquet la tête en bas, et sur l'habit fleuri dansent des caractères de phénix.

La main frappe un cheval blanc qui hennit sur la neige printanière, le bras se dresse et la flèche légère pénètre le rideau de nuages.

Au soleil couchant la courtisane barbare boit à l'étage, le vent souffle et le son de la flûte s'entend dans tout le pavillon.

---

1. Deux héros du roman *Au bord de l'eau.*

2. Voir Glen Dudbridge, *A Portrait of Five Dynasties China – From the Memoirs of Wang Renyu (880-956),* Oxford Oriental Monographs, 2013.

Ce poème est tiré de *Parcours d'enfance*, écrit par Zhang Xiaobiao[1] des Tang. Ce jeune guerrier dont « un fameux parfum étranger imprègne les manches » s'est éloigné progressivement au fil du temps. Quand on est parvenu au temps de Ming et des Qing, il a fini par sortir du champ de vision des Chinois. Les gens n'imaginent plus leur corps ainsi. Pour les hommes des Tang, le corps ressemblait au tigre au creux de la montagne, à la panthère au milieu de la forêt ; il était orné de dessins magnifiques et plein de force et de vigueur.

Quand les Tang sur le déclin dardaient leurs derniers rayons et que les Song s'épanouissaient lentement, la floraison allait s'interrompre et tout semblait un peu forcé, mais tout avait l'aspect appétissant d'un fruit bien mûr. Dans la troisième année de l'ère Zhenghe du règne de Huizong (en 1113), Cai Tao, qui devait écrire par la suite ses *Morceaux choisis du mont de l'Anneau de fer*, fit l'inventaire dans les réserves du palais impérial des tributs envoyés par divers pays sous les Cinq Dynasties et le début des Song, et découvrit avec étonnement que parmi les tributs offerts à l'empereur il y avait encore plusieurs bouteilles de parfum de rose :

Bien qu'il ait été conservé dans des pots de lapis-lazuli bouchés avec de la cire d'abeille, son parfum reste pénétrant et se répand encore à plusieurs dizaines de pas ; lorsqu'on en imprègne ses vêtements, l'odeur persiste une dizaine de jours sans faiblir.

Entre les années 958 et 1113, cent cinquante-cinq ans s'écoulèrent pendant lesquels on assista à un changement de dynastie. Le monde connut mille bouleversements, mais tout cela ne vaut pas un flacon de parfum de rose. Or quand Cai Tao écrivit ses *Morceaux choisis*

1. Poète (791-873).

du mont de l'Anneau de fer, Kaifeng était déjà tombée aux mains de l'ennemi, le pays n'avait donc plus envie de se rappeler le passé. Ces bouteilles de parfum de rose avaient sans doute aussi été abandonnées dans un tas de débris ; une odeur émanait-elle encore des tessons des bouteilles de lapis-lazuli ? Ce parfum merveilleux finit donc par disparaître et seule une ligne écrite par Cai Tao nous en a laissé la trace :

Aux dires des anciens, le parfum de rose serait la rosée laissée sur les fleurs de rosiers cueillies à l'étranger. Je crains qu'il n'en soit pas ainsi. On fabriquait en fait une marmite à clayon avec un métal blanc, on y mettait des roses à étuver pour recueillir un liquide et à force de distillations on finissait par obtenir du parfum.

Nous apprenons ainsi que le parfum de rose était le produit d'une distillation ; du palais impérial de Kaifeng, il fallait parcourir une très longue distance pour parvenir au pays d'origine des roses – il ne s'agissait absolument pas du Champâ. En fait, quand l'émissaire du Champâ apporta son tribut, il expliqua clairement que le parfum de rose venait des « territoires de l'Ouest ». Or le nom chinois de cet émissaire était Pu Hesan [1], et au Moyen Age le nom de Pu était souvent un nom musulman, il fallait donc encore emprunter des navires persans qui naviguaient vers le sud et continuer vers l'ouest par le détroit de Malacca. Porté par les vents marins de l'océan Indien, on ressentait de plus en plus nettement un parfum nouveau, inconnu – il s'agissait de la route maritime qui servait au transport des parfums ; des hommes de races diverses échangeaient sur cette route leurs expériences olfactives, leurs idées et leurs découvertes concernant les parfums. Les parfums étaient de plus en plus capiteux ; on savait que c'était

1. En fait Abou Hassan.

l'odeur du parfum de rose, on imaginait que sur ce continent lointain tantôt obscur tantôt visible coulait un liquide de la couleur pourpre des roses.

Vous mettiez alors pied à terre. Les marins vous disaient en persan que ce pays s'appelait Fars et qu'il était proche du golfe Persique. Vous voyiez de grandes étendues de fleurs fraîches qui poussaient en terre ; *sur les tiges poussent dru des piquants acérés. Les feuilles sont pennées ; les petites feuilles au nombre de 5 à 9 sont de forme ovale ou obovale et présentent une surface ridée ; le rosier fleurit en été, la fleur pousse seule, elle est de couleur violette à blanche, et dégage un parfum.* Même si à l'époque vous ne saviez sans doute pas encore que c'étaient des roses rouges (*meigui*) et non des roses du Japon (*qiangwei*).

Ce parfum de rose (*qiangwei*) qui enivra les gens de l'époque Song était en réalité fabriqué à partir de roses rouges (*meigui*) et son nom exact aurait dû être « parfum de rose rouge ».

Borges cite cette phrase de Coleridge :

Si un homme pouvait traverser le paradis en rêve et qu'on lui offrît une fleur pour prouver que son âme y était bien venue, et s'il découvrait cette fleur dans sa main au réveil… ah là là ! que se passerait-il alors ?[1]

Bref, il s'agit maintenant de tirer au clair la question de savoir si cette fleur est une rose du Japon ou une rose rouge.

1. Dans *Anima Poetae from the Unpublished Note-Book of Samuel Taylor Coleridge.*

Note 1 : La maladie du cachalot

Dans son *Histoire des premiers temps de Macao*[1], Anders Ljungstedt[2] indique que la principale marchandise importée et exportée à Canton aux XVIIIe et XIXe siècles était l'ambre gris :

Le parfum d'ambre gris : ce produit est souvent confondu avec l'ambre, leur aspect est semblable et leur emploi est presque le même. Toutefois l'origine de ces deux matières est très éloignée. L'ambre est une pierre précieuse d'origine végétale alors que l'ambre gris est une matière extraite des viscères du cachalot. Il est probablement produit par une maladie du cachalot bien qu'on ne puisse encore affirmer s'il est le résultat ou la cause de cette maladie. Lorsqu'un cachalot est blessé pour la première fois par un harpon, si cela ne produit pas l'évacuation d'excréments, les marins prédisent qu'il contient de l'ambre gris. Il arrive que du ventre d'un cachalot on réussisse à extraire 362 onces d'ambre gris. Kaempfer[3] *affirme que les Japonais recueillaient ainsi l'ambre gris. Cependant, la plus grande partie de cette matière était collectée après les fortes tempêtes sur les côtes de l'océan Indien et des nombreuses îles du Pacifique. Autrefois, les Hollandais achetaient beaucoup d'ambre gris. Ils auraient donné 11 000 rixdollars*[4] *au roi de Tidoré*[5] *(dans l'actuelle Indonésie) pour acheter un morceau de 182 livres d'ambre gris ; et le grand-duc de Toscane était prêt à en débourser 50 000*

1. En chinois, *Zaoqi Aomen shi* (nous n'avons pas trouvé trace de ce livre dans une langue occidentale).

2. Marchand et historien suédois (1774-1852).

3. Engelbert Kaempfer, médecin et voyageur allemand (1651-1716).

4. Monnaie en usage dans l'île de Ceylan, britannique jusqu'en 1828.

5. Ile de l'archipel des Moluques.

pour l'acheter. La Compagnie française des Indes orientales entra en possession d'un morceau de 225 livres dont le prix fut estimé à 52 000 yuans. Les côtes d'Afrique étaient grandes productrices d'ambre gris, qui se présentait sous la forme de gros morceaux. Le bon ambre gris doit être de couleur grise, avec des taches jaune foncé, il doit être mou comme de la cire et collant ; lorsqu'on le fait fondre, il disparaît complètement. Les Chinois testent sa qualité en en jetant un tout petit morceau dans du thé bouillant ; si l'ambre gris est pur, il doit se diffuser uniformément dans le liquide. Une fois refroidi, il n'a qu'un goût et une odeur très fades, mais lorsqu'on le pétrit il dégage une odeur parfumée. L'ambre gris flotte dans l'eau. S'il est d'un blanc limpide, d'aspect lisse et de texture uniforme, il ne faut pas le choisir car en général il s'agit d'ambre gris de fabrication artificielle.

(*Histoire des premiers temps de Macao*, éd. Dongfang, oct. 1997, p. 328-329.)

En mars 2000, une énorme baleine morte flottait sur la mer au voisinage de Xiamen ; c'était en fait un cachalot.

Le cadavre de l'immense animal s'échoua sur la côte. Il mesurait dix mètres de long, pesait plus de quarante tonnes. Une foule innombrable se rassembla autour, comme quand Gulliver s'était réveillé sur une plage au pays des Lilliputiens.

Les hommes décidèrent de le dépecer ; pour ce faire, ils amenèrent une grue, et une tronçonneuse électrique se fit entendre. Il se peut que la mer soit devenue rouge et qu'une lourde odeur de sang baignât Gulangyu[1].

— Vous avez trouvé ?

— Non, pas encore.

Les hommes entièrement couverts de sang attendaient impatiemment ce moment.

---

1. Petite île au large de Xiamen.

Le 15 mars, l'énorme animal n'était plus qu'un tas de viande avariée. Les hommes finirent par en extraire les viscères. Mais, rien : ils ne trouvèrent pas d'ambre gris.

L'ambre gris se forme généralement dans le corps de cachalots âgés ; il s'agit d'une concrétion pathologique d'aliments incomplètement digérés. Ce cachalot devait avoir soixante ou soixante-dix ans ; s'il avait vécu jusqu'au bout la durée de vie qui lui était allouée par la nature, il aurait dû vivre encore vingt ou trente ans. Il n'avait donc pas eu le temps de produire de l'ambre gris.

Les baleines s'échouent sur les côtes du sud-est de la Chine ; c'est un fait dont les exemples ne manquent pas dans l'histoire, mais il semble que les Chinois de l'Antiquité n'aient jamais pensé que cela avait le moindre rapport avec l'ambre gris.

Note 2 : Reconnaître une femme en humant son parfum[1]

Tradition ancienne, l'empereur Qianlong avait une concubine venue du Huijiang[2] qui exhalait une odeur étrange et qu'on appelait la « concubine parfumée ». Les documents historiques attestent l'existence de cette femme, mais il est impossible de savoir si elle avait ou non cette odeur.

Nous pouvons imaginer les territoires étrangers situés à des milliers de lieues, nous pouvons imaginer le corps de la femme – ce corps était aussi un « territoire étranger ». Sur la route qui mène aux territoires étrangers se trouvent de vastes déserts et de hautes

1. Traduction chinoise du titre du film *Scent of a Woman* « Parfum de femme » de Martin Brest (1992), diffusé en France sous le titre *Le Temps d'un week-end.*

2. Ancien nom du Xinjiang, ou Turkestan chinois.

montagnes, mais, autre type d'aventure, nous faisons l'expérience de parfums mystérieux, dangereux, fascinants, qui emplissent l'air environnant. Nous reconnaissons les femmes en humant leur parfum ; c'est pourquoi la concubine parfumée venait du Huijiang, et le corps de cette concubine parfumée venue du Huijiang possédait un parfum avec lequel elle était née.

Un parfum corporel qu'on possède en naissant, est-ce une chose possible du point de vue physiologique ? Difficile à dire. Mais dans son *Duyang zabian*[1], Su E[2] raconte une histoire : une mère nourrissait sa fille de parfums depuis son plus jeune âge, lui donnant de l'encens à manger et du parfum à boire. Sous l'effet de ce traitement inimaginable, quand la fille fut devenue adulte, elle exhala un parfum naturel. Elle devint alors une courtisane célèbre qui troubla tout Chang'an, au point que même Yuan Zai, le premier conseiller de la cour, fut séduit par son parfum merveilleux.

Autre fait, qu'on lit dans les *Legs du passé des années tianbao de l'ère Kaiyuan*[3]. A Chang'an, il y avait une courtisane qu'on appelait Parfum-de-lotus ; « partout où elle allait, les abeilles et les papillons la suivaient, sans doute attirés par son parfum ». L'odeur de Parfum-de-lotus provenait sans doute de la fumée de son brûle-parfum et du parfum dont elle s'aspergeait, mais on a pu voir une situation semblable dans une série télévisée en costumes anciens qui fit fureur dans les années 90 du XXe siècle, où figurait la courtisane parfumée, laquelle était aussi « suivie par les abeilles et les papillons ».

1. « Histoires mêlées compilées à Duyang ».

2. Lettré qui vécut sous les Tang, autour de l'an 890.

3. Ouvrage de Wang Renyu (880-956).

Note 3 : J'ai perdu l'odorat

Un professeur qui s'était enrhumé se fit faire de l'acupuncture et prit des médicaments. Au bout de sept ou huit jours, son rhume céda mais il avait perdu l'odorat et il ne sentait plus aucune odeur. Le vieil homme, peiné et indigné, racontait son malheur à toutes les personnes qu'il rencontrait, mais rares étaient celles qui compatissaient : il ne sentait plus les odeurs, et alors ? Ce n'était pas une maladie grave. Selon moi, ne plus pouvoir sentir est bel et bien regrettable, mais au moins cela permet de ne plus sentir les mauvaises odeurs. Le vieux monsieur s'emporta et hurla : « Ah, si je pouvais sentir ce qui pue ! »

Cette histoire permet de tirer deux enseignements : primo, l'odorat est une expérience fondamentale de l'homme que tantôt l'on vit et tantôt non, et dès qu'elle disparaît elle crée un vide ; secundo, un monde sans odeurs serait totalement dénué d'intérêt, l'absence de parfum manquerait bien sûr d'intérêt, mais l'absence de puanteur en manquerait tout autant.

3

L'ARBRE D'ARGENT DE BOUCHER

Selon la tradition orale, il existait un arbre d'argent, aux branches couvertes de fruits d'argent, qui poussait à partir de graines d'argent. Sous l'arbre, de la bouche de quatre lions d'argent, coulait du lait de jument parfumé. Des anges d'argent le survolaient, qui brandissaient une trompette émettant un son éclatant comme l'argent.

Cet arbre d'argent immense, merveilleux, poussait en un lieu lointain, au sein d'une plaine d'un vert de jade dont on ne voyait pas la fin ; un coursier blanc y volait sans bruit et quand il s'arrêtait, on apercevait l'arbre aux confins du ciel et de la terre…

Plus tard, un homme du nom de Rubroek[1] nous apprit que cet arbre se trouvait en Orient, à la cour du Grand Khan. Il écrivit : de la bouche des lions coule du lait de jument car un tuyau a été aménagé à l'intérieur. Observateur pénétrant, il constata également que des hommes faisaient sonner les trompettes en soufflant par des trous prévus à cet effet, mais l'air étant insuffisant, les trompettes émettaient un son étrange.

L'arbre d'argent était finalement une chose banale qui dut forcément causer une déception banale. En l'an

1. Guillaume de Rubroek ou de Rubrouck, franciscain flamand qui visita Karakorum, la capitale des Mongols, en 1254-1255.

1254, Rubroek finit par rencontrer le grandiose Khan des Mongols, Mengku, petit-fils de Gengis Khan. Il découvrit alors que le démon légendaire était un garçon d'abord facile. Pour cette rencontre entre l'Orient et l'Occident, Mengku reçut Rubroek, cet envoyé du roi de France, sous sa grande tente ruisselante de splendeur. Affable et bienveillant, le Grand Khan se montra magnanime pour accueillir ce missionnaire déguenillé qui avait traversé de rudes épreuves. Parti de Constantinople, passant par la Crimée sur les bords de la mer Noire, ce dernier avait franchi le Don et la Volga, et bravé mille dangers pour faire entendre la voix du monde occidental.

Cette voix était à la fois faible et ferme : l'Occident souhaitait coopérer avec la Mongolie pour résister à l'empire arabe qui s'étendait d'est en ouest entre l'Europe et l'Asie, mais les Mongols devaient se faire baptiser et se convertir à la religion du Dieu unique des chrétiens.

Si vous viviez en 1254 et aviez une compréhension minimale de la dynamique géopolitique de l'époque, vous verriez à quel point les conditions posées par Rubroek étaient extravagantes. Les fils et petits-fils de Gengis Khan balayaient l'Eurasie comme le vent d'automne les feuilles mortes ; l'Europe délitée qui s'était repliée sur elle-même en cette fin du Moyen Age entendait, saisie d'effroi, les sabots de chevaux des Mongols frapper le sol du continent. Quand la pointe étincelante de leurs épées s'abattrait sur elle, l'Europe serait pareille au poisson sur la planche à découper.

La mission de Rubroek était vouée à l'échec. En réalité, huit ans plus tôt, Giovanni dal Piano dei Carpini[1], un envoyé du pape, avait déjà obtenu de vive voix la réponse du précédent Grand Khan. La lettre du

1. Dit Jean de Plan Carpin (1182-1252).

Grand Khan Güyük au pape Innocent IV était déjà un document d'une portée historique mondiale ; sa voix inflexible continue de résonner entre l'Orient et l'Occident :

(...) Ta requête indique que nous devons nous faire baptiser et devenir chrétiens. Je te répondrai simplement en disant que je ne comprends pas comment faire cela.

(...)

Vous autres, peuples d'Occident, considérez que vous êtes des chrétiens uniques au monde, et vous méprisez les autres peuples. Comment pouvez-vous savoir à qui Dieu doit manifester sa miséricorde ?

Le Grand Khan Güyük était victorieux, mais un ton aussi hautain et solennel n'était pas une marque de domination exprimée sur un champ de bataille ; c'était un avis de la vieille sagesse orientale adressé à une civilisation décadente. Or même si cette civilisation se trouvait dans un état de faiblesse, elle continuait de manifester un entêtement frappant et un courage étonnant.

En décembre 1999, à Pékin, je buvais une bière glacée avec un universitaire venu de San Francisco. Il faisait très froid, mais dans la pièce régnait une douce chaleur printanière. L'Américain jeta un regard circulaire autour du bar, une atmosphère de Noël y régnait. Il rit et dit : « A San Francisco j'ai souvent l'impression d'être en Chine et à Pékin j'ai parfois l'impression d'être aux Etats-Unis. » Il ne parlait vraiment pas mal chinois. Je lui dis : « C'est peut-être vrai, mais les Etats-Unis ce sont les Etats-Unis et la Chine c'est quand même la Chine. »

« Nos deux parties se sont livrées à un échange franc et constructif qui, considèrent-elles, contribue à approfondir notre compréhension mutuelle et à renforcer l'amitié entre les peuples chinois et américain. »

Ce soir-là, en sortant du bar, je me sentais harassé et abattu. Aux yeux de cet Américain, j'étais certainement le Chinois qu'il imaginait : plein de savoir-vivre, intelligent et trop profond pour être compris. Quant à cet Américain, il ressemblait aussi à l'Américain que j'imaginais : puéril, plein de confiance en lui et aussi opiniâtre qu'un bloc de pierre. Il était venu pour connaître la situation de la littérature chinoise, mais la discussion avait insensiblement dévié et s'était transformée en un débat sur universalisme et relativisme ; les cultures, les systèmes de valeurs étaient-ils universels ou relatifs ? J'avais toujours cru être un universaliste, du moins un universaliste avec certaines réserves, mais face à un Américain, chez qui brûle la flamme ardente d'un système de valeurs universel, vous vous transformez instinctivement en un relativiste pur et dur : cet homme, ignorant même des notions de base de Pékin, pensait avoir le droit de nous dicter comment vivre. Au fond : *Comment pouvez-vous savoir à qui Dieu doit manifester sa miséricorde ?*

En 1254, Rubroek s'était trouvé confronté à un problème similaire. Le Grand Khan des Mongols avait demandé :

Puisque Dieu a fait en sorte que les dix doigts de nos mains soient de longueur différente, il a aussi permis que nous ayons des façons différentes de faire les choses. Dieu vous a donné la Bible ; c'est vous les chrétiens qui ne vous y conformez pas. Aurais-tu lu dans la Bible qu'un chrétien doit critiquer les erreurs des autres ?

Bien sûr que ce n'est pas le cas. Ce n'est pas ce qui est dit. Dans la description faite après l'incident par Rubroek, on peut ressentir la gêne que ce missionnaire fervent s'efforçait de réprimer face aux critiques acérées du Grand Khan :

Bien sûr que ce n'est pas le cas. Grand Khan, ce n'est pas ce qui est dit. Je vous l'ai annoncé dès le début ; je n'ai pas l'intention de disputer avec quiconque.

Il s'agissait à l'évidence de paroles évasives prononcées sous l'effet du désarroi. A ce moment-là, ce que manifestait Rubroek n'était ni sincère ni courageux. Son Eglise et son roi auraient-ils seulement osé polémiquer verbalement ? Auraient-ils osé par le sang et le fer corriger à leur guise « les erreurs des autres » ?

Mais il est impossible que le pauvre Rubroek n'ait pas voulu polémiquer. Pour des chrétiens du Moyen Age, c'était une situation difficile à imaginer et impossible à comprendre : être obligé de s'asseoir sous la tente et de tenir tête à ces infidèles, ces adorateurs d'idoles, de dialoguer avec eux et au fil de la polémique d'exposer et de démontrer sa vérité. La position historique des grands khans mongols d'il y a plus de sept cents ans avait été gravement sous-estimée. Les hommes se souvenaient de leurs massacres sanglants ; pour les Occidentaux, ils avaient été un cauchemar de fin du monde impossible à chasser de leur esprit. Or, de Gengis Khan à Kubilaï, ces enfants chéris du Ciel avaient non seulement fait communiquer inconsciemment l'Orient et l'Occident, mais ils étaient les protecteurs énergiques et lucides de la liberté de croyance et de la liberté du commerce mondial. En 1254, dans les plaines de Mongolie, au milieu d'un monde qui avait sombré dans la division entre différents rigorismes religieux, on voyait poindre l'aurore : c'était peut-être la première fois dans l'histoire que sous la tente dorée du Grand Khan Mengku se tenait une assemblée religieuse mondiale.

Assis sous la tente, se côtoyaient des maîtres taoïstes, des moines bouddhistes et des musulmans appelés « Sarrazins » en Europe. Devenu le représentant de la chrétienté, Rubroek découvrit aussi la présence de prêtres nestoriens[1], chrétiens hétérodoxes appelés en Chine les adeptes de la doctrine de la Lumière resplendissante, qui exerçaient une large influence, capable de rendre Rubroek secrètement jaloux. Les différentes croyances étaient toutes là ; leurs représentants devaient observer les règles de discussion fixées par le Grand Khan Mengku pour débattre d'une théologie capable d'instaurer la paix.

Il ordonna que personne n'adressât à quiconque des paroles provocantes ou insultantes, et que nul n'échappât aux interdictions concernant les désordres causés par cette affaire, les contrevenants étant passibles de la peine de mort.

Même s'il y avait des guerriers mongols pour maintenir l'ordre avec un regard farouche, ce fut indéniablement un des débats les plus éclairés de l'époque. Par sa sagesse aussi simple et naturelle que l'herbe verte et la lumière du soleil, le Grand Khan Mengku montra au monde la voie qui conduit à la vérité.

Il est difficile de savoir qui au cours du débat réussit à l'emporter, car aujourd'hui tout ce que l'on peut lire, c'est la narration unilatérale écrite par Rubroek, mais il est clair que lors de la discussion sur la nature unique de Dieu, les chrétiens, les nestoriens et les musulmans se retrouvèrent dans le même camp ; en ce lieu, les ennemis qui à l'extérieur de la tente d'or se jetaient des regards courroucés et se vouaient une haine mortelle prirent conscience d'une source commune : ils étaient tous les descendants du monothéisme hébraïque.

Quand un autre prenait la parole, *tout le monde écoutait d'une oreille attentive sans émettre la moindre*

1. Animés par la foi chrétienne propagée par des moines de l'Eglise syriaque orientale (abusivement appelée « Eglise nestorienne »).

objection ; quand le débat se termina, *les nestoriens et les Sarrazins se mirent à chanter en chœur alors que les maîtres taoïstes se tinrent cois. Ensuite, tous firent de copieuses libations.*

Ce soir-là fut un moment de réjouissance ; la nuit sur la plaine s'étendait au loin à l'infini ; sous le firmament parsemé d'étoiles éblouissantes, les hommes aux diverses croyances s'enivrèrent.

Ils ressemblaient alors à une bande de garnements querelleurs. Satisfait, Rubroek écrivit :

Nous avons véritablement apporté la Croix qui se dressait haut sous la tente ; en même temps, nous avons chanté le « Cantique du dimanche de la passion », qui émut les Sarrazins jusqu'aux larmes.

En 1255, Rubroek retourna vivre en Europe, reclus dans un monastère où il rédigea sa *Chronique d'un voyage en Orient*[1]. Sa mission diplomatique avait totalement échoué, mais son livre sema au plus profond de l'esprit occidental une graine desséchée rapportée d'une contrée lointaine.

Selon moi, ce fut un événement extraordinaire. J'imagine, dans une cellule du monastère, un jeune moine irritable écoutant respectueusement un autre moine raconter ses aventures en Orient, d'une voix paisible, posée, dans un latin qui semble psalmodié. Celui qui écoute tend son cou raidi, comme s'il voulait avaler et mâcher chacune des paroles de l'autre.

Les imperceptibles détails de l'histoire résident là ; les événements véritablement importants se sont peut-être produits en des lieux et des temps aujourd'hui

1. Guillaume de Rubrouck, *Voyage dans l'empire mongol (1253-1255)*, traduction et commentaires de Claude et René Kappler, Payot, 1983 ; rééditions 1993, 1997, 2007.

oubliés, parmi des hommes dédaignés et méprisés. Comme cet auditeur respectueux, à son époque, c'était un gars à la réputation trouble, méprisé par son entourage, mais jusqu'à ce jour nous continuons à nous cacher sous son ombre immense.

Autre exemple, si vous êtes myope, sachez que le premier schéma d'optique de l'histoire correspondant aux lunettes que vous portez fut tracé par un homme du nom de Roger Bacon.

Roger Bacon[1] naquit dans les années 1220. En fait, nous connaissons beaucoup mieux un de ses homonymes : Francis Bacon, né en 1561. Après avoir lu les notes de ce dernier, on apprend qu'il fut le fondateur de la science moderne en Occident. Mais sans le premier Bacon, il n'y aurait pas eu de second, car c'est justement ce Roger Bacon, missionnaire anglais qui, lors d'une carrière scientifique jugée extravagante et démente par les Européens du Moyen Age, lança et mit en pratique l'esprit expérimental. C'était une façon entièrement nouvelle d'appréhender le monde, comme s'il s'était servi de lunettes pour permettre aux hommes de le voir clairement.

Face à l'Orient inconnu, face à la partie du monde encore ignorée, un tel homme débordait forcément d'enthousiasme pour la découverte. Il s'empara du manuscrit de la *Chronique d'un voyage en Orient* pour le recopier et l'inclure intégralement dans son *Grand Œuvre.* Mais Roger Bacon, comme beaucoup d'éléments hétérodoxes ayant ouvert l'avenir, identifia plus souvent encore son époque d'une manière totalement farfelue. Par les yeux de Rubroek, il envisagea le vaste monde, mais aussitôt après, débita des absurdités avec une joie débordante :

1. 1214-1294.

Les Grecs se soumettront à la Curie romaine, les Tatars croiront en majorité à [sa] religion, les Sarrazins seront éliminés et dans le monde il n'y aura plus qu'une famille, plus qu'un pasteur.

Dieu m'est témoin, Roger Bacon était sincère. Il décrivit sa vision lointaine d'une histoire éclatante dans l'esprit d'un chrétien du Moyen Age. Sa pensée ne différait guère de celle d'un palefrenier ou d'un marchand dévot. Il n'avait pas tout à fait compris la situation décrite par Rubroek. Il fallut encore une longue période, il fallut que beaucoup de sang coulât, pour que les Européens prissent conscience de l'esprit religieux d'ouverture qui s'était développé dans les steppes de Mongolie.

Sept siècles plus tard, quand on lit la préface de Roger Bacon, on frémit quand même intérieurement ; dans le monde, il n'y a plus en effet qu'un « pasteur ». Seulement ce n'est pas l'Eglise chrétienne, mais des descendants que n'avait pas prévus Roger Bacon le « scientifique ». Nous aussi bientôt nous « n'aurons plus qu'une famille ». Ce sera le monde globalisé unifié par le capital, Internet, les fast-foods et les films de Hollywood. Savoir si vous aurez envie de vivre dans cette « famille » sera hors de votre portée.

Rubroek et Roger Bacon ignoraient tout cela. La volonté mystérieuse de l'histoire est pareille à la voûte céleste qui couvre la terre désolée ; les étoiles étincellent, elles se déplacent sans cesse dans l'obscurité. Sous cette voûte, les deux hommes avancent en chancelant, sans savoir vers quoi ils se dirigent. Parfois, parvenus en un lieu, ils poussent brusquement un cri d'étonnement : dans un rêve lointain, dans leur mémoire confuse, ils semblent être déjà venus là…

Pour les Européens du Moyen Age, c'est un souvenir aussi lointain que si des générations avaient passé : dans l'Empire romain corrompu et splendide, les femmes de la noblesse, ensorcelantes et licencieuses, portaient des soieries venues de l'Orient lointain, légères comme des nuages, douces comme de l'eau.

Les soieries adoucirent la peau vigoureuse des Romains et leur permirent de redécouvrir leur corps en dehors de la tradition grecque. La soie fut comme l'alcool ; dans la soie, le corps des hommes s'enlisa, celui des femmes devint gracieux.

Virgile a écrit que la soie était « un poil spirituel tiré de la feuille d'un arbre[1] ». En vérité, ce tissu plus précieux que l'or fut une sorte d'esprit, qui apprit beaucoup de choses aux Romains. Grâce à lui, ces derniers prirent conscience de ce qu'est la légèreté, la finesse, la douceur, la splendeur, de ce qu'est la décadence, pareille au rêve, pareille à la bruine. Grâce à la soie, ils apprirent un style de vie, une philosophie de la vie, et en furent transportés jusqu'au septième ciel.

Mais les Romains n'avaient jamais vu les hommes qui fabriquaient la soie. Ils disaient que la soie venait de *Seres* – le pays des « gens de la soie », un lieu lointain pareil à un mythe.

Actuellement, nous savons que ces « gens du pays de la soie » étaient les Chinois. Par de longues voies terrestres et maritimes dangereuses, au gré d'échanges indirects compliqués entre différents peuples, la soie finissait par atteindre Rome. Evoquant les hommes à la vue de la chose sans pouvoir voir ces hommes, les Romains ne pouvaient que se perdre aux confins des déserts et des océans ; ils appelèrent les hommes qui tenaient l'autre extrémité de cette chaîne commerciale mystérieuse, les « gens de la soie » – les Sériques.

Baignant dans la soie, l'alcool et la vapeur des bains publics, l'Empire romain se désintégra ; les mille

1. L'auteur s'inspire librement de la phrase des *Géorgiques.*

frivolités virèrent à la décadence et l'Europe entra dans l'austère Moyen Age. Or au VIe siècle, deux moines persans dissimulèrent des vers à soie dans leurs cannes creuses et les rapportèrent en catimini de Chine à Constantinople. Ce fut sans doute l'une des plus graves affaires de vol d'un secret technique de l'histoire. Dès lors, la fabrication de la soie commença à connaître un grand développement en Europe et cessa d'être une matière mystérieuse. Avec l'essor de l'islam et l'interruption du commerce entre la Chine et l'Occident, les « Sériques » devinrent progressivement en Europe un vague souvenir et dans la perspective mondiale de l'Occident médiéval, la Chine disparut complètement.

Il fallut attendre 1255 pour que sous la plume de Rubroek les souvenirs se réveillent. Il fit savoir à ses lecteurs que les « Sériques » présents dans l'imagination des Romains avaient continué de se multiplier à l'extrémité du monde et qu'il s'agissait des « Khitans » administrés par le Grand Khan mongol.

La géographie des Romains était une géographie imaginaire, alors que la connaissance géographique de Rubroek était fondée sur celle d'un continent qu'il avait arpenté de ses deux jambes. Dans l'histoire de l'Occident, il fut peut-être le premier à décrire précisément la position de la Chine, même si ce qu'il appela le pays des Khitans était en fait le nord de la Chine, vaste territoire occupé par les Mongols après qu'ils eurent écrasé les Jin.

Rubroek fit une description sommaire de la civilisation khitan : il découvrit que les habitants se servaient de feuilles de papier comme monnaie, « de la taille d'une paume environ, sur lesquelles étaient imprimées quelques lignes, ainsi que divers signes ressemblant au sceau du Kaghan[1]. » Il s'agissait de papier-monnaie, qui circulait déjà en Chine sous les Song. Les Song furent

1. Khan, dans la transcription phonétique du mongol.

en effet une dynastie grandiose. L'édification du système à la base de notre société moderne commença dès cette époque, avec par exemple le papier-monnaie. Aujourd'hui en ce début du XXIe siècle, notre sagesse n'a pas dépassé celle des Song, ces derniers avaient déjà parfaitement compris la nature abstraite de la monnaie et de la richesse.

Rubroek parle aussi des caractères chinois. Il dit à ce propos : « Ils écrivent avec de petites brosses, telles que celles de nos peintres. » Il parle également de la médecine chinoise : « Leurs médecins utilisent la palpation pour diagnostiquer les maladies. »

Toutes ces choses étaient parfaitement inimaginables pour les Occidentaux de l'époque et dépassaient leur expérience et leur entendement. Mais il y a une chose que les Occidentaux comprirent immédiatement, ce fut cet arbre d'argent. Tous les lecteurs directs ou indirects de la *Chronique du voyage en Occident* retinrent leur souffle devant cet arbre.

Rubroek nous explique que, outre le lion d'argent qui crachait du lait de jument par quatre bouches, il y avait sur l'arbre quatre conduits qui communiquaient avec la cime de l'arbre avant de retomber vers le bas. Sur chacun de ces conduits se trouvait un serpent d'or dont la queue entourait le tronc. Par l'un d'eux coulait de l'alcool, par un autre du lait de jument purifié, par le troisième du *bule*, « boisson fabriquée avec du miel », et par le dernier coulait de l'alcool de riz appelé *terasina*. Placées sous l'arbre quatre bassines d'argent recueillaient les différentes boissons déversées par les quatre conduits.

A la racine de l'arbre se trouvait un creux secret dans lequel était agenouillé un homme qui possédait une capacité pulmonaire sans doute équivalente à un soufflet de forge. Au signal, sa tâche consistait à souffler afin d'actionner un petit ange placé au sommet de l'arbre, faisant entendre une furieuse sonnerie de trompette dissonante qui se diffusait dans tous les jardins du palais.

Alors aussitôt les caves à vin du palais débordaient d'activité, des serviteurs envoyaient l'alcool et les autres boissons dans les différents conduits, ces divers liquides aboutissaient dans les bassines disposées au pied de l'arbre et les gaillards mongols buvaient à cœur joie…

Après avoir examiné le processus complet, j'estime qu'il revenait à s'agiter pour rien et exigeait beaucoup d'efforts ; il est peu probable que verser directement l'alcool des jarres dans des coupes aurait demandé plus d'énergie. Les serviteurs devaient au moins verser des seaux l'un après l'autre sans s'arrêter, faute de quoi la pression était insuffisante, le courant s'interrompait et ils risquaient de se faire couper la tête.

Mais le point de vue des Européens du XIIIe siècle était certainement différent du nôtre. Que signifiaient des montagnes de viande et des lacs d'alcool ? Que signifiait mener une vie de luxe, de débauche et d'oisiveté ? C'était cela. Une richesse et un libertinage inimaginables qui sous cet arbre d'argent s'offraient à la vue de l'Europe du Moyen Age : autant de splendeur et d'éclat éblouissants.

L'Europe se souvint de cet arbre d'argent. L'arbre et le souvenir que les Européens avaient du pays de la soie créèrent une image fantôme extraordinaire. L'arbre d'argent confirmait le souvenir et, grâce à un imaginaire lointain, certifiait à nouveau deux points importants sur le plan du sens : l'Orient et la Chine étaient avant tout des contrées couvertes d'or, regorgeant de richesses. Au fond, jusqu'où allait leur richesse ? Il suffisait d'imaginer cet arbre d'argent. Ensuite, l'Orient et la Chine étaient aussi le domaine du démon, Satan, et cet arbre d'argent, d'une beauté stupéfiante, était une immense tentation et un péril absolu. L'alcool qui coulait à flots était pareil à un fleuve de désirs.

Tout le monde voyait parfaitement qu'étaient étroitement liés le désir et la peur du désir. Sous la domination du désir, l'Occident imagina l'Orient sous la forme d'un trésor qui sommeillait au loin en attendant qu'on vînt l'exhumer, mais en même temps, si l'on était un chrétien fervent, on pouvait croire qu'en vérité la volonté de Dieu était plus importante que la recherche de la richesse.

Ce qu'il y a d'amusant, c'est que cet arbre d'argent qui avait ouvert aux Occidentaux un important domaine imaginaire avait en fait été fabriqué par les Occidentaux eux-mêmes ; Rubroek nota le nom de son constructeur. C'était un Français comme lui : l'orfèvre parisien Guillaume Boucher. Dans l'Europe du Moyen Age, il n'était pas rare qu'un orfèvre fabricant de bijoux d'or et d'argent parcourût le monde, abandonnât un sujet pour chercher le suivant. C'est ainsi que de ville en ville Boucher se déplaça progressivement vers l'est. Parvenu en Europe orientale, il rencontra fortuitement une Française née en Hongrie. Ils s'aimèrent, se marièrent et se rendirent ensuite à Belgrade. Là Boucher continua à fréquenter les grands de ce monde, fabriquant pour eux boucles d'oreilles, bagues et autres. Au moment où la grande armée mongole attaqua la ville, toutes les femmes et les filles perdirent sans doute la vie, mais Boucher fut emmené vers l'est où il réalisa le rêve le plus magnifique qu'il eût jamais pu concevoir dans sa carrière professionnelle. Les Mongols de l'époque vouaient en effet aux artisans, ou aux techniciens, un respect plein de modestie.

Maintenant, nous revenons involontairement à un thème ancien dans la culture chinoise : les étrangers nous ont apporté les « arts ingénieux ». A ce qu'on raconte, après que le général Ming, Xu Da[1], se fut

---

1. 1332-1385.

emparé de la capitale des Yuan, il incendia le palais et l'on ignore si l'arbre d'argent fut incendié aussi. Peut-être fut-il emporté de la capitale par Kubilaï. De Xiang Yu à Xu Da, à chaque génération, l'histoire de Chine a connu des héros qui ont imposé leur pouvoir par le feu, rien d'étonnant à cela, mais en ce qui concerne la capitale des Yuan, cet incendie eut peut-être sa raison d'être. A force d'y réfléchir, je pense que l'un des motifs fut qu'elle était fortement marquée par les mœurs étrangères ; le palais des Yuan avait permis l'installation de toutes sortes d'appareils mécaniques tout à fait incroyables. Pour une civilisation agricole qui avait fait de l'homogénéité le principe le plus élevé de soutien de la société, ils étaient trop vifs d'esprit, trop peu sérieux, trop frivoles et tapageurs. Un arbre d'argent tel que celui-là faisait douter de l'influence morale d'une dynastie qui se considérait comme l'héritière de la transmission de la doctrine.

Evidemment, nous aimions bien cet arbre d'argent, comme nous aimerions aussi par la suite les horloges à boîte à musique importées d'Occident. Matteo Ricci, l'un des premiers missionnaires catholiques, réussit à mettre le pied en Chine grâce à ce genre d'objet futile. Mais c'est aussi par l'intermédiaire de ces objets que nous distinguâmes clairement l'image des étrangers : ils étaient ingénieux et ils étaient aussi vicieux.

Guillaume Boucher ne cessa de rêver à cet arbre d'argent. Il en démonta méticuleusement les différentes parties ; sous le couteau, les feuilles d'argent étaient à la fois souples et résistantes, elles étaient aussi fragiles, comme la peau ferme d'une jeune fille. Il maîtrisa ses mains. Il avait en effet une paire de mains robustes, dures, couturées de cicatrices. Son visage était couvert de poils de barbe pareils à l'herbe en automne, ce qui donnait l'impression que son nez énorme, rouge vif, allait bondir et s'enfuir. Mais ses yeux doux et paisibles ressemblaient à ceux d'un enfant, fixant, surpris, la crinière des lions qui se dressait peu à peu sous le soleil.

Ce à quoi Boucher n'avait pas songé, c'était que cet arbre d'argent était aussi un prodigieux miroir à double face magique, dans lequel l'Orient et l'Occident, la Chine et l'Europe se miraient l'un(e) l'autre. Les spectacles qu'ils y voyaient étaient semblables, seule différence : ils croyaient que ce qu'ils y voyaient, c'était l'autre.

4

LEIRIA, LEIRIA

Ce soir-là, le Quatrième et moi nous tenions sous l'enseigne de *Fenbide*[1], en attendant le vieux Xiong[2]. Des taxis s'arrêtaient fréquemment, une ou deux personnes sautant comme des cabris en sortaient ; une forte pluie éclaboussait bruyamment le sol.

« Ce n'est pas le vieux Xiong », dit le Quatrième.

Bien sûr que ce n'était pas lui. Le vieux Xiong n'avait pas la moindre agilité ; quand il marchait, il ressemblait à un ours debout. Peut-être le bonhomme se dirigeait-il vers nous en se dandinant à l'autre bout de la ville – un ours marchant sur le boulevard.

Les rues étaient désertes. Une voiture s'approcha. Dans l'intervalle qui précéda l'arrivée de la voiture suivante, le boulevard parut irréel à nos yeux. Des deux côtés de la chaussée pendaient des lanternes rouges, d'innombrables lanternes rouges, rigoureusement, obstinément alignées. La nuit noire sans égard les transformait en une série de fils lumineux qui flottaient dans la pluie.

Près d'une demi-heure avait passé, le vieux Xiong n'était toujours pas arrivé. La nuit de la fin septembre était déjà fraîche, d'autant qu'il pleuvait.

1. Médicament analogue à l'Ibuprofène.
2. Ce nom de famille signifie « ours ».

« Pas la peine de continuer à l'attendre comme des idiots, dis-je. Entrons. »

Ce soir-là, le vieux Xiong ne se montra pas, son téléphone mobile était éteint, il ne répondit pas non plus aux appels sur son bipeur. Après avoir émis plusieurs hypothèses, le Quatrième et moi considérâmes qu'il devait déjà être ivre. En fait, quand il m'avait téléphoné, il avait manifesté l'enthousiasme que donnent les vapeurs d'alcool ; au milieu d'un brouhaha, il avait crié à tue-tête : « Faut absolument que tu viennes ! Attends-moi sous la grande pancarte *Fenbide.* »

Sous cette pancarte se trouvait le bar La Havane. Nous y pénétrâmes : dans une obscurité vacillante, la foule était emportée dans une danse endiablée. L'air confiné où se mêlaient l'alcool, la sueur et le parfum nous enveloppa. Les sons graves qui semblaient monter des profondeurs du sous-sol ressemblaient aux battements d'un énorme cœur. Je crois que le Quatrième et moi avions l'air désorienté. Alors que c'était l'heure d'aller se coucher, nous étions loin de nos domiciles respectifs, nous avions traversé la pluie et arrivions donc à La Havane.

Beaucoup de gens étaient allés à La Havane, par exemple Christophe Colomb. Certes, ce dernier ignorait totalement qu'il se trouvait à Cuba. Il croyait être arrivé en Chine. Colomb découvrit la Chine à La Havane. Tendant son passeport, il s'apprêtait à obtenir d'un moment à l'autre une audience du Grand Khan des Mongols dont il avait entendu parler. Or ce soir-là, quand nous aussi arrivâmes à La Havane, à l'extérieur, c'était la Chine, Pékin. Dans *Le Devisement du monde* de Marco Polo que Christophe Colomb connaissait bien, la ville de Pékin s'appelait Khanbaliq.

Revenons à aujourd'hui. Pour dire les choses simplement, La Havane, capitale de la République cubaine, est aussi un bar de Pékin. Ce bar se trouve donc à côté de la grande entrée du Stade des ouvriers, sous la grande pancarte *Fenbide.* Or le Stade des ouvriers s'abrège en « Gongti[1] ». Si j'étais un fan de foot, j'irais souvent dans ce lieu regarder les quelques dizaines de pieds puants qui valent des millions courir après un foutu ballon et je serais à deux doigts de mourir de colère.

Les choses sont donc très simples ; toutefois, le soir où je me trouvais dans ce bar, affaire sans grande importance, il se peut que dans tel endroit du monde se fût produit un tremblement de terre et que dans tel autre endroit du monde des gens fussent en train de massacrer leurs voisins. Le lien entre les hommes et les grands événements est un mystère et reste difficile à appréhender. Par exemple, le 2 avril 1914, quelqu'un écrivit dans son journal : « La Russie a déclaré la guerre à l'Allemagne – cet après-midi, je suis allé nager. » Il nous est très difficile de deviner ce que ce tiret signifie, au fond. De même, ce soir-là, quand le Quatrième et moi arrivâmes au bar La Havane, je n'imaginais pas que j'allais être impliqué dans un incident diplomatique lointain.

Franquie, nom de pays et non pas le nom d'une couleuvrine. En l'an dingchou *de l'ère dynastique Zhengde*[2]*, le premier secrétaire du gouverneur de la province du Guangdong fut chargé de s'occuper des affaires maritimes. Un beau jour, [les capitaines de] deux gros navires arrivèrent à Canton au relais d'accueil des ambassades. Ils déclarèrent qu'ils apportaient le tribut du pays des Francs ; le commandant des navires se faisait appeler « Capitan ». Ses hommes avaient tous un long nez, les yeux profondément incrustés dans leurs orbites et la tête enturbannée tels des musulmans.*

1. Littéralement, « stad' ouv' ».
2. Règne de l'empereur Ming Wuzong (1506-1522).

Il s'agit là d'un passage des souvenirs de Gu Yingxiang[1], fonctionnaire responsable des affaires étrangères et du commerce extérieur du Guangdong de l'ère Zhengde des Ming. Ce texte nous apprend qu'en l'an *dingchou* de cette ère dynastique, c'est-à-dire en 1517, arriva au Guangdong une bande de diables étrangers bizarres. Et l'incident nous révèle qu'il existait un pays appelé la Franquie – « Franquie, nom de pays et non pas le nom d'une couleuvrine ». A l'évidence, ce mot nouveau, riche de saveurs étrangères, était pris par beaucoup de gens pour une arme importée d'un type nouveau. En fait, ce n'était pas faux ; au milieu de la dynastie Ming, les canons des Francs avaient pénétré indirectement en Chine en suivant la voie ouverte par Vasco de Gama. Les marchandises voyagent plus vite et plus loin que les hommes – tout comme chez les patriciennes romaines qui n'avaient jamais vu une Chinoise de leur vie mais portaient des soieries de Chine soulignant leur séduisante allure érotique.

Actuellement, la Franquie a un autre nom, nous appelons ce pays Portugal : en 1513, Albuquerque[2] occupait Malacca (appelé autrefois Manlajia). Quatre ans plus tard, Tomé Pires fut chargé par le roi du Portugal de conduire une ambassade en Chine, accompagné de six autres Portugais et de cinq interprètes – ces derniers étant appelés des « langues ». Le groupe demeura d'abord trois ans à Canton et ce n'est qu'en 1520 qu'il obtint l'autorisation de se rendre à Pékin.

Pires et sa suite embarquèrent alors sur trois bateaux à rames qui selon notre coutume arboraient pavillons et cagnards de soie et qui pour l'honneur du pays portaient des drapeaux sur lesquels était imprimé l'emblème national.

(*Histoire des premiers temps de Macao*, p. 111.)

1. Penseur, mathématicien (1483-1565).
2. Afonso de Albuquerque (1453-1515).

Après avoir atteint la capitale, ils furent installés dans la résidence des hôtes étrangers où un an passa encore. Quatre ans plus tard, comme s'il attendait Godot, Pires attendait encore une réponse de l'empereur. Si j'avais été à sa place, chargé d'une mission dans un pays étranger, au bout de quatre années d'attente, je serais certainement devenu fou. Mais il y a de cela cinq cents ans, la notion du temps n'était pas la même, les hommes étaient beaucoup plus patients. Ils considéraient la vie comme une longue attente aux portes de l'éternité. Ainsi Pires ne devint pas fou ; il n'imagina pas un seul instant que son Dieu et son souverain eussent pu l'abandonner.

La question qui s'était posée à l'époque, c'était de savoir si les sujets de la dynastie des Ming avaient pu être abandonnés par leur empereur. Qu'une ambassade étrangère dût attendre quatre ans, même dans un pays extrêmement bureaucratique, était une chose rare, exagérée. Mais le centre nerveux de l'empire était alors frappé de paralysie, personne n'était capable de prendre une décision, car la seule personne qui en eût été capable était justement absente – pendant que Pires attendait à Pékin, l'empereur Zhengde se trouvait dans le Sud en train prendre du bon temps et de batifoler. Un de mes amis a baptisé cet empereur le « jeune rockeur » ; c'était un passionné de chasse, il avait un goût avant-gardiste pour les costumes et les femmes. Il avait rêvé de devenir général, il se nomma donc général, et ses ministres ignoraient souvent où il se trouvait. Il jouissait d'une exubérante vigueur destructrice. Toute sa vie était soumise à une impulsivité puissante, qui avait fait de lui ce qu'il était et non un empereur. Ainsi, de 1517 à 1521, alors que les premiers colonialistes porteurs de canons « francs » attendaient patiemment, du fait que sur le trône impérial de la dynastie Ming

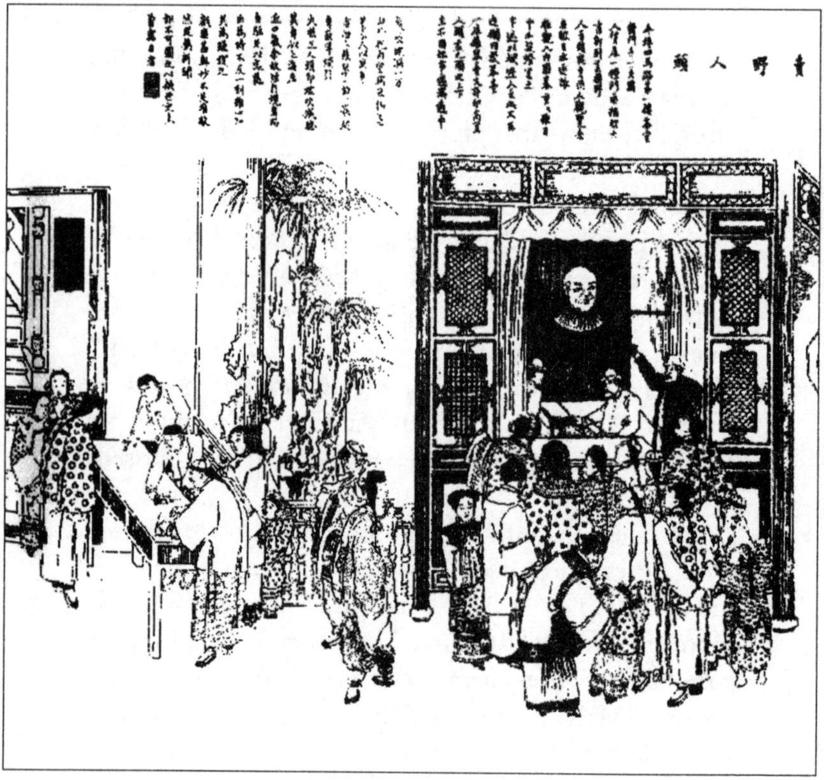

Vente d'une tête de sauvage.

siégeait un leader de groupe de rock à l'esprit confus, nul ne savait à quel saint se vouer.

En 1521, l'empire tout entier poussa un soupir de soulagement ; l'empereur Zhengde, lassé de ses excès, mourut. Mais à la veille de sa mort, il adressa indirectement à Pires, qui attendait patiemment depuis quatre ans, une réponse qui prit tout le monde par surprise : ces soi-disant ambassadeurs de Franquie ne sont que des faussaires, ce sont des espions, des agents secrets qui doivent être exécutés.

Cette décision n'était pas aussi brutale qu'il y paraît. En tant que cadre de niveau moyen, Gu Yingxiang caressait l'espoir de voir s'élever le niveau de la politique impériale ; il expliqua le destin de Pires et de ses hommes en le simplifiant sous le terme d'« irrévérencieux ». Il est d'ailleurs possible qu'ils n'aient montré une attitude guère respectueuse. Au début des relations entre la Chine et l'Occident moderne, les questions de préséance furent toujours un point de focalisation des affrontements, mais dans l'histoire qui nous occupe, l'intérêt du pays et la géopolitique s'accordaient avec les idées des souverains de la dynastie Ming. Dès que les Portugais eurent occupé Malacca, un envoyé du sultan de Malacca qui avait été révoqué arriva à la cour des Ming qui jouait le rôle de suzerain pour demander assistance et appeler des renforts. Or, au moment où Pires était bloqué en Chine en attendant l'approbation de sa mission « amicale », un capitaine portugais du nom de Simão de Andrade qui avait occupé des îlots de la côte du Guangdong et s'y était livré à des exactions, avait finalement été expulsé manu militari. Pires ne devait donc plus espérer une conclusion heureuse ; il allait payer le prix de la cupidité de son pays, et les bourreaux de l'administration chinoise brûlaient certainement d'envie d'intervenir car, dans leur carrière professionnelle, ils n'avaient sans doute jamais eu l'occasion de trancher la tête d'un diable étranger.

Revenons maintenant à La Havane et laissons le pauvre Pires prier en attendant le coup de sabre fatal. Ici les gens s'enivraient de rhum, alcool fabriqué à partir de mélasse après cristallisation du sucre de canne, qui avait fait déborder d'enthousiasme romantique une révolution du XXe siècle : « C'était l'alcool que buvaient Castro et Guevara ! » Le Quatrième, la tête renversée en arrière, engloutit un verre de plus. Il en avait déjà bu cinq ou six. Si ça continuait, il allait se retrouver ivre mort et moi je serais obligé de raccompagner ce poivrot agressif par les rues de la ville avant de le jeter sur son lit. Aussi, fermement décidé à l'empêcher de se soûler, m'empressai-je de vider mon verre. L'alcool limpide descendit dans ma gorge pour atterrir dans mon estomac, puis, telle une fusée de feu d'artifice, explosa en une gerbe d'étincelles…

Ensuite parut Leiria. Je pense qu'elle se montra au bon moment, car le Quatrième était en train de me décrire ses années 60 de manière à la fois confuse et péremptoire : il avait mangé du sucre de Cuba, il avait possédé une machette pour couper la canne à sucre affûtée comme un rasoir et, armé de cette machette, il avait coupé l'oreille d'un gamin de l'Institut de la marine. A ce qu'on raconta, le pauvre garçon avait couru sur plus de cent mètres avant de sentir une démangeaison à l'oreille ; en y portant la main il s'était rendu compte qu'elle avait disparu : « Il y a quelques jours, j'ai même rencontré le gars. On lui en a collé une fausse. J'ai bien regardé et on ne voit vraiment rien ! »

Je pense qu'un type à qui on a coupé une oreille et qui court sur cent mètres ressent certainement une démangeaison, c'est son corps qui l'avertit qu'il ne doit pas oublier d'emporter quelque chose. Mais je sais que ce drame sanglant scandaleux n'était pas le sujet principal que le Quatrième voulait aborder. Même si, à moitié pompette, il était parti pour la Havane et avait fini par bifurquer vers la Birmanie, il allait me raconter comment le petit Quatrième âgé de dix-sept ans, le cœur débordant d'idéal, avait grimpé dans un train en partance pour la Birmanie dans le dessein d'y soutenir la révolution mondiale. Tournant autour de ce thème, le Quatrième allait selon son habitude jacasser pendant deux ou trois heures et, sous le coup de la fureur provoquée par la consommation d'alcool, finirait par insulter toutes les personnes présentes : « Bande de bons à rien, vous n'êtes que des cadavres ambulants ! »

Mais ce soir-là, apparut Leiria. En fait, je ne m'étais absolument pas rendu compte qu'elle était déjà arrivée. N'ayant rien d'autre à regarder, j'avais les yeux rivés sur la bouche du Quatrième en train de débiter son blabla, mais tout à coup sa bouche s'immobilisa. Comme si quelqu'un lui avait asséné un coup sur l'occiput, tout son visage s'immobilisa dans une attitude bizarre, ne sachant plus s'il devait se recroqueviller ou se détendre. Je compris alors qu'il se passait quelque chose ; suivant le regard pétrifié du Quatrième, je tournai la tête et vis Leiria assise à côté de moi.

En 1521, d'après ce que nous en savons, l'ensemble de l'empire des grands Ming poussa un soupir de soulagement : le roi est mort, vive le roi. On vit monter sur le trône l'empereur Jiajing[1], un jeune garçon de quatorze ans. Au cours des quarante-cinq années qui suivirent, ses ministres le regardèrent grandir avant de dépérir d'une manière chaque jour plus désespérante. Ils ne comprirent jamais la raison pour laquelle cet homme éprouvait une colère maussade contre le monde. Mais ce fut à ce moment-là que, pour Pires, le destin sembla basculer :

Après son accession au trône, l'empereur Jiajing considéra les Portugais comme des délinquants et les renvoya à Canton où ils furent incarcérés. Si les Portugais restaurent le souverain légitime de Malacca, il ne faudra pas nuire à cet ambassadeur et sa suite et ils pourront obtenir l'autorisation de quitter le pays sans difficulté. Si les Portugais refusent de restituer Malacca, Pires sera puni conformément à la loi.

(*Histoire des premiers temps de Macao*, p. 113.)

---

1. Jiajing régna de 1521 à 1566.

Toutefois, selon le récit de Gu Yingxiang, les « truchements » de l'ambassade connurent un sort peu enviable, les Chinois qui jouaient le rôle d'interprètes, de « langues » pour les étrangers, furent « exécutés publiquement selon la loi ». J'ai raconté dans un article que dans les relations entre la Chine et l'Occident, le rôle d'interprète était à haut risque ; nous en avons ici un nouveau témoignage.

Mais Pires était encore en vie, ce qui pour notre histoire a son importance. On voit bien sûr qu'il y avait une épée suspendue au-dessus de sa tête ; il était devenu un enjeu géopolitique, mais en fait, cet enjeu n'avait aucune valeur. Les Portugais n'allaient évidemment pas restituer Malacca, d'autant que je doute beaucoup qu'ils aient été avisés de l'offre de la cour des Ming.

Dans l'*Histoire des premiers temps de Macao*, la mission et la vie de Pires se concluent par une description concise d'une ligne : *Pires et les autres furent exécutés en septembre de l'année 1523.*

Leiria possédait une beauté dangereuse. Lorsqu'on fixait son regard, une terreur vous saisissait sans bruit : son visage était empreint de fermeté voire de cruauté. Ses yeux noirs sautillaient sans cesse dans l'obscurité, telle une bête féroce sur le qui-vive, à la fois violente et fragile – une bête féroce de toute beauté. Ce soir-là, Leiria dit :

« Bonjou', jé m'abelle Leiria. »

Nous sûmes alors que c'était Leiria.

Dès lors, j'estimai que Leiria était un nom portugais ; évidemment, on ne pouvait pas en déduire avec certitude sa nationalité. Elle pouvait être portugaise mais aussi brésilienne, voire originaire du Timor oriental. Il y a plus de cinq cents ans, Vasco de Gama, lors de son périple à travers l'Atlantique et l'océan Indien, avait laissé des noms portugais en de nombreux endroits.

Mais il est sûr que le Quatrième ne pouvait pas être d'accord avec mon point de vue. Ce soir-là, il ne me laissa pas jouer mon rôle d'interprète. Il se servit de ses mains, il extirpa de sa mémoire quelques phrases d'anglais baragouinées et discuta avec Leiria en employant principalement un chinois bizarre aux intonations modifiées à force de vouloir imiter la façon de parler des étrangers. Bien que je me fusse rendu compte que la seule phrase chinoise que Leiria savait prononcer était probablement « bonjou', jé m'abelle Leiria » et qu'elle ne comprenait pas un traître mot de chinois, cela ne les empêchait pas de tenir une conversation animée. Le Quatrième est un gars d'un naturel bienveillant qui considère que me laisser sécher sur la rive comme un poisson serait inhumain, aussi tournait-il fréquemment la tête vers moi pour me jeter un peu d'eau, disant :

Cette étrangère est cubaine.

Elle est venue apprendre le chinois.

Elle est fille de haut cadre, son vieux est ministre.

Elle connaît Dan Lewis, le volleyeur.

Elle dit que cet alcool, à Cuba, c'est de l'eau-de-vie de patate douce. Putain, qu'est-ce qu'ils le vendent cher !

Elle est pas encore mariée.

Les garçons cubains sont pas bien, les garçons chinois non plus.

A ce moment-là, j'ignorais encore que notre pays pouvait « exécuter conformément à la loi » les « interprètes », mais j'avais déjà pris dans mon for intérieur la décision extrêmement mesquine de ne pas régler la note, le Quatrième devant payer le prix de son caquetage. Il croyait que tous les étrangers de La Havane étaient des Cubains, et comme il avait déjà mangé du sucre de Cuba, possédé une machette de Cuba, il avait une relation spéciale avec le peuple cubain, en particulier avec les belles Cubaines. C'est pourquoi sa bouche et ses deux mains s'activaient sans s'accorder une seconde de répit. Il s'appropriait toutes les paroles prononçables, comme si l'apparition de Leiria devant nous était destinée à lui permettre de me fourguer de force une histoire concernant cette dernière.

Comme je l'ai déjà dit, je pensais que Leiria était un nom portugais, autant dire que ce soir-là, le Quatrième discutait de manière délirante avec sa propre imagination. Cette belle femme d'Amérique latine n'était certainement pas cubaine, car un jour dans un livre intitulé *Pérégrinations*, j'ai découvert ce nom, Leiria. Je me suis dit alors, je connais ce nom, j'ai déjà vu cette femme, elle s'appelait bien Leiria.

L'auteur des *Pérégrinations*, Fernão Mendes Pinto, Portugais, était né en 1509 et mort en 1583. Pendant ces soixante-quatorze ans, ce bonhomme avait été « capturé treize fois, vendu seize fois » – c'est lui qui l'a raconté. C'est à mon avis un record mondial que personne n'a jamais battu. Si un homme a changé de propriétaire vingt-neuf fois, il est fort probable qu'à la fin il a parcouru la Terre entière, et c'est en fait ce qui s'était passé. En l'espace de vingt et un ans, Pinto dériva partout entre l'Inde et le Japon. Tantôt riche, tantôt mendiant, il fut pirate, marchand, fonctionnaire colonial, et même missionnaire – il avait en effet suivi François Xavier dans sa mission au Japon et investi dans la construction de la première église catholique de ce pays.

Puis Pinto vieillit. Il s'installa en ermite dans les environs de Lisbonne pour écrire son livre, il s'agit des *Pérégrinations*. Ce rude trompe-la-mort s'engagea dans sa dernière prise de risque : passer au crible ses souvenirs confus et chaotiques. Retenant sa respiration, il fixa son regard sur un jour du mois de mai 1542. Ce jour-là, en compagnie de cent cinquante pirates, il prit la mer à partir du port de Zhenhai, au Zhejiang, et se dirigea vers une petite île pour y fouiller des tombes royales dont il avait entendu parler.

A ce moment, à ce qu'on raconte, le malheureux Pires était mort depuis dix-neuf ans. Quant à Leiria, elle rencontrerait Pinto plus tard.

L'aventure risquée que tenta Pinto en 1542 fit fiasco. Sur l'île que dans son récit il appelle Calemplui, il ne pouvait pas y avoir dix-sept tombeaux royaux ; il ne s'agissait sans doute que de vieilles tombes ordinaires. Mais la bande de Pinto, comme beaucoup de gens de l'époque, s'était plu à croire à la folle joie que leur procurerait l'acquisition de richesses : en ce lieu, « sont entassés or et argent ». Résultat : avant qu'ils ne parviennent aux tombeaux dont ils avaient rêvé, la grande majorité d'entre eux avaient péri de mort violente. Après avoir essuyé une tempête, il ne resta plus que quatorze hommes, que leur Dieu abandonna sur une terre inconnue, parmi lesquels figurait évidemment Pinto.

D'après le récit embrouillé de notre héros, il est impossible de retrouver les traces précises de cette bande. Nous savons seulement que ces inconnus déguenillés se dirigèrent vers Nankin en mendiant en chemin, espérant y trouver un navire qui les ramènerait à Zhenhai ou les emmènerait au Guangdong. Mais dans la Chine du XVIe siècle, l'apparition d'étrangers sur une route était sans doute un événement considérable. Pinto et ses acolytes ne furent pas longs à être arrêtés par les autorités et conduits à Pékin par le Grand Canal.

C'était la première fois que le canal ainsi que les villages, les bourgs des deux rives et les populations environnantes entraient dans le champ de vision d'Européens. Quatre siècles et quelques plus tard, en suivant le regard de Pinto, je trouve que le Grand Canal et la Chine sont un monde imaginaire surréaliste. Face à

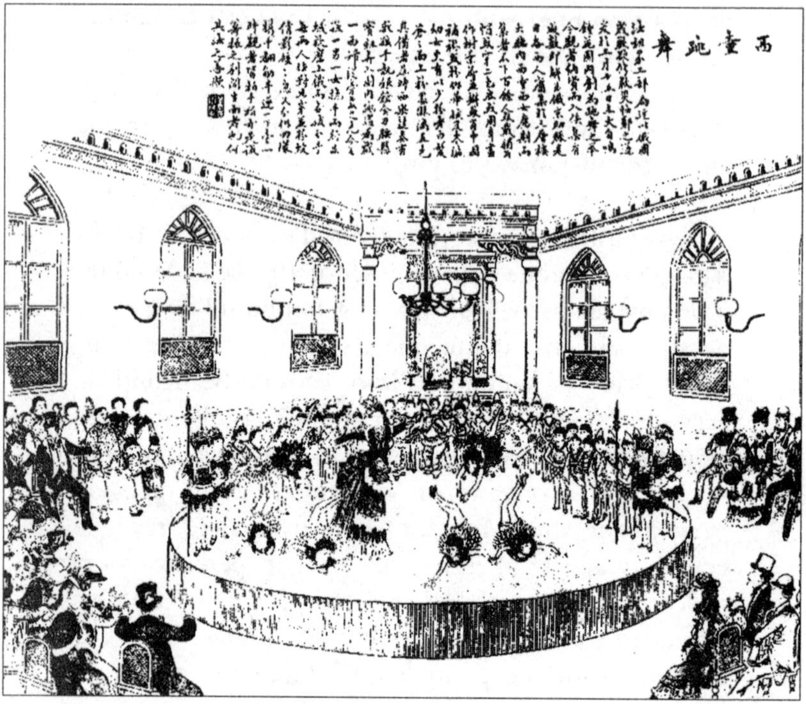

Danse d'enfants occidentaux.

cette immensité surprenante, à ce tumulte effarant et à ce prodige de pure naïveté, je puis imaginer les yeux de Pinto, des yeux d'enfant.

Plus tard, Pinto put voir Leiria. C'était dans un lieu qu'il appelle Sampitai. Dans les *Mémoires de Chine d'un Portugais*, cet endroit a été transcrit « San-pei-tai[1] », qu'une note signale comme pouvant être Peixian, dans le Jiangsu, par où passe en effet le Grand Canal.

Bien, admettons que ce soit Peixian. A l'époque, il s'agissait de la sous-préfecture de Xiapei ou de la

1. Littéralement, la Terrasse des Trois Joies.

préfecture de Pei : *Dans mon champ de vision, partout se succèdent les grands murs des hauts édifices de temples féodaux, ruisselant d'or et débordant de couleurs, dont l'allure était si splendide que nous en restâmes tous bouche bée.* Ce jour de l'année 1542, dans cette ville florissante, alors qu'un groupe de malfaiteurs au long nez, tous enchaînés, arpentait les rues, on peut imaginer la foule qui les entourait et les innombrables paires d'yeux écarquillés qui se braquaient sur ces hommes différents de nous.

Dans la foule, les commentaires allaient bon train et Pinto entendit distinctement la voix d'une femme qui disait :

« On ne doit pas s'étonner d'une chose pareille, car souvent la plupart de ces hommes qui travaillent sur la mer échappent difficilement au sort malheureux d'être ensevelis au fond de l'océan. C'est pourquoi, mes amis, puisque nous sommes des êtres faits de terre par Dieu, le mieux, le plus sûr, c'est encore d'estimer la terre et d'y travailler. »

Comme si elle était face à des pauvres, elle nous fit l'aumône de deux pièces de monnaie tout en parlant, (...) aussitôt, elle ouvrit la manche de la tunique de satin violet qu'elle portait et la retroussa pour nous faire voir une croix incisée sur son bras, laquelle était très joliment tracée, comme une empreinte de sceau mauresque. Elle demanda :

« Y a-t-il parmi vous quelqu'un qui aurait déjà vu ce signe, appelé la croix par ceux qui croient en la vérité ? Ou bien qui aurait entendu parler de cela ? »

Dès que nous vîmes la croix, nous nous agenouillâmes tous par terre, saisis d'une crainte révérencielle, certains fondirent même en larmes, et nous nous empressâmes de répondre que nous en avions déjà vu. Entendant ces paroles, la femme poussa un cri, leva ses bras au ciel et récita d'une voix forte : « Notre père qui êtes aux cieux, que votre nom soit sanctifié. » C'était dit en portugais, puis elle passa aussitôt au chinois, comme si elle ne savait dire que cette phrase.

(*Mémoires de Chine d'un Portugais*, Bureau de la culture de Macao, Association portugaise d'Orient, Editions de Hainan, Editions Sanhuan, 1re édition juin 1998, p. 161.)

La scène est troublante, mais en y regardant de près elle pose un tout petit problème. Si cette femme ne connaissait qu'une phrase en portugais, comment Pinto put-il comprendre le reste de ses paroles pleines de sincérité ? Les autorités n'auraient évidemment pas fourni d'interprète à ces diables. La seule possibilité, c'est que parmi eux il y ait eu un traducteur. En effet, il y avait un pirate chinois qui leur avait servi de guide lors de leur action de pillage. J'imagine que les « dix-sept tombeaux royaux » étaient une de ses vantardises. Il avait survécu à la tempête fatale et devait comprendre un peu de portugais.

Elle dit s'appeler Inês de Leiria.

Son père s'appelait Tomé Pires.

Elle dit que comme un de leurs capitaines s'était révolté à Canton, les Chinois avaient pensé que son père était un espion et non un envoyé diplomatique ; aussi l'avaient-ils arrêté avec les douze hommes qui l'accompagnaient et les avaient-ils jetés en prison, bastonnés et torturés ; cinq d'entre eux étaient morts sur-le-champ et les autres avaient été exilés.

Combien de fois avait-elle entendu son père raconter cette histoire, et pleurer sans pouvoir s'arrêter en la racontant ?

Son père avait été exilé en ce lieu parce qu'il disposait d'une certaine richesse ; il avait alors épousé sa mère et avait converti cette dernière au christianisme.

Il s'agit d'une autre histoire concernant Leiria. Il y a quatre siècles et quelques, Leiria vivait au bord du Grand Canal, là où se trouve l'actuelle sous-préfecture de Peixian, au Jiangsu. Je me souvins qu'un de mes amis de Nankin était originaire de Peixian. Je lui téléphonai donc et demandai : « Tu savais qu'il y avait eu des Portugais dans ton pays ? »

L'ami ignorait cela. Il dormait, le téléphone l'avait réveillé et quelqu'un lui posait une question qui n'avait ni queue ni tête. « Non, je n'en ai jamais entendu parler. »

J'abordai encore deux, trois sujets puis raccrochai. Je me dis qu'il était peu probable… mais peut-être qu'au fond, dans le corps de cet ami coulait une goutte de sang bleu clair[1], au goût salé de l'Atlantique.

Tomé Pires avait été exécuté dans un précédent récit, mais dans un autre récit il était encore en vie et il avait en outre une fille vêtue d'une « tunique de satin violet », qui avait quasiment oublié la langue de son père mais se rappelait encore le Dieu dudit père. Dans ces circonstances, elle se sentait profondément affligée, désespérément seule et était devenue inconsolable.

Je décidai de croire Pinto au moins une fois, même si c'était un vieil escroc de triste réputation. J'étais convaincu que le récit de l'*Histoire des premiers temps de Macao* comportait des erreurs, car je voulais croire qu'au XVIe siècle, Leiria avait longé les bords du canal, au milieu de saules pleureurs et d'herbes folles qui s'étendaient à perte de vue ; elle avait observé l'eau du canal et les mâts dressés dessus comme une forêt. Elle s'était dit qu'il y avait peut-être un navire mystérieux qui naviguait sans s'arrêter en suivant l'eau bleue, jusqu'au jour où :

---

1. Traditionnellement, les Chinois croyaient que les Occidentaux avaient le sang bleu.

Après avoir contourné une pointe et rattrapé le courant de la marée descendante, [le navire] bondit comme s'il fonçait vers le paradis. Les derniers rayons du soleil éclaboussaient d'or la surface de la mer. Deux couples de dauphins passaient à tour de rôle à l'avant du bateau, cambraient leurs dos luisants, pensant n'être pas loin du ciel et pouvoir l'atteindre à la nage. Sur la rive opposée, Lisbonne semblait flotter sur l'eau, comme si l'extérieur des murailles de la ville s'était dispersé. Sur la hauteur se dressaient une forteresse et les clochers des églises, qui surplombaient d'indistinctes maisons basses, dont on distinguait vaguement les pignons triangulaires.

Il s'agit ici d'une description de l'écrivain portugais José Saramago, tirée de son *Memorial do Convento*[1], où il écrit encore :

Il y a quelques jours est arrivé le navire de Macao tant attendu, parti d'ici vingt mois plus tôt, cela ne remontait donc pas à hier, Sept-Soleils était encore à la guerre, ledit navire a fait bonne navigation en dépit de la longueur du voyage, Macao étant situé bien au-delà de Goa, terre de béatitudes multiples, là-bas à la Chine qui, elle, l'emporte sur toute autre contrée en délices et en richesses, et en toutes manières de marchandises peu coûteuses, et qui possède en outre un climat si salubre et si clément qu'on y ignore les infirmités et les maladies, raison pour laquelle ne s'y trouvent ni médecins ni chirurgiens, et où chacun meurt seulement d'être vieux et abandonné à la nature qui ne peut nous épargner indéfiniment. Le navire embarqua à la Chine toutes espèces de marchandises riches et précieuses, il passa par le Brésil pour y traiter quelques affaires et charger du sucre et

1. Roman historique paru en 1982 chez Caminho ; traduction française de Geneviève Leibrich sous le titre *Le Dieu manchot*, Le Seuil, 1988 ; Albin Michel, 1998 ; Le Seuil, 2000.

du tabac, plus une grande profusion d'or, les deux mois et demi que le navire passa à Rio ayant été suffisants pour ce faire, le navire mit cinquante-six jours pour revenir de là-bas et il dut y avoir une cause miraculeuse pour que durant un voyage aussi hasardeux et aussi long pas un homme ne fût tombé malade ou n'eût péri et il semblerait bien que la messe quotidienne célébrée ici en l'église Notre-Dame-de-la-Pitié-des-Plaies pour le succès du voyage se soit avérée salutaire puisque jamais le bateau ne s'égara malgré que le pilote ne connût point la route, si tant est que pareille chose soit croyable, d'où il résulte qu'on dit maintenant que pour faire de bonnes affaires il faut aller à la Chine.

Cela se passait au XVIIIe siècle. Les Portugais avaient occupé Macao, et Leiria s'était peu à peu éloignée, jusqu'à n'être plus qu'une tache d'encre insignifiante sur la page d'un livre.

« Leiria, Leiria », criait le Quatrième tout le long du chemin, tantôt à tue-tête, tantôt à voix basse. J'étais le type le plus malchanceux de cette soirée à La Havane. Pour finir, je n'avais pu faire autrement que régler l'addition, puis, tel un mafieux, j'avais saisi le Quatrième par le col et l'avais tiré hors de l'établissement. Face à cette situation inextricable, je me souviens d'avoir marmonné un « Sorry ! » à l'intention de Leiria. Celle-ci partit soudain d'un grand rire, un rire éclatant, désordonné, qui ne voulait plus s'arrêter. Je crus que tout le monde avait les yeux braqués sur le Quatrième et moi. Noyés sous les rires incongrus de Leiria, nous nous enfuîmes de La Havane avec précipitation.

Je me dis aussi que le Quatrième était un vieux métis qui cherchait toujours à se faire remarquer. Il vidait verre sur verre, débitait un flot de paroles ininterrompu et ses mains ratatinées battaient l'air de manière incontrôlée. Il sembla qu'il s'était peu à peu convaincu que Leiria était la nièce ou la petite-fille de Che Guevara. Cette découverte mit en branle de manière décisive son excitation révolutionnaire. Il se précipita sans qu'on pût l'arrêter vers la jungle d'Asie du Sud-Est, puis vira brutalement vers les rues de Paris en 1968. Il y eut aussi l'hiver rigoureux du Grand Désert du Nord[1], la viande de veau en ragoût des restaurants de Moscou, le sang sur le sabre, les larmes sur le visage de sa bien-aimée, les bateliers de la Volga, Thakin Ba Thein Tin[2]… Leiria se tenait sagement dans l'ombre à la lueur des bougies. Je distinguais mal son expression. Je m'efforçais de calmer le Quatrième, tentant en vain de l'empêcher de hurler à nous percer les tympans : « Garçon ! Apportez-nous à boire ! »

Plus tard, je finis par confier le Quatrième à son épouse, haute responsable à la Banque mondiale. Je pense qu'en voyant le Quatrième et en apercevant mon regard, ce fut comme si elle avait devant elle un tas d'ordures et un ramasseur d'ordures. Je crois que de toute façon, cette nuit-là, elle ne put faire autrement qu'administrer une correction à ce tas d'immondices. Je fis demi-tour et redescendis l'escalier, j'entendis la porte en fer claquer avec grand bruit. Je continuai à descendre les marches, sentant couler en moi amertume et chagrin à l'égard du Quatrième, ce salopard de Quatrième.

La pluie avait cessé. Cette nuit-là, le ciel de Pékin était d'un violet foncé profond. Quelques étoiles scintillaient, l'air de mourir d'ennui. Marchant au milieu de l'avenue, je me rappelai le rire retentissant de Leiria. Au milieu de ce rire pareil au vent qui souffle les feuilles, je l'entendis articuler clairement dans un pékinois parfait :

« Allez, les mecs, rentrez bien ! »

---

1. Terme désignant les terres vierges du Heilongjiang septentrional, occupées à partir de 1950 par des fermes d'Etat et des pénitenciers.

2. Dirigeant communiste birman, mort en 1975.

5

REGARDER TRANQUILLEMENT LES POISSONS S'ÉBATTRE ?

Nous sommes dans les années 50 du XVIe siècle le long de la Lijiang aux paysages pittoresques, où *l'eau forme une ceinture de soie d'azur, la montagne une épingle de tête en jade.* Sur la rive, un homme vient chaque jour faire les cent pas ; toutefois ce n'est pas pour regarder l'eau, ni pour admirer les montagnes, mais pour observer les balbuzards pêcheurs.

Quand vint le moment de pêcher, (...) les balbuzards avaient déjà une collerette fixée autour du cou et attachée sous les ailes. Les oiseaux sautaient à l'eau ; certains restaient à la surface, d'autres plongeaient. L'agitation était telle que j'en avais le tournis, je n'avais jamais vu une chose pareille. Quand sa poche était pleine de poissons, chaque balbuzard retournait sur son bateau et les recrachait puis repartait aussitôt pêcher, jusqu'à ce qu'il n'en ait plus envie. Parfois, le poisson était très gros, dans ce cas le balbuzard le coinçait dans son bec pour le rapporter. De cette manière, les oiseaux capturaient un nombre incalculable de poissons. Quand ils en avaient pêché suffisamment, on leur ôtait leur collerette pour les laisser attraper les poissons qu'ils avaient envie de manger. A l'endroit où nous nous trouvions, il y avait une bonne vingtaine de bateaux à balbuzards ; j'allais presque chaque jour regarder la pêche dont je ne me lassais pas, car ce procédé est merveilleux, et mériterait d'être appelé une nouvelle invention pour la pêche[1].

Quelques années plus tard, cet homme coucha par écrit ce qu'il avait vu ; beaucoup de gens apprirent ainsi que dans la lointaine Chine il y avait une ville, au bord d'un fleuve, où s'ébattaient d'innombrables balbuzards pêcheurs, qui sautaient dans l'eau comme des fous avant d'en ressortir…

Tout le monde aura deviné que cette ville s'appelle Guilin. Mais l'homme qui observait les balbuzards ne le savait pas ; il croyait qu'il s'agissait de Guangxi cheng, la « Forteresse du Guangxi ». En réalité, à l'époque, Guilin était le siège de l'administration des deux Guang[2] ; l'appeler la « Forteresse du Guangxi » n'était donc pas si incorrect. Toutefois, notre homme n'avait certainement jamais entendu prononcer la vieille sentence, « le paysage de Guilin est le plus beau du monde ». Et bien qu'il s'y trouvât, il s'était seulement soucié de regarder les balbuzards pêcheurs ; faisant face en pure perte au panorama sublime de *la forêt de pousses de bambou qui s'étage le long de la rivière, [où] des oiseaux de toutes tailles s'abritent dans des bourses de brocart*, il n'écrivit pas un mot sur le sujet.

La phrase citée plus haut est tirée du poème *La rivière Gui*, de Cao Song[3] des Tang ; la « forêt de pousses de bambou » désigne la forêt de pierres qui borde la rivière ; quant aux « bourses de brocart », il s'agissait de grottes. L'emploi de ces expressions donne à penser que ce poème est mauvais. De même les termes « s'étager » et « de toutes tailles » donnent l'impression que les montagnes et les oiseaux sont en train de faire la queue – ce genre de description ôte toute vie

1. Galeote Pereira, *Deux trois choses que l'on sait de la Chine.*
2. Le Guangdong et le Guangxi, provinces voisines.
3. Cao Song (830 ?-903).

au paysage. Dans le *Quan Tang shi*[1], les bons poèmes sont en fait peu nombreux ; il ne s'agit pas de propos extravagants de ma part mais de simple bon sens. Les gens capables d'écrire de la bonne poésie ne seront jamais aussi nombreux que les gaillards réunis dans la Salle de l'Assemblée des braves[2]. Sous les Tang c'était impossible, et de nos jours ce le serait encore plus. Dans les écrits des Tang qui décrivent Guilin, le passage qui correspond le mieux au site, c'est la phrase de Han Yu, *l'eau forme une ceinture de soie d'azur, la montagne une épingle de tête en jade*, qui pénètre profondément le cœur et qu'on n'oserait utiliser sans réfléchir, mais si l'on compare cette phrase à celle de Li Shangyin, *la ville est étroite comme écrasée par la montagne, la rivière est large, la terre semble y flotter entièrement* (tirée du poème *Guilin*), la supériorité relative saute immédiatement aux yeux. C'est pourquoi à l'époque Li Shangyin, en désaccord avec les milieux officiels, fit savoir à l'extérieur que Guilin était une belle chose, sinon il n'aurait pas réussi à écrire *L'éclaircie du soir* :

D'un endroit retiré je vois les deux remparts.
Le printemps est parti, l'été est frais encore.
Le ciel a pitié de l'herbe à l'écart
Et l'homme apprécie l'éclaircie du soir.

Du haut pavillon au loin s'étend le regard,
Un fin rayon éclaire la lucarne.
L'oiseau du Yue, dont le nid a séché,
S'en revient, d'un vol plus léger encore[3].

1. « Recueil complet de la poésie des Tang ».

2. Allusion à un passage d'*Au Bord de l'eau*, où Song Jiang réunit les braves qui l'entourent.

3. Trad. Y. Hervouet, *Amour et politique dans la Chine ancienne – Cent poèmes de Li Shangyin*, De Boccard, 1995.

Ayant achevé la lecture de *L'éclaircie du soir*, selon moi, y voir quelque chose, ou n'y rien voir, n'a aucun rapport avec l'œil mais avec le cœur. Par exemple, cet homme qui regardait les balbuzards et qui à vingt ans et quelques parcourait déjà le vaste monde, même si l'on pouvait se dire que c'était un aristocrate, qu'il fût soldat ou marchand, était en fait un homme sans foi ni loi ; il avait le cœur dur, au milieu du paysage ses yeux ne voyaient que les balbuzards – ce procédé « mériterait d'être appelé une nouvelle invention pour la pêche ». Je devine que sous son air indifférent, au fond de lui il était certainement en train de calculer quel profit il pourrait tirer de cette « invention ».

Evidemment, dire cela n'est guère impartial ; Galeote Pereira était un étranger, qui dans le lointain XVIe siècle avait été fait prisonnier par les Ming. A partir du Fujian, on lui avait fait traverser le Jiangxi et le Guangdong puis on l'avait emmené à Guilin. Avec ses yeux curieux, troublés, il avait fixé ce monde inconnu. Son regard était souvent attiré par ces choses tellement différentes de son expérience passée, les balbuzards par exemple, étant portugais, il n'en avait vraiment jamais vu.

On pourrait parler de cela à l'infini. Le voyage de Pereira à travers la Chine du Sud avait commencé en 1549, en l'an 28 du règne de l'empereur Jiajing des Ming. Le 4e mois de cette année-là, Zhu Wan[1], gouverneur du Zhejiang qui dirigeait les affaires de défense maritime des provinces du Zhejiang et du Fujian, mis en accusation alternativement par des fonctionnaires des deux provinces en question, avait été démis de ses fonctions et traduit en justice. Le cœur plein de rage, Zhu Wan s'était suicidé au cours du 7e mois de l'année suivante, en laissant ces mots : *Mes supérieurs ne m'ont*

1. 1494-1550.

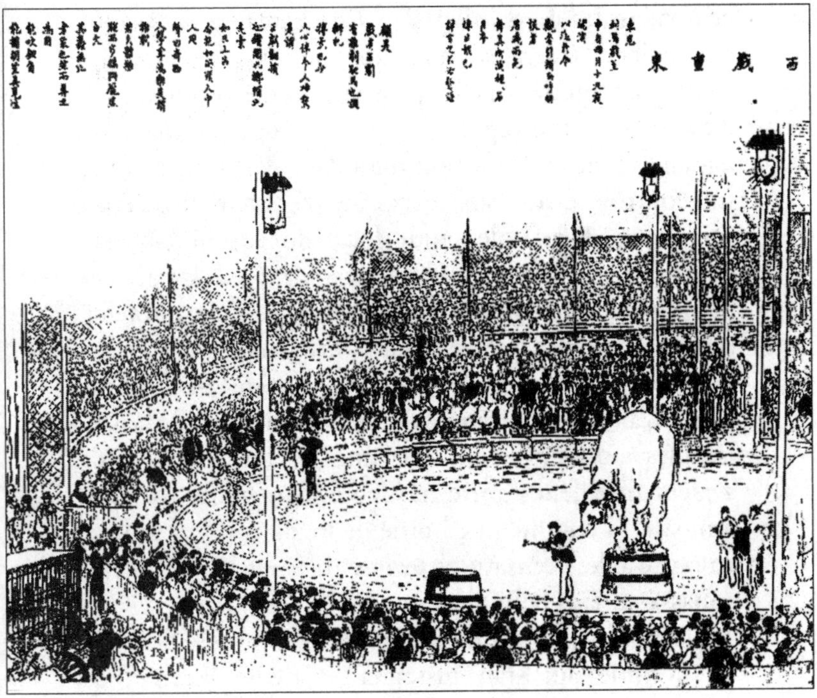

Encore un spectacle occidental.

pas tué, ce sont les gens du Fujian et du Zhejiang qui ont voulu ma mort.

Cette phrase est le nœud de cette lutte politique et la cause des troubles créés par les pirates japonais, de la corruption dans le Sud-Est et du recul qui dura des dizaines d'années sans interruption sous le règne des empereurs Jiajing et Wanli. Si l'on se contente de regarder un manuel d'histoire, on trouvera cela extrêmement bizarre, comme si les Ming, dotés d'une force à laquelle rien n'aurait dû résister, s'étaient finalement retrouvés impuissants face aux bandes de brigands qui écumaient les mers orientales. En réalité, les forces qui dévastaient les défenses maritimes de l'empire résidaient surtout à l'intérieur ; elles provenaient des profits privés en augmentation rapide favorisés par une contrebande à grande échelle. C'est pourquoi Zhu Wan, qui exerçait un contrôle étroit sur le commerce extérieur, devait forcément devenir le point focal du conflit entre la course aux profits privés et la volonté de l'Etat. Au 3e mois de cette année-là, deux navires de commerce portugais qui s'adonnaient à la contrebande furent saisis à Zhao'an dans le Fujian. Sans en informer l'empereur, Zhu Wan fit décapiter une partie des marins. Les familles influentes du Zhejiang et du Fujian, qui avaient une dent contre lui depuis longtemps, se jetèrent sur lui comme une horde de loups et il se retrouva en butte à des accusations sévères mais justifiées du type « massacre sans habilitation ».

Parmi les marins qui avaient été capturés se trouvait un homme qui était justement Galeote Pereira ; ce dernier ignorait que lui et ses compagnons avaient pu jouer un rôle dans l'histoire de cet empire, mais malgré cela un inspecteur obtus manifesta la même hostilité que les gens du commun à l'égard de Zhu Wan et ses associés :

Ces hommes ont été arrêtés, démis de leurs fonctions et incarcérés à cause de nous. D'après ce qu'ont raconté les gens du peuple, pas un seul d'entre eux n'échappa au destin de se faire couper la tête.

Aussi vrai que Zhu Wan finit par se suicider, Wang Zhi, marchand du Zhejiang, trois mois après sa destitution, prit la tête de pirates japonais pour razzier les côtes chinoises, et cette petite maladie accentua le mal intérieur. Les énormes dépenses militaires ajoutées aux dépenses somptuaires de l'empereur Jiajing qui ne cessait de créer des jardins et de bâtir des temples avaient vidé les caisses de l'Etat et le peuple exprimait son mécontentement, tant et si bien qu'en 1549 l'empire des grands Ming « montrait des signes d'instabilité ».

Mais aux yeux de Galeote Pereira, la lumière éclatante du soleil continuait de baigner ce continent populeux et paisible. Après la mort de Zhu Wan, Pereira et ses acolytes furent envoyés au Guangxi et demeurèrent à Guilin pendant deux ans environ. Finalement, grâce à des marchands chinois, ils réussirent à entrer en contact avec des Portugais solidement installés sur l'île de Shangchuan au Guangdong. La suite n'a rien d'une révélation : en 1553, après avoir versé une forte somme d'argent, ils « s'enfuirent » sans rencontrer d'obstacles jusqu'à l'île de Shangchuan. Pendant les huit ou neuf ans qui suivirent, à part la vie active de soldat, de marchand et de pirate qu'il mena, Pereira ordonna et coucha par écrit ce qu'il avait vécu en Chine, pour aboutir à la célèbre œuvre de Galeote Pereira.

Quatre siècles environ plus tard, nous trouvons dans cette « œuvre » une Chine familière quoique inconnue. Il s'agit des infrastructures les plus achevées du monde : les meilleures routes et les meilleurs ponts. « Nous estimons que nulle part ailleurs dans le monde n'existent de meilleurs bâtisseurs de routes qu'en Chine » ; là se trouvent les meilleures villes, avec une belle architecture, « extrêmement propres » ; ici les marchandises sont extrêmement abondantes, à « des prix qui n'augmentent pas mais souvent baissent, et ne remontent pas après avoir baissé » ; « il y a encore une chose qui apparemment n'est pas mal » : « dans ce bref espace de temps, nous n'avons pas vu un seul pauvre qui demandât l'aumône de porte en porte », car dans chaque ville on trouve des institutions d'aide sociale qui accueillent les pauvres, les vieux et les infirmes.

Le plus admirable, c'est que dans ce pays « le bon ordre règne partout », et que « c'est peut-être le lieu le mieux gouverné du monde ». Ici la loi est stricte, les tribunaux rendent la justice publiquement, « il ne peut donc pas y avoir de faux témoins, ce qui permet d'éviter que la vie, les biens et l'honneur de beaucoup de gens tombent entre les mains de greffiers malveillants ». « C'est pourquoi, du point de vue de l'administration de la justice, ces hommes sont incomparables, dépassant les Romains et tous autres hommes ».

Apparemment, nous sommes obligés de reconnaître que la Chine ancienne du temps de Jiajing n'était absolument pas aussi sombre que ce que nous avons toujours cru ; au contraire même. Aux yeux des étrangers de l'époque, elle était comparable à l'Amérique ou à l'Europe occidentale du XXe siècle. Un de mes amis vient de rentrer de Paris ; il m'a décrit avec des trémolos dans la voix combien l'air de la ville était doux et parfumé, au point que j'ai aussitôt eu envie de me précipiter pour acheter un masque antipollution. Mais si notre Pereira avait pu se rendre à Paris, il aurait certainement eu une tout autre impression, car au XVIe siècle, à ce qu'on raconte, l'endroit du monde qui puait le plus était justement Paris :

Les rivières puaient, les places puaient, les églises puaient, cela puait sous les ponts et dans les palais. Le paysan puait comme le prêtre, le compagnon tout comme l'épouse de son maître artisan, la noblesse puait du haut jusqu'en bas, et le roi lui-même puait, il puait comme un fauve, et la reine comme une vieille chèvre (…).

Le passage ci-dessus est une description tirée du livre de Patrick Süskind, *Le Parfum.* Ce sont certes des propos de romancier, mais ils ne sont guère éloignés de la réalité. Sa description est celle du Paris du XVIIIe siècle ; au XVIe siècle, cela devait puer plus encore. Par la suite, les parfums de Paris inondèrent la planète, mais d'après les études critiques de Braudel, le fait que cette nation se soit appliquée à fabriquer du parfum vient de ce que Paris baignait dans une puanteur insupportable ; les maîtresses du roi qui se jalousaient entre elles au point d'y risquer leur vie pouvaient rester deux ou trois mois sans se laver – sans parfum, cela aurait été proprement invivable. Cela explique que pour l'Europe du XVIe siècle, la Chine exhalait le parfum extraordinaire de l'étranger. Une comparaison probante fait ressortir les énormes manques de l'Europe en matière de politique, d'économie et de vie sociale. Par l'observation de la lointaine Chine, l'Europe eut une vision plus claire d'elle-même, ou pour être plus exact, dans l'image que les Européens avaient de la Chine, la conscience qu'ils avaient d'eux-mêmes trouva un point de référence et une confirmation.

C'est ainsi que Pereira devint un prophète. Ses Mémoires faciles à lire furent aussitôt recopiés et mis au propre par les élèves du séminaire de Goa, envoyés en Europe, publiés en italien à Venise en 1563, puis intégrés à toutes sortes d'écrits. Pendant très longtemps, ce fut une source de renseignements et un ouvrage fondamental pour l'imaginaire et la réflexion des Européens sur la Chine.

Le paradoxe de cette affaire réside dans le fait que lorsque Pereira découvrit en Chine la « modernité », cela démontrait que l'Occident lui-même était en train de se diriger vers la « modernité ». Ce pirate avait le cœur fruste, mais plus de quatre cents ans plus tard, un lecteur chinois serait entièrement d'accord avec lui. Moi, par exemple, je trouve que les hommes et les événements de la dynastie Ming sont en grande partie incompréhensibles. Ainsi, le père de l'empereur Jiajing n'était pas empereur ; Jiaqing devenu empereur voulut affirmer que son père avait été empereur, mais les ministres de l'époque estimèrent que même si le fils était devenu empereur, le père ne pouvait pas être lui aussi considéré comme un empereur. Et donc, la lutte à mort qui ébranla la Terre entière portait sur un sujet d'une grande futilité. Se sont-ils disputés pour pareille vétille parce qu'ils n'avaient vraiment rien d'autre à faire ? Si le temps coulait à l'envers et que je puisse revenir au temps de Jiajing, je suis convaincu que les Chinois de l'époque et moi n'aurions pas de langage commun ; en revanche, il est probable que je serais tout de suite à tu et à toi avec Galeote Pereira ; nous aurions le même regard pour examiner et mesurer les choses, car en fait je suis de tout cœur avec Pereira.

C'est ce qu'on appelle « oublier son histoire ». Les gens qui vivaient sous la dynastie Ming n'imaginaient pas qu'ils auraient pareille descendance. Chaque fois qu'il avait examiné un document présenté par un de ses subalternes, l'empereur Jiajing devait écrire *Yi Di*[1] (Barbares), il est certain qu'il s'appliquait à écrire deux petits caractères gros comme des grains de sésame, et quand ses ministres voyaient sur le mémoire qu'il leur avait soumis deux petits points noirs, ils étaient sûrs que c'étaient encore les caractères *Yi Di.* Au XVIe siècle, l'empire des Ming n'avait pas la moindre idée de la modernité de sa société, modernité qu'avaient découverte et décrite les Barbares. L'histoire chinoise continuait à s'écouler comme un fleuve que les Occidentaux n'avaient aucun moyen d'approcher. A la fin du XXe siècle, quand j'ai lu l'*œuvre* de Galeote Pereira, j'avais souvent l'impression de lire les *Nouvelles de référence*[2] ; dans cette publication, il arrivait en effet que des

1. Les Yi et les Di étaient deux tribus de Barbares du Nord.

2. Revue interne du PC chinois, à laquelle le commun des mortels n'avait pas accès, où étaient traduits des articles de la presse occidentale.

étrangers nous disent sur un ton réconfortant : la Chine fait des progrès, elle est en train de se moderniser.

Sur la copie manuscrite en portugais de cet ouvrage, on lit ce titre :

Faits sur la Chine saisis par un Portugais incarcéré dans ce pays

Entièrement véridiques

Tirés de l'œuvre de Galeote Pereira

Aristocrate tout à fait digne de confiance, incarcéré pendant plusieurs années, qui a vraiment vu tout cela.

Un titre aussi ennuyeux et verbeux était courant dans les ouvrages des Européens de l'époque, il y en avait même beaucoup d'encore plus longs que celui-là. Apparemment, l'éditeur estimait qu'il était de son devoir de se porter garant de la fiabilité de ce livre : l'auteur était digne de confiance, il avait « vraiment vu tout cela » et donc « tout cela » était « véridique », c'était une connaissance digne de foi concernant une partie du monde. Cela nous permet de distinguer quelques prémisses fondamentales de la construction du système de la connaissance moderne en Occident : un objet fiable, un sujet observé et connu, ainsi que la « vérité » confirmée grâce à ces éléments.

Mais nous savons maintenant que la « vérité » dépend de la personne qui la voit et de celle qui la décrit. Les hommes de l'époque des Ming n'auraient sans doute pas considéré que cet ouvrage était la « vérité » ; ils auraient découvert avec beaucoup d'étonnement que ce diable étranger qui se sentait bien seul sur les rives de la Lijiang était finalement en train d'observer les balbuzards pêcheurs. Des années plus tard, quand Galeote Pereira se rappela la lointaine et mystérieuse Chine, les étranges balbuzards qui sautaient dans le soleil et les éclaboussures, tenant dans leur bec un poisson qui frétillait… même si c'était avant tout une « nouvelle invention pour la pêche », dans la description aride de Pereira, c'était aussi le seul passage émouvant ; peut-être son cœur avait-il frémi en observant les balbuzards.

Le tableau que peint Galeote Pereira de la Chine se termine sur la description des balbuzards. Or à partir de là, dans l'imagination des Européens, sur les eaux de Chine il y avait partout des balbuzards. Ce n'est déjà plus le souvenir personnel de Pereira mais un « savoir » concernant la Chine : dans l'*Histoire du grand empire de Chine* de l'Espagnol Mendoza[1], publié à Rome en 1585, où l'auteur décrit de manière solennelle une méthode de pêche « admirable » de ce pays, il recopie en gros la *Présentation des circonstances de la Chine* de Da Cruz[2], que ce dernier a lui-même copiée dans le livre de Pereira. De copie en copie, le résultat est que Mendoza affirme catégoriquement : *S'ils le veulent, ils peuvent manger du poisson chaque jour, sauf s'ils sont très loin de la mer.*

Ces balbuzards qui croisent dans l'histoire ancienne de la Chine, nous pouvons maintenant les trouver dans le *Cihai*[3] ; à l'article *lúcí* (grand cormoran) de la page 1773 de ce dictionnaire, on lit :

Aussi appelé « shuilaoya » *[corbeau d'eau] et* « *balbuzard* ». *Classe des oiseaux, genre cormoran. Peut atteindre 0,80 m de long. Les plumes sont surtout noires avec des reflets métalliques violets. A la saison de la reproduction, des plumes filiformes blanches poussent sur le cou. (...) Vit sur les rivières, les lacs et les côtes maritimes, où il aime plonger sous l'eau pour pêcher les poissons dont il se*

1. Fray Juan Gonzáles de Mendoza, *Historia del Gran Reino de la China.*

2. Gaspar Da Cruz, *Tractado em que se contam muito por extenso as cousas da China*, 1569.

3. *Dictionnaire littéraire et encyclopédique de la langue chinoise*, paru en 1938.

nourrit. Fait son nid dans les roseaux ou les arbustes, ainsi qu'à flanc de falaise. Répandu sur tout le territoire de la Chine. Dressé, on s'en sert pour pêcher le poisson.

Puisque cet oiseau s'est répandu sur tout le territoire, selon les récits des anciens, la pêche dite au cormoran n'avait rien d'étrange, mais dans l'*Histoire des Sui*[1], le cormoran était un oiseau sauvage aux mœurs curieuses :

Dans le houx et autres végétaux du Japon, là où le sol est fertile, l'eau abondante et la terre rare. Une fois que le cormoran a le cou serré par un petit anneau, on peut le faire plonger dans l'eau pour pêcher, et capturer ainsi plus de cent poissons à manger.

Dans le lointain Japon, les hommes employaient le cormoran pour pêcher… Les auteurs de l'*Histoire des Sui* étaient des gens du Nord, ils ignoraient peut-être que dans leur propre pays, au bord des rivières et des lacs du Sud, la pêche au cormoran était d'un usage courant, comme le cheval dans le Nord ou le chameau chez les Arabes.

En fait, les anciens avaient une « connaissance pratique » de cet oiseau qu'est le cormoran, ainsi dans le *Yiwu zhi*[2], on lit que le cormoran est un « oiseau aquatique qui niche haut dans les arbres ou dans les grottes » ; on lit aussi que « les cormorans ne pondent pas mais conçoivent leurs poussins dans les marais ; ils les crachent tout vifs, au nombre de huit ou neuf pour les portées nombreuses et cinq ou six pour les portées peu nombreuses ; ils sortent l'un derrière l'autre, comme s'ils étaient attachés ».

---

1. Dynastie qui régna de 589 à 618.
2. « Recueil des faits étranges », ouvrage encyclopédique paru sous les Han orientaux.

C'est-à-dire que ces oiseaux étranges ne sont pas ovipares mais que les petits, au nombre de huit à neuf ou de cinq à six, sont crachés directement par la mère et se mettent aussitôt à sautiller.

Dans le passé, il y eut des gens pour se demander pourquoi dans un livre saint arabe on ne parlait jamais de chameaux. Borges répondit que comme on en voyait aisément partout, ce n'était pas la peine d'en parler. Je trouve que ce qu'il dit est très vrai, mais avec le même raisonnement, si l'on se posait cette question à propos du *Yiwu zhi*, on pourrait avoir des doutes, car les cormorans ne sont absolument pas des animaux rares. Si l'on n'en parlait pas, cela n'aurait aucune importance, mais s'il fallait en parler, d'où est venue cette idée qu'ils « ne pondent pas » et « crachent [leurs petits] tout vifs » ?

Apparemment, les choses se sont passées ainsi : cet auteur installé au bord de l'eau a observé les cormorans, mais il n'a pas relevé sa robe pour monter en « haut dans les arbres » ou « dans des grottes » afin de regarder si les cormorans pondent ou non des œufs ; il n'a même pas eu l'idée d'aller interroger des pêcheurs. Dans son imagination de poète, il a trouvé directement un savoir ; il s'agit d'une idée imaginaire merveilleuse et d'un savoir merveilleux, malheureusement faux l'une et l'autre.

C'est pourquoi il se peut que nous ne sachions rien de choses qui nous sont familières, tout comme souvent nous savons peu de choses de nous-mêmes. Nous avons tous un cœur poétique, qui crée entre le monde et nous des hallucinations exquises, pareilles à des nuages, à de la brume, ou bien des inepties.

Selon la « Recette pour soigner la gorge » de Fan Wang[1] reproduite dans le *Taiping yulan*[2], si la gorge est

---

1. Lettré (308-372).

2. *Encyclopédie impériale [de la période de règne] Taiping* (976-983).

malade, attraper un cormoran, lui lisser plusieurs fois les plumes du cou et c'est tout ; si l'on a une arête de poisson coincée dans la gorge, il suffit de saisir deux plumes de cormoran, et d'« administrer une demi-coupe d'eau pour les faire descendre ». Il existe un moyen encore plus commode qui consiste à demander à la pauvre victime d'ouvrir grand la bouche et de lui crier fort : « Cormoran, cormoran ! » Et l'arête va peut-être passer sous l'effet du bruit.

Méthode très économique, sauf que maintenant il n'y a plus d'endroit où aller attraper un cormoran. Cet oiseau a le cou serré, nous estimons donc qu'il peut nous dégager le cou ; il faudrait être un critique spécialiste de la poésie pour analyser clairement la relation métonymique très lointaine entre les deux opérations, mais moi je n'aurais aucune envie de faire appel à un poète pour me soigner.

En fait, le cormoran n'est pas un oiseau poétique ; j'ai parcouru de bout en bout plusieurs recueils de poèmes des Tang et des Song et je n'y ai pas trouvé un seul cormoran. Les plumes de ces oiseaux sont noires avec des reflets pourpres ; déjà cela ne peut pas frapper le regard des poètes, et qu'on leur serre le cou pour les asservir est extrêmement banal. C'est pourquoi un semblable animal aquatique mangeur de poisson, un cormoran au corps couvert de plumes blanches – aspect tout à fait insolite – put occuper entièrement le paysage :

Debout élégant dans la brume qui nappe les eaux
Lui et moi nous nous sommes regardés.
Ses plumes éparses m'ont protégé du froid.
Sans suivre les sternes qui nagent sur la mer,
L'oiseau regarde calmement les poissons s'ébattre.

(Zhang Yan[1], *Sur l'air de « Sables emportés par la*

1. Poète (1245-1314).

vague » – A propos du rouleau de peinture de Chen Ruzhao représentant une aigrette blanche.)

Dans ce genre de phrase, on n'aurait pas pu écrire « cormoran » ; car s'il « regard[ait] calmement les poissons s'ébattre », à quoi nous servirait-il ?

C'est pourquoi ce n'est pas un hasard si les Occidentaux n'ont pas cessé de chercher des cormorans ; ce n'était pas seulement un oiseau, c'était aussi un outil, qui en tant qu'outil rationnel continua pendant des centaines d'années à aller et venir entre la Chine et l'Occident.

Plus de deux siècles avant Galeote Pereira, un missionnaire du nom d'Odorico Mattiussi[1] s'est rappelé les événements qu'il avait vus en Chine, à Fuzhou :

Quand j'habitais chez ce propriétaire, il a voulu m'emmener voir une chose amusante et m'a dit : « Monsieur, si vous voulez voir pêcher, suivez-moi. » Il m'a alors conduit au pont dont j'ai parlé plus haut, en portant sur le bras plusieurs oiseaux plongeurs, c'est-à-dire des oiseaux aquatiques attachés sur un bâton. Chaque oiseau avait le cou ligoté avec une ficelle pour l'empêcher d'avaler les poissons qu'il aurait pêchés ; il emporta en même temps trois grands paniers, puis il libéra les oiseaux pêcheurs du bâton, qui sautèrent aussitôt à l'eau. En moins de temps qu'il ne faut pour le dire, ils avaient attrapé beaucoup de poissons qui s'entassaient dans les trois paniers ; quand les paniers furent pleins, mon propriétaire desserra les ficelles qui leur serraient le cou et les oiseaux replongèrent dans l'eau pour manger des poissons. Quand ils furent rassasiés, ils revinrent et furent attachés sur le bâton comme précédemment, et quand je finis par manger ces poissons, je les trouvai délicieux.

1. Odorico da Pordenone, dit Mattiussi (1286-1331), moine italien.

C'était la première fois que des cormorans pêcheurs apparaissaient sous la plume d'un Européen, mais le *Compte rendu d'un voyage en Asie*[1] d'Odorico Mattiussi ne suscita guère d'intérêt à l'époque.

Plus de deux siècles après Galeote Pereira, l'empire britannique envoya en Chine une ambassade conduite par Macartney[2]. Sur la route du retour de Pékin à Canton, Barrow[3], un des membres de la délégation, vit de ses yeux les fameux cormorans. Il écrivit :

Cet oiseau ressemble beaucoup à un pélican… ou ce qu'on appelle habituellement un cormoran. (…) Ils peuvent capturer et tenir dans leur bec des poissons aussi lourds qu'eux et qui nagent extrêmement vite (…)

Cela se passait en 1793, en l'an 58 du règne de Qianlong, tout juste quarante-sept ans avant les guerres de l'Opium.

Note : A propos des cormorans

Ayant rencontré quelqu'un qui venait de Guilin, je lui ai posé des questions sur les cormorans. Il m'a répondu que la pêche au cormoran était encore un spectacle courant sur la rivière. Les cormorans sont très nombreux, tous élevés par des organismes publics. Les poissons foisonnent et sont également lâchés par des entreprises d'Etat.

---

1. Paru en Europe sous le titre *Itinerarium Terrarum.*

2. George Macartney, diplomate (1737-1806).

3. John Barrow (1764-1848), explorateur et administrateur britannique, auteur de *Travels in China.*

6

LES PENDULES DE MATTEO RICCI

I

Le temps, c'était l'ombre qui se déplace sous le soleil, c'était l'eau qui perle goutte à goutte, c'était le sable fin qui coule à l'infini.

C'est plus tard que les hommes finirent par entendre le son du temps.

II

La lumière du soleil éclaboussait violemment les toits dorés de la Cité interdite, les murs couleur de sang du palais et l'immense place déserte ; les rayons du soleil hivernal, rigides et fragiles, émettaient un bruit infime en se fracassant sur le sol comme du verre. On n'entendait aucun autre bruit.

Sous l'auvent du palais de la Pureté céleste[1], les femmes et les eunuques se tenaient debout, bras ballants, dans une attitude soumise. Leurs yeux étaient pareils à ceux des moutons laineux, comme s'ils attendaient le coup de sabre fatal. C'est bientôt l'heure, non ?

---

1. Un des palais de la Cité interdite où les empereurs recevaient les légats des pays tributaires.

se demandait chacun intérieurement. Au sud, dans le ciel, le soleil semblait s'être arrêté. Un vieil arbre aux branches dépouillées jetait son ombre sur les fenêtres.

On attendait, jusqu'à ce qu'un « dong » retentît et se propageât depuis l'intérieur du palais. Chacun frissonna, puis le même son, répété, le même son de cloche, clair, vous frappa au cœur.

Enfin la cloche avait sonné. Semblant revivre, les hommes firent entendre bruits de bottes, claquements de ceintures et murmures. Tous les sons mêlés en un brouhaha se mirent à flotter dans l'air comme de la poussière. Chacun agréablement surpris, jeta un coup d'œil vers le soleil qui, à cet instant, était au zénith.

III

Certains jours, sans que personne ne le sache, sont d'une importance absolue. Ce sont de petits jours dont nul ne saurait donner la date. C'est *le moment où le vent commence à effleurer la pointe des lentilles d'eau*[1], et où les gens sentent le vent s'agiter, mais nul ne sait à quel moment ce vent, pareil à un fil de la Vierge, pareil à une respiration, se mettra à frémir.

Maintenant nous connaissons le jour : c'est le 25 janvier 1601 (le 21 du 12e mois du règne de Wanli) ; ce jour-là, un missionnaire jésuite venu d'Italie du nom de Matteo Ricci offrit à l'empereur Wanli deux pendules à carillon. Tel un enfant à qui l'on vient d'offrir un jouet, tout étonné, l'empereur entendit un chant d'oiseau émis à l'heure exacte par une des pendules. Ce fut aussi la première et la plus décisive sonnerie produite sur le continent chinois par un instrument

1. Phrase célèbre tirée d'un *fu* du poète Song Yu (IIIe siècle avant notre ère).

moderne. Elle le fut depuis le centre du continent, derrière le majestueux trône impérial. Les ondes sonores se propagèrent sans fin l'une après l'autre, jusqu'à ce que deux ou trois cents ans plus tard, le tic-tac des pendules retentît dans la vie des hommes.

Le temps pouvait être entendu et, concomitamment, il put être vu ; ce n'était plus l'ombre de l'aiguille des cadrans solaires, ce n'était plus l'eau de la clepsydre ni le sable du sablier, l'ombre n'était qu'une ombre, l'eau et le sable n'étaient que de l'eau et du sable, ils ne représentaient ni n'étaient plus la métaphore de l'écoulement du temps. Le temps n'était plus le « temps » pur, c'étaient les graduations marquées sur un cadran de montre, abstraites et banales, qu'il pleuve ou qu'il vente, que les jours soient longs ou courts ; le temps avait une valeur universelle.

Les hommes avaient fini par arrêter le temps.

IV

En 1601, c'était la 29e année du règne de Wanli. Depuis la fameuse « 15e année de Wanli[1] », quatorze ans avaient passé. Le trône impérial du palais central de la Cité interdite demeurait vide. A chaque cérémonie officielle, les ministres s'agenouillaient trois fois, se prosternaient neuf fois devant un trône entièrement vide, la cérémonie se déroulant conformément aux rites. Depuis très longtemps, ils n'avaient plus vu l'empereur. Parfois tel ministre se demandait désespérément à quoi il ressemblait. Mais il ne trouvait pas de réponse, la physionomie du souverain n'était plus qu'une ombre floue dans son souvenir.

1. Voir Ray Huang, *1587 : le Déclin de la dynastie des Ming*, trad. Paulette Bignon, PUF, 1985.

C'est ainsi que Wanli gouvernait son empire, *in absentia.* A part les eunuques chargés du gynécée, personne ne savait où il se trouvait, personne ne savait ce qu'il faisait, mais tout le monde savait qu'il était « présent ». Il exerçait une sorte de pouvoir suprême : le pouvoir de ne pas exercer le pouvoir.

Les historiens postérieurs, plongés dans le doute face à cette bizarrerie, y virent la décadence progressive de la dynastie par le sabotage durable et résolu opéré par l'empereur. Cet homme ne pouvait même pas être considéré comme un tyran. Son problème était de se sentir écrasé par le chapeau officiel incomparablement lourd de la charge d'« empereur ». Si cet homme qui s'appelait Zhu Yijun était né de nos jours, il aurait pu aimer les femmes qu'il désirait et remplir ses obligations familiales envers le fils de la femme aimée. Mais c'était impossible, il était empereur, et ses ministres, les uns derrière les autres, avec une ténacité inflexible, intervenaient dans ses affaires privées : cette femme était une ensorceleuse, c'était le fils aîné de l'impératrice qui devait être prince héritier et non les fils de son amante. Un vrai casse-tête, non ? Si, un vrai casse-tête.

La dynastie des Ming fut une dynastie étrange et les hommes de l'époque étaient très bizarres eux aussi. Les lettrés se chargeaient la cervelle des œuvres des grands sages, puis dans la dignité et l'honneur, montraient une grande détermination à combattre, prêts à verser leur sang et à y laisser leur tête. Mais dans quel but ? Pour se consacrer à ce qui n'était le plus souvent que des vétilles ? Si l'aîné de l'empereur avait été d'une intelligence brillante, cela aurait valu la peine de se battre, mais en réalité c'était un esprit brouillon, il est même probable qu'il était légèrement débile.

Comme dit la maxime taoïste, « les grands sages peuvent vivre en ermites à la cour, les sages moyens peuvent vivre en ermites sur un marché, et les petits sages peuvent vivre en ermites à la campagne ». Pendant les vingt-neuf années du règne de l'empereur Wanli, un sage italien réussit à vivre en ermite à la Cité interdite.

V

Un jour, l'empereur Wanli demanda soudain : « N'ai-je pas entendu dire que des étrangers voulaient nous offrir en tribut je ne sais quelles pendules à carillon ? Comment se fait-il qu'on ne me les ait point encore apportées ? »

Au 7e mois de l'année précédente, l'empereur avait reçu un rapport de Ma Tang, eunuque chargé de percevoir les taxes sur le commerce par le Grand Canal, en poste dans la préfecture de Linqing au Shandong, lui annonçant que plusieurs étrangers voulaient venir à la capitale pour offrir un tribut. Au 10e mois, Ma Tang, conformément à l'ordre impérial, présenta la liste des objets constituant le tribut :

1 tableau de Dieu, 2 tableaux de la mère de Dieu, 1 volume du Classique de Dieu *[la Bible], 1 croix incrustée de perles, 2 pendules à carillon indiquant l'heure, 1* Atlas des dix mille pays, *1 épinette.*

Mais quand la liste eut été adressée à l'empereur, ce dernier ne donna pas de réponse officielle, ce qui fait que l'on ignore toujours si les visiteurs furent autorisés à venir ou non. Le document ayant été mis de côté, deux mois passèrent encore, comme si l'empereur avait oublié l'affaire. C'était très courant ; le principal moyen de l'empereur Wanli de traiter les affaires de l'Etat était de les oublier. Aussi l'empereur devint-il de plus en plus gros. A ce qu'on raconte, il ressemblait à une montagne de chair mobile. Un excès de graisse s'était déposé sur ses cordes vocales, si bien que sa voix n'était plus qu'un mince filet, et les ministres en poste à la Cité interdite durent certainement se laisser pousser des oreilles sensibles comme celles des lapins.

Cette fois, ils entendirent : l'empereur s'était enquis des pendules à carillon ! L'affaire était toute simple. On invita aussitôt les étrangers à pénétrer dans la capitale et à apporter les pendules qui sonnaient toutes seules.

VI

Tant bien que mal j'enroule mes livres, fou de joie[1]. Par la suite, Matteo Ricci lut certainement des poèmes du plus grand des poètes chinois. Il se rappela alors ce jour glacial de janvier 1601 où il avait fini par être reçu par l'empereur, lequel avait ordonné que lui et ceux qui l'accompagnaient prissent aussitôt la route vers la capitale.

Cela faisait déjà plus de cinq mois qu'ils séjournaient à Tianjin, attendant pendant tout ce temps, apparemment sans espoir de résultat. Par moments Matteo se disait qu'il devrait peut-être attendre éternellement ; lui et ses comparses, dans l'expectative en ce lieu, finiraient par être oubliés. En fait, ce n'était pas impossible. Une fois arrivés à Pékin, Matteo et les autres rencontrèrent un Turc. Le pauvre malheureux avait parcouru des milliers de *li* pour venir offrir en tribut un lion, puis il commença à attendre que la cour l'autorisât à repartir. Il attendait depuis exactement quarante ans et il devait continuer à attendre.

---

1. Quatrième vers du célèbre poème de Du Fu (712-770), *En apprenant que l'armée impériale a repris le Henan et le Hebei*, traduit par Jean-Pierre Diény dans *Anthologie de la poésie chinoise classique*, Gallimard, 1982.

Mais au milieu de leur désespoir, Pékin émit une invitation.

C'était totalement imprévu, comme une réponse à la prière « Que Dieu nous protège » que beaucoup de gens formulent partout et qui à l'issue de ce long voyage était exaucée. (…) Ils crurent que le Dieu qui tenait entre ses mains les âmes des empereurs avait causé ce changement subit par sa méthode mystérieuse, afin de sauver ces âmes.

(*Notes sur la Chine de Matteo Ricci*, Zhonghua shuju éd., mars 1983, p. 399-400[1].)

Ce à quoi pensait l'empereur, c'était aux pendules à carillon, alors que Ricci se préoccupait de l'âme de l'empereur. Ce missionnaire était né en 1552 dans la petite ville italienne de Macerata. Dès sa jeunesse, il avait exprimé le désir de « semer les graines de la religion sur un carré de terre fertile, afin de préparer une récolte abondante dans l'avenir ». Au moment des découvertes géographiques et de l'extension coloniale de l'Occident, les missionnaires traversèrent les lointains océans et posèrent le pied sur des terres inconnues successives. En 1582, Ricci arriva à Macao. En septembre de l'année suivante, lui et l'un de ses compagnons se rendirent à Zhaoqing, au Guangdong, où ils commencèrent l'œuvre missionnaire en Chine à laquelle ils allaient consacrer toute leur vie.

A ce moment-là, ils visaient déjà les hauts murs de Pékin. Réfrénant les violents battements de son cœur, Ricci se dirigeait pas à pas vers son rêve : que l'empereur de Chine se convertît au christianisme, puis…

1. Traduction chinoise de l'*Histoire de l'expédition chrétienne au royaume de la Chine, 1582-1610.*

VII

En 1583, l'année où Ricci arriva à Zhaoqing, dans son pays natal d'Italie un jeune homme de dix-neuf ans fixait la lampe suspendue au plafond au-dessus de l'autel de l'église. Cette lampe à huile se balançait de gauche à droite et, quelle que fût l'amplitude du balancement, sa durée était la même. Prenant son pouls, il eut l'impression que la lampe battait dans son cœur.

Cet homme s'appelait Galilée. Il était étudiant à l'université de Pise. Alors que pendant la prière il regardait par hasard la lampe à huile de l'église, la solution d'une énigme de la nature, sa loi interne, s'ouvrit à son esprit curieux. Il s'agissait de ce qu'en physique on appelle l'« isochronisme », à savoir que les changements de la période d'une oscillation ne dépendent pas de son amplitude mais de la longueur de l'objet qui oscille.

C'est ainsi qu'apparut le balancier d'horloge. Dans le domaine des appareils mécaniques de mesure du temps, c'était un progrès décisif. Dès lors, la précision des pendules se mesura à la seconde – alors qu'auparavant une pendule qui retardait d'une heure par jour était chose fréquente.

Tout juste dix-huit ans plus tard, une grande pendule munie d'un balancier à la Galilée faisait son apparition à la Cité interdite. Mais non sans problème : la pendule ne fonctionnait plus.

VIII

Matteo Ricci avait apporté deux pendules à carillon, une grande et une petite. La petite tenait dans le creux de la main et avait été fabriquée en bronze plaqué or ; la grande en fer plaqué or avait un balancier saillant. Le 25 janvier 1601, celle dont le carillon retentit était la petite horloge ; la grande, évidemment, ne pouvait pas sonner car « la réalisation technique la plus avancée du monde » exigeait la présence de spécialistes pour être montée et réglée.

C'est pourquoi les missionnaires s'activèrent ; l'empereur qui espérait ardemment entendre le son de cet étrange et immense objet fit aussitôt appeler d'urgence les Occidentaux au palais. Ricci et l'un de ses compagnons se précipitèrent à cheval pour constater que la splendide pendule se dressait sur l'esplanade devant la porte de la Pureté céleste. Trop haute, elle n'avait pu être installée ailleurs.

Ce fut un jour de joie ; la vie dans le palais, habituellement morne et monotone, se mit soudain à scintiller et tournoyer. Les eunuques de la cour extérieure accoururent pour regarder ces pendules qui sonnaient toutes seules, et pas seulement les pendules mais aussi les deux Occidentaux, ces hommes au long nez, aux yeux bleus ou bruns, pareils à des chats persans. Devant les pendules, une foule compacte s'était agglutinée qu'il fallut pour finir chasser à coups de grands bâtons.

Ricci était content lui aussi, il était enfin parvenu au centre de cet empire, il avait pénétré dans ce prodigieux palais de légende sans même avoir eu le temps d'inspecter minutieusement les alentours. Tout étourdi, il eut l'impression d'avoir traversé un immense rêve. Il n'avait pas cessé d'attendre ce moment ; depuis Macao, Zhaoqing, Chaozhou, jusqu'à Nanchang et Nankin, pas à pas, il avait progressé difficilement jusqu'en ce lieu, ce qui lui avait pris pas moins de dix-huit ans.

Ricci était déterminé à propager l'Evangile, mais pour le moment il dut faire l'horloger.

A partir de là et jusqu'à la dynastie des Qing, une des techniques artisanales auxquelles les missionnaires durent s'adonner fut la réparation des pendules.

IX

L'empereur Wanli installa la petite pendule à carillon dans ses appartements privés ; sur la petite machine délicate, Matteo Ricci avait remplacé les chiffres romains du cadran par les heures en caractères chinois. L'empereur observait, fasciné, le mouvement des aiguilles. Il lui arrivait parfois de rester immobile devant l'objet jusqu'à ce que le mécanisme interne, après avoir bougé un instant, fît entendre une suite de « dong… dong ».

L'empereur regardait et écoutait attentivement le temps, dont de toute façon il ne manquait pas, oisif qu'il était.

Des années plus tard, un autre empereur, Kangxi, écrivit :

La clepsydre est vaincue par le cycle des jours et des nuits, au son touchant, agréable, qui sonne chaque heure.

Le yin et le yang ne changent pas le caractère des sentiments, qu'ils viennent de mille lieues et remontent à deux cents ans.

Ce poème a pour titre *La pendule qui sonne toute seule.* Kangxi écrivit un autre poème, *Chanter la pendule qui sonne toute seule* :

La méthode commencée en Occident, des esprits ingénieux l'ont transmise de proche en proche.

Les roues tournent à chaque instant, le cadran indique chaque seconde.

Les bonnets rouges[1] *cessent d'annoncer l'aube, la pendule en métal donne l'heure comme prévu.*

Au petit matin on s'active aux tâches officielles, à force de questions les requêtes prennent du retard.

---

1. Bonnets que portaient les gardes de nuit dans l'Antiquité.

A l'évidence, le rythme de la vie de Kangxi était réglé par le temps des pendules, les « bonnets rouges » avaient cessé d'annoncer l'aube, le jour était levé, mais l'heure indiquée sur les cadrans n'avait pas sonné, on pouvait encore dormir un peu. Or si les pendules indiquaient que l'heure était venue, les documents devaient être transmis en temps voulu. Même de nos jours, dans les campagnes éloignées de Chine, les paysans continuent de se conformer au lever et au coucher du soleil, au jour et à la nuit pour organiser la vie selon les cycles de la nature. Comparativement, l'empereur qui vivait il y a plus de deux siècles ressemblait plus à un homme moderne ; il s'était débarrassé du joug des cycles naturels pour se convertir au temps physique indiqué par les pendules.

L'empereur était l'intermédiaire entre le ciel et l'homme. Il monopolisait le savoir en matière d'astronomie, de calcul du calendrier et autres manifestations de la volonté du ciel. Il était en soi la mesure du temps. L'année de son accession au trône était appelée année initiale, marquant un nouveau commencement, jusqu'à l'empereur suivant, l'année initiale suivante, quand le temps avait parcouru un cycle. C'est pourquoi l'empereur fut le premier à détenir le secret du temps.

X

La nouvelle que l'empereur possédait une pendule qui sonnait toute seule finit par tomber un jour dans l'oreille de l'impératrice. Trois ou quatre dames de la cour, disertes autant que des pies jacassières, se mirent à faire une description enchanteresse de ladite pendule sans l'avoir jamais vue. L'impératrice déclara alors : « Il existe vraiment pareil objet ? Allez vite le chercher demain pour que nous puissions y jeter un coup d'œil nous aussi. »

L'empereur Wanli n'avait aucune envie de se priver de sa petite pendule. Si jamais l'impératrice la trouvait à son goût, que se passerait-il ? Il est sûr qu'il ne la reverrait jamais. Mais si l'impératrice voulait y jeter un coup d'œil, il n'avait aucune raison de le lui refuser. Ayant bien réfléchi, l'empereur eut une idée et fit venir deux eunuques…

Les deux hommes étaient spécialement responsables du réglage de la petite pendule, ce qui leur permettait de se trouver chaque jour aux côtés de l'empereur et suscitait une jalousie féroce de la part de leurs collègues : « Ce coup-ci, ils font vraiment partie du gratin ! » Evidemment, ils étaient les seuls à savoir où le bât blessait ; depuis quelques jours ils souffraient le martyre car avec deux autres eunuques ils avaient suivi les étrangers pour apprendre avec peine à entretenir la pendule, comment la démonter, comment la remonter, comment placer les ressorts, comment régler les aiguilles. Ils avaient dû retenir ce qu'ils comprenaient et apprendre par cœur ce qu'ils ne comprenaient pas. Ces tout premiers étudiants de la technique moderne de l'histoire chinoise faillirent devenir carrément fous.

Obligés d'apprendre rapidement à maîtriser une technique alors qu'il leur manquait le savoir de base, ces eunuques durent faire preuve de génie. Pour chaque roue dentée, chaque pièce détachée, Matteo Ricci dut trouver une traduction chinoise afin de leur expliquer en détail sa fonction ; tout commença et tout dut être appris à ce moment-là.

Les deux eunuques devinrent alors les spécialistes de la technique horlogère de la dynastie Ming. C'est ainsi que cette méthode moderne commença à fonctionner comme une pendule dont a remonté le ressort à fond.

Or le savoir technique confère un pouvoir. L'empereur ne pouvait pas s'opposer à la volonté de l'impératrice, mais l'empereur disposait de la technique ; il lui suffit, d'une manière ou d'une autre, de donner quelques ordres aux deux spécialistes.

La petite pendule fut donc apportée dans les appartements de l'impératrice et, moins de deux jours plus tard, rapportée chez l'empereur.

Chez l'impératrice, la pendule ne sonna pas une seule fois, même les aiguilles ne bougèrent pas ; les deux eunuques qui s'en occupaient n'avaient pas remonté le ressort.

XI

Ici se pose un problème d'ordre moral : comment notre empereur pouvait-il être à ce point fasciné par ce genre d'« objet ingénieux » ? Cela ne contrevenait-il pas à la doctrine toute simple transmise depuis un millier d'années ? L'empereur n'était-il pas le protecteur suprême de la pureté de cette doctrine ?

Pour l'empereur Wanli, cela ne posait pas le moindre problème, puisque, comme l'a montré avec beaucoup de discernement un missionnaire contemporain, cet homme, « en dehors de vénérer sa propre personne, ne vénérait aucun dieu ».

Lorsqu'il « se vouait tout entier à sa propre personne », il se montrait aussi cupide qu'un propriétaire foncier. Même si la richesse de l'empereur s'étendait à tout l'empire, cette richesse abstraite ne pouvait le satisfaire, il fallait absolument qu'il accumulât des possessions privées. Pour cela, en dehors du système de perception de l'impôt fixé par la loi, il chargeait des eunuques d'accabler le peuple de taxes exorbitantes. A ce qu'on raconte, il était collectionneur de céramiques, mais son goût était aussi grossier et exagéré que son poids corporel et son attachement morbide à l'argent. Il pouvait commander au four impérial de cuire d'un coup plusieurs dizaines de milliers de tasses à thé, plusieurs milliers de vases ; c'est d'ailleurs pour cela que Jingdezhen[1] devint si florissant. Il ne pouvait évidemment pas utiliser ni apprécier une telle quantité de céramiques, les entasser dans des entrepôts suffisait à le rendait heureux.

Dès qu'on fait un cadeau à un tel homme, il est transporté de joie. Mais le nœud du problème ne réside pas là ; le fait que l'empereur « ne vénérait que lui-même » et qu'en même temps il vénérait le ciel et les ancêtres n'était en rien contradictoire. C'était son incarnation de la moralité extrême qui lui conférait un pouvoir hors de toute morale : n'était-ce pas là un formidable « tour de passe-passe » ? En vérité, si. Mais au plus profond du palais, dans la vie privée de l'empereur, les objets nouveaux venus de l'étranger jouaient un rôle tout différent.

Les Chinois des années 70 du XXe siècle découvrirent avec stupeur que les « films à usage interne[2] » avaient toujours été projetés dans le secret des grandes institutions, et que le peuple des Ming et des Qing, à qui l'on infligeait des sermons qui étaient de véritables « tours de passe-passe », n'avaient jamais l'occasion de voir les produits d'importation aussi extraordinaires les uns que les autres entreposés dans les palais de l'empereur et les résidences des grands mandarins. Le privilège de profiter de ces produits d'importation était accordé selon la position occupée dans l'organigramme de la morale bureaucratique.

---

1. Ville du Jiangxi, célèbre pour ses fabriques de porcelaine.

2. « A usage interne » formule officielle désignant les documents, souvent venus d'Occident, réservés à l'usage des membres du Parti.

La nature humaine n'a donc guère changé ; les anciens aimaient tout autant les produits importés que les hommes d'aujourd'hui, sauf que les anciens refusaient de l'avouer publiquement.

XII

Selon la légende, Matteo Ricci est le saint patron des horlogers. Lui-même ne l'aurait certainement pas admis, mais parfois l'homme devient une idole qui mérite de manger du porc froid [1] et cela ne dépend véritablement pas de lui. Pour Matteo, c'est parce qu'il avait créé un vaste marché pour l'horlogerie.

A partir de 1601, le secteur de l'horlogerie européen fut soumis à une demande de plus en plus forte de la lointaine Chine. Au XVIIIe siècle, les pendules et les montres étaient devenues un produit occupant une grosse part dans le commerce entre la Chine et l'Europe. D'après un document des douanes de Canton de 1791 (56e année du règne de Qianlong), cette année-là « le nombre de pendules à carillon de toutes tailles, de montres et de tabatières serties d'une montre, importées et contrôlées par les douanes du Guangdong a[vait] atteint le nombre de 1025 ». Sur ce nombre, les montres et pendules anglaises étaient les plus remarquables ; à Londres, les célèbres horlogers Barbot, George Higginson, James Cox et Joseph Williamson connurent un développement florissant grâce aux exportations vers la Chine, et gagnèrent beaucoup d'argent.

Les pendules à carillon et les montres portatives entrèrent alors dans la vie quotidienne de la société huppée de la dynastie Qing, tout comme aujourd'hui

1. Seuls les mandarins de rang élevé avaient le droit de manger les plats offerts aux dieux, qui avaient alors refroidi.

les voitures d'importation. Dans *Le Rêve dans le pavillon rouge*, quand la grand-mère Liu arrive chez les Jia et pénètre dans la chambre de la sœur Feng :

Ne cessant d'entendre les battements d'un tic-tac qui ressemblaient fort aux petits coups frappés sur un tamis dans lequel on passe la farine, la vieille grand-mère ne put s'empêcher de lancer des regards à droite et à gauche, et finit par apercevoir, accrochée à une colonne de la salle centrale, une sorte de boîte à laquelle était suspendu un objet semblable au poids d'une balance et qui ne s'arrêtait pas d'osciller. « Qu'est-ce que c'est que ce machin-là ? se demanda-t-elle à part soi. A quoi cela peut-il bien servir ? » Tandis qu'elle s'ébahissait ainsi, se produisit brusquement un tintement pareil à celui d'une cloche d'or ou d'un timbre de bronze, dont elle fut si effrayée qu'elle écarquilla les yeux, et qui se répéta huit ou neuf fois de suite.

Dans ce grandiose roman chinois, les choses sont décrites sur un fond d'expériences vécues différent : en tant qu'« objet » simple, inconnu, la pendule fait irruption dans le champ de vision de cette vieille femme de la campagne. En lisant cela, les lecteurs raffinés de la dynastie Qing ne pouvaient s'empêcher de sourire ; ils savaient de quoi il s'agissait, c'était une pendule à carillon, qui n'avait rien d'étrange et qui faisait entendre son tic-tac dans leur propre bureau.

C'est pourquoi lorsqu'en 1793 la délégation anglaise de George Macartney arriva à Pékin et offrit l'horloge la plus récente comme un cadeau précieux, la réaction de l'empereur Qianlong les fit se sentir dérisoires. Comme si on leur avait répondu : nous avons déjà tous ces trucs chez nous !

Et c'était vraiment le cas. Dès 1760, un missionnaire écrivait que le palais impérial des Qing « était plein de pendules, de montres, de chronomètres, d'horloges astronomiques – il en compta en tout plus de quatre mille, qui étaient tous l'œuvre d'artisans célèbres de Londres et de Paris ».

XIII

L'empereur demanda : Quelles coutumes étranges ont les étrangers ?

L'empereur demanda : Quels vêtements portent les rois étrangers, comment se coiffent-ils ? Quel genre de maison habitent-ils ? Comment prennent-ils femme ? A leur mort, quelles funérailles organisent-ils ?

L'empereur demanda : Ces deux étrangers, combien boivent-ils d'alcool, combien de pains à la vapeur mangent-ils par jour ?

A ce moment-là, Matteo Ricci était très occupé ; il devait remonter pièce par pièce l'énorme pendule, et il devait aussi transmettre sa technique à plusieurs disciples – des disciples en vérité, car quand les quatre eunuques chargés de l'entretien de la pendule se présentèrent, ils se prosternèrent comme devant un maître. Mais dès que la portière se souleva, apparut un nouvel eunuque qui se mit au garde-à-vous, tourné vers le sud, et annonça avec force : « Ordre de l'empereur de demander à l'étranger d'expliquer… »

Matteo Ricci se précipita vers ses coffres et les fouilla à la recherche de documents, puis se prit la tête à deux mains en se demandant comment il allait pouvoir se faire comprendre. Tel un romancier, en outre un romancier étranger, au moment de traduire en mots le monde qui lui était familier, celui-ci lui devint aussi difficile à saisir que de l'eau. Il devait jouer le rôle de traducteur pour lui-même, et il eut l'impression que ses lecteurs ou ses auditeurs posaient sur lui un regard surpris…

Matteo Ricci revint en petites foulées, tout essoufflé, serrant sous son bras un tableau et plusieurs livres : « Regardez, cela ressemble à ce qui est peint sur ce tableau… » Quand l'écriture atteignit sa limite, il découvrit la force démonstrative de l'image ; par bonheur, il avait apporté avec lui une série de tableaux occidentaux, qui lui servirent d'illustrations pour parler de l'Europe.

« Regardez, Majesté, c'est le lieu où vit le roi des étrangers… » dit l'eunuque en revenant après avoir posé un tableau sur la table impériale.

L'empereur Wanli examina le tableau pendant un bon moment, puis, soudain, éclata de rire sans pouvoir s'arrêter. Les larmes lui vinrent aux yeux et son corps grassouillet fut pris de tremblements :

« Ils vivent dans des pavillons aussi élevés ? En haut, on ne sait plus à quoi s'accrocher, en bas sur quoi s'appuyer. A force de monter et de descendre, on ne craint pas d'être fatigué ? »

Sur le tableau figurait le palais des doges de Venise.

XIV

Parmi les pendules entreposées dans la Cité interdite se trouvait un « carillon en cuivre plaqué or représentant des éléphants portant le dieu Apollon » fabriqué par l'horloger londonien George Higginson, sans doute entre 1736 et 1756 ; quatre éléphants supportent une église de deux étages, au-dessus du portail de laquelle on reconnaît une vue panoramique en couleurs du château de Versailles.

On ignore où cette pendule était entreposée et si l'empereur Qianlong la vit jamais ; et, même s'il la vit, il n'est pas certain que cela ait élargi son horizon. c'était une nouvelle époque, cent quatre-vingt-dix ans s'étaient écoulés depuis l'année 1601 ; l'empereur passait désormais le plus clair de son temps à Yuanming

Yuan[1]. Dans ce parc zoologique légendaire se dressaient douze constructions conçues dans le style européen par les missionnaires qui se trouvaient alors en Chine. Il leur avait suffi bien sûr de copier ou d'imiter le château de Versailles et le château de Schönbrunn pour devenir en Chine d'incomparables génies de l'architecture – tout comme les Chinois n'eurent qu'à traverser l'océan, lire quelques livres occidentaux et en un tournemain faire de grands discours sur des sujets incompréhensibles et soulever vagues et tempêtes.

C'est pourquoi au XVIIIe siècle l'empereur en personne vivait dans un « château de Versailles ». L'introduction d'articles d'importation ne suffisait plus à éveiller sa curiosité. Au contraire, même : Qu'ont les Occidentaux de si extraordinaire ? se demandait-il. Ici, nous avons tout cela : ils construisent des bâtiments, réparent les pendules, peignent des tableaux et jouent du clavecin, ils nous fournissent tout ce que nous voulons !

Les femmes, les enfants et les vieillards d'Occident, les villes et les villages d'Europe, leurs chars de combat et leurs navires à voiles, leurs chasseurs, leurs paysans et leurs soldats, tout cela était à portée de vue. Si l'empereur avait examiné soigneusement toutes les pendules en sa possession, il serait devenu le Chinois qui avait la meilleure compréhension du monde de son époque, car chaque pendule était une œuvre d'art. En effet, dans la fabrication de leurs pendules, les artisans européens donnaient forme à toutes les images de base de leur vie et de leur culture.

---

1. Littéralement, « Jardin de la Perfection et de la Clarté », palais situé au nord-est du palais d'été à Pékin, construit entre 1740 et 1747. Pillé et détruit par les armées occidentales en 1900, l'événement est passé à l'histoire sous le terme de « sac du palais d'été ».

Mais de même que manger de la nourriture occidentale à chaque repas ne permet pas forcément de connaître à fond la culture de l'Occident, les mœurs européennes ne constituèrent jamais le savoir de l'empereur. Son système de connaissances était une forteresse solide comme le roc et les beautés de l'étranger n'étaient que des fleurs sauvages poussant à leur guise à l'extérieur de cette forteresse.

Le 24 août 1793, après que Macartney eut visité Yuanming Yuan, le mandarin qui l'accompagnait écrivit dans son mémoire adressé à l'empereur :

L'envoyé du pays tributaire (...) que j'accompagnais s'est rendu au bas des marches rouges[1] *qui menaient à la salle de la Droiture et de la Franchise, il l'a regardée avec déférence, il a demandé de quoi il s'agissait en soulevant son chapeau puis s'est prosterné devant le trône, qu'il a regardé avec un air solennel. Nous, vos humbles serviteurs dociles, avons recueilli ses paroles respectueusement, et lui-même a regardé le palais avec admiration, contemplant sa magnificence.*

En résumé, les diables étrangers étaient exactement comme la grand-mère Liu pénétrant dans le Daguan Yuan[2]. Ayant lu ce rapport, l'empereur Qianlong en tira certainement profit, mais ce qu'il ne sut jamais c'est l'énergie qu'avait dépensée Macartney lorsqu'il se trouvait dans le palais de l'Immense Gloire pour se retenir de rire...

Dans un coin du bâtiment se trouvait une pendule anglaise qui toutes les heures égrenait une petite musique. Or le hasard voulut qu'au moment où Macartney et sa suite visitaient l'endroit, ils entendissent

1. Marches réservées à l'empereur.

2. Littéralement, « Jardin au Vaste Panorama », résidence princière du *Rêve dans le pavillon rouge*.

une mélodie extrêmement familière ; les Anglais se regardèrent en écoutant jouer dans ce lieu solennel une chansonnette vulgaire tirée de l'*Opéra du gueux*[1] !

Un des membres de la délégation faillit spontanément se mettre à chanter à l'unisson.

XV

Dans les jours qui suivirent, Matteo Ricci ne cessa de réfléchir douloureusement au sens de son long voyage d'Italie jusqu'en Chine. Un homme portant une bouteille d'eau avançait péniblement jusqu'à son but. Il versa alors l'eau sur un désert immense ou dans la mer, et à ce moment-là, le doute sur le « sens » de son action lui transperça le cœur comme une flèche acérée que rien ne lui permit d'éviter.

Matteo Ricci était parvenu à Pékin, il avait pénétré dans le palais impérial, mais il n'avait jamais réussi à voir l'empereur installé à deux pas de lui. Cet ermite mystérieux ne laissait personne violer sa retraite. Il aurait beaucoup aimé savoir à quoi ressemblaient ces étrangers venus d'Arabie ou d'Occident, mais il ne lui serait jamais venu à l'idée de laisser ces hommes pénétrer dans ses appartements et de les regarder face à face. La curiosité de Wanli finit par être satisfaite d'une manière étrange ; il envoya un des peintres du palais brosser le portrait de Matteo Ricci et de son compagnon.

La peinture n'était absolument pas ressemblante ; Matteo Ricci y répondait aux principes conformes au style pictural chinois : « En regardant la peinture, nous ne nous reconnaissions pas nous-mêmes. » Et quand l'empereur la vit, il ne put s'empêcher de s'exclamer : « Mais ce sont des Arabes ! »

---

1. Œuvre de John Gay (1728).

Dès lors, pour l'empereur Wanli, tous les problèmes étaient résolus : deux Occidentaux étaient venus dont il avait pensé que c'étaient des êtres aux visages féroces ; en fait ce n'étaient que des Arabes. Bref, il n'y avait pas grand-chose de nouveau sous le soleil.

Quand les hommes croient « comprendre », ils ne font en fait que « se méprendre » un peu plus. L'empereur Wanli avait vu le « tableau de Dieu » apporté par Matteo Ricci ; la peinture représentait le chemin de croix de Jésus. Cet empereur totalement ignorant ne put qu'articuler une parole : « Mais c'est un Bouddha vivant ! » Puis le tableau fut rangé dans un entrepôt.

Ainsi, même si Matteo Ricci ne voulait pas le reconnaître, ce qu'il apporta vraiment au palais impérial, ce furent deux pendules, deux pendules mécaniques à carillon.

XVI

En 1604, durant la troisième année de son séjour à Pékin, Matteo Ricci reçut une lettre de sa famille demeurée en Italie. Le papier à lettres lui apportait le soleil de l'Adriatique et le parfum de la mer ; la main de Matteo se mit à trembler.

La lettre lui apprenait que son père venait de mourir. Mais le problème était que neuf ans plus tôt, en 1593, il avait déjà reçu la nouvelle de la mort de son père. A l'époque, il se trouvait à Nanchang et il avait longtemps pleuré et prié. La nouvelle qui lui était parvenue neuf ans plus tôt avait sans doute été transmise par erreur, mais cette erreur l'avait précipité dans un piège temporel totalement absurde.

L'homme vivait entre deux types de temps ; il se trouvait en Chine et il savait que « ce moment » était en train de s'écouler seconde après seconde à la pendule qu'il avait sous les yeux. Mais dans son sang, au plus profond de son cœur, il possédait une autre pendule ; c'était le temps de l'Europe, le temps de son pays natal. L'immense séparation spatiale l'empêchait de régler les deux pendules à la même heure ; le « passé » de l'Europe atteignait le « présent » de la Chine en empruntant la voie postale hérissée de tempêtes et de dangers, mais le « présent » de l'Europe était pour lui un « avenir » attendu avec espoir. Matteo Ricci avait reçu une lettre venue d'Europe qui avait été écrite en 1593 et qui lui annonçait que sa lettre écrite en 1586 venait d'arriver, or quand il lut cette réponse on était déjà en 1595.

C'est ainsi que cet homme qui avait apporté des pendules à la Chine vécut à Pékin les dernières années de sa vie dans un désordre temporel auquel il ne put échapper, jusqu'à sa mort en 1610. Comme Matteo s'était endormi pour toujours en ce lieu, l'empereur Wanli, dérogeant à la coutume, lui fit la grâce d'une sépulture, laquelle se trouve toujours à Teng Gongzhalan[1], dans l'actuel Institut d'études politiques de Pékin.

XVII

D'après le *Shiwu xushen*[2] de Ma Xulun[3], un jour l'empereur Tongzhi vit un dignitaire de la cour qui portait un chronomètre sur lui ; il se mit aussitôt dans une violente colère, « le lui arracha précipitamment des mains et le brisa, avait de demander, la mine décomposée : "Sans cet objet, on ne peut pas savoir l'heure qu'il est ?" »

1. Littéralement, « Palissade de Lianes », ancien cimetière chrétien de Pékin.

2. Littéralement, « Le Suc de la maison de pierre ».

3. Calligraphe, ministre de l'Enseignement (1885-1970).

On ne peut s'empêcher de croire les racontars. Mais le fait que soumis à l'énorme pression du modernisme, l'empereur Tongzhi, se retrouvant face à un chronomètre qui incarnait la logique historique de l'Occident, écrasa l'objet à coups de pied rageurs, a véritablement une valeur symbolique qui fournit matière à réflexion.

Si cet empereur avait su que dès la Rome antique un certain Plaute écrivait des poèmes maudissant hargneusement la domination du temps, il est probable qu'il eût exprimé les mêmes idées. Les Romains avaient fixé l'heure des trois repas quotidiens selon leur cadran solaire ; Plaute écrivit ainsi :

Que les dieux exterminent le premier qui inventa la division des heures, le premier qui plaça dans cette ville un cadran solaire ! Le traître, qui nous a coupé le jour en morceaux pour notre malheur ! Dans mon enfance, il n'y avait pas d'autre horloge que l'estomac, bien meilleure, bien plus exacte que toutes les leurs pour vous avertir à propos ; à moins qu'il n'y eût rien à manger. Mais à présent, quoi qu'il y ait, il n'y a rien que quand il plaît au soleil. A présent que la ville est remplie de cadrans solaires, on voit presque tout le monde se traîner desséché, affamé.

XVIII

En octobre 1860, il manquait encore trois mois pour qu'on commémorât les deux siècles écoulés depuis l'arrivée de Matteo Ricci à Pékin, mais personne ne se rappelait ce jour. Le 18 octobre, les troupes alliées franco-britanniques faisaient irruption dans Yuanming Yuan. Après avoir dévasté les lieux, ils provoquèrent un grand incendie ; les palais construits sur le modèle de Versailles furent réduits à l'état de ruines ; cristallisations des efforts de plusieurs générations d'horlogers européens, des pendules magnifiques partirent en fumée, dont peut-être la grande qui savait jouer un air de *L'opéra du gueux*.

Ce fut un jour où le temps s'arrêta.

Note 1 : L'âme de la grande pendule

La grande pendule apportée par Matteo Ricci finit par être placée dans le palais de la Perfection et de l'Union situé entre le palais de la Pureté céleste et le palais de la Tranquillité féminine. Matteo Ricci a raconté que pour installer cette pendule gigantesque on avait fait construire un bâtiment spécial. A l'évidence, il a succombé à une illusion qu'on a prise pour argent comptant, car en réalité le palais de la Perfection et de l'Union avait été construit longtemps auparavant sous l'empereur Jiajing.

A ce jour, la « grande pendule à carillon » se trouve toujours dans l'aile ouest de ce palais. L'objet a la forme d'un pavillon à étages mesurant en tout une toise, six pieds et quatre pouces de haut – ce qui est véritablement très grand. Il est laqué de noir, doré et gravé de fleurs de lotus exubérantes. Il est divisé en trois étages, haut, médian et bas ; au premier sont installés trois groupes de rouages, le deuxième constitue le cadran où sont gravés des chiffres romains, et le troisième comporte deux cloches en bronze. La pendule chante toutes les heures et sonne tous les quarts d'heure. On la remonte une fois par mois ; il faut pour cela grimper sur une échelle pour atteindre le deuxième étage.

Mais cette pendule n'est plus celle de Matteo Ricci. Pendant la deuxième année de l'ère Jiaqing des Qing (en 1797), le feu prit au palais de la Pureté céleste, se propagea au palais de la Perfection et de l'Union et la pendule de Matteo Ricci fut réduite en cendres comme

Nom d'un dieu protecteur de Shanghai.

le reste. L'année suivante, une nouvelle pendule fut donc construite par la manufacture du palais impérial ; si l'apparence extérieure en fut encore enjolivée, sa conception fondamentale reproduisait celle de l'ancienne pendule.

Dans les *Notes sur la relation entre l'Occident et les Qing* de Chen Chu[1], on lit :

A la cour, tout le monde croyait que la grande pendule du palais de la Perfection et de l'Union était précise. (…) En grimpant à l'échelle, on ouvrait et l'on remontait le

1. 1735-1799.

ressort, et au bout d'un mois, il fallait monter à nouveau. Après plusieurs dizaines d'années, l'écart n'était pas mince ; on l'entendait sonner au-delà de la porte de la Pureté céleste. En particulier sous Wanli où c'était encore l'ancienne fabrication. Quand Yu Wenxiang exerçait le pouvoir, chaque fois qu'il entendait la pendule sonner, il appelait ses confrères en disant : « On peut remonter sa montre ! »

Yu Wenxiang, c'était le grand conseiller de la cour de Qianlong, Yu Minzhong[1], qui, ayant atteint un âge canonique, officiait à l'extérieur du palais. Chaque fois que le son lointain de la pendule du palais de la Perfection et de l'Union lui parvenait, il appelait ses confrères, sortait sa montre de gousset, vérifiait l'heure et la remontait. Tout cela nous donne une idée de l'exactitude de cette pendule et du fait que sa sonnerie portait loin.

Tout au long des années, elle servit de référence temporelle réglant la vie quotidienne du palais impérial de Chine. Si elle avait une âme, lorsqu'elle brûla, son âme s'introduisit sans doute dans le son de toutes les autres pendules.

Note 2 : Les jouets sont toujours volontaires

La pendule est « la mère de tous les appareils », l'industrie mécanique moderne est partie de là. A l'époque de Kangxi, la manufacture qui fabriquait les objets utiles à l'empereur employés dans le palais des Qing avait créé un atelier d'horlogerie. Sous Yongzheng, il s'appelait le « lieu où l'on fait les horloges » ; on y comptait plus de cent artisans et ouvriers, mais les

1. Homme d'Etat (1714-1780).

directeurs étaient tous des missionnaires occidentaux. Par la suite, l'horlogerie de Canton, Suzhou et Nankin devint florissante. A ce qu'on raconte, à la fin du XVIIIe siècle, la qualité de fabrication des « pendules de Canton » était comparable à celle de l'Angleterre, mais le prix inférieur d'un tiers. Toutefois, le développement de l'horlogerie n'entraîna pas d'élévation du niveau des connaissances en mécanique ni ne donna d'impulsion à la technique. En réalité, certaines pièces détachées essentielles, comme les ressorts, devaient encore être importées comme par le passé. Au XIXe siècle, sous le règne de l'empereur Daoguang, le palais impérial cessa de fabriquer des pendules et l'horlogerie nationale déclina progressivement.

Sous les Ming et les Qing, et plus particulièrement sous les Qing, le résultat le plus probant de l'introduction des pendules en Chine fut le goût frénétique pour les jouets mécaniques mus par des ressorts.

Du temps de Qianlong, un missionnaire du palais impérial se plaignit en ces termes : « L'empereur m'a confié la charge d'horloger à son service, cependant il vaudrait mieux me donner le titre de mécanicien, car l'empereur me demande tout le temps de l'aider à fabriquer des appareils et machines bizarres et non des pendules de qualité. »

Un représentant de la Compagnie hollandaise des Indes orientales fut envoyé à Pékin en 1794. A son retour au pays, il déclara : « Si quelqu'un désire se rendre à Pékin, mieux vaut qu'il place dans son sac de voyage des choses avec lesquelles les enfants aiment jouer, qui seront beaucoup plus appréciées par les personnes de la cour de Chine que des objets tels que des appareils scientifiques ou des œuvres d'art. »

C'est ainsi qu'une grande quantité d'objets bizarres furent fabriqués et achetés. Un lettré de l'époque de l'empereur Jiaqing écrivit le *Zhuzhi ci* (*Poème de la branche de bambou)* [1], où il chantait la situation du commerce international de l'époque à Canton, dont un poème fait allusion aux pendules jouets :

L'objet de verre accroché au mur fait ding-dong,
Il ne peut saisir un pinceau pour dessiner un Bouddha,
Il trace plein de lignes et l'on entend des oiseaux chanter,
Sur la table la pendule ne sait jouer que trois airs.

Dans une firme étrangère de Canton, il y avait une horloge à l'intérieur de laquelle un bonhomme en cuivre, qui pouvait dessiner des portraits de Guanyin-aux-mille-mains [2], savait aussi tracer des barres et écrire des caractères chinois réguliers. A la partie supérieure de l'horloge étaient perchés deux moineaux en cuivre qui, d'après les témoignages, « volaient et pépiaient comme des vrais ».

Cela n'avait rien d'original ; d'après le *Zhuangxie zalu* [3], des marchands occidentaux colportaient un jouet à ressort, pour lequel ils demandaient cinquante mille onces d'argent. Il s'agissait d'une fleur de lotus mécanique qui toutes les heures faisait entendre un son claironnant et changeait de couleur, se montrant tantôt rouge, tantôt blanche, à raison de douze transformations par jour, avec à chaque fois une couleur différente.

Quand l'empereur Qianlong atteignit l'âge de quatre-vingts ans, le gouverneur des deux Guang, Fu Kang'an [4], lui offrit un coffre en *phoebe zhennan* [5], à l'intérieur duquel figurait une petite maison où était installé un paravent ; devant le paravent se dressait une

1. Il s'agit du poète Zhang Wen'an (1757-1815).

2. Déesse de la miséricorde.

3. Littéralement, « Recueil divers combinant sobriété et humour », ouvrage de l'éditorialiste Wang Kangnian (1860-1911).

4. Général (? -1796).

5. Lauracée qui donne un bois de couleur sombre.

table sur laquelle étaient disposés pinceau et pierre à encre. Lorsqu'on activait le mécanisme installé sous la table, une servante occidentale sortait par le côté droit du paravent et se mettait à broyer l'encre et à lisser le papier. Ensuite, on voyait paraître par le côté gauche un homme affublé d'une grande barbe qui se dirigeait vers la table, empoignait le pinceau et écrivait les quatre caractères *wan shou wu jiang*[1], puis ayant fini d'écrire il jetait le pinceau et retournait derrière le paravent. La servante ramassait alors tranquillement pinceau et pierre à encre, les remettait à leur place puis refermait la porte de la maison.

Les fabricants de ce petit trésor n'étaient évidemment pas des Occidentaux, c'était un petit employé de l'administration. Mais le puissant Fu Kang'an n'était toujours pas satisfait ; il saisit sa barbe entre ses doigts et marmonna, perplexe : « Si le souhait de longue vie s'écrivait aussi en mandchou, ce serait mieux. »

Cela mit à la torture le petit génie de la mécanique. L'homme rentra chez lui, s'allongea, cessa de boire et de manger, puis il prit une pièce de tissu qu'il serra étroitement autour de sa tête, grimpa sur le toit de sa maison et y resta assis toute la nuit à contempler le ciel étoilé. Il demeura ainsi trois jours et trois nuits puis finit par se dresser d'un bond en hurlant : « J'ai trouvé ! »

Cependant l'empereur Qianlong n'eut pas l'occasion d'apprécier l'appareillage compliqué permettant d'écrire *wan shou wu jiang* dans les deux langues, mandchoue et chinoise. D'après les on-dit, Fu Kang'an avait offensé un eunuque, qui déclara : « Qui sait si ce bidule mécanique ne va pas tomber en panne ? Si jamais placé devant l'empereur l'appareil écrivait *wan shou wu*… et s'arrêtait sans aller jusqu'au bout, qui en endosserait la responsabilité ? »

1. Souhaits de longue vie adressés à l'empereur.

La conclusion de cette histoire est désolante : le jeune employé qui avait passé trois jours et trois nuits à se creuser la cervelle perdit la mémoire et devint un incapable.

L'empereur Qianlong eut quatre-vingts ans en 1793. Près de quatre-vingts ans plus tôt, en 1714, le Parlement britannique avait voté une résolution prévoyant d'accorder une récompense à la personne qui réussirait à déterminer la latitude au moyen d'une horloge de marine précise. Dès lors, un grand nombre d'experts anglais en pendules mécaniques consacrèrent toute leur attention à ce projet, chacun avec son talent particulier, jusqu'à ce qu'en 1761, un certain John Harrison[1] voie ses efforts couronnés de succès. Les navires anglais se mirent alors à sillonner les mers, et au fil de ce processus, grâce à l'invention par Robert Hooke[2] de la commande à ressorts, les montres devinrent des objets portatifs.

Bien sûr, ils n'oublièrent pas de fabriquer des jouets mécaniques pour l'empire des Qing, car ils pouvaient leur assurer de gros profits. A Canton, un étranger se mit à vendre une série de coucous qui, à l'heure dite, sortaient de la pendule et se mettaient à chanter ; ils furent écoulés en un rien de temps. Il en fit venir aussitôt une nouvelle série de Londres, mais la fabrication avait sans doute été bâclée car si les oiseaux continuaient de sortir de leur boîte ils ne chantaient plus. Le bonhomme, se retrouvant avec un tas d'invendus, songeait à se jeter à l'eau, quand il eut soudain l'idée de déclarer à ses clients : « Oui, le coucou ne chante plus, mais ce n'est pas un coucou ordinaire, c'est un coucou sacré. Le moment où il chantera n'est pas encore venu.

1. Ebéniste, horloger, inventeur du chronomètre de marine (1693-1776).

2. Inventeur de nombreuses machines (1635-1703).

Quand ce sera la saison, écoutez bien : tous les coucous de mes pendules se mettront à chanter ! »

On ignore s'il réussit à se défaire de ses pendules, mais la scène où il débitait son mensonge dut être un spectacle extraordinaire – elle illustrait tout à fait l'expression « les jouets sont toujours volontaires[1] ».

Note 3 : Les images pornographiques de la porte du Midi

Les palais austères résonnaient de mélodies graveleuses ; c'était très comique. Il y eut un autre type de comique, qui apparaît dans l'*Essai de la salle où l'on mange des cerises*, de Kuang Zhouyi :

La porte du Midi de Pékin compte en tout cinq ouvertures, (...) sur les marches de la deuxième ouverture tournée vers l'est se trouvent d'anciennes gravures dans la pierre imitant des dessins érotiques, qui mesurent en gros deux pouces de large, comptent un petit nombre de traits et sont extrêmement vivantes. Il doit s'agir d'illustrations gravées à l'aide d'un poinçon par les soldats gardant la porte qui savaient dessiner grossièrement. A force d'être foulées aux pieds, elles se sont estompées progressivement, ayant été exécutées par des hommes de la fin des Ming.

Ainsi, à la porte du Midi, devant le temple des rois et des saints, les soldats de garde s'étaient servis de poinçons ou de la pointe de leurs lances pour graver ces dessins pornographiques.

---

1. Traduction chinoise du titre du film d'animation *Toy Story.*

7

GANZHOU À HUIT RIMES[1]

I

En 1298, peut-être, à Gênes, un homme décrivit ainsi le monde : le monde est vaste ; quand votre regard s'abattra comme une flèche, quand le bruit des sabots des chevaux qui heurtent le sol finira par s'évanouir, le monde continuera de se déployer impétueusement. D'ici là, continuez à marcher vers l'est ; vous y rencontrerez des déserts, de hautes montagnes, des forêts, des plaines et des rivières houleuses, des lacs calmes comme des jeunes filles. Quand vous arriverez au bout du continent, vous verrez le soleil s'élever au-dessus de la mer, vous verrez de belles villes aussi étendues que les étoiles, des palais sublimes, des rues pleines de vacarme, ainsi que d'innombrables foules. Des soies précieuses onduleront sur les corps de chacun ; des clous de girofle, de la cannelle et de la rhubarbe empliront chaque charrette et chaque bateau, sous un ciel couleur de rose flottera une odeur d'épices…

1. Ganzhou, air modèle à huit vers rimés, sur lequel on chantait les poèmes *ci* et *qu*, sous les Tang et les Song. Ce modèle fut utilisé par de nombreux auteurs, dont les célèbres Liu Yong (987-1053) et Su Shi (1037-1101).

C'est un pays merveilleux, qui s'appelle Khitan (Cathay).

Deux siècles plus tard, à l'aube du 30 mai 1498, une flotte quittait le port espagnol de Sanlúcar de Barrameda, dans la province de Cadix ; les mouettes craquetaient, la surface de la mer ressemblait à du satin dont l'éclat ondoyant miroiterait dans un lieu obscur. La flotte se dirigeait vers l'ouest, toujours vers l'ouest ; si la Terre avait été ronde, elle aurait fini par atteindre l'est – et gagner le « Khitan ».

C'était le troisième voyage de Christophe Colomb ; à ce jour, on ne peut pas affirmer que ce « découvreur » ait découvert quoi que ce soit. Certes, il mit le pied sur un continent, il rencontra les habitants du lieu, mais au fond où se trouvait ce « lieu » ? C'était l'Inde ? C'était le Japon ? C'était le Khitan ? Sa main posée sur la couverture de son premier manuscrit traçait des lignes vagues ; la couverture était en peau de mouton, lisse au toucher, et il y était écrit : *Devisement du monde*.

C'est cette description qui avait permis d'élargir la vision du monde que les Occidentaux abritaient dans leur esprit ; l'esprit humain tel un oiseau se mit à voler dans un espace plus grand. Les hommes regardèrent, poursuivirent un point noir sur la Terre, qui se déplaçait ; ce point noir était un homme, un Italien du nom de Marco Polo, qui dans son parcours sur la Terre traçait une trajectoire menant à un monde nouveau.

Mais dans un ordinateur, si l'on utilise la méthode ABC de saisie intelligente des caractères chinois[1], les mots « trajectoire » et « fourberie » apparaissent en même temps ; cela montre parfaitement l'intelligence de l'ordinateur : la trajectoire des anciens était une fourberie, les gens qui avancent en suivant l'ombre lointaine des anciens risquent au bout du compte de ne plus

1. Intelligence ABC Input Method.

pouvoir apercevoir *la terrasse noyée dans la brume*[1] et d'hésiter à la croisée des chemins. Christophe Colomb se retrouva alors plongé dans une incertitude et une angoisse immenses ; le « monde » de ce fourbe marchand vénitien était carrément un labyrinthe.

Marco Polo, installé au cœur de ce labyrinthe, eut un sourire mystérieux. Si vous possédez une carte du monde de l'an 2000, ainsi qu'un exemplaire du *Voyage de Marco Polo* – nom courant donné par la suite à son *Devisement du monde* – et que d'après les descriptions du *Voyage* vous esquissez l'itinéraire de son périple, vous verrez apparaître sur la carte tout un fouillis de lignes. Comme si Marco Polo s'était efforcé de semer un poursuivant mystérieux, son parcours est criblé de virages insensés, de détours irrationnels ainsi que de bonds inexplicables.

Il semble que Marco Polo ne se lassait pas de ces extravagances. Par exemple, passant par Yarkand, Hotan, Peimu, Charchan, Luobu et Shazhou, il finit par aboutir à Ganzhou ; sur une carte moderne, cet itinéraire correspond aux villes de Yarkand, Hotan, Yutian, Qiemo et Ruoqiang dans le Xinjiang, et aux villes de Dunhuang et Zhangye dans le Gansu, ce qui dans l'ensemble paraît raisonnable. Mais ensuite il se mit à faire n'importe quoi : de Zhangye il rebroussa chemin vers Dunhuang, vira droit au nord pour foncer directement vers la vieille ville mongole de Karakorum, c'est-à-dire le centre de l'Etat de Mongolie. Puis, sans s'exprimer sur ses intentions, il continua vers le nord, traversa la Sibérie, et atteignit sans doute l'océan Arctique. Après qu'il eut fait demi-tour, on perd sa trace, et quand il réapparaît, curieusement il se trouve toujours à Ganzhou, c'est-à-dire la ville actuelle de Zhangye. De là, il se remet en route, cette fois vers le

1. Citation d'un poème de Qin Guan (1049-1100).

nord-est, et atteint la capitale de la Mongolie, Kaiping. Tout le reste se situe dans l'est de la bannière de Zhenglan, dans l'actuelle région autonome de Mongolie intérieure.

C'était une folle errance, suffisante pour que n'importe quel poursuivant en eût le tournis et se retrouvât à bout de forces. Mais si ce mystérieux poursuivant avait eu entre les mains une carte moderne, il se serait rendu compte que Ganzhou était l'axe central de cet ensemble de tours et détours totalement confus. Parti de là, Marco Polo dévia de sa route, mais finalement mystérieusement il y revint – c'est là que réside la véritable énigme.

II

Au XVIe siècle, les Portugais mirent le pied à Macao. Matteo Ricci et les missionnaires qui l'accompagnaient progressaient vers le nord avec difficulté et, à partir du Guangdong, puis du Jiangxi, atteignirent Nankin. Matteo réussit même à aller une fois brièvement jusqu'à Pékin. Mais lui et ses compagnons n'imaginèrent jamais que c'était le « Khitan » de Marco Polo ; ils continuaient à chercher ledit « Khitan ». Sur les cartes du monde des Européens de l'époque, le « Khitan » était un vaste territoire s'étendant à l'extérieur de la Grande Muraille de Chine. C'était un pays semblable au rêve qui dans la description de Marco Polo rayonnait d'une splendeur chimérique.

Ce n'est qu'en 1601 que la réalité commença à envahir le rêve. Le 24 janvier de cette année-là, c'est-à-dire le 21 du 12e mois de la 24e année du règne de Wanli, Matteo Ricci pénétra pour la deuxième fois dans Pékin. C'est là qu'il allait mourir et là qu'il serait enterré. L'auteur de sa biographie écrivit :

Il venait de voir au loin, depuis la plaine dépouillée et obscure, s'élever à la cime des arbres clairsemés l'ombre de la muraille immense revêtue de ténèbres lugubres comme d'un vêtement de deuil. La hauteur des murailles était impressionnante, d'une hauteur sans égale pour un Européen du XVIe siècle.

(Henri Bernard-Maître, *L'Apport scientifique du P. Matthieu Ricci à la Chine,* Hautes Etudes, Tientsin, 1935.)

Matteo Ricci ignorait totalement qu'il était entré dans la « Khanbaliq » décrite par Marco Polo : *La ville de Khanbaliq se trouve sur une grande rivière de la province de Khitan ; elle est réputée pour sa beauté majestueuse depuis les temps les plus anciens.*

Jusqu'au jour où Matteo Ricci finit par avoir une illumination subite : en fait le Khitan, c'est la Chine ; Khanbaliq, c'est Pékin !

III

A Ganzhou se trouvent un Bouddha et une pagode.

Le Bouddha est un Bouddha couché :

La statue immense du Bouddha couché a une main placée sous sa tête et l'autre de côté sur la taille. Son corps tout entier est de couleur jaune d'or. Les gens l'appellent le « Bouddha Shakyamuni ».

La pagode est en bois :

Il s'agit de la tour principale d'une forteresse octogonale de quinze étages, avec un toit incurvé ; c'est une forme architecturale de style chinois... Elle est construite en bois (bambou) finement ouvragé et doré à la laque. Tout le monde pourrait même prendre ce bâtiment antique pour un énorme morceau d'or.

Mais cette pagode présente un autre aspect mystérieux :

Ils ont créé sous cette pagode une pièce souterraine, où se trouve une table en fer, qui supporte un pied muni d'un axe en fer. Cet axe est le support principal de la pagode, qui permet de soutenir de bas en haut l'ensemble de la construction, (...) il suffit de se rendre dans la pièce souterraine et de manœuvrer légèrement l'axe en fer, pour que la pagode tout entière se mette à tourner.

Un jour du mois de septembre 1420, le roi de Perse Mirza Shahrukh envoya une ambassade auprès de l'empereur des Ming, Yongle, qui parvint à Ganzhou. Parmi les membres de cette ambassade se trouvait un peintre du nom de Ghiyâth al-dîn Naqqâsh. Dans la pièce souterraine de la pagode, il actionna délicatement l'« axe en fer » et eut l'impression que le ciel se mettait à tourner, que la terre penchait, que la bruyante ville de Ganzhou s'enfonçait brusquement, que tout le monde s'arrêtait de marcher et qu'un rayon doré acéré transperçait tous les yeux – des yeux noirs, bruns ou bleus.

Dans l'actuel Zhangye, le Bouddha est toujours là, allongé tranquillement dans le temple du Grand Bouddha. Il mesure 34,5 mètres de long, 7,5 mètres de largeur d'épaules, et il est orné d'or et d'autres couleurs ; c'est le plus grand Bouddha couché dans un bâtiment de Chine. La pagode est aussi présente, dans la cour du lycée n° 1 de Zhangye, mais ce bâtiment qui tourna dans le cœur et sous la plume de Ghiyâth al-dîn Naqqâsh ayant subi une tempête à la fin des Qing et été reconstruit en 1926, sa structure est désormais en briques et en bois ; de la « Pagode en bois », seul le nom a subsisté.

En Chine, une pagode s'est effondrée et, sur le lieu où elle se trouvait, les hommes en ont reconstruit une nouvelle, si bien que la pagode est toujours là. La pagode se dresse dans la mémoire, cette construction qui habite la mémoire n'est pas une réalité concrète, mais c'est un nom. Les travaux, décrits par des générations d'artisans à de multiples reprises, portent le même nom. Que l'ancienne construction ait été soufflée par une tempête, ravagée par les flammes ou réduite en gravats par des bulldozers aux cris de « Détruisons l'ancien, bâtissons le nouveau ! », nous ne le regrettons pas, car nous pouvons reconstruire à neuf, et ce « neuf », c'est l'« ancien ». La construction de cette pagode en bois avait commencé pendant la 2e année du règne des Sui (en 582). Dans la 13e année de l'ère Zhenguan[1] des Tang, la 1re année du règne de Yongle des Ming et la 26e année du règne de Kangxi des Qing, elle fut détruite et reconstruite, trois fois en tout. Si un jour la pagode de 1926 devait être détruite elle aussi, nous en reconstruirions une autre, peut-être en verre ou en acier, mais ce serait toujours la « Pagode en bois », une pagode vieille de plus de mille ans. Nous adorons notre histoire et nos traditions, mais nous avons une conception absolument unique de l'« histoire » et des « traditions ».

C'est ainsi que le « bâtiment antique » que vit Ghiyâth al-dîn Naqqâsh en 1420 avait en fait été construit dix-sept ans plus tôt sans avoir jamais pu tourner ; du moins aucun Chinois ne l'avait vu tourner sous le soleil. Cette pagode se dressait solidement, elle se dressait ainsi depuis près de mille ans, et elle continuerait à se dresser de même. Sauf qu'un jour, quand le « vieux maître de peinture Ghiyâth al-dîn » venu de Perse rédigea son journal de voyage, la pagode plongea soudain dans un vertige…

Ghiyâth al-dîn écrivit en persan dans un style solennel :

1. Nom de règne de l'empereur Taizong (627-650).

Les charpentiers, forgerons et peintres de haut niveau du monde entier doivent tous aller apprécier cette construction afin d'imiter les artistes chinois.

Ce journal fut par la suite intégré dans *La Splendeur de l'histoire* de Gîât al-dîn Bâysongôr [1], ouvrage historique persan ; des années plus tard, les gens qui lurent ce livre apprirent l'existence de cette pagode tournante, qui rayonna dans l'air nocturne d'un bleu profond des Mille et Une Nuits.

Sous la pagode, se trouve le Ganzhou du rêve.

IV

Les caravanes suivaient l'ancienne voie, franchissaient de hauts plateaux, des montagnes enneigées, des fleuves et des déserts, elles affrontaient des brigands, des guerres, et étaient mises à l'épreuve de l'univers. Les hommes devaient admettre leur faiblesse et leur insignifiance, et devaient prouver combien ils étaient forts et résolus.

Cette route ne faisait pas seulement circuler des marchandises, elle véhiculait aussi des idées. Qu'ils viennent de l'est ou qu'ils aillent vers l'ouest, les voyageurs qui parcouraient cette route, soumis au vent glacial et au soleil torride, se forgeaient un esprit religieux d'une grande pureté. Seules une crainte secrète et une foi fervente leur permettaient d'avancer. Alors que le sable recouvrait à moitié les os blanchis de leurs prédécesseurs, ils progressaient comme si au fil des années ils s'étaient extirpés de leur propre corps.

---

1. Calligraphe, promoteur des arts et de l'architecture (1397-1433).

Ensuite, ils arrivaient ; ils apercevaient la tour de guet imposante de la passe fortifiée de Jiayu[1], ils pénétraient dans Suzhou, appelé aussi Jiuquan, s'arrêtaient brièvement, et finissaient par aboutir à Ganzhou, appelé aussi Zhangye. La route ardue prenait fin là. La terre, le ciel et les hommes n'étaient plus dangereux, ils obtenaient la protection du système politique le plus strict, le plus efficace ; ils étaient les hôtes de l'empereur. Par divers relais de poste, ils seraient conduits étape par étape jusqu'à Chang'an ou à Pékin.

Le temps se répète à l'infini, comme si l'on parcourait une grande steppe ou le désert de Gobi ; chaque jour reproduit la veille, rien ne change.

Par exemple, en 1601, des marchands venus d'Asie centrale pour présenter un tribut à la cour rencontrèrent à Pékin un Italien qui s'appelait Matteo Ricci. Ce dernier leur demanda s'il existait des traces de Marco Polo. Où se trouve le Khitan où se rendit Marco Polo ? Où se trouve Khanbaliq, la ville aux mille ponts ?

A ces mots, nous rions aux éclats. Réfléchissez un peu, Marco Polo aurait pu demander lui aussi : où se trouve la grande cour des Ming ? Où se trouve Pékin ? Nous lui aurions montré alors le sol qu'il avait sous les pieds et lui aurions répondu : ici, ici même.

En 1605, c'est-à-dire dans la 32e année du règne de l'empereur Ming Wanli, il y eut encore un groupe de marchands qui venus de Pékin revinrent à Ganzhou. Leurs chevaux et leurs chameaux étaient chargés de bassines, de poteries, de soieries, d'épices et d'herbes médicinales – eux-mêmes ployaient sous les anecdotes et les récits extraordinaires. Par exemple, à Pékin un Italien leur avait demandé s'ils avaient rencontré en chemin un homme qui lui ressemblait.

1. Pointe occidentale de la Grande Muraille, à la limite entre le Gansu et le Xinjiang.

Ciel ! Pensait-il que lui-même n'avait pas déjà une allure assez bizarre ?

Ils étaient revenus, ils aperçurent à nouveau la Pagode en bois, cette pagode tournante, et ils allaient rencontrer un autre homme bizarre, un homme pareil à cet Italien.

V

Bentô[1] mourut au bout du parcours à la recherche de la Chine ou « Khitan ». Cette destination finale était désignée dans la plupart des documents historiques sous le nom de Suzhou, aujourd'hui Jiuquan. Située à l'ouest de Zhangye, c'était un autre bourg important et une passe frontalière stratégique sous les Ming. Mais dans l'*Histoire des échanges culturels entre la Chine et la Perse* d'Aly Mazahéri, chercheur français d'origine iranienne, on lit que l'affaire n'est pas certaine. A la deuxième page de l'introduction de ce livre, Mazahéri écrit que Bentô « mourut à Suzhou en avril 1607 ». Et tout juste treize pages plus loin, à la page 15, il écrit : Bentô « mourut à Ganzhou ». A l'évidence, à la page 12, il a changé d'avis pour permettre à Bentô de continuer à avancer et de se rendre de Suzhou à Ganzhou.

Il s'agit peut-être d'une coquille, d'un point faible du livre, mais j'aime beaucoup ce point faible même si une apparence sans tache est plus séduisante, car il me permet de continuer à glisser et de tomber sans risque d'erreur sur ce texte. Or, j'imagine que Bentô lui-même aurait préféré mourir à Ganzhou, car il y atteignait le centre du labyrinthe, il réunissait le passé et le présent,

1. Bentô de Góis (1562-1607), jésuite portugais qui explora l'Asie centrale.

Cérémonie de couronnement.

il réunissait deux Italiens, Marco Polo et Matteo Ricci, avec une perfection digne d'admiration qui mettait fin à l'exploit magnifique dans le style du sortilège de Thésée…

Il aurait pu dire à Marco Polo : ici, c'est le « Khitan », c'est la Chine, c'est l'empire des grands Ming ; où veux-tu que je te conduise encore ?

Le Portugais Bentô de Góis était parti d'Agra, la capitale de la dynastie moghole, en Inde, en 1602 ou 1603. Auparavant, l'archevêque catholique établi en Inde avait reçu un rapport de Matteo Ricci ; ce dernier, d'après les échanges qu'il avait eus à Pékin avec des marchands d'Asie centrale, avait établi que le « Khitan » dont avait parlé Marco Polo, c'était la Chine où ils avaient pénétré et dont ils avaient occupé un port appelé « Macao ». Il suggérait de rectifier la carte du monde et de supprimer le mot « Khitan » du vaste territoire situé au nord de la Chine, car il n'existait pas d'autre pays portant ce nom à cet endroit.

Depuis des centaines et des milliers d'années, les hommes répartis sur les différentes régions du monde avaient tracé dans leur imagination un tableau du monde ; lorsque Matteo Ricci pénétra en Chine, il découvrit que sur les cartes il n'y avait qu'un grand continent, à savoir le « divin pays aux districts d'or rouge[1] », et que sur les marges de ce grand continent étaient éparpillées quelques îles minuscules. Il devait expliquer clairement d'où il venait aux habitants du lieu, aussi parmi les cadeaux qu'il offrit à l'empereur Wanli comptait-on un *Atlas universel.* Evidemment, Matteo Ricci dessina la Chine en un peu plus grand que le reste et, comme il se doit, elle figurait au centre de la carte ; il souhaitait que cette carte assez précise et fidèle n'aille pas jusqu'à heurter notre vision du monde.

Cependant, l'empereur Wanli manifesta un bien plus grand intérêt pour les pendules et les peintures occidentales ; d'après les documents que nous possédons, on ne peut même pas affirmer qu'il ait regardé cette carte. Au mois d'avril 1642, soit deux cent quarante ans plus tard, la guerre entre l'empire des Qing et l'Angleterre durait déjà depuis près de deux ans, quand l'empereur Daoguang ordonna subitement au général qui tenait le front du Zhejiang d'interroger les prisonniers de guerre pour « savoir précisément si la route maritime qui séparait l'Angleterre du continent faisait bien comme on le racontait 70 000 *li* et, une fois

1. Expression imagée désignant la Chine.

atteint le continent, combien de pays il fallait traverser ». C'est-à-dire que, jusqu'à cette date, l'empereur ne savait toujours pas où se trouvait l'Angleterre ! Nos historiens s'inquiétèrent vraiment et ne purent s'empêcher de l'avertir que dans la Cité interdite se trouvait une carte du monde plus précise, dessinée pour l'empereur Kanxi par un des successeurs de Matteo Ricci, le missionnaire Verbiest [1]. L'empereur Daoguang aurait dû être la personne de Chine la mieux à même de répondre à ces questions (voir Mao Haijian, *Tianchao de bengkui,* « L'Effondrement de la dynastie céleste »).

On ne peut toutefois se montrer trop dur avec Daoguang ; même s'il avait vu cette carte, il aurait eu beaucoup de mal à se faire une idée claire de l'endroit « où se trouve l'Angleterre ». Cette question ne pouvait avoir un sens que sur un arrière-plan de connaissances déterminé et par rapport à un modèle du monde déterminé. Si nous savons aujourd'hui où se trouve l'Angleterre, c'est aussi parce que nous savons que le monde compte sept continents et quatre océans, et que nous connaissons la position relative des différentes parties du globe ; cela fait partie de nos connaissances générales, mais pour l'empereur Daoguang c'était encore un vide complet. Certes il possédait une carte du monde, mais comme les mandarins de la dynastie Ming, il avait fait encadrer la carte offerte par Matteo Ricci et l'avait accrochée dans son salon ; il ne s'agissait pas de « connaissances », mais de l'exposition d'une curiosité.

Or en 1602 ou 1603, explorer et confirmer le savoir concernant la carte du monde fut une des grandes entreprises des autorités coloniales portugaises installées en Inde. Ce fut un processus de systématisation long et compliqué ; on ne pouvait pas se contenter de décider

1. Ferdinand Verbiest, jésuite, mathématicien et astronome flamand (1623-1688).

à partir de rumeurs entendues par Matteo Ricci, tout comme au tribunal on ne peut pas prononcer un jugement en se fondant sur le témoignage d'une seule partie, il fallait des preuves. Avant de tracer des cartes, il fallait qu'un homme arpentât la terre avec ses deux jambes ; les autorités coloniales devaient envoyer quelqu'un faire le chemin, depuis une autre direction, en suivant les traces laissées par Marco Polo. S'il réussissait à retrouver Matteo Ricci, cela prouverait au bout du compte que la Chine était bien le « Khitan », que les cartes devraient être rectifiées afin que l'expérience fût officialisée et devînt un savoir courant.

Bentô se mit alors en route ; il se déguisa en commerçant arménien et se mêla à un groupe de marchands d'Asie centrale porteurs de tributs, traversa les actuels Pakistan, Afghanistan, Xinjiang chinois et parvint à Ganzhou en 1606. Là, il obtint des nouvelles de Matteo Ricci.

VI

Le 3 janvier 1935, alors que l'explorateur suédois Sven Hedin[1] parvenait à Ganzhou, « une troupe de théâtre était en train de se produire ; dans la rue défilait une parade pour célébrer la fête ; plusieurs groupes de petits clowns déguisés et de jeunes garçons en costumes de couleurs vives marchant sur des échasses passaient en gesticulant ». En fait, « la Chine avait adopté une loi abolissant l'ancien calendrier chinois (la fête du Printemps), pour le remplacer par la célébration du Nouvel An comme dans les pays occidentaux ».

Manifestement, ce genre d'événement se reproduisit. Vers 1939, en effet, le gouvernement nationaliste

1. Sven Anders Hedin, géographe (1865-1952).

considéra que la fête du Printemps n'était pas « civilisée » ni « progressiste » ; s'il avait décrété que la Noël devenait une fête légale, il n'eût pas fallu s'en étonner.

Mais les personnes influentes de la ville de Ganzhou voulurent « faire œuvre originale en utilisant un moyen qui suscita le dégoût : ils ajoutèrent du contenu aux activités prévues pour célébrer le Nouvel An ». Dans le bâtiment officiel voisin de l'endroit où habitait Sven Hedin, on était en train d'interroger des malfaiteurs :

Les cris atroces résonnaient à répétition dans les cours entourées de murs du bâtiment officiel ; ces hurlements étaient tellement distincts, tellement terrifiants qu'on aurait presque cru que ce n'étaient pas des sons humains, mais plutôt les cris de douleur d'animaux qu'on égorgeait. Au milieu de ces cris affreux on réussissait à entendre les ordres émis par les bourreaux : « Plus fort ! » Ensuite, c'étaient les sons de la torture, puis une nouvelle série d'aveux indistincts.

(Sven Hedin, *Die Seidenstrasse [La Route de la Soie]*, Brockhaus, Leipzig, 1936 ; *Sichou zhi lu,* Xinjiang renmin chubanshe éd., 1996 ; *The Silk Road : Ten Thousand Miles through Central Asia,* Exploration, 2009.)

Ainsi, pour Sven Hedin, « nul lieu ne nous laissa d'impression plus cruelle que Ganzhou ».

Le Ganzhou de l'époque était désolé et délabré, « mais le paysage de certaines rues est très remarquable, les maisons sont ornées de charpentes peintes et sculptées tout à fait délicates. En ville, on compte plusieurs temples de taille impressionnante ; l'un d'entre eux s'appelle le temple du Grand Bouddha, où se trouve une statue d'un Bouddha couché de quarante pieds de long. Il y a aussi une pagode de neuf étages qui domine toute la ville qu'on appelle la Pagode en bois. »

Sous le regard de la Pagode en bois, Sven et son groupe quittèrent Ganzhou, passèrent par Lanzhou et arrivèrent à Xi'an, mettant fin à cette enquête exploratoire difficile. Ils étaient partis de Pei-p'ing (Pékin) en octobre 1933, avaient traversé la Mongolie intérieure et le Gansu et avaient pénétré au Xinjiang ; ils avaient fait halte à Ouroumchi, emprunté la route suivie par Marco Polo et Bentô, et pénétré au Gansu en passant par les gorges des Etoiles à l'est de Hami. Il s'agissait d'une expédition de reconnaissance de la route du Nord-Ouest par un groupe de scientifiques qui, à une époque où les difficultés étaient innombrables en Chine, rêvaient de pouvoir construire une route moderne qui depuis l'intérieur du pays conduirait au Xinjiang, faisant renaître la splendeur passée de la route antique. Sven Hedin écrivait :

Tout le long du chemin, je ne cessais de me dire que je voyais déjà une route neuve qui traversait la steppe et le désert, et que tout le long de cette route une myriade de ponts enjambaient fleuves et ruisseaux, canaux et ravins... Le tracé de la route suivrait fidèlement les traces de pas et les ornières laissées par les marchands et les roues de charrettes de l'antiquité dans leur progression...

Je concevais mentalement une série de tableaux profondément émouvants et de situations vécues pleines d'enthousiasme, tout en rêvant ardemment à l'avenir radieux que les progrès de la technique apporteraient à cette contrée et en imaginant que la force créatrice des hommes connaîtrait un développement sans précédent, qui éblouirait tout le monde.

Cependant, le progrès technique avait suscité un autre sous-produit moindre, à savoir la bande de voleurs qui se faisaient torturer dans les bâtiments de l'administration de Ganzhou :

Les voleurs recouraient aussi à de graves tortures contre les paysans fortunés qu'ils attaquaient par surprise. Ils donnaient même à chaque mode de torture qu'ils avaient conçu en se creusant la tête des noms occidentaux à la mode, comme « aller en voiture », « téléphoner », « prendre l'avion », etc.

La route qu'il avait imaginée ne fut pas construite à l'époque, mais Sven Herdin écrivit *La Route de la Soie*, et c'est depuis cette date que cette route vieille de mille ans est connue de tous sous ce nom.

VII

Bentô s'aperçut qu'à Ganzhou il était enfermé à l'extérieur. Une partie du groupe de marchands continua à avancer mais Bentô et quelques autres durent attendre leur retour. Ce fut une attente longue et pénible ; pendant toute l'année 1606, Bentô parcourut chacune des rues de Ganzhou et il semblait devoir rester éternellement sur place, dans ce lieu dont il ignorait si c'était la Chine ou le Khitan, jusqu'au jour où la Pagode en bois se mit à tourner comme une toupie.

L'hésitation, l'ennui, la terreur et une colère indicible rongeaient son corps et son esprit comme un lent poison ; il avait de plus en plus l'impression d'être la victime d'un vaste complot difficile à cerner : pourquoi ces Arabes veulent-ils me retenir ici ? Pourquoi ne puis-je pas continuer à avancer jusqu'à Khanbaliq ou jusqu'à Pékin ? Que cherchent-ils à me cacher ? A l'extérieur de la porte est de Ganzhou, au bout de ce désert sans limite, quel secret est donc enfoui ? De cet endroit où il s'était arrêté jadis, Marco Polo s'était dirigé vers le Khitan, mais le problème était de savoir par où ce vieil escroc vénitien était passé. A partir d'ici, son ombre et les traces de ses pas se brouillaient.

Seul le Grand Bouddha savait. Dans un passage de son *Voyage* sur Ganzhou, Marco Polo avait écrit :

Certaines statues allongées mesurent dix pieds de long, des petits diables placés derrière les servent respectueusement comme des disciples.

Il s'agissait bel et bien du Bouddha couché, qui faisait face à Bentô, le regardant comme s'il était éveillé, expirant comme s'il dormait, arborant un sourire mystérieux insaisissable.

Bentô déchargea sa haine sur ses compagnons musulmans. Ces hommes ne purent contenir leur étonnement face à cet entêtement typiquement occidental ; en trois ou quatre ans, ce missionnaire catholique n'avait curieusement noué aucune relation de confiance ni montré aucune compréhension à l'égard de ses compagnons. En fait, ce n'étaient pas vraiment les marchands arabes qui le « détenaient » à Ganzhou, ce n'était qu'une règle suivie depuis longtemps concernant le commerce des marchandises offertes en tribut à la cour ; seuls les marchands importants qui avaient obtenu des privilèges dans leur propre pays pouvaient aller jusqu'à la capitale, les autres devaient rester à la frontière et charger les premiers de vendre leurs marchandises à leur place. Il s'agissait d'un privilège présentant un immense intérêt commercial. Pourquoi aurait-il fallu l'accorder à cet « Arménien » d'origine inconnue ?

Pourtant un jour, de la bouche d'un marchand arabe qui en revenait, Bentô apprit avec certitude que séjournaient là plusieurs missionnaires qui, selon ses dires, étaient très appréciés de l'empereur, lequel leur avait offert des pièces d'argent en une telle quantité qu'il avait fallu les transporter en charrette… La richesse connaît toujours un effet de majoration à mesure que grandit l'espace ; à mille lieues de distance, la rétribution ordinaire de Matteo Ricci était devenue une montagne d'argent.

Bentô devint fou de joie ; il ignorait si ces gens étaient Matteo Ricci et ses compagnons, mais que ce fût le cas ou non, ses recherches trouvaient là un début de réponse. Il écrivit lettre sur lettre, chargeant des marchands arabes de les acheminer, et attendit une réponse dans l'angoisse.

Le 31 mars 1607, Bentô était couché, terrassé par une maladie…

La veille au soir, il avait vu en rêve ou dans une hallucination que le lendemain un jésuite allait arriver de Pékin. Avec cette idée en tête, il ordonna à son compagnon arménien d'aller au marché s'approvisionner et faire l'aumône à des pauvres ; pendant ce temps, il se mit à prier avec ferveur pour demander à Dieu d'empêcher que son rêve ne se réalisât pas. Alors qu'il se trouvait au marché, quelqu'un dit à Yisan (c'était le nom de ce compagnon ; un vrai Arménien, qui accompagnait Bentô dans son exploration) qu'un jésuite était arrivé de Pékin et lui désigna Zhong Mingli[1]*. Cet homme venu de loin accompagna Yisan ; ils pénétrèrent dans la chambre, et l'homme présenta ses salutations à Bentô en portugais. Le malade, apprenant ce qui s'était passé, prit la lettre qui lui était destinée, qu'il éleva vers le ciel. Les yeux baignés de larmes, tant il débordait de joie, il entonna le cantique « Gloria in excelsis Deo ». Il se dit que sa mission était accomplie et qu'il était arrivé au terme de son voyage.*

(Notes sur la Chine de Matteo Ricci.)

Onze jours plus tard, Bentô mourait en paix dans les bras de Zhong Mingli, le fidèle Chinois envoyé par

1. Le premier jésuite chinois.

Matteo Ricci. Dès lors, la stratégie spirituelle qui avait présenté le plus de risque personnel dans l'histoire de la géographie en Occident trouva son aboutissement ; Matteo Ricci et Bentô qui avaient traversé la Chine, l'un par le sud-est et l'autre par le nord-ouest, s'étaient retrouvés à Ganzhou. La fourberie de Marco Polo était enfin percée à jour ; il suffisait de se diriger vers l'est à partir de Ganzhou pour arriver au Khitan, lequel Khitan n'était autre que la Chine. La géographie scientifique avait fait voler en éclats le rêve merveilleux d'une géographie imaginaire.

VIII

Dans la 2e année de l'ère Yuanshou du règne de l'empereur Wudi des Han, en 121 avant notre ère, l'intrépide général de cavalerie Huo Qubing, alors âgé de vingt et un ans, devint cette année-là la vedette la plus éclatante du monde. Un vent glacé violent traversa sa cuirasse ; le jeune homme élégant, affaibli par la maladie, se dit que la vie c'était le vent : quand le vent passe l'herbe se couche, comme face à une armée en marche. La terre est vaste, au-delà du lointain il y a encore plus loin. Le jeune général se lança à bride abattue et son épée pourfendit les vastes territoires de l'Asie centrale.

Cette année-là, Huo Qubing infligea une grave défaite aux Xiongnu [1], favorisant une expansion territoriale de mille *li* et la création à l'ouest du fleuve Jaune de quatre commanderies, Zhangye, Jiuquan, Wuwei et Dunhuang. La route qui conduisait dans les territoires de l'Ouest s'ouvrit largement devant l'empire des Han,

1. Nomades qui guerroyèrent avec la Chine entre le IIe siècle avant notre et le IIIe siècle de notre ère.

« pour couper le bras aux Xiongnu et étendre le soutien de la Chine », d'où la création de Zhangye [1].

Huit cent cinquante-huit ans plus tard, dans la 25e année de l'ère Kaiyuan des Tang, le poète Wang Wei [2] qui, obtempérant aux ordres de l'empereur, faisait une tournée d'inspection afin d'exalter le moral des troupes, écrivit en chemin le poème *Shi zhi saishang (Envoyé en mission sur les passes)* :

A quelques voitures nous allions inspecter aux frontières les Etats vassaux au-delà de Juyan.

Tel un brin d'herbe folle je franchis les passes de Han, oiseau migrateur je volais dans le ciel des Barbares.

Sur le grand désert une fumée solitaire s'élevait dans les nues, le soleil rond se couchait sur le fleuve.

A Xiaoguan nous rencontrâmes nos éclaireurs, le général se trouvait à la passe de Yanran.

C'était vraiment l'époque glorieuse des Tang, le poète le plus pacifique était pris lui aussi d'une humeur combative et fit résonner tambours et gongs : *Le son du tambour voltige au loin se mêlant au bruit du désert, les sifflets hurlants agitent la lune sur les monts Célestes* (Wang Wei, *Yanzhi xing, Marche au mont Yanzhi*). Les hommes de cette époque semblaient plus grands, plus forts ; ils marchaient bravement, se dirigeant vers les fumées solitaires qui s'élevaient au-dessus du désert, dans le soleil qui se couchait au-dessus du fleuve.

Juyan se trouvait au nord-ouest de Zhangye ; dans son chant, Wang Wei s'éloignait de plus en plus de Ganzhou [3].

---

1. *Zhang ye*, littéralement, « étendre le soutien ».
2. Poète, peintre, musicien et haut fonctionnaire (701-761).
3. C'est-à-dire de Zhangye, autre nom de Ganzhou.

Note 1 : De Pékin à Pékin

En 1657, cinquante ans après que Bentô eut achevé son exploration, le géographe anglais Peter Heylin (1599-1662) écrivait encore dans sa « Chronique de l'univers[1] » que la Chine et le Khitan étaient deux lieux différents, mais qu'ils se trouvaient peut-être dans la même région. Le grand poète anglais Milton, dans son *Paradis perdu*, qu'il commença à écrire à peu près à la même époque, est encore plus confus ; dans le chapitre XI, il raconte que Satan emmena Jésus sur une haute montagne « pour lui montrer tous les royaumes de la Terre et leur gloire ».

Là, l'œil d'Adam pouvait dominer, quelque part qu'elles fussent assises, les cités d'antique ou moderne renommée, les capitales des empires les plus puissants, depuis les murs destinés pour Cambalu, siège du Khan de Cathai, et depuis Samarcande, trône de Temir, près de l'Oxus, jusqu'à Pékin, séjour des rois de Sena[2].

Sena était le mot utilisé en Europe à l'époque romaine pour désigner la Chine ; aussi le paysage vu par Jésus sous la plume de Milton s'étendait-il en fait « de Pékin et Samarkand en Chine, à Pékin en Chine ».

Nous pouvons seulement dire qu'à cette époque, la diffusion des connaissances était encore assez lente ; la découverte de Matteo Ricci et Bentô n'avait toujours pas dissipé les brumes qui brouillaient la vue des Anglais. Certes, en ce temps, les relations entre l'Europe et l'Extrême-Orient étaient encore quasiment monopolisées par les Portugais. Il est probable que lorsqu'ils voyaient un concurrent répandre un nouveau savoir, ils n'étaient guère enthousiastes.

---

1. *Microcosmos : a Little Description of the Great World* (1621).
2. *Le Paradis perdu*, traduction de Chateaubriand, Gallimard, 1995, p. 307-308.

Note 2 : Construction en attente de démolition

Dans une ville ancienne, on annonça brusquement un jour que les murailles allaient être reconstruites. En fait, des années auparavant ces murailles avaient été détruites ; les briques résultant de cette démolition n'avaient toutefois pas été gaspillées mais, en grande partie, utilisées pour bâtir de nouvelles maisons. Cette fois, les gens qui y vivaient apprirent soudain que leurs maisons allaient être démolies afin de récupérer les briques pour rebâtir la muraille. Les gens déménagèrent donc, les maisons furent rasées et la muraille se dressa à nouveau… Il s'agissait toujours de la muraille antique, car chacune de ses briques était une brique d'origine.

Un jour, parmi les gens qui avaient dû déménager, un homme revint à l'endroit où il avait habité naguère. Il vit l'impressionnante muraille et vit aussi quelques vieilles briques entassées au pied de la muraille, qui provenaient des anciennes maisons, lesquelles étaient toutes en briques de l'ancienne muraille. Cet homme commença à perdre la tête…

Je me dis tout à coup que pour bâtir la muraille on avait démoli nos maisons et qu'elle avait maintenant la même allure qu'autrefois, que les briques étaient alignées dans un ordre parfait, selon une logique rigoureuse, voire de manière plus achevée que du temps des Ming. Comment se faisait-il qu'il y eût des briques en trop ? Cette découverte me surprit énormément. D'un point de vue théorique, la muraille ayant retrouvé sa forme historique, il ne pouvait y avoir de briques en excédent. Ces restes de l'histoire allaient forcément en accroître la cohésion et conférer à la muraille une allure plus sévère, mais en réfléchissant plus en détail, on ne pouvait pas ne pas être saisi par le doute et la peur, comme si après avoir coupé un bras repoussait une main, après que des yeux fussent devenus aveugles on voyait s'ouvrir une nouvelle paire. Je regardai ces briques laissées par l'histoire ; à la lueur de la lune, elles ressemblaient à une meute de renards, et leur vue me remplit d'incertitude.

Ce qui précède est une histoire racontée dans le roman de Bi Feiyu *Qui parle dans la nuit*[1]. Cette sensation est un vrai casse-tête ; c'est comme si un jour vous démontiez votre pendule pièce par pièce puis la remontiez ; une fois remontée, tic-tac, tic-tac, elle se remet à marcher comme avant, mais vous vous apercevez brusquement que sur la table il reste une pièce. Cette pièce en trop, qui « reste », va forcément vous troubler.

Nous nous acharnons à détruire les maisons, on en détruit partout ; et nous nous acharnons aussi à bâtir des maisons. Nous ne bâtissons pas seulement des maisons neuves, nous reconstruisons aussi des maisons qui ont été détruites. Pour le moment, nous ne parlerons pas de la raison pour laquelle on démolit des maisons ; ces « vieilles maisons » rebâties, ces constructions « anciennes » dont on annonce solennellement la reconstruction sont en fait extrêmement suspectes. Nous n'avons aucun moyen de « rétablir » et de « rebâtir » l'histoire, car l'histoire, comme ces briques en trop, a déjà été mise au rebut et oubliée par nous.

L'enseignement de cette histoire, c'est donc qu'au lieu de démolir le vrai pour construire du faux, il vaudrait mieux apprécier un peu plus le vrai.

Mais les choses ne sont pas si simples. Notre façon actuelle de traiter les bâtiments remonte au XVIIe siècle ; Matteo Ricci perçut le nœud de la question. A propos de l'architecture chinoise, il écrivit :

Lorsqu'ils entreprennent de bâtir, ils semblent prendre la durée d'une génération pour mesurer les choses ; on construit sa maison pour soi et non pour les générations de

---

1. *Shi shei zaishenye shuohua* (2007), non traduit.

ses enfants et petits-enfants. Alors que les Européens, conformément aux exigences de leur civilisation, semblent au contraire s'efforcer de bâtir pour l'éternité. Ce caractère des Chinois les empêche d'apprécier la magnificence qui se manifeste dans nos constructions publiques et privées, et même de croire ce que nous disons sur le sujet. Nous leur disons que nous possédons des bâtiments qui résistent aux intempéries depuis des centaines d'années, certains ont même mille ou deux mille ans. Quand ils entendent cela, leur visage exprime une totale perplexité.

(Notes sur la Chine de Matteo Ricci.)

Nous ne croyons qu'au monde actuel, c'est pourquoi éliminer l'ancien et faire bon accueil au nouveau est toujours un événement heureux. Chaque fois que dans les villes on élève des constructions nouvelles, il semble que dès le jour où elles sont construites, elles attendent d'être détruites par la génération suivante – ne pas les détruire est insupportable, elles sont vraiment trop laides.

Note 3 : La Route de la Soie

A propos de l'origine de l'expression « Route de la Soie », dans sa préface à la traduction en chinois de *La Route de la Soie* de Sven Hedin, M. Yang Lian[1] avance une explication lumineuse, que je cite :

On considère généralement que dans les documents chinois anciens, la route antique qui partait de Xi'an et traversait le continent eurasiatique n'a jamais été appelée « Route de la Soie ». On voit cette formule pour la première fois dans le livre en plusieurs volumes intitulé

1. Spécialiste des territoires de l'Ouest, né en 1947.

La Chine d'un géographe allemand, le professeur Richthofen (publié pour la première fois en 1887). Non seulement Richthofen emploie le terme de « Route de la Soie », mais il développe toute une argumentation. Dans son *Atlas de Chine*[1], il parle même d'une « Route de la Soie maritime ». Un autre savant occidental, Hermann[2], fut le premier à admettre cette appellation et intitula un de ses ouvrages *L'Antique Route de la Soie entre la Chine et la Syrie*[3] (paru en 1910). Cependant, ce qui donna un vrai relief à la « Route de la Soie » et permit de faire généralement accepter l'expression par le monde de l'érudition et les lecteurs, ce fut la publication, dans les années 30 du siècle dernier, par l'explorateur Sven Hedin du chef-d'œuvre auquel il donna ce titre, *La Route de la Soie*[4].

---

1. *Atlas von China*, Reimer, Berlin, 1885.

2. Albert Hermann, archéologue (1886-1945).

3. *Die alten Seidenstrasse zwischen China und Syrien*, Wittenberg, Herrosé & Ziemsen, Berlin, 1910.

4. *Die Seidenstrasse*, Leipzig, 1936.

8

PREMIER COUP D'ŒIL – LES LOTUS D'OR DE TROIS POUCES

Il est un sujet qu'on ne peut pas aborder et si une personne l'aborde, nous nous énervons contre elle. Il s'agit des « lotus d'or de trois pouces ».

Dans les années 1970, un vent de critique déferla contre Antonioni. J'avais appris qu'il était venu en Chine et avait tourné un documentaire intitulé *La Chine*, dont un plan marquant une intention cachée montrait tout particulièrement les petits pieds d'une vieille femme. « Estimez-vous que c'est cela la Chine ? » demandai-je alors à cet Antonioni, en utilisant des gros caractères doubles sur le journal mural de la classe.

Evidemment, je n'avais pas vu *La Chine* et j'ignorais qui était Antonioni – je l'appris par la suite. C'était un très célèbre réalisateur italien. Qu'il eût pu dans les années 1970 venir tourner un film en Chine indiquait qu'il était assez progressiste, du moins était-il de gauche. Mais comme les faits l'ont prouvé, sous la frontière entre la gauche et la droite, il existe une autre frontière qui sépare les civilisations, plus sûre. Pensez-vous que, parce qu'il était de gauche, nos cœurs battaient à l'unisson ? En réalité, à peine descendu de l'avion, ce qu'il vit, ce furent des pieds bandés.

La première fois que des Occidentaux virent des « lotus d'or de trois pouces », ce fut au XIVe siècle ; le missionnaire Odorico[1] venu en Chine pour s'informer sur ce pays évoqua la coutume des pieds bandés dans son *Voyage en Asie*[2]. Mais contrairement à ce que nous pourrions imaginer, pendant une longue période, les Occidentaux ne manifestèrent pas d'intérêt particulier à l'égard de cet usage. Dans de célèbres récits de voyage comme celui de Marco Polo, le mot n'est carrément pas cité. Certes, ne pas en parler était une erreur, car les chercheurs occidentaux modernes y voient un argument permettant de douter que Marco Polo ait jamais mis les pieds en Chine, sinon comment aurait-il pu ne pas parler de cet emblème culturel connu de tous ?

Mais Marco Polo ignorait que ses successeurs auraient un regard aussi original. A son époque, rares en Europe étaient les hommes qui parcouraient le monde extérieur ; tout ce qu'il vécut en Chine était merveilleux. A ses yeux, les pieds bandés n'étaient peut-être qu'un détail sans importance au milieu de phénomènes d'une portée immense, qu'il aurait omis ou oublié.

Au début du XVIIe siècle, évoquant les pieds bandés dans sa *Chronique de la Chine*, le célèbre missionnaire chrétien Matteo Ricci adopte encore un ton indiquant que cette coutume ne l'étonne pas plus que ça :

Les femmes sont toutes de très petite taille, et les petits pieds sont un signe de beauté. Pour obtenir ce résultat, elles se serrent étroitement les pieds dès l'enfance avec des bandes de tissu pour les empêcher de grandir, donnant l'impression quand elles marchent qu'on leur a coupé un morceau du pied. Elles doivent ainsi se bander les pieds toute leur vie. Ils considèrent que voir des femmes se promener librement dans la rue est très inélégant. Peut-être un de leurs saints hommes a-t-il eu cette idée pour les enfermer à la maison.

---

1. Voir note p. 108.
2. Droz éditeur, 2010.

Association pour la défense des pieds naturels (non bandés).

Cette courte description ne porte pas le moindre jugement et possède la neutralité axiologique des spécialistes de l'anthropologie culturelle. En approfondissant, on peut même avoir l'impression que l'idée que ce vieil ecclésiastique a du « saint » n'est pas exempte de louange. En effet, dans la *Biographie de Saint François Xavier* à la rédaction de laquelle a contribué Matteo Ricci, il ne tarit pas d'éloges pour la vie « cloîtrée » et chaste des femmes chinoises.

En 1792, l'Angleterre envoya la première mission diplomatique officielle auprès de la cour des Qing, conduite par Macartney. Au mois de juin de l'année suivante, l'ambassade embarquée à bord de la canonnière *Lion* mouilla dans la rade de Zhoushan, en route vers Tianjin. Un groupe d'Anglais vinrent à terre et se rendirent à la sous-préfecture de Dinghai pour admirer le panorama. A cette occasion, ils observèrent attentivement des petits pieds – qu'ils considérèrent comme une coutume « contre-nature » :

Rapetisser les pieds artificiellement, même si cela ne va pas jusqu'à mutiler la personne, nuit à son organisme et à sa santé. (...)

Il est très difficile d'imaginer l'origine de cette habitude étrange et il est également malaisé de concevoir pourquoi les hommes l'ont imposée aux femmes par la force. Si leur but était de les cloîtrer à la maison et de les empêcher de sortir, ils auraient très bien pu employer d'autres moyens, sans qu'il fût nécessaire d'affecter cruellement leurs fonctions physiques. (...) Quoi qu'il en soit, en dernier ressort la grâce des femmes tient plus à leur apparence qu'à leur démarche.

(George Leonard Staunton[1], *Lord Macartney's Embassy to China.*)

1. G.L. Staunton (1737-1801), botaniste, diplomate.

La narration doublée d'un commentaire de ce M. Staunton est abondamment développée. J'estime que ce qu'il dit est juste. S'il avait vécu une centaine d'années de plus, il aurait pu être invité en Chine pour y faire des conférences prônant l'interdiction des pieds bandés, car à la fin des Qing et au début de la République, le point de vue général défendu par Staunton sur la question commençait à être progressivement accepté par la société chinoise, pour finir par être légalisé de manière incontestable.

« Nature », « vitalité », « santé », ces mots sont aujourd'hui d'un usage quotidien et n'ont rien de nouveau, mais les employer dans la langue chinoise fait référence à notre corps, exprime nos sensations corporelles et sanctionne des notions qui sont en fait assez récentes. Lus péniblement et maladroitement à la suite de la canonnade de 1840, ils créaient un nouvel espace de valeurs nous obligeant à nous soumettre à un examen et une évaluation de nous-mêmes. Cela constituait une partie du processus de modernisation de la Chine : pour pénétrer dans la « modernité », devenir un « homme moderne », il fallait tout d'abord se saisir du corps de l'homme moderne. C'est pourquoi, quand on feuillette les journaux de la fin des Qing, on note que les Chinois de cette époque durent modifier leur apparence, douloureusement, avec application et sans le moindre compromis, comme la cigale en train de muer : couper leurs nattes, couper leurs longs cheveux (c'était devenu un signe d'arriération féodale), interdire les pieds bandés, changer d'habillement ; chaque élément était un événement capital concernant la nation tout entière, le corps de l'individu et la grande histoire entretenaient un lien précis, ne laissant pas de place au doute.

Le 10 février 1923, le quotidien *Minguo* (« La République ») de Shanghai publiait un article intitulé « L'enthousiasme du secteur de la chaussure à promouvoir les pieds naturels » :

Des membres de l'administration de la municipalité de Kunming, au Yunnan, ont été spécialement chargés de ce dossier en pleine conscience de leur devoir, afin que les résultats soient parfaitement visibles. En ce qui concerne la libération des pieds bandés, depuis la création de ce service l'année dernière, l'incitation et les sanctions ont été utilisée simultanément et une Association pour les pieds naturels a été créée afin de s'occuper de cette affaire, ce dont elle s'est acquittée avec un grand sérieux. Chez les femmes qui viennent à la ville, à part celles qui sont âgées de plus de vingt ans, la libération est presque achevée, ce qui montre l'ampleur du changement. En outre, tous les magasins de chaussures de la ville ont manifesté leur enthousiasme à l'égard des mesures prises par les autorités ; ils ont pris l'initiative de publier un communiqué annonçant qu'ils cessaient de fabriquer des chaussures pour les petits pieds, et que les contrevenants seraient considérés comme ayant violé les règles de la profession et traduits devant la justice.

Or Kunming se situe dans une région frontalière. Si cette « libération » y était aussi spectaculaire et puissante, on peut imaginer ce que c'était dans les autres grandes villes. Le mot « libération » (*jiefang*) était assurément employé ici dans son sens exact : *jie* (dénouer) et *fang* (relâcher). Mais il ouvrait aussi sur un rêve de « libération » encore plus large : libérer notre corps conduisait à une libération de notre vie, en lui permettant d'être « naturel », « sain » et doté d'une « vitalité » exubérante.

Cependant ce rêve plein d'exaltation demeurait caché dans l'ombre – en 1918, l'administration de la sous-préfecture de Shanghai publia une annonce en langue « parlée[1] », relative à une rectification des coutumes, dont l'article 4 visait les pieds bandés :

Il y a longtemps que la coutume surannée des pieds bandés est interdite. Dès qu'on découvre que quelqu'un pratique encore cette vieille coutume, on a tôt fait de la lui interdire. Mais si dans les grandes villes elle a progressivement diminué, dans les campagnes reculées elle continue de se pratiquer. On doit savoir que cette coutume déplorable est la risée des étrangers et qu'elle représente en outre une souillure pour la République. Même si pour les anciens c'est une vieille habitude, chez les jeunes gens elle doit être complètement éradiquée, et il incombe au chef de famille de faire respecter cette règle.

(*Shenbao*[1], 4 janvier 1918.)

Le plus intéressant est la phrase « On doit savoir que cette coutume déplorable est la risée des étrangers ». Je trouve qu'elle relève du même esprit que celle que j'avais écrite sur le journal mural de la classe pour critiquer Antonioni. Depuis un matin de l'an 1793, le regard méprisant de ce groupe d'Anglais n'a cessé d'être braqué sur nous, comme s'il était planté dans notre dos.

Certes ce regard n'appartenait pas seulement à Staunton et à ses compagnons de voyage, c'était le nouveau regard scrutateur que l'Occident portait sur la Chine. De Marco Polo à Odorico da Pordenone et Matteo Ricci, pendant plusieurs siècles la Chine avait été considérée par les Occidentaux comme un pays riche et civilisé. S'abandonnant à sa rêverie, Voltaire

1. Jusque-là, les proclamations officielles étaient rédigées en langue écrite classique, à la syntaxe difficile pour le commun des mortels.

2. Quotidien alors appelé *Shun Pao* ou *Shen-pao*, ainsi que *Shanghai News*.

l'imaginait ainsi : la « raison humaine » s'y était débarrassée de toutes les entraves surnaturelles. Mais en 1793, ceux qui avaient embarqué à bord du navire de guerre *Lion* qui cinglait vers la Chine étaient de vrais hommes modernes qui avaient reçu le baptême spirituel des Lumières. Cette année-là correspondait à la 17e année du règne de Qianlong des Qing, mais c'était aussi la 4e année de l'explosion de la Révolution française.

Lord Macartney, le supérieur hiérarchique de Staunton et le chef de la mission diplomatique, avait lui-même reçu personnellement la sainte communion du « mouvement des Lumières ». Dans sa jeunesse, il avait fait un voyage d'étude à travers le continent européen, il avait rencontré Rousseau, Voltaire, lequel avait demandé : « Qui est ce jeune homme, qui a déjà étudié tant de disciplines et sait tant de choses ? » Il avait conseillé à Macartney d'aller voir les célèbres philosophes Helvétius et d'Alembert ; dans la lettre où il le recommandait à Helvétius, Voltaire écrivait : « Il s'agit d'un jeune lettré anglais extrêmement cultivé qui a les mêmes idées que vous : il trouve notre nation très risible. »

Un beau jour, Macartney dut finir lui aussi par trouver Voltaire « très risible », car en 1793, sous la plume de ce dernier on lisait que la Chine correspondait aux idéaux des Lumières ; sous le sévère regard critique de ce disciple des Lumières qu'était Macartney, l'image de Voltaire dut s'écrouler avec fracas. L'esprit capitaliste n'avait plus besoin d'idoles imaginaires, il possédait déjà le pouvoir de dominer le monde.

C'est pourquoi, lorsque Staunton et peut-être aussi Macartney observaient les petits pieds des femmes qui marchaient dans les rues de la sous-préfecture de Dinghai[1], ils avaient derrière eux les grands maîtres des

1. Dans l'archipel de Zhoushan, au Zhejiang, occupé par les Anglais en 1839.

Lumières qu'étaient Rousseau, Voltaire, d'Alembert et Helvétius et les mots « nature », « vitalité » et « santé » leur venaient de ces géants.

Dinghai dans les îles Zhoushan fut la première escale de Macartney sur le territoire chinois. Ayant posé le pied sur cette terre, son premier coup d'œil se porta sur notre corps ; cet événement recèle une énorme valeur symbolique : l'invasion occidentale commença quand nos corps furent exposés au regard critique de l'autre. Ce regard nous dépouilla du système de valeurs que nous possédions en propre. Nous nous retrouvâmes sur un tas de ruines comme dans un cauchemar, incompatibles avec tout ce qui apparaissait soudain autour de nous. Prenant conscience que nous étions observés, nous nous sentîmes évidemment mal à l'aise, et un fort sentiment de honte nous envahit, se gravant profondément dans nos esprits.

Le sentiment de honte vis-à-vis de la civilisation fut la durable marque au fer rouge, difficile à effacer, qui nous fut appliquée dans le processus de modernisation de la Chine depuis le XIXe siècle. Rares ont sans doute été les nations qui éprouvèrent les sentiments de tension, d'attente, de plaisir et de colère que nous ressentîmes en nous interrogeant sur ce que les étrangers pensaient de nous. Nous observent-ils ? Que voient-ils ? Pourquoi voient-ils ceci et non cela ?

C'est ce qu'on pourrait appeler la « politique de la vision » ; si la question de savoir comment les autres nous considèrent est leur affaire, c'est encore plus notre affaire. Nous ne pouvons pas nous empêcher de nous battre avec le regard des autres, car nous sommes douloureusement conscients que notre apparence est déterminée par ce regard. La lutte entre regarder et être regardé qui oppose l'Occident et la Chine dure depuis très longtemps, et les « lotus d'or de trois pouces » sont devenus un sujet de honte pour notre corps et pour notre nation. Nous ne voulons pas que les Occidentaux voient cela et eux veulent justement voir cela, nous poursuivant sans relâche comme dans le plan filmé par Antonioni. Peut-être qu'à leurs yeux il ne s'agit que d'un beau spectacle, riche d'exotisme, mais en tant que regardés nous appréhendons plus nettement qu'eux la nature de ce regard – ils considèrent la Chine comme un lieu barbare, inculte, or c'est justement là que réside l'inquiétude de notre nation. Lorsqu'on consulte les écrits de la fin des Qing et du début de la République, on s'aperçoit que la fréquence de l'emploi du mot « civilisé » augmente brusquement, or il ne désigne pas ce pays civilisé vieux de cinq mille ans que nous sommes, mais sert à nommer les choses d'Occident qui déferlaient chez nous : la « canne civilisée », le « théâtre civilisé », etc. Les gens de l'époque se retrouvèrent face à un dilemme aigu : étions-nous « civilisés » ou non ? La réponse à cette question a déterminé le contenu de la lutte ardue menée par nous depuis plus d'un siècle pour nous fondre dans le monde moderne.

Une jeune Anglaise dont le nom chinois est Wu Fangsi [1], venue faire des études en Chine au début des années 1970, reçut l'enseignement classique délivré alors par l'université de Pékin aux « étudiants, ouvriers, paysans et soldats » : « Nous repiquions ensemble le riz dans les rizières ; nous liions en bottes les choux longs pour les empêcher de geler ; chaque année, de novembre à mars de l'année suivante, c'était notre plat principal. Tous les mercredis après-midi, nous apprenions le lancer de grenade, cours d'éducation physique obligatoire. Tous les frais étaient assumés par la Commission des affaires culturelles britannique. »

---

1. Frances Wood, née en 1948, étudiante de chinois à Cambridge.

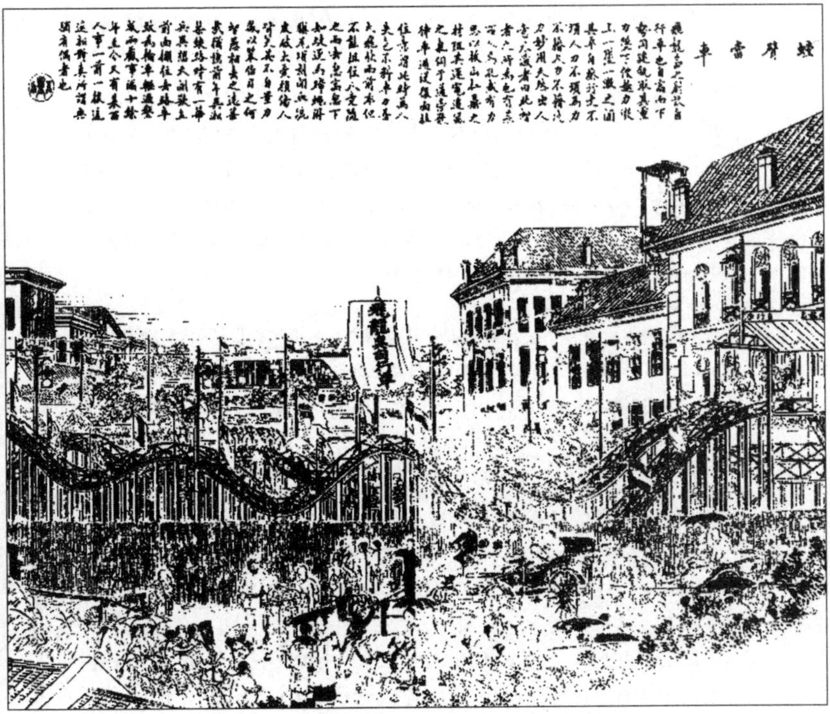

La mante religieuse qui voulait arrêter un char
(exemple de vaine entreprise).

Des années après, évoquant la question des pieds bandés, Wu Fangsi écrivit :

Les Chinois de l'époque éprouvaient une profonde aversion pour cette coutume antique et se sentaient humiliés par l'intérêt des Occidentaux pour cette pratique. Actuellement, les vieilles femmes encore en vie à qui l'on a bandé les pieds au début du siècle sont devenues très rares, même si au début des années 1980, tout le monde pouvait encore voir dans les magasins de chaussures de Pékin un comptoir spécial où l'on vendait deux tailles de petites chaussures en velours côtelé noir destinées aux femmes aux pieds bandés. A l'époque, indéniablement mue par un sentiment mitigé (né de mon intérêt pour les vestiges de la société féodale ou d'un inconscient fétichisme du pied), j'avais toujours envie d'en acheter une paire, mais je n'osais pas car je savais parfaitement que faire cela aurait été considéré comme une humiliation pour la Chine moderne.

(Frances Wood, *Did Marco Polo Go to China ?*, Seckert & Warburg, 1995.)

Frances Wood était elle-même fascinée par ces petites chaussures, mais son regard n'était pas trop tyrannique, ni trop chargé d'agressivité. Elle connaissait l'attitude des Chinois face à cet emblème culturel, c'est-à-dire que son regard conciliait le regard des Chinois avec le sien propre. On peut dire qu'elle n'était plus une simple observatrice, elle appréciait comme si elle en faisait elle-même partie une autre civilisation et comprenait l'histoire de la Chine moderne.

Mais n'est-ce pas plus facile à dire qu'à faire ? C'est comme Antonioni qui à peine descendu de l'avion s'empara de sa caméra et se mit à filmer à tort et à travers. Il ne se soucia pas de savoir si cela nous faisait plaisir ou non. L'observateur exerce toujours un pouvoir qui tend à être exempt de tout scrupule. Ce qu'il voit, c'est ce qu'il avait prévu de voir avant de venir, et il ne manifeste aucun intérêt pour ce qu'il n'avait pas envie de voir.

Cette fois, nous sommes le 31 décembre 1999, le dernier jour du millénaire. Le soleil de Pékin est éblouissant ; les gens qui marchent dans les rues arborent un visage tranquille. Demain commence le XXIe siècle, c'est un nouveau millénaire, mais ce lendemain ne différera guère de ce jour-ci. Les étrangers qui passent sur les trottoirs en regardant la ville et la foule qui l'habite, que voient-ils ?

Au moins ne verront-ils plus de petits pieds de femmes.

Note 1 : Les pointes des danseuses de ballet

Tombant par hasard sur la *Biographie de Chen Boda*[1] par Ye Yonglie[2], je lis la description de la visite que fit Chen en URSS aux côtés de Mao Zedong à la fin de 1949 et au début de 1950. Lors de cette visite, la partie soviétique les invita à assister au ballet *Le Pavot rouge*[3] – dont l'intrigue « avait un vague rapport avec la Chine ». Mao n'y alla pas et Chen Boda y alla seul. Dans l'ouvrage de Fedorenko[4], *Les Dirigeants chinois et soviétiques avec qui j'ai été en contact*, on lit : « Le camarade chinois regardait avec un grand sérieux, certaines questions étaient même assez mystérieuses. »

Lorsque dans la pièce un vieux proxénète shanghaïen sortit de scène, Chen Boda me demanda soudain : « Hé, que fait ce type ? » Je lui expliquai, mais il continua à demander : « Ce laideron, c'est un Chinois ? Vous croyez que les Chinois jouent comme celui qui est sur scène ? Vous trouvez ça drôle, pas vrai ? » Je ne savais trop comment lui répondre, ce n'était pas une question ordinaire. Je ne pus m'empêcher de lui dire que nous partions tous de notre propre point de vue, de notre propre imagination, que les étrangers avaient beaucoup de mal à jouer comme des Chinois, qu'ils étaient obligés de forcer sur le maquillage. « Je crains que ce ne soit pas une question de maquillage ; regardez son allure, ses gestes, ça donne carrément la nausée ! » dit Chen Boda, très énervé.

Naturellement, ils se quittèrent fâchés. Des années plus tard, évoquant cet incident, Chen Boda raconta

---

1. Homme d'Etat, ancien secrétaire de Mao (1904-1989).
2. Romancier, biographe (né en 1940).
3. Œuvre de Reinhold Glière (1875-1956).
4. Nikolaï Trofimovitch Fedorenko, diplomate, sinologue (1912-2000).

que la raison de sa réaction violente n'était pas facile à expliquer à Fedorenko :

C'est assez drôle à raconter : j'avais autrefois étudié en URSS, mais je n'avais jamais vu de ballet. Une fois installé dans la salle de spectacle, quand je vis les pointes des danseuses, je crus qu'elles cherchaient à imiter les pieds bandés des Chinoises, ce qui ne me fit pas plaisir.

Comme Chen Boda n'avait jamais vu de ballet auparavant, son association d'idées s'expliquait : dans une pièce qui d'après ce qu'on lui avait annoncé reflétait la Révolution chinoise, voir dès le début plusieurs femmes bondir sur scène avec des petits pieds était incompréhensible !

Cette anecdote aurait vraiment pu être inventée pour faire pendant au *Premier Coup d'œil*[1].

Note 2 : Touriste au Xishuangbanna

Dans un village wa[2] *du Xishuangbanna, nous allions et venions, tous armés d'un appareil photo. Les enfants collés contre leurs parents nous regardaient avec froideur – touristes baragouinant, venus sans qu'on les eût invités. Tout à coup, un ami qui faisait le voyage avec nous accourut et appela tout le monde ; apparemment il avait découvert un nouveau sujet d'attraction. Nous le suivîmes, faisant le tour de plusieurs cabanes. Nous vîmes alors une vieille femme wa, assise au soleil, torse nu. Elle était très âgée, et sa peau bronzée qui pendait était couverte de rides paraissant taillées au couteau. Voyant cela, tous dirent qu'elle ressemblait au* Père *de Luo Zhongli*[3].

1. Spectacle de variétés de Hongkong, rendu célèbre par la chanteuse Lillian Chan.

2. Les Wa sont une ethnie du Sud-Ouest du Yunnan.

3. Peintre, né en 1948, célèbre pour ses tableaux de visages de paysans ridés, le plus fameux étant celui intitulé *Le Père*.

Cette vieille femme produisait un vrai effet réaliste photographique, mais à ce moment-là, la bande de touristes dans ce village du Xishuangbanna, observant avec enthousiasme cette copie féminine du tableau, avait quelque chose d'étrange. La question qui se posait était de savoir ce qu'au fond nous voulions voir : l'image que nous avions sous les yeux, ou celle que nous avions à l'esprit ? Peut-être fallait-il que l'image que nous avions sous les yeux s'assimilât à celle que nous avions à l'esprit pour être satisfaits. Si c'était le cas, à quoi bon avoir parcouru des milliers de kilomètres pour venir au Xishuangbanna ?

(...)

En avril au Xishuangbanna a lieu la fête de l'Eau. Au bord des rivières, dans les rues, on voit partout des jeunes filles gracieuses qui font étalage de leurs charmes et qui sous un soleil éclatant se dissimulent avec adresse dans des gerbes d'eau claire jaillissant à l'improviste, en poussant des cris aigus exagérés. Leurs rires sont aussi éclatants que le soleil. Parfois elles vous jettent un coup d'œil énigmatique puis sans attendre s'enfuient à toutes jambes. Lorsque vous êtes trempé d'eau jusqu'au cou, vous entendez encore une cascade de rires clairs. L'air est alors chargé d'une folle ivresse.

Un peu plus tard, au milieu de la nuit froide, l'ivresse s'est dissipée. Ayant noté cette description dans mon carnet d'observateur, je me rends compte que dans mon souvenir la fête de l'Eau est la fête de « nous » et « elles », et que dans le tableau certains éléments ont disparu furtivement : « eux », les garçons, qui un jour aimeront et épouseront ces filles, avec qui ils feront des enfants, les élèveront et couleront des jours heureux. Pourtant ils étaient présents, aux côtés de leurs petites amies, sauf que nous ne les voyions pas.

Chaque fois que nous nous rendons en terre étrangère, c'est pour nous comme un jour de fête ; la vie réelle, quotidienne, est comme immergée sous l'eau ; l'imagination et l'émotion flottent à la surface, tel un rêve ondoyant. Une fois passés les choix automatiques de l'expérience, ce qui reste convient au rêve.

Ainsi, une carte touristique à la main, un appareil photo à l'épaule, j'ai passé une dizaine de jours au Xishuangbanna. Peut-être ai-je seulement erré de-ci de-là dans mon rêve et continué à tout ignorer de cette région. Mais où se trouve le « vrai » Xishuangbanna ? Les gens qui y vivent, leurs sentiments cachés, à peine frissonnants, leurs malheurs, leurs douleurs, leurs joies et leurs espoirs, les halètements et la sueur de leurs courses folles, il n'y a qu'eux pour les éprouver et les exprimer. Or ils se taisent, ils portent de lourdes charges au fléau et marchent sous nos yeux avec leur allure gracieuse. Peut-être savent-ils que ce que nous exprimons à leur propos n'a aucun intérêt ; nous n'entendons même pas leurs voix.

Il s'agit d'une convention tacite. Quand des étrangers viennent à Pékin, il arrive que nous les invitions à boire un grand bol de thé, à écouter de l'opéra de Pékin, nous dansons tranquillement avec eux, de manière à la fois digne et réservée. C'est le moment où nous nous trouvons avec d'autres ; il y a longtemps que nous avons été décrits et définis par eux. Ils ont seulement besoin d'un duplicata pouvant servir de confirmation.

On ne peut pas décevoir ses invités, tout comme on ne peut décevoir ses collègues et ses amis ; ils ont le droit d'exiger que nous jouions le rôle « normal » qui nous est assigné. Dans un village de l'ethnie wa, lorsque nous découvrons qu'ils portent tous des vêtements de l'ethnie han, nous sommes extrêmement déçus. Mais les adorables frères wa sont très attentifs aux goûts des autres ; un couple va passer une heure à enfiler toute la panoplie du costume traditionnel wa, au style tarabiscoté, aux couleurs chatoyantes, où chaque détail est obstinément élaboré de manière baroque. Nous sommes ravis, les obturateurs de nos appareils photo font entendre leur clic-clac, chacun veut se faire prendre en photo avec eux en souvenir.

Ensuite, nous nous en allons, nous nous éloignons peu à peu ; ce couple a peut-être déjà remis des vêtements pareils aux nôtres et allumé le feu pour préparer le repas. Mais si l'on se retourne pour regarder, on verra seulement monter une colonne de fumée au-dessus de la cabane, comme dans un poème.

(Li Jingze, « Yu Xishuangbanna gongwu » [« Dansons avec le Xishuangbanna »], dans *Yanse de mingzi [« Le nom de la couleur »]*, Hubei jiaoyu éd., 2000.)

9

LA FUITE DE GEORGE CHINNERY

En 1802, l'Anglais George Chinnery[1], qui vivait en Irlande depuis 1796, alla s'installer en Inde. Il s'y maria et eut une fille.

On sait très peu de choses sur les premières années de sa vie. Par exemple, quelle raison poussa cet homme à quitter l'Angleterre pour se rendre en Inde ? Dans les documents dont on dispose, on ne trouve rien sur le sujet. Mais le rapport d'autopsie établi par le docteur Watson de Macao après sa mort le 30 mai 1852 nous fournit une piste. Dans ce rapport, le médecin écrit sur un ton à l'évidence peu flegmatique que l'estomac du défunt était « étonnamment sain ». Or à cette date Chinnery avait plus de soixante-dix ans.

De son vivant, l'estomac de Chinnery présentait un caractère fabuleux ; sa contenance et son efficacité supérieures à la normale étaient connues de tous. Son entourage avait toujours considéré que son estomac était dans un perpétuel état de « frénésie ». Le problème est que dans l'Angleterre des années voisines de 1802, développer pareil estomac était plus que fastueux. C'était en effet l'époque où des dizaines de milliers d'estomacs vides déferlaient sur le nouveau monde. Certes, pendant cette période, l'Angleterre encouragea la

1. Peintre (1774-1852).

culture de la pomme de terre à grande échelle. D'après Fernand Braudel, la portion de terre qui, emblavée, nourrissait une personne, pouvait désormais en nourrir deux, avec même un large excédent. Cependant, même si par la suite la pomme de terre devint une délicatesse mythique, à l'époque le tubercule de cette plante à haut rendement, outre qu'il permettait de remplir les estomacs, remplissait deux fonctions annexes admises par tous. La première, effrayante à entendre, était de répandre la lèpre. En effet, seuls ceux qui mouraient de faim ne contractaient pas la maladie ni aucune autre. Le marché de la pomme de terre n'en fut pas affecté. Deuxièmement, les mangeurs de pommes de terre souffraient de flatulences et pétaient. Mais comme on le lit dans une *Encyclopédie* publiée en 1756 : « Pour l'organisme solide des paysans et des travailleurs de force, lâcher quelques pets n'a aucune importance ! » En réalité, où qu'on se trouve et à quelque moment que ce soit, il y aura toujours des gens pour affirmer mordicus : « Quelle importance ?! » Dès que j'entends cela, j'ai honte puis je me dis qu'en effet cela n'a aucune importance ; par exemple, être sans logis n'a aucune importance, être sans le sou n'a aucune importance, etc. Mais le préalable à l'idée que « lâcher quelques pets n'a aucune importance », c'est « l'organisme solide des paysans et des travailleurs de force ». Ce qui signifie que si l'on ne possède pas un quelconque capital symbolique que l'on puisse perdre, à quoi peut-on s'attacher ? Même si l'on peut dire que M. George Chinnery était doté d'un fort embonpoint, compte tenu qu'il avait fait plusieurs années d'études et savait même tenir un pinceau, c'était certainement un jeune homme plein d'avenir. C'est pourquoi l'encouragement « quelle importance ? » n'était pas du tout adapté à son cas. J'imagine que pour ce jeune homme, manger des pommes de terre et péter demeurait malheureusement un problème gigantesque.

C'est ainsi que M. George Chinnery fut porté en Inde par un estomac plein d'une vanité frénétique. Evidemment, lui et son estomac avaient trouvé le bon endroit. Alors qu'à l'époque en Inde les gens mouraient souvent de faim, dans les villes côtières comme Madras et Calcutta, la maladie la plus courante qui frappait les Européens était une mauvaise digestion, dont la raison évidente était qu'ils mangeaient trop de viande. La viande qu'ils consommaient était en grande partie importée, et comme les techniques de réfrigération et de transformation des produits alimentaires n'étaient pas encore développées, la viande salée et le jambon qui arrivaient à quai après avoir traversé les océans empestaient. Quant à ces messieurs qui mangeaient beaucoup de cette viande nauséabonde et qui s'interdisaient de péter, ils lâchaient d'énormes rots puants. Il y a plus de deux mille ans, Mengzi[1], qui avait parfaitement compris cette situation, écrivait : « Les mangeurs de viande sont détestables. »

Mais M. Chinnery n'avait certainement pas de problème de digestion. Etant donné que selon les habitudes alimentaires de la zone tropicale d'Asie les mets relevés sont privilégiés, son estomac fut sans doute fortement stimulé, comme chez un chat à qui l'on a fait manger du piment. Dans le Calcutta ou le Madras du début du XIXe siècle, on pouvait rencontrer par hasard dans les rues ou sur le port un gros bonhomme tout rougeaud portant son chevalet, en train de marcher au milieu des vaches et des bouses, des mendiants et des charmeurs de serpent, des habits à queue-de-pie et des saris. Evidemment, George Chinnery était heureux, aussi heureux qu'un tracteur fonçant à toute vitesse.

Des années plus tard, M. George Chinnery devint un grand raconteur d'histoires de la communauté des

1. Dit Mencius, philosophe (380-289 av. notre ère).

« diables étrangers » de Macao et de Canton. A l'époque, il avait vu beaucoup de choses et connu de nombreuses expériences, il avait donc plein d'histoires dans son sac. Faire de nombreuses expériences signifie vivre longtemps ; voir beaucoup de choses signifie qu'on a voyagé loin. La première fois qu'il se rendit à Macao, il avait une quarantaine d'années ; au XIXe siècle, c'était déjà assez vieux, d'autant plus que pendant ces quarante et quelques années il avait parcouru la moitié du monde. Ulysse devenu vieux racontait son Odyssée en long et en large aux gens qu'il rencontrait, de même Chinnery truffait ses histoires d'éléments autobiographiques et d'impressions exotiques.

L'un de ses auditeurs a rapporté l'une de ces histoires :

Un soir, lui – George Chinnery – et quelques amis étaient en train de dîner dans la vaste salle de réception d'une maison. Il était assis au haut bout de la table à la place qui faisait face au maître de maison. Au plafond se balançait un éventail en tissu mû par une force invisible, en réalité actionné par un domestique installé dans la pièce voisine.

Le repas s'étant rapidement achevé, Chinnery se rendit compte qu'*un serpent était en train de faire ami-ami avec sa cheville qu'il entourait. Le serpent, venant de la galerie, était entré sans bruit derrière lui.*

Par gestes, il fit comprendre aux autres de rester calme et, d'une voix à peine plus élevée que le bruit de sa respiration, demanda à un domestique de lui apporter un bol de lait et une canne.

Sans s'affoler, il posa le bol de lait sur le sol non loin de sa chaise et plaça délicatement la canne non loin du bol, en continuant à la tenir par le pommeau. L'odeur du lait attira le serpent qui desserra aussitôt son étreinte et alla s'enrouler autour de la canne. Ensuite, alors que l'animal s'employait à déguster cette boisson arrivée là par surprise, Chinnery se leva d'un bond de sa chaise, écrasa son pied sur la tête de cet hôte indésirable et, en un clin d'œil, écrabouilla le serpent en même temps que son dîner.

Cet auditeur s'appelait Hunter ; il avait été gérant de la maison de commerce américaine Qichang et dans un livre intitulé *Bits of Old China* paru en 1872[1], il raconta sur un ton nostalgique le passé de Canton et Macao d'avant 1840, dont l'histoire « Chinnery et le serpent » constitue une partie.

Qu'un serpent s'enroule autour de votre jambe est un fait courant en Inde, mais en général les Anglais en sont effrayés. Dans *A Passage to India*, Forster[2] raconte comment, une nuit, dans une mosquée, le malheureux médecin indien Aziz rencontra pour la première fois Mrs Moore qui venait d'arriver en Inde :

A mon avis, vous ne devriez pas sortir toute seule la nuit, Mrs Moore. Il y a des méchants dans le quartier, et des léopards des grottes de Marabar qui peuvent descendre de la montagne, enfin il y a aussi des serpents.

Elle se mit à hurler de frayeur, n'ayant pas imaginé qu'il pût y avoir des serpents.

Cette dame avait pu concevoir qu'il y eût des « méchants », des léopards, mais non des serpents. Aziz était un intellectuel rationnel, qui avait reçu une éducation parfaite. Il savait que lui-même était un « gentil » ; l'attitude première des gentils était d'avertir d'une manière prévenante les dames anglaises qu'« il y a[vait] aussi des serpents ». Cela montre clairement qu'il distinguait le peuple et les colons anglais ; en outre,

1. William C. Hunter, *Bits of Old China*, Paul, Trench & Co, Shanghai,1885.

2. Edward Morgan Forster (1879-1870), *A Passage to India*, Edward Arnold, 1924.

éprouvant des sentiments amicaux pour le peuple anglais, il n'avait pas imaginé qu'il pût devenir lui-même un « serpent ». Alors qu'il accompagnait Mrs Moore et sa belle-fille, Miss Adela Quested, pour visiter des grottes, « Miss Quested aperçut une chose fine toute noire qui se dressait sur la rive opposée d'un petit ruisseau. Elle dit alors : "Un serpent ! » Les villageois qui se trouvaient là dirent aussi que c'était un serpent. Aziz expliqua même : "Oui, c'est un serpent noir à lunettes extrêmement venimeux, il se dresse ainsi pour observer les éléphants qui passent par ici". » Mais Adela s'empara de ses jumelles et découvrant soudain qu'« en fait ce n'[était] pas un serpent mais une souche de palmier toute tordue, elle dit que ce n'était pas un serpent. »

Aziz considéra manifestement que sur cette question il disposait d'un droit prioritaire d'explication et il se prit de bec avec la jeune femme en montrant un certain entêtement : « Observé avec des jumelles, cet objet ressemble en effet à une souche, mais en réalité c'est bel et bien un serpent à lunettes noir. »

Plus loin, dans une grotte, Miss Adela eut la vague impression que le médecin indien se jetait sur elle, elle poussa de hauts cris, fit un grand scandale et porta plainte. Au tribunal, lors de la comparution d'Aziz, elle déclara, utilisant peut-être à nouveau ses jumelles : « Ce n'est pas un serpent. » Aziz n'était plus un « méchant », mais à partir de ce moment-là il n'eut plus envie de se comporter comme un « gentil », et l'Inde perdit un *gentleman* à peau brune. Cela n'avait rien d'étonnant ; si vous rampez sagement par terre sans provoquer quiconque, sans exciter quiconque, et qu'après avoir entendu soudain un cri d'effroi, un énorme pied de plus de deux cents livres est projeté devant vous en créant un souffle violent, normalement, votre sentiment d'identification vis-à-vis de ces gros panards s'en trouvera forcément ébranlé et, dès lors, d'universaliste vous risquez de devenir différencialiste.

La question ne réside donc pas dans le cri d'effroi de la dame et de la demoiselle, mais repose sur les épaules des messieurs qui à tout moment sont prêts à bondir avec détermination. Ainsi, dans l'histoire de George Chinnery, qui « se leva d'un bond de sa chaise, écrasa son pied sur la tête de cet hôte indésirable », je trouve que ce n'est pas très beau à voir et qu'en outre la tête de serpent écrabouillée et le lait renversé salissant le plancher nuisent au décor. Bien sûr, à deux siècles de distance, c'est facile à dire ; Chinnery trouva peut-être qu'il ne pouvait faire autrement que sauter, que s'il ne sautait pas, il ne pourrait pas se débarrasser du mal. Mais moi je sais qu'il aurait pu ne pas sauter. Par exemple, il y avait une autre dame anglaise, j'ai oublié dans quel livre j'ai lu ça, sans doute aussi lors d'un grand dîner en Inde ou dans un autre endroit d'une région tropicale. Alors qu'hommes et femmes bavardaient avec beaucoup d'entrain, cette dame dressa son index et fit « chut ! », pour faire comprendre aux autres de se taire. Surpris, ils la virent se redresser en regardant droit devant elle. Au bout d'un bon moment, elle poussa un long soupir et, impassible, dit en souriant : « Excusez-moi, à l'instant il y a un serpent qui est passé sur mon pied. »

Je dois avouer que j'aime beaucoup cette dame, j'aurais souhaité dîner et bavarder en sa compagnie ; si je puis me permettre de généraliser, j'aimerais même ces femmes écervelées qui tombent amoureuses d'un « méchant ». Après que j'ai dit cela, les gens vont trouver que je ne sais pas distinguer le bien du mal, ou que je suis moi-même un « méchant ». A ce sujet, je dois dire qu'en fait je n'aime pas trop distinguer le bien du mal en me servant de mes pieds. D'ailleurs les pieds n'ont pas d'yeux, et même s'ils en avaient, ce ne pourraient être que des « œils-de-perdrix », comme dirait un comique.

Quant à George Chinnery, si l'on recourt à la logique mythique qui consiste à faire du serpent une femme, on peut appréhender de manière assez précise son énergie féroce qui le mena de l'Inde dans la lointaine Chine, pour la raison principale qu'il fuyait une femme – du moins c'est ce que lui-même racontait partout.

Cette femme, c'était son épouse. Chinnery considérait que « c'était la femme la plus laide qu'il eût jamais rencontrée de sa vie ». Bien qu'il eût vécu une dizaine d'années avec elle et qu'ils eussent eu une fille, un jour de 1825, il trouva soudain qu'il ne pouvait pas continuer à supporter cela. Il se précipita vers le port et sauta dans un cargo en partance pour Macao. Exprimé simplement, Chinnery s'enfuit sans demander son reste.

L'« homme qui fuit » est depuis près de deux siècles un sujet récurrent dans les relations entre les deux sexes en Angleterre. Dans la littérature anglaise, il y a bien sûr le mari jaloux, par exemple Othello, mais cela se passait à l'époque de la reine Elisabeth Ire. Par la suite, les Anglaises furent obligées de se prémunir contre les hommes avec un courage surhumain en prenant la fuite de manière rocambolesque, ou bien de se lancer à la poursuite des hommes de manière tout aussi rocambolesque. George Chinnery n'est pas le pire. Ainsi, dans *Les Grandes Espérances*[1], quelle n'est pas notre surprise de voir un homme, à l'occasion des réjouissances des noces, abandonner sa jeune épouse en robe de mariée, laquelle à partir de ce jour passera sa vie à maudire les hommes.

Si l'on s'enfuit, c'est d'abord parce qu'on sait où aller. C'est ainsi que Chinnery quitte l'Inde pour se rendre à Macao ; par la suite, apprenant que son épouse

1. Roman de Dickens (1861).

va venir le chercher, il s'empresse de faire ses bagages pour gagner Canton. Là, il est en sécurité, car selon les règles de l'empire céleste, les « diables étrangers » qui viennent à Canton ne peuvent pas amener leur femme, c'est-à-dire que les Occidentales n'ont pas le droit d'entrer en Chine. Dans le film *La Guerre de l'Opium*[1], on voit soudain apparaître Marie, la fille de Dent. Cela résulte sans doute d'un défaut de surveillance de la part de l'administration, ou bien de son incapacité à distinguer les hommes et les femmes chez les « diables étrangers ». D'ailleurs cette Marie est une personne amicale, ce qui nous amène à penser qu'on aurait dû commencer par décréter la mesure inverse en n'autorisant que les femmes à franchir la frontière.

Mais du moins vers 1825, Mme Chinnery ne pouvait toujours pas se rendre à Canton.

« Désormais, dit Chinnery à Hunter, l'ami dont il venait de faire la connaissance à Canton, je suis tranquille. Ce gouvernement chinois est vraiment un Dieu miséricordieux, en empêchant toutes ces bonnes femmes de venir nous déranger ici. C'est vraiment très bien organisé, vous ne trouvez pas ?

— Si, cher monsieur Chinnery, répondit Hunter. Vraiment.

— Le Ciel me protège », soupira Chinnery, extatique.

A Canton, Chinnery coula des jours heureux, se rendant rapidement célèbre comme gros mangeur. Une fois, d'après les souvenirs de Hunter, alors que l'on avait servi du riz au cari, il se versa la presque totalité du plat dans son assiette.

« Chinnery, s'exclama le maître de maison, vous avez pris tout le riz. Or vous ne réussirez pas à en manger la moitié.

1. Film de Xie Jin (1997).

Course de bicyclettes.

— Pendant que je mangerai cette moitié, répliqua Chinnery, l'autre moitié restera au chaud. »

Je n'ai pas un estomac aussi gros que celui de Chinnery, mais si je me mets à sa place, à propos de cette idée de « rester au chaud », je pense qu'un estomac dément n'a pas seulement besoin d'être rempli, il faut aussi qu'il éprouve un sentiment de sécurité. C'est-à-dire qu'il a vraiment besoin d'un plat entier : une moitié à manger et l'autre qui relève strictement du psychisme. C'est un signe qui marque l'opulence, l'abondance, et permet de dissiper les inquiétudes d'un gros estomac.

Désormais, George Chinnery était heureux et rassuré, et j'aurais dû être content pour lui. Même si nous n'étions pas prédestinés à nous rencontrer, je l'aime bien. Qui n'aimerait pas un gros bonhomme joyeux et tapageur ? Un gros tel que lui devait aussi procurer aux autres du bonheur et un sentiment de sécurité, une douceur pareille à celle du printemps. Si l'on était assis à sa table, il était comme l'autre moitié du plat : il remplissait la fonction de vous garder au chaud.

Toutefois, moi qui ai lu Laozi, je sais que « le bonheur peut être un malheur déguisé et que le malheur peut contenir du bonheur[1] ». Enfant, quand je mangeais une omelette, je me sentais honteux de jouir d'un pareil luxe. La trentaine passée, je pus enfin sortir de chez moi et courir dans la rue, mais je ne parvins pas à aller très loin, car on me tira par les oreilles pour me ramener au bercail, en me demandant de m'installer dans je ne sais quelle maison, à l'instar des autres jeunes hommes, comme si nous étions des enfants fugueurs et qu'en quittant la maison nous allions forcément entrer dans un gang mafieux. Aussi, maintenant que je suis un peu plus mûr, quand je vois des gens heureux, je m'inquiète. Quand je me sens moi-même heureux, je m'affole. Quand je suis une journée entière inquiet et affolé, je ne sais plus si je suis bien chez moi ou non. Ainsi, dans les peintures flamandes, quand je voyais des gros garçons et des grosses filles se réjouir, je me disais toujours que ça ne collait pas. Ensuite, j'ai lu des ouvrages d'histoire et j'ai appris que ces gros menaient en fait une vie très dure, et ça m'a rassuré.

C'est pourquoi mon avis au sujet de George Chinnery est le suivant : ayant un énorme estomac, il craignait toujours de ne pas avoir assez à manger, ce qui

1. *Lao-tseu*, chapitre 58.

n'était pas du bonheur ; il était marié à une femme laide, ce qui n'était pas non plus du bonheur ; ensuite, s'étant enfui pour échapper à cette femme, il vivait dans une terreur constante, ce qui était encore moins du bonheur. Evidemment, s'il avait fait un geste de sa main potelée et déclaré : « Je suis vraiment heureux ! », je n'aurais rien pu dire, mais je me serais douté qu'il y avait une tromperie là-dessous. En effet, après 1825, George Chinnery n'eut pas la moindre aventure libertine. Dans l'Angleterre victorienne, de nombreux célibataires vivaient heureux ; ils faisaient des courses de chevaux, allaient à la chasse, traînaient dans les clubs et étaient tous des gentlemen respectables. Enfermés dans leur cabinet, ils écrivaient des romans érotiques, pratiquaient l'homosexualité, s'adonnaient à des jeux S/M. Par comparaison, on peut dire que ce M. George Chinnery était louche. Mais en admettant que les choses se soient passées ainsi, je ne peux pas dire qu'il n'ait pas été heureux, d'autant que mes doutes ne se fondent sur aucune preuve. Chinnery était un petit personnage, mort il y a plus d'un siècle ; répandre des rumeurs sur son compte n'aurait aucun sens.

Il y a un fait qui me déçoit un peu : l'épouse de George Chinnery ne réussit jamais à le rattraper pour le traîner en justice. En fait, il se cacha à Canton pendant deux ans et, quand la tempête fut passée, il retourna à Macao. D'après Hunter : « Durant cette période, il envoya de l'argent à son épouse à plusieurs reprises (il disait toujours, "encore mille roupies de perdues"). En même temps, il s'arrangea pour lui faire verser une rente annuelle "pour la calmer". Mais il ne relâcha jamais sa vigilance ; parfois, il rangeait sa malle, prêt à s'enfuir d'un moment à l'autre vers une ville de l'intérieur. »

En effet, Mme Chinnery allait arriver. Or, finalement, elle ne vint pas. D'après ce qu'on a raconté, un instant avant que le navire ne prît la mer, la cabine qu'elle avait réservée fut occupée par un monsieur du nom de Brown. Nous pouvons imaginer que M. Chinnery, tel un tracteur pétaradant joyeusement, se dirigea vers la résidence de M. Brown, qui venait d'arriver à Macao.

« Brown, dit-il, j'ai manqué de considération à votre égard. »

M. Brown l'interrompit et lui présenta aussitôt ses excuses :

« Je suis confus d'avoir occupé cette cabine, vous empêchant d'accueillir chaleureusement Mme Chinnery que vous n'avez pas vue depuis longtemps. Veuillez me pardonner, cher monsieur Chinnery, mais j'avais une affaire particulièrement urgente à régler.

— Vous pardonner, mon cher Brown, que dites-vous là ? Sachez, mon cher compagnon, que vous devez absolument venir demain matin prendre le petit-déjeuner avec moi. Merci infiniment de m'avoir rendu ce service inoubliable. Je vous souhaite bonne chance. Que votre fortune ne cesse de croître éternellement ! Que les profits de vos dix actions Patna soient multipliés par dix ! »

Patna est le nom d'une ville du Nord-Est de l'Inde, qui au XIXe siècle était couverte de pavots. Dans la bouche des Anglais de l'époque, ce mot recelait une beauté à la fois provocante et vicieuse, comme par la suite dans la bouche des Chinois le mot *yuntu*[1]. A n'en pas douter, les éloges exaltés de M. Chinnery laissaient filtrer les roulements de tonnerre qui allaient secouer les mers au sud de la Chine[2].

Les vaines frayeurs de George Chinnery montrent que dans la première partie du XIXe siècle, la navigation

1. Littéralement, « terre du Yunnan », désignant l'opium.

2. L'auteur fait allusion à la première guerre de l'Opium (1839-1942) qui opposa l'empire de Chine à la Grande-Bretagne.

était encore longue et ardue. De l'Angleterre à Macao, il fallait plus de quatre mois, et un peu plus d'un mois de l'Inde à Macao, c'est pourquoi, pour M. Brown, une « affaire particulièrement urgente », c'était une affaire qu'il fallait absolument avoir réglée au bout d'un mois et quelques. Evidemment, je doute que cette affaire eût à voir avec ses dix Patna, c'est pourquoi j'aurais souhaité que Mme Chinnery jugeât que les retrouvailles avec son époux étaient une affaire encore plus urgente. Le problème, c'est que cette dame n'avait manifestement pas la même opinion que moi. Pour faire un voyage d'un mois, elle s'était peut-être préparée pendant un an. Une affaire qui nécessitait un an et un mois de préparatifs n'était certainement pas très pressante. Mme Chinnery était vouée à se montrer très patiente ; j'imagine qu'elle dut sans doute céder sa cabine en témoignant beaucoup de compassion, car elle estima que l'affaire de M. Brown était vraiment très urgente. A ce propos, j'avoue que j'aime bien Mme Chinnery. En réalité, j'ai toujours un faible pour les gens qui peuvent consacrer leur vie à une même affaire, par exemple aimer une femme sa vie entière, ou passer une vie à écrire un livre. Mais de nos jours, ce genre de personne est devenue rare, et l'une des raisons, c'est que la distance qui sépare l'Inde de Macao est désormais très proche. Combien de temps faut-il en avion ? Un jour, tout au plus. C'est-à-dire trente fois moins qu'il y a un siècle. Si l'on extrapole, dans le temps passé à poursuivre son mari, elle pourrait aujourd'hui rattraper trente hommes.

Mais je doute que Mme Chinnery ait vraiment souhaité le retrouver. M. Chinnery ne cessa de se dérober en arguant de toutes sortes d'hypothèses et de risques réels. A l'évidence, il trouvait cela très amusant. Si Mme Chinnery ne réussit jamais à le rattraper, c'est peut-être aussi parce qu'elle aussi trouvait cette poursuite très drôle. Je n'ai aucune preuve de ce que j'avance ; c'est seulement que dans tous les documents que j'ai découverts, Mme Chinnery est présentée comme une perdante totale. Cette vision souffre manifestement du préjudice d'être celle d'un homme. Or, moi qui suis un homme, il se trouve justement que je n'ai jamais osé mésestimer les femmes. Face à ce vantard de Chinnery, infatué de sa personne, il est probable que madame affichait un sourire narquois. C'est parce que l'un s'amusait et que l'autre trouvait ça drôle que le jeu put durer. Puisque l'une des parties trouvait l'aventure fort amusante, pour que la joute fût équitable, on peut affirmer avec certitude que l'autre devait la trouver extrêmement drôle aussi. Pour expliquer la fuite de l'un, la poursuite de l'autre, une des explications pourrait être que tous deux jugeaient la situation cocasse et qu'ils étaient prêts à la faire durer toute leur vie. Par conséquent, M. Chinnery ne disparaissait pas au point qu'on n'entendît plus jamais parler de lui, et Mme Chinnery ne le rattrapait jamais au point de lui mettre le grappin dessus. Ainsi continuaient-ils à se faire des grimaces, séparés par l'océan Indien, l'un fuyant, l'autre le poursuivant.

J'ai ici une autre version de l'histoire corroborant avec force le point controversé : on ne doit jamais mésestimer les femmes, qui sont les meilleures détectives du monde. Pendant les années 30 et 40 de ce siècle, il y avait en Birmanie un Anglais nommé George. Rentré au pays pour voir sa famille, il rencontra une jeune femme du nom de Mabel avec qui il se fiança. Ils avaient prévu qu'elle attendrait le retour de George de Birmanie six mois plus tard pour qu'il allât demander officiellement sa main à ses parents, mais, concours de circonstances malheureux, la guerre du Pacifique éclata et, de ce fait, le pont Bleu[1] fut

1. Selon la légende, lieu de rendez-vous galant.

rompu et la séparation dura sept ans. Finalement, un jour, sur le port de Rangoon, George attendit Mabel qui avait traversé les océans et, évidemment, à peine fut-elle arrivée qu'ils devaient se marier.

Mais c'est alors qu'un problème surgit :

George se montra soudain troublé ; cela faisait sept ans qu'il n'avait pas vu Mabel et il se rappelait à peine à quoi elle ressemblait, comme s'il rencontrait une inconnue. Il crut que son cœur plongeait dans un abîme sans fond et ses jambes se mirent à trembler. Ne supportant pas ce qui lui arrivait, il aurait dû dire à Mabel qu'il était vraiment confus, mais qu'il ne pouvait pas l'épouser. Cependant, comment un homme pouvait-il dire une chose pareille à une femme avec qui il était fiancé depuis sept ans et qui avait parcouru six mille milles pour venir se marier avec lui ? N'ayant pas le courage de le faire, il était tout à fait désespéré. Avisant sur le port un navire en partance pour Singapour qui levait l'ancre, il s'empressa de laisser une lettre à Mabel et, sans rien emporter, il sauta dans le bateau.

La lettre était ainsi rédigée :

Ma très chère Mabel,

Je viens d'être envoyé loin en mission et j'ignore quand je reviendrai. A mon avis, le mieux que tu aies à faire, c'est de rentrer en Angleterre. Je ne sais trop où l'on m'envoie.

Ton George chéri

A peine George avait-il abordé à Singapour qu'il reçut un télégramme : *Je comprends parfaitement, aie confiance. Ta chérie.*

George en eut des sueurs froides. « Juste ciel, pensa-t-il, elle va certainement me suivre. » Se gardant de répondre, il sauta dans un train à destination de Bangkok. Arrivé à Bangkok, il était toujours aussi inquiet, se demandant si la femme n'allait pas continuer à le suivre. Le lendemain, il embarqua donc à bord d'un navire qui mettait le cap sur Saïgon. Parvenu à Saïgon, il finit par pousser un soupir de soulagement. Alors qu'il signait le registre de l'hôtel, un serviteur lui tendit un télégramme où était écrit : *Ta chérie. Mabel.*

« Quand part le prochain bateau pour Hongkong ? »

Ensuite, bravant les pires difficultés, il continua à fuir : Hongkong – Manille – Shanghai – Yokohama. A peine était-il arrivé à Yokohama qu'un télégramme l'attendait à l'hôtel : *Je regrette de ne pas avoir réussi à te voir à Manille, mon chéri.*

George parcourut en vitesse les horaires des paquebots ; où était-elle maintenant ? Il repartit pour Shanghai en toute hâte et cette fois se rendit directement à son hôtel pour réclamer le télégramme. Un serviteur le lui tendit aussitôt : *J'arrive bientôt, mon chéri.*

A ce moment-là, la situation était devenue drôle. Evidemment, George ne pouvait pas rester coincé sans rien faire. Toujours plein d'entrain, il remonta le Yangtsé, passa par Hankou, traversa Yichang et arriva à Chongqing, ne cessant de se démener. Pour finir, il atterrit à Chengdu et s'installa à proximité du consulat d'Angleterre. Ayant fait la synthèse de tous les éléments à sa disposition, George arriva à la conclusion que, dans tous les cas, Mabel ne trouverait pas son nouveau refuge. Aussi, pendant les semaines qui suivirent, libre de tout souci, il prit du bon temps, savourant secrètement son bonheur.

Un matin, alors que George et le consul étaient en train d'admirer des bibelots anciens dans la cour, on entendit des coups frappés au portail du consulat. Le portier ouvrit et l'on vit entrer quatre coolies chargés d'une chaise à porteurs. Ils posèrent la chaise, le rideau s'écarta et Mabel sortit du véhicule. Habillée avec soin, l'air tout excitée, elle ne laissait rien paraître de la fatigue des quinze jours passés pour parvenir en ce lieu.

La conclusion de cette histoire, c'est que Mabel se précipita sur l'ami de George et lui demanda :

« Vous êtes le consul ?

— Oui.

— Parfait. Dès que j'aurai fait ma toilette, vous allez nous marier. »

Somerset Maugham écrivit à partir de cette histoire une nouvelle intitulée *Mabel*.

Comme nous l'avons raconté plus haut, George Chinnery mourut à Macao en 1852, toujours affublé de son énorme estomac. Il laissa une série de peintures, comprenant des natures mortes, des caricatures, des aquarelles et des huiles. Au début des années 1990 fut organisée à Hongkong une exposition de ses œuvres. Si l'on en juge par le catalogue, ses peintures ne témoignent pas d'un grand talent. On ne se souvient de lui que parce qu'il est le plus ancien peintre à avoir conservé des images des mœurs coloniales de Hongkong et de Macao.

Ces peintures banales sont les seules traces de la fuite de George Chinnery.

Note : Un anglais qui divague et un cas de catch-22

En 1894, George Ernest Morrison[1], voyageur australien, remonta le Yangtsé à partir de Shanghai, traversa le Sichuan, le Yunnan, pour atteindre Rangoon, en Birmanie. Morrison avait un nom chinois : Mo Lixun. Il fut par la suite conseiller du président Yuan

1. Aventurier australien (1862-1920), tour à tour médecin, explorateur et journaliste.

Shikai, mais à l'époque de son périple, c'était la 19e année du règne de l'empereur Guangxu, pendant laquelle il traversa tout seul l'intérieur de l'empire ruiné. En chemin, il rencontra un nombre incalculable de Chinois ordinaires, ainsi que, bien sûr, des étrangers, et parmi eux des missionnaires venus d'un peu partout. Ces derniers demeurant en terre étrangère pendant une dizaine d'années réussissaient à convertir deux ou trois adeptes, la plupart du temps leur cuisinier ou leur domestique. A Kunming, Mo Lixun entendit parler d'un certain M. Lentz, Américain qui en mai 1893 était arrivé à « roue libre[1] » à l'église de Jésus de Kunming ; c'était sans doute la première fois qu'un homme traversait la Chine à vélo. Bien sûr, il est probable qu'une grande partie du voyage de M. Lentz se fit à pied, car les routes chinoises à la fin du XIXe siècle n'étaient pas du tout adaptées à la bicyclette. Au Bureau d'information des autorités coloniales britanniques à Rangoon, Morrison rencontra un « célèbre traducteur chinois ».

Ce Chinois possédait un rare don pour les langues. Originaire du Fujian, il savait évidemment parler le dialecte de cette province. Il savait aussi parler le cantonais et le mandarin. A part cela, il parlait français, indien, birman, shan et sanskrit. Dans un roman chinois qu'il avait traduit en anglais, il employait à dessein des mots latins, ce qui forçait l'admiration de ses lecteurs.

(G. E. Morrison, *An Australian in China – Being the Narrative of a Quiet Journey across China to Burma*, The University of Adelaide, 1895.)

Mais qui était ce Chinois ? Hélas, Morrison n'a pas laissé son nom.

Mais le personnage le plus curieux qu'eût rencontré Morrison était un Anglais :

1. Premier nom donné à la bicyclette en Chine.

A la douane de Chongqing, la personne chargée de la fouille était le filleul d'un marquis et le petit-fils d'un comte. (...) Il avait été porteur en Australie, à quinze shillings par jour. Dans une mine de charbon de la Nouvelle-Galles du Sud, il avait joué le rôle de « jaune » sous la protection d'un enquêteur de la police. Il était allé à Harrow, une Public School fréquentée par l'aristocratie anglaise et dirigée par le professeur Butler, et avait participé à la fête du Saint-Sacrement à Cambridge. Il avait été mousquetaire à Dublin et fini lieutenant de cavalerie dans le régiment des Weatherby's Horses. Il avait d'abord appartenu au 5e régiment de cavalerie, où il avait gravi les échelons de cavalier de 1re classe à adjudant-chef, puis au bout de dix mois il avait accédé au grade d'officier. Envoyé avec l'armée britannique au Soudan et en pays zoulou (Afrique du Sud), il s'y vit décerner trois médailles à quatre fermoirs pour sa conduite exemplaire. Il alla en Erythrée, et lorsque fut rompue la barrière de défense McNeil sur le fleuve Tamai, il se retrouva en grande difficulté. Il participa aux batailles de Tel el-Kébir et d'Abou Kléa, où il assista à la tentative de suicide de Burnaby. A Abou Kléa, il vit le comte Herbert Stewart touché à mort (les régions citées plus haut, à partir de l'Erythrée, étaient toutes des colonies britanniques). Parvenu au port de Rorke's Drift, il rencontra une bande de héros qui apparaissent dans les dessins de Mlle Elizabeth Thompson[1]*. Après avoir quitté l'armée, il opéra encore à Madras (en Inde) comme officier de la police locale pendant quelque temps.*

Il finit comme inspecteur de 3e classe du Royaume britannique affecté aux douanes chinoises, où malgré un salaire peu élevé il montra un grand enthousiasme dans son travail.

1. Peintre (1846-1933).

Cet homme ressemble à une toupie folle qui d'Angleterre tourbillonna jusqu'en Australie, puis tourbillonna à travers toute l'Afrique, puis en Inde et en Chine. Lorsqu'il se retrouva à Chongqing, il devait déjà n'est plus très jeune ; il est probable qu'il n'était pas marié, il « montrait un grand enthousiasme dans son travail », qu'il exerçait avec beaucoup de plaisir. Si l'on recherche la raison secrète primordiale et la plus fondamentale pour laquelle l'empire britannique s'est étendu à une vitesse aussi fabuleuse sur la Terre entière, elle réside peut-être dans l'existence de gens comme George Chinnery et comme cet Anglais inconnu dont il est question ci-dessus ; tous deux possédaient une énergie débordante à la fois refoulée et frénétique. S'ils s'étaient adressés à un psychiatre, il aurait certainement diagnostiqué qu'ils étaient malades. Peut-être est-ce une maladie psychiatrique courante qui favorisa la création de cet empire colonial.

L'inspecteur des douanes de Chongqing était un étranger, ce qui paraît assez bizarre par rapport à la situation actuelle. Mais à la fin des Qing, le chef de l'ensemble de la direction des impôts de l'empire était un aristocrate anglais. Le revenu des douanes de la Chine était une hypothèque sur la dette contractée auprès des Occidentaux et, naturellement, ceux-ci exigèrent de gérer ce service personnellement avant de prêter de l'argent en confiance. Mais en ce qui concerne concrètement les douanes de Chongqing, les choses étaient particulièrement ambiguës et étranges. A l'époque, d'après Morrison, Chongqing n'était pas un port ouvert juridiquement parlant. D'après les « traités de Tianjin[1] », le gouvernement des Qing avait le droit de saisir les navires étrangers qui abordaient à Chongqing

1. Traités inégaux imposés à la Chine par divers pays occidentaux à la suite de la deuxième guerre de l'Opium (1884-85).

Informations sur le voyage d'un émissaire de l'empereur.

sans permission ; mais en même temps, en vertu des accords imposés par l'Occident au gouvernement des Qing lors de la réunion du lac Chao, il suffit de la venue du premier navire étranger pour que Chongqing devînt automatiquement un port ouvert. Nous avons là un cas classique de *catch-22*[1]. A ce sujet, Morrison écrit :

> *Ce genre d'affaire faisait penser aux directives contradictoires promulguées par je ne sais quel gouvernement concernant la construction d'une nouvelle prison. La directive était ainsi formulée :*
>
> *Article 1er : On devra utiliser les matériaux de l'ancienne prison pour bâtir la nouvelle prison.*
>
> *Article 2 : Avant l'achèvement de la construction de la nouvelle prison, les prisonniers continueront à être détenus dans l'ancienne prison.*

---

1. Lire *catch twenty-two* : règle absurde. Expression rendue célèbre par le roman de Joseph Heller (1961) et surtout le film de Mike Nichols (1970).

10

ARBRE GÉNÉALOGIQUE DES OISEAUX VIREVOLTANTS

I

Notre histoire commence le 17 août 1840, dans la nuit estivale de Pékin, à Yuanming Yuan. A cette époque, ce n'était pas encore un champ de ruines, ni un parc de loisirs bruyant, c'était Yuanming Yuan, le palais qui dormait profondément au cœur de la vaste nuit étoilée, parfait, paisible. Au centre de ce lieu de rêve, brillaient des bougies rouges solitaires, à la lueur desquelles l'empereur Daoguang se concentrait sur la lecture et l'annotation du mémoire *Note du ministre plénipotentiaire d'Angleterre Palmerston*[1] *adressée au ministre plénipotentiaire de l'empereur de Chine.* C'était une lettre parvenue en Chine après deux mois de canonnades qui avaient fait des ravages destructeurs, provoqué le tumulte dans nos eaux territoriales, causé la perte de Zhoushan et conduit à l'occupation de Dinghai. Les canonnières mouillaient devant le port de Dagu[2]. L'empereur avait fini par ordonner aux fonctionnaires de divers lieux d'accepter ce « document barbare », au risque de leur vie. Il désirait connaître d'urgence ce qui s'était réellement passé, ce que

1. Henry John Temple, vicomte de Palmerston (1784-1865).
2. Ville du Hebei à l'embouchure de la rivière Baihe.

voulaient ces Barbares, ce qu'ils disaient et comment ils le disaient.

Les historiens retenaient leur souffle. Un épisode clef de cette guerre allait se produire, les envahisseurs n'étaient plus silencieux et l'empereur écoutait attentivement leur voix :

Etant donné que des fonctionnaires ont nui aux hommes de notre pays qui habitent en Chine et qu'ils ont porté atteinte à la dignité de la Grande-Bretagne, le souverain de ce pays a envoyé des chefs des armées de terre et mer sur les territoires maritimes de la Chine pour réclamer à l'empereur disculpation et réparation (sic).

La colère de Sa Majesté impériale se dissipa. L'empereur Daoguang voyait le monde tel que par le passé. Si lui ne s'affola pas plus, quelqu'un d'autre au contraire mourait d'anxiété. Dans le jardin Qinghua situé non loin du lieu où habitait l'empereur, un historien du nom de Jiang Tingfu faisait les cent pas dans sa chambre, obsédé par le sort de la Chine. La fumée des explosions ne s'était pas encore dissipée au pont sur le Lugou, et des navires cuirassés étaient à l'affût devant le port de Dagu, que déjà il écrivait :

Ce texte est un document diplomatique des plus importants de la guerre de l'Opium. Les chercheurs qui étudient cette guerre doivent examiner minutieusement le texte original et la traduction de cette Note. Se conformant aux directives de Palmerston, le traducteur a recherché seulement la fidélité et non l'élégance. Du coup, non seulement le résultat n'est pas élégant, mais il est laborieux. Toutefois, à part une phrase, l'ensemble de la traduction est extrêmement fidèle.

(Jiang Tingfu, *Qishan he yapian zhanzheng [Qishan et la guerre de l'Opium], Zhongguo jindaishi : wai sanzhong [Histoire de la Chine moderne]*, Yuelu éditeur, avril 1987, 1re édition, p. 126.)

Or la phrase qui manquait de « fidélité » était de la plus grande importance : *To demand from the Emperor satisfaction and redress.* Traduite en chinois moderne, elle aurait dû donner « exiger de l'empereur des réparations et un rectificatif ». Sous le pinceau du traducteur de l'époque, la phrase avait transformé une note diplomatique sous forme d'ultimatum en une plainte, exprimant des sentiments intimes, adressée à un supérieur. Par cette nuit d'été, le regard de l'empereur s'arrêta longuement sur la formule « réclamer à l'empereur disculpation et réparation ».

Or cette guerre renvoyait à un usage classique obéissant à des principes immuables : présenter un document barbare et grossier à genoux en le tenant au-dessus de sa tête afin de réclamer justice. Evidemment, les peuples non civilisés sont obstinés et indociles, mais…

Moi, le Grand Empereur qui gouverne le monde, à l'intérieur et à l'extérieur des vastes mers, qui traite les gens sur un pied d'égalité, avec une impartiale équité envers chacun (…) il y a longtemps que j'ai été avisé des accusations injustes pour lesquelles vous nous avez demandé disculpation et réparation. Elles devront nécessairement être examinées une par une avec soin, afin de réparer les torts éventuels. (…) Que le commandant en chef Elliot[1] *et sa suite retournent promptement dans le Sud en attendant que l'affaire soit réglée, et tout ira pour le mieux.*

Quand l'empereur reçut le document, il chargea un fonctionnaire d'examiner l'affaire et de prendre les mesures appropriées ; il renvoya en outre les canonnières

1. George Elliot (1784-1863), général, commandant les forces navales anglaises pendant la première guerre de l'Opium.

qui rentrèrent attendre au Guangdong. L'empereur Daoguang avait décidé de remplacer Lin Zexu[1].

Ce haut fonctionnaire ayant créé des ennuis, sur l'édit flamboyant[2] de l'empereur, le mot « réprimer » fut supprimé afin de faire ressortir le mot « tranquilliser ». Sous le pinceau de l'empereur, ce n'était jamais par hasard qu'un caractère était omis ou maintenu. Certes, quand l'empereur se saisissait de son « pinceau rouge », il traçait des caractères d'un rouge vif, mais avant d'être couchés sur le papier les mots étaient toujours notés quelque part en attendant d'être formellement écrits. Car chaque mot respectait un ordre rigoureux, faisant suite au texte antérieur et attendant le texte postérieur. Quand les mots « réclamer », « empereur », « disculper », « exiger réparation » étaient apparus l'un après l'autre, le mot « tranquilliser » pouvait être écrit. Lorsqu'on monte un cheval inconnu, mettre de l'ordre dans ses crins, lui tapoter le garrot, c'est ce qu'on appelle « tranquilliser », afin d'exercer son pouvoir par un leurre plein de douceur.

Cependant, les Anglais n'étaient pas des chevaux. Même si d'après *Le Voyage de Gulliver*, en 1771, on avait découvert aux Antilles le pays des Houyhnhnms – le pays des chevaux sages –, à l'évidence ce n'était pas l'Angleterre. Aussi le mot « tranquilliser » de l'empereur était-il voué à rester sans effet. Ces Barbares ne savaient même pas qu'ils avaient été « tranquillisés », comme s'ils n'avaient pas réalisé qu'ils étaient en train de « réclamer à l'empereur disculpation et réparation ».

---

1. Lin Zexu (1785-1850) : mandarin partisan de la prohibition de l'opium, envoyé en 1839 comme vice-roi à Canton où il fit saisir et jeter à la mer une grande quantité d'opium d'importation anglaise en provenance d'Inde, provoquant la première guerre de l'Opium (1839-1842).

2. Les documents émis par l'empereur ou adressés à lui devaient être rédigés sur du papier d'un jaune éclatant.

C'était un dialogue condamné à l'échec. Etant donné que les deux parties employaient un langage différent, le malentendu qui attira notre attention fit apparaître un homme qui habituellement reste caché au dos des pages des livres d'histoire : le « traducteur ». « Un texte aussi important, une telle méthode de traduction constituent véritablement un mystère difficile à expliquer », écrivit un historien dans un style obscur (Mao Haijian, *Tianchao de bengkui [L'Effondrement de la dynastie céleste]*, Sanlian shudian, 1995, non traduit).

II

Je vais citer à nouveau *Bits of Old China* de M. Hunter. En 1995, dans une librairie de Liulichang[1], je tombai par hasard sur la traduction chinoise de son livre, et je crus que la « vieille Chine » en question était celle d'avant 1994, mais j'eus la surprise de découvrir mon erreur. Aux yeux de ce gérant de la société occidentale Russell & Co, c'était la Chine d'avant la signature du traité de Nankin en 1842 qui constituait la « vieille Chine ».

Le « nouveau » et l'« ancien » sont des sujets importants qui touchent en profondeur à l'expérience historique des Chinois ; importants, donc on n'en parle pas, car on craint qu'en en parlant cela ne soit plus amusant, alors que *Bits of Old China* est un livre très amusant. A la fin de sa vie, Hunter vécut à Nice. Cette petite ville des rives de la Méditerranée, dont l'atmosphère est rendue dans les romans de Maugham ou de Zweig, appartenait à la vieille Europe ; elle était comme un vestige d'une période de l'histoire, nonchalante, alanguie. Le

1. Vieux quartier des antiquaires de Pékin.

ciel, la mer, les yeux dans le vague, tout se prête à laisser couler le temps confusément dans l'air chargé d'humidité chauffé par le soleil. C'était justement le monde des impressionnistes ; le monde réel, somptueux, fragile, où l'air sensible frissonne à peine. Au fond de la grande salle de l'hôtel, près de la fenêtre, est assis un vieux gentleman, le visage caché dans l'ombre. De temps en temps, il jette un coup d'œil dehors ; ses yeux s'allument alors, puis il tourne la tête et, d'une voix très lointaine, déclare :

Tout le temps de son existence, ce fut le seul lieu où il logea, mais maintenant il a disparu, comme les animaux préhistoriques géants ont disparu de la surface du globe.

(Hunter, *Bits of Old China*, préface à la 1re édition.)

Du XVIe siècle jusqu'en 1842, quelques Occidentaux vécurent « là » – à la pointe sud de l'empire chinois, à Macao et à Canton. Ils ont « disparu » à la suite de la signature du traité de Nankin qui déclencha des événements historiques considérables en regard desquels leur vie et leurs actions ne furent que des détails sans importance. L'homme qui était alors assis en face de nous n'était qu'un détail qui a été supprimé ; l'homme a été oublié entre deux paragraphes de l'histoire, telle une plume dans le vent qui aurait volé jusqu'à Nice.

En 1997, j'étais en train d'explorer la vie d'un peintre fuyard dans un texte intitulé *La fuite de George Chinnery*. Comme pris de folie, il s'enfuit d'Angleterre en Inde, puis à Macao et à Canton, où il pénétra dans le monde de Hunter, et vécut caché là, ainsi que le racontent quelques passages amusants de *Bits of Old China*. Hunter écrivit ainsi au fil de la plume de nombreux épisodes de ce genre qui finirent par constituer un livre fait de bric et de broc. C'étaient des graines séchées enfouies au plus profond du temps qui une fois écrites attendaient d'être lues et relues, écrites à nouveau pour germer et pousser dans une imagination retirée au loin.

III

Au mois d'octobre 1836, le *Zhongguo congbao (Le Dépôt de Chine)* de Canton publiait la dépêche suivante :

Il y a quelques jours, le gouverneur du Fujian est venu en mission, chargé d'escorter un étranger. A ce qu'on raconte, il s'agit d'un marin indien, mais on ignore toujours par qui et à quel moment cet homme a été abandonné sur les côtes du Fujian.

S'il s'agissait d'un roman, je choisirais le point de vue subjectif de ce marin indien, je me servirais de ses deux yeux purs d'un noir de jais pour fixer ce monde inconnu : j'ignore quel est cet endroit, il y a beaucoup de gens ici, il y a des gens partout, ils se ressemblent tous, ils m'entourent sans arrêt, leurs voix ressemblent à des roulements de tambour désordonnés…

S'il avait écrit ainsi, Hunter n'aurait peut-être pas entendu qu'il racontait sa propre histoire pleine d'une folle gaieté. Dans *Bits of Old China*, ce n'est pas l'histoire d'un « moi » qui arrive chez « eux », c'est sous le regard de « moi » que se déroule l'histoire entre « eux » et « moi ». Je n'aime vraiment pas ce genre de circonlocutions, je dis seulement qui regarde et qui est regardé, qui parle et à qui l'on parle, c'est la partie vitale secrète de tout roman possible, de toute situation dans la vie de l'humanité. Hunter nous dépeint ce marin indien comme « un homme très grand aux muscles très développés, à la peau noire pareille à celle de l'homme antique qui d'après ce qu'on sait avait des cornes et une queue ». Pourquoi sa peau est-elle noire « pareille à celle de l'homme antique qui avait des cornes et une queue » ? Dans cette description, pas le moindre lien analogique qui permette d'y croire, d'autant plus qu'il n'y eut jamais d'« homme antique » avec « des cornes et une queue ». Hunter assemble des mots de manière brutale pour décrire le « monstre » qu'il a sous les yeux.

Mais aux yeux des Chinois présents, il est probable qu'il n'y avait pas seulement un « monstre ». Outre le marin indien, Hunter qui observait la scène était lui aussi un genre de « monstre ». Quant à ce pauvre Indien solitaire, il devait implorer Allah de le délivrer de cette bande de monstres.

Cette rencontre entre « monstres » se produisit au mois de mai 1837, alors que le marin indien était arrivé sous escorte à Canton depuis déjà sept mois. Les autorités s'apprêtaient enfin à se rendre au tribunal pour procéder à un interrogatoire afin de tirer au clair les conditions de son arrivée. Quoi qu'il en soit, son apparition sur les côtes du Fujian était une grave infraction aux lois de l'empire céleste, car tous les « Barbares » qui voulaient absolument entrer en Chine ne pouvaient demeurer qu'à Canton. C'était justement la raison pour laquelle ce marin indien y avait été ramené « par terre et par mer ».

L'interrogatoire avait eu lieu dans les bureaux du « négociant ». La fonction de ce négociant équivalait sans doute à celle d'un marchand habilité à commercer avec l'étranger, mais elle était beaucoup plus compliquée et équivoque, ressemblant parfois à celle d'un garant assurant que les « Barbares » qui commerçaient avec les marchands chinois se conformaient aux règlements en vigueur ; lorsqu'il y avait des négociations entre les autorités et les marchands étrangers, le négociant jouait le rôle d'intermédiaire, de « secrétaire-interprète » transmettant les messages et facilitant la communication.

En 1837, le secrétaire-interprète général de Canton était le grand négociant Chai Mao, que les étrangers appelaient « Old Tom ». Dans l'affaire qui nous occupe, le Vieux Tom était forcément présent aux côtés des magistrats de la préfecture et des sous-préfectures de Canton, en tant que traducteur principal. Le visage impassible, avare de paroles, il ressemblait aux interprètes qui apparurent par la suite, ne prononçant apparemment jamais un mot en leur propre nom. Les affaires traversaient alors une période de calme plat, aussi Hunter et les autres marchands étrangers s'ennuyaient-ils à mourir ; ils accoururent donc pour voir ce qui se passait. Ayant pénétré dans la salle d'audience, ils virent le marin indien s'exprimer avec la plus grande aisance :

Je ne parviens pas à décrire le moment où il se tourna vers nous plein d'espoir ; c'était une situation marquée à la fois par les gestes et la parole. Malgré tous mes efforts, je ne réussis pas à distinguer la langue qu'il parlait, ou même le nombre de langues qu'il parlait. J'arrive à faire la différence entre le bengali et le malais, mais dans sa prononciation il y avait nombre d'autres sons inconnus, comme s'il était allé à la fête des langues des espérantistes et avait emprunté des bribes de divers langages. (...) Ses paroles étaient un tel charabia que nous nous dîmes que la multiplication des langues dans la tour de Babel avait dû ressembler à cela.

Ce que parlait cet Indien, c'était la « langue des marins », un mélange de plusieurs idiomes. Si l'on bravait vents et marées pour gagner sa vie entre l'océan Indien et l'océan Pacifique, si l'on faisait escale dans un nombre incalculable de ports et si l'on rencontrait marins, petits marchands et prostituées employant toutes sortes de langues, si en outre on vivait au XVe ou au XIXe siècle et qu'en plus on était inculte, on apprenait seulement, sans s'en rendre compte, cette « langue mondiale ». Vous pouviez parler un mélange de tout un tas de langues, en espérant que votre interlocuteur réussirait par hasard à tirer du sens de cette ratatouille. Ce n'était pas la confusion qui régnait à Babylone, mais une réaction maladroite au complot ourdi par Dieu contre les hommes menant une vie errante. Le mélange des langues avait séparé les hommes, mais dans le désordre ainsi créé ils réussissaient par chance, ou par hasard, à comprendre la voix d'autrui.

Certes, ce marin n'avait pas eu de chance du tout et « le Vieux Tom n'avait guère de chance non plus car il ne comprenait pas un traître mot de ce qu'il devait traduire ». Mais il eut une idée lumineuse : « Du marché aux menuisiers, il amena un homme du nom de A-Shu qui fabriquait des coffres et des boîtes. Comme cet homme utilisait sa production pour faire du troc avec des marins qui commerçaient entre l'Inde et la Chine, il connaissait quelques phrases de la langue des marins. »

« Il savait parler juste un peu plus que les freux », écrit Hunter en comparant l'homme appelé pour être interprète à cet oiseau à bec étroit. « Dans d'autres pays, profitant du silence du crépuscule en été, on pouvait entendre leurs doux cris dans la brise. »

Ainsi cet adorable freux, vêtu d'une longue robe, coiffé d'un chapeau de mandarin, un éventail à la main, se tenait debout derrière le Vieux Tom. Il était désormais un membre de l'équipe de traducteurs chargée de cette affaire de politique étrangère de l'empire céleste. C'était comme si l'on était allé chercher un petit marchand de souvenirs d'un site touristique, sachant dire « hello », sachant dire « ouane », « tou », « srouei », et qu'il était devenu du coup un précieux expert en langues. Le négociant qui était présent ne put s'empêcher de « rire sous cape, nous disant à la dérobée: "C'est

Victoire dans le procès contre le bateau qui avait endommagé le navire Wannianqing.

du théâtre !" (…) Nous étions d'accord avec lui ; en fait, nous aurions pu affirmer catégoriquement que nous n'avions pas vu de pièce aussi comique depuis longtemps. »

IV

Après que le silence fut retombé, le magistrat qui présidait la séance déclara : « Demandez à l'étranger son lieu d'origine, ses nom et prénom, son âge et sa profession. »

A-Shu jeta un coup d'œil au Vieux Tom puis se tourna vers le marin indien et demanda en bengali : « Qu'est-ce que tu veux ? Tu veux de l'eau ? » A cette question l'Indien répondit de manière extrêmement claire : non, il ne voulait pas d'eau ni rien d'autre. Mais A-Shu, genoux à terre, traduisit ainsi ses paroles :

« Eminence, l'étranger dit qu'il s'appelle Lamu Han, qu'il a trente ans et que sa profession est marin. » Puis il se leva, se tourna vers les étrangers que nous étions, arborant un air satisfait.

L'éminence demanda au Vieux Tom : « Tu dis que l'étranger a accosté à bord d'un navire de diables étrangers ; d'où venait ce bateau ? »

Le Vieux Tom posa plusieurs questions en cantonais à Lamu Han, auxquelles évidemment ce dernier ne comprit rien. Le Vieux Tom n'eut plus qu'à se tourner vers A-Shu. A-Shu demanda alors au Noir : « Tu veux un coffre en camphre ? Ou un échiquier ? Que des produits de première qualité, très jolis ! Très bon marché. »

Le marin indien fit plusieurs grimaces, puis débita une longue réponse qui n'avait rien à voir avec la question. Il regarda ensuite les étrangers et, dans un excellent bengali, dit : « Monsieur, qu'est-ce qu'il dit ? Je ne comprends pas ce qu'il raconte. » A-Shu s'agenouilla en hâte et traduisit ses paroles : "Eminence, le diable noir dit que son bateau venait du Bengale. »

Ensuite, le Vieux Tom reçut l'ordre de demander pendant combien de temps le bateau avait navigué, sous quelle autorité il était placé et pourquoi il avait accosté sur ce rivage. Le secrétaire-interprète, affichant un air de gravité et maniant l'anglais du Guangdong, demanda à voix basse au prévenu qui n'en pouvait mais : « L'éminence demande quand ton navire a pris la mer, ce qu'il transportait et où il se rendait. » Il traduisait mot à mot, dans une langue extrêmement simple, mais A-Shu l'aida à ajouter quelques mots : « Venez dans ma boutique, je vous y conduirai, au n° 9 du marché aux menuisiers, ça s'appelle "Prospérité et Harmonie". Il y a beaucoup de capitaines de navires, de seconds, qui viennent dans mon magasin. » Tout en s'efforçant de faire l'article pour sa marchandise, il s'agenouilla et regarda avec dévotion le magistrat. Quant au diable noir, il se mit à déblatérer dans son jargon, proférant des sons incompréhensibles, comprenant des mots de malais et peut-être de cinghalais. Il fit toutes sortes de gestes, en posant sur les étrangers un regard suppliant. Le Vieux Tom reprit alors la main et se mit à traduire pour l'éminence les paroles de Lamu Han (l'éminence écouta en affichant une allure officielle). Le Vieux Tom déclara : « Eminence, le diable étranger dit que le navire transportait du riz et qu'il se rendait du Bengale à Canton. En chemin, un fort vent s'est levé et le navire a essuyé une tempête terrible, qui l'a obligé à accoster sur les côtes du Fujian. Ils espéraient faire un peu d'eau douce et de nourriture. Pour cela, ils ont envoyé une petite embarcation avec cinq marins à bord pour se rendre à terre ; cet homme faisait partie des cinq. Alors qu'ils remplissaient des seaux d'eau, Lamu Han, exténué de fatigue, s'est allongé par terre et s'est vite endormi. Il a brusquement été réveillé par des Chinois qui lui ont ligoté les mains et les pieds et l'ont dépouillé de ses vêtements. (…) Ensuite il a été emmené et jeté en prison. Au bout d'un long moment, un commissaire impérial qui devait venir à Canton a été chargé d'amener l'étranger ici. »

Le magistrat préfectoral de Canton se tourna vers le magistrat sous-préfectoral qui était assis à sa gauche et dit : « Regardez, ceux qui connaissent les langues étrangères sont très utiles ! » Puis il ajouta à l'intention du Vieux Tom : « Monsieur l'interprète, vos vastes connaissances et votre intelligence exceptionnelle méritent le respect. Mais à quel pays appartient ce navire ? » L'interprète « intelligent » regarda alors A-Shu, lequel dit au marin indien : « Faut absolument que tu viennes à ma boutique, j'ai du sansu *(une sorte d'alcool), de première qualité, à un prix imbattable. Deux yuans la bouteille. » (Au moment où le marché fut conclu, il est possible que le prix ait été ramené à vingt centimes.) Tout cela faillit rendre fou le pauvre Lamu Han. Tel un canard surpris par l'orage, il leva les yeux au ciel, brandit ses deux bras désespérément, fit entendre plusieurs sons incompréhensibles, et manqua s'asseoir tant il était fatigué. (...)*

Le Vieux Tom dit à l'éminence :

« Le navire appartient au pays des Rouquins[1].

— Pas étonnant, commenta le grand personnage comme si cela relevait d'une évidence. Ces gens sont comme les souris, il n'est pas de trou par lequel ils n'entrent, ils cherchent toujours à s'introduire en cachette sur le territoire chinois. N'ont-ils pas essayé récemment de s'infiltrer secrètement sur le fleuve Min ? Si nos canons qui tonnent comme la foudre ne leur avaient pas tiré dessus, ébranlant ciel et terre et faisant trembler les cinq pics, ils auraient fait irruption en Chine. En signe de bienveillance, le Fils du Ciel leur a ouvert Canton, mais ils n'en sont pas satisfaits. (...) Si Canton expulsait tous les étrangers, ils ne pourraient plus boire de thé, ils ne pourraient plus consommer de rhum pendant des années, ils rendraient alors grâce à la compassion de notre grand empereur. Interprète, demandez-lui quel accueil il a reçu depuis qu'il a eu la chance de pénétrer sur notre territoire. »

A-Shu, qui pensait toujours à vanter les mérites de sa boutique et de ses marchandises, dit à Lamu Han :

« Surtout, tu n'oublies pas, au n° 9, au marché aux menuisiers, là-bas tu trouveras les prix les plus avantageux, on y vend des coffres en camphre et des coffres pour aller en mer. C'est moins cher et mieux que partout ailleurs ! »

Le Noir était de plus en plus égaré ; il regarda autour de lui dans toutes les directions et prononça des propos incohérents qui se perdirent en un sanglotement.

---

1. Les Hollandais ou les Anglais.

« Eminence, dit le Vieux Tom en élevant le ton. L'étranger nous voue une telle reconnaissance pour les bienfaits dont il a bénéficié depuis qu'il a abordé sur nos côtes qu'il ne sait comment l'exprimer. C'est une chose dont peuvent témoigner tous les diables étrangers réunis ici aujourd'hui. » (Puis, se tournant, l'air satisfait, vers un des étrangers présents, il lui demanda : « Vous avez vu comme je l'ai joliment embobiné ? — Oui, répondit l'étranger. Tu as berné ce vieillard comme si c'était un gros crétin ! »)

« Dis-lui, ordonna le mandarin, que la gloire de notre empire éclaire le monde. L'aide que nous lui avons procurée dans la détresse prouve notre bienveillance infinie et peut servir d'exemple à tous les pays du monde. Dis-lui qu'à son retour chez lui, il mette en garde les maîtres de son pays afin de les inciter de tout cœur à se civiliser. C'est la seule façon de faire ! »

A-Fu continua à s'adresser au prévenu qui commençait à désespérer :

« Le dîner est prêt. Au n° 9, il y a des miroirs, il ne faut pas… »

Personne ne comprit un mot aux paroles qu'il ajouta. Le marin indien se mit à nouveau à vociférer, cette fois en malais :

« Ce type est un idiot, monsieur, qu'est-ce qu'il raconte ? »

Le Vieux Tom traduisit alors :

« Eminence, l'étranger dit qu'il a été très attentif à ce que vous avez dit et qu'il fera tout son possible pour obéir à vos ordres. » (Puis il se tourna à nouveau et adressa un sourire rusé à son ami étranger, disant calmement : « Vous saviez que j'étais aussi intelligent ? »)

Le magistrat de Canton dit alors :

« Monsieur le secrétaire-interprète, vos connaissances sont véritablement immenses, elles sortent de l'ordinaire. Je regrette seulement de ne pouvoir vous adresser les remerciements que vous méritez. »

Il se leva alors de son siège, faisant comprendre que l'interrogatoire était terminé.

(Bits of Old China.)

V

Au 26e caractère de l'article 囗 (*wei*) du tome VI du *Shuo Wen Jie Zi*[1], on lit :

囮 *(e) signifie* 譯 *(leurrer). Il vient de* 囗 *et se prononce* 化 *(e) (auj. hua). Leurrer comme pour capturer un oiseau vivant se dit* 囮 *et se prononce comme* 訛 *(e) (faux, trompeur).*

D'après cette définition, on voit que le caractère 譯[2] signifiait à l'origine « leurrer comme pour capturer un oiseau vivant ». Pour attraper les oiseaux, les hommes tendent un filet, où ils placent un oiseau dressé, lequel par ses pépiements mélodieux attire des bandes d'oiseaux naïfs et innocents qui viennent s'y jeter. C'est ce qu'on appelle 囮 (*e*, leurrer). Dans l'édition révisée du *Xinhua zidian (Dictionnaire de la Chine nouvelle)* de 1971, le caractère 囮 *(e)* a pour définition : « Leurre servant à capturer les oiseaux ». L'oiseau servant à séduire ses congénères s'appelait autrefois l'« appeau à oiseaux ».

Ce passage exige évidemment quelque développement. Quand la personne qui attrape les oiseaux ramasse son filet, elle saisit un à un les volatiles pris au piège et les loge dans un sac. Si l'on est soi-même l'un de ces oiseaux idiots, on prend alors conscience qu'on a été dupé, et dans le sac va s'ouvrir un « débat qui se conclura par ces quelques remarques désabusées entre

1. *Dictionnaire étymologique des caractères*, premier grand dictionnaire compilé en Chine, vers l'an 100 de notre ère.

2. Prononcé « yi », ce caractère signifie aujourd'hui « traduire ».

oiseaux » : si l'on est capturé par l'homme, c'est qu'on n'a pas eu de chance, rien de plus, l'homme n'est qu'une grosse bestiole mangeuse d'oiseaux, un congénère qui essaie en vain de se faire pousser des plumes sur le corps, qui en est furieux, vexé…

Ayant perdu leur ancienne vertu,
ils sont devenus des alliés.
Postés dans les herbes,
ils ont ordre d'attirer leurs congénères

Yuan Zhen[1] a écrit ce poème intitulé *L'appeau à faisane,* où il exprime les sentiments des oiseaux bernés. Son ami Bai Juyi, poète lui aussi, disait les choses ouvertement, aussi dans un de ses poèmes conjoints écrivait-il carrément : *Serait-il possible que seuls les oiseaux soient ainsi, ou bien les hommes font-ils la même chose ?*

Bien que je ne sois pas une « vieille femme[2] », je comprends ce qu'il veut dire. Pour lui, ce ne sont pas seulement les oiseaux qui sont idiots, les hommes peuvent le devenir aussi – au point d'aider celui qui vient de les vendre à compter l'argent que cela lui a rapporté – s'ils ont eu le malheur de tomber sur un interprète officiel.

A propos d'interprète officiel, nous savons à quoi il doit ressembler : bottes de cheval, culotte de cheval, chemise blanche, parabellum en bandoulière, casquette militaire sur la tête. Bien sûr, nous n'avons jamais eu affaire à lui, car nous n'avons pas eu l'occasion de connaître l'armée impériale japonaise. Mais l'interprète officiel reste enfoui sournoisement dans notre imagination d'enfant – pour parler sérieusement, il constitue un

1. Poète, prosateur et homme politique d'époque Tang (779-831).

2. Le poète Bai Juyi avait l'habitude de faire lire ses poèmes par des vieilles femmes pour s'assurer qu'ils étaient compréhensibles.

vide volontaire de notre imagination enfantine. Nous savions tous où il se trouvait, mais nous préférions jouer le rôle de chef d'escouade de ces diables japonais ; personne n'avait envie de jouer celui de l'interprète. Dans les batailles virtuelles que se livraient les enfants des années 1970, il n'y avait en gros que les diables et la 8e armée[1], les démons et les héros, les bons et les méchants, un point c'est tout, sans la moindre ambiguïté. Quant à l'interprète officiel, c'était justement le rôle ambigu ; sans être carrément méchant, il ressemblait à la tenue ni chair ni poisson qu'il avait sur le dos. C'était une copie du méchant, l'ombre du méchant, qui en outre se balançait en se contorsionnant, rendant sa méchanceté fragile et comique. C'est pourquoi cet homme non seulement nuisait aux bons mais il nuisait aussi aux méchants. C'était un mélange frelaté transformant le monde clair et pur en une substance indéfinissable.

Cela explique pourquoi la farce qui se produisit à Canton en 1837 est devenue un classique, dont les éléments constitutifs allaient se reproduire à l'infini. Le Vieux Tom et A-Shu deviendraient le modèle du « mandarin-interprète » ; ils découvriraient que la rencontre entre deux langues était le choc de deux « réalités » impossibles à fusionner, c'était un dialogue de sourds. Seuls eux deux pouvaient amener les deux parties sur un même plan de réalité. Mais ô combien ils étaient « intelligents » ! C'étaient des comiques de génie, ils adoraient leur art, ils étaient familiers de l'opéra de Pékin classique *A la croisée des chemins*[2], ils devaient allumer des bougies pour deux hommes qui se

1. 8e armée de route, nom donné à l'Armée rouge lors de l'alliance communistes-nationalistes pendant la guerre de résistance antijaponaise (1936-1945).

2. Récit d'un quiproquo, où figure un combat dans le noir entre les deux héros et un aubergiste.

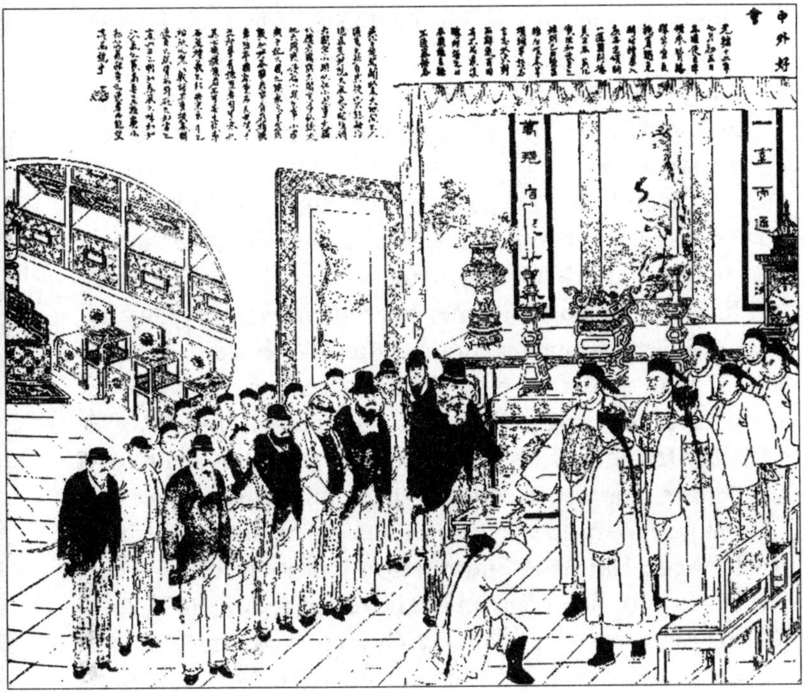

Alliance entre Chinois et étrangers.

rencontraient dans l'obscurité, mais non, ils voyaient, ils observaient tout en jouant la comédie, ils voyaient A et B tâtonner, s'esquiver dans le noir, ils étaient à deux doigts de se tordre de rire, ils ne pouvaient s'empêcher de fanfaronner devant les spectateurs voisins : « Vous avez vu comment je l'ai roulé dans la farine ? »

Le souci des anciens n'était donc pas un souci inutile ; « traduire » était probablement aussi « trahir » et « leurrer ». Très souvent, A et B avaient des appréhensions et des peurs qui flottaient dans leur esprit : ce troisième larron ne serait-il pas un « appeau » ? Sa voix fluide ne cachait-elle pas un piège ? On avait parfois l'impression que le modeste « interprète » qui se tenait à côté de nous tentait de toutes ses forces de rapetisser, au point de n'être plus qu'une langue fonctionnant parfaitement.

Quand au XVIe siècle la Chine et l'Occident moderne se rencontrèrent pour la première fois, l'interprète fut appelé une « langue[1] ». C'est-à-dire que nous lui livrâmes notre langue, et en même temps nous lui remîmes nos oreilles, nous étions obligés de passer par lui pour parler et pour écouter. Sauf erreur de notre part, cet homme détint dès lors un pouvoir insidieux, il allait trahir avec modestie les deux parties, il allait s'exprimer pour son compte, faire les demandes et les réponses dans le silence où nous étions maintenus, tels le Vieux Tom et A-Shu qui non seulement trompèrent le marin indien, mais en même temps transformèrent le magistrat en un « idiot ». L'éminent magistrat savait-il qu'il était un idiot ? Bien sûr que oui. Moi je le sais, quand ce type que les diables étrangers appelaient le « Vieux Tom » prononçait des paroles d'être humain et des paroles de diable avec sa voix de canard éraillée par la fumée d'opium, il n'avait certainement pas l'air si sincère et honnête, mais à quoi bon s'en préoccuper ? Du moment qu'il disait ce que nous avions envie d'entendre, du moment qu'il garantissait que le monde restait toujours le même…

VI

Des années plus tard, à Nice, Hunter rédigea cette histoire. Encore des années après, elle a été citée par moi ici. Cette histoire qui parle de traduction fut

1. Celle qu'on a dans la bouche.

elle-même traduite à plusieurs reprises. Dans la situation de départ, les traducteurs étaient le Vieux Tom et A-Shu. Puis Hunter décrivit dans un anglais limpide cette scène confuse où s'entremêlaient le chinois (comprenant très probablement du mandarin et du cantonais), de l'anglais du Guangdong, du bengali, du cinghalais, du malais et on ne sait quel autre langage. En 1992, *Bits of Old China* fut à nouveau traduit en chinois, ce qui nous permit d'apprécier la difficulté particulière à laquelle font face les traducteurs lorsqu'ils tentent de rétablir les dialogues en chinois – « Monsieur le secrétaire-interprète, vos connaissances sont véritablement immenses, elles sortent de l'ordinaire. Je regrette seulement de ne pouvoir vous adresser les remerciements que vous méritez » – c'est ce qu'a écrit un homme moderne, ce n'est certainement pas ce que l'homme a dit autrefois. Au XIXe siècle, le magistrat n'était jamais allé dans la lointaine Europe ; à la fin du XXe siècle, quand il rentra dans son pays natal, il avait oublié ce qu'il avait pu dire à l'époque. Sa voix, le son du chinois ancien s'étaient évaporés au cours de la centaine d'années écoulées.

En réalité, pendant l'interrogatoire au tribunal, à part le Vieux Tom et A-Shu, il y avait un troisième interprète, Hunter, qui comprenait sans doute en gros ce qui se disait et qui le traduisit ensuite pour les gens qui n'étaient pas présents. Si au tribunal se jouait *A la croisée des chemins*, Hunter était le seul spectateur capable d'entendre et de voir ce qui se passait ; sur la scène, les quêtes et les tromperies, les propos imaginés et les fausses impressions s'étalaient largement sous ses yeux. Tout comme les spectateurs perspicaces saisissent l'intrigue avec plus de précision et de réalisme que les personnages de la pièce, Hunter appréhendait une réalité plus large que n'importe lequel des protagonistes présents.

Qu'est-ce que la « réalité » ? Pour le magistrat, la « réalité », c'était interroger un diable étranger d'origine inconnue ; sachant tout désormais, il pouvait accomplir pleinement son devoir. Quant à la « réalité » du Vieux Tom et d'A-Shu, elle consistait à prouver au magistrat le niveau de leur qualification en tant qu'interprètes, et pour A-Shu de profiter de l'occasion pour faire la promotion de ses coffres en camphre. Quant au marin indien, sa « réalité » était un cauchemar.

Hunter saisit au premier coup d'œil la « réalité » de chaque personne, car il peut observer chacune. A ce moment, la vérité du monde était entre les mains de ce « diable étranger », qui possédait un pouvoir dépassant celui de tous les personnages présents.

Hunter comprenait le chinois, c'était la source de son pouvoir. C'était d'ailleurs la raison pour laquelle, afin de s'assurer que notre vérité n'était pas espionnée, la loi de l'empire céleste empêchait les « diables étrangers » d'étudier le chinois. En 1792, lorsque l'Angleterre envoya en Chine la célèbre ambassade de Macartney, cette question du blocage linguistique réclama une prompte solution entre les deux pays :

Toutes les plaintes et accusations formulées par les Anglais étaient considérées comme des querelles déraisonnables et dénuées de fondement. Pour empêcher efficacement ce genre de dépôt de plainte, les fonctionnaires chinois punissaient souvent les Chinois qui traduisaient ces plaintes en chinois pour les Anglais. Naturellement, la minorité d'Anglais qui comprenaient le chinois intervenaient souvent pour leurs compatriotes qui voulaient porter plainte, et ils devinrent pour cette raison des interlocuteurs extrêmement détestés par la Chine. A force, les Anglais n'eurent plus envie d'apprendre le chinois. En même temps, on considérait que les Chinois recrutés pour enseigner le chinois exerçaient un métier dangereux, ce qui limitait aussi les occasions d'étudier le chinois pour les Anglais.

(Staunton, *An Authentic Account of an Embassy from the King of Great Britain to the Emperor of China.*)

C'est ainsi que George Staunton, le vice-ambassadeur de Macartney, décrivit la ligne de défense linguistique de l'empire céleste. Aussi, lorsque l'ambassade embarqua à Portsmouth et mit le cap sur cet empire silencieux refermé sur lui-même, ses membres ignoraient encore comment ils communiqueraient avec leurs interlocuteurs :

Dans toute l'Angleterre, il n'y avait pas une seule personne qui comprît le chinois. (...) Un petit nombre de gens du cru habitant Canton comprenaient un peu de portugais ou d'anglais, mais leur connaissance de ces langues étrangères permettait seulement aux marchands étrangers de traduire les quelques notions nécessaires aux échanges commerciaux. Ils avaient le plus grand mal à mener une conversation quelconque sur d'autres sujets. En outre, à Pékin, personne ne comprenait le dialecte de Canton.

(Staunton, *op. cit.*)

Même si l'on trouvait des « gens du cru » à la hauteur de leur fonction, ils n'avaient certainement pas envie de se faire couper la tête. Pour résoudre ce problème, les secrétaires de l'ambassade cherchèrent partout en France et en Italie et finirent par découvrir deux Chinois à Naples, où se trouvait un « Institut chinois » qui formait des Chinois ramenés en Europe par les missionnaires, afin que de retour chez eux ils pussent « sauver l'âme du peuple de leur pays ». En réalité, la mission de cette ambassade n'était pas de « sauver des âmes » mais de vendre des tissus de laine, des horloges et des montres, et de l'opium ; les responsables de l'Institut chinois ne pouvaient guère avoir de doutes. Heureusement, le ministre plénipotentiaire britannique à Naples, William Rowan Hamilton [1], avait été un des soutiens financiers de l'institut et le pouvoir de conviction de ce genre de personnage est toujours assez puissant ; c'est ainsi que deux étudiants chinois – le père Li et le père Zhu – devinrent les interprètes de l'ambassade britannique.

Pendant que Hamilton s'occupait des affaires de son pays, sa belle épouse évoluait dans la haute société de Naples. Quelques années plus tard, alors que *sous les rouges branches d'abricotier les sentiments amoureux font tapage*[2], elle vécut une passion classique avec Nelson, l'amiral commandant la flotte impériale britannique – je revois Vivian Leigh et Laurence Olivier, main dans la main se regardant, la gorge serrée, sans prononcer une parole, dans *Lady Hamilton*[3], film en noir et blanc de 1941… Aujourd'hui, l'arrière-plan comprendrait des détails plus grandioses. Dans la bataille navale décisive qu'il lança en 1798 à l'embouchure du Nil, l'amiral Nelson détruisit le rêve d'« Orient » de Napoléon ; ce dernier prononça par la suite cette phrase devenue célèbre : « Laissons donc la Chine dormir, car lorsque la Chine s'éveillera, le monde entier tremblera. »

Cette phrase ne s'adressait pas du tout aux Chinois, mais ceux-ci l'imprimèrent dans leur mémoire ; elle souleva un souffle prodigieux en devenant l'incantation du réveil du nationalisme chinois après que le rêve colonial eut été détruit. L'« alarme qui réveille le monde », le « brusque regard en arrière », le « rugissement du lion », toutes ces images mentales qui à la fin du XXe siècle et au début du XXIe siècle enflammèrent l'âme

---

1. W. R. Hamilton, mathématicien, physicien et astronome irlandais (1805-1865).

2. Vers célèbre d'un poème de Song Qi (998-1061).

3. Film d'Alexander Korda.

des Chinois ont toutes été inspirées par l'empereur français. Or à ce moment-là, Hamilton cherchait le moyen de « réveiller » la Chine, et sa future rivale et lui devenaient des partenaires tacites associés dans un autre type de situation cachée…

Il y eut cependant encore un tout petit problème : les deux prêtres Li et Zhu ne comprenaient pas l'anglais. Elèves du séminaire de Naples, ils ne comprenaient que le latin et l'italien, aussi lorsque les deux empires britannique et chinois se rencontrèrent et que le dialogue se déroula en latin et en chinois, cela rendit évidemment les Anglais moroses, d'autant plus que cette situation indiquait de manière subtile que la route menant en Orient devrait forcément passer par le Vatican. En effet, depuis plusieurs siècles, par l'intermédiaire des missionnaires, la curie de Rome monopolisait la voie des échanges entre l'Orient et l'Occident.

C'est pourquoi, dans la configuration politico-linguistique de 1792, les Anglais n'obtinrent pas du tout l'avantage ; il leur faudrait encore parcourir une longue route avant que le son de la langue anglaise ne recouvrît la planète entière. A l'époque, leur vision macroscopique venait juste d'approcher Macao ; l'immense empire mystérieux continuait de dormir paisiblement en un lieu extrême battu par les flots. C'est alors que certains commencèrent à s'inquiéter.

Un des interprètes eut envie de se retirer de la délégation. Mais en vertu de la loi chinoise, quitter le pays sans raison à titre privé afin de servir un pays étranger étant passible d'un châtiment, il se mit à avoir peur. A l'inverse, l'attitude de l'autre interprète chinois, bien que dans la même situation, fut d'une extrême fermeté. (…) Il était persuadé que même si l'on découvrait qu'il était chinois, l'ambassadeur extraordinaire déploierait tous ses efforts pour lui venir en aide. Etant né dans une région tatare annexée par la Chine, son visage n'était pas tout à fait semblable à celui des Chinois de souche. Il était vêtu d'un uniforme de l'armée anglaise, portait un sabre au côté et avait remplacé son nom chinois par un nom anglais. (...) Préparé à toute éventualité, il ne modifia pas son intention première.

(Staunton, *op. cit.*)

Le résultat fut le suivant : Zhu resta à Macao tandis que Li devenait un « fonctionnaire-interprète » qui par la suite nous devint très familier. Il portait le costume de la partie adverse et l'on ignore s'il se faisait appeler Tom ou John. Il vaut la peine de souligner qu'en tant qu'employé de la délégation britannique, le salaire annuel de Li s'élevait à cent cinquante livres sterling, ce qui représentait à l'époque une somme colossale.

Dans les notes de la partie anglaise, Li demeura « Li ». Le fils de Staunton, le petit Staunton, apprit le chinois avec lui et, se fondant sur le sens du caractère « Li », il l'appelait Monsieur Prune. Dans les notes de la partie chinoise, on ne fait pas mention de cette personne ; à l'évidence, les autorités mandarinales ne découvrirent pas qui était ce « Barbare » insignifiant et nous ne saurons donc jamais qui il était en vérité. Etait-ce un Mandchou ? Appartenait-il à l'une des huit bannières[1] de l'armée chinoise ? Ce que nous en savons se limite à ce qui précède ; cet anonyme a disparu sans bruit dans l'immensité obscure qui séparait les deux mondes.

Mais à l'époque, Li fut un « appeau » secret, devenu l'« allié » de son maître, il avait ordre « d'attirer ses congénères ».

1. Divisions instaurées par le pouvoir mandchou qui régnait alors en Chine.

VII

A Pékin, Macartney se trouva confronté à un problème imprévu, dont dépendait la réussite ou l'échec de sa mission : comme les autres ministres plénipotentiaires, il était obligé de se prosterner à genoux, le front contre terre, devant l'empereur. C'est alors que se produisit le « choc » : Macartney refusa de se prosterner. Pour l'empire, son attitude était incompréhensible : si ce genre de « Barbare » avait parcouru des milliers de lieues, n'était-ce pas justement pour venir s'agenouiller trois fois et se prosterner neuf fois devant l'empereur ?

En 1817, l'empereur Jiaqing fit savoir par décret impérial qu'il avait vu de ses propres yeux Macartney se prosterner devant le précédent empereur, alors que les rapports officiels britanniques et les souvenirs personnels des membres de la délégation certifiaient unanimement que lui et ses collègues ne s'étaient jamais prosternés. Les Anglais ne pouvaient évidemment pas à la fois s'être prosternés et ne s'être pas prosternés. Dans cette affaire, il y avait donc forcément quelqu'un qui mentait, et j'ai plutôt tendance à croire que le menteur c'était notre empereur. Un homme qui exige qu'on se prosterne devant lui a assez de facilité pour mentir, car de toute façon il n'y aura personne pour le démasquer. En fait, l'affaire atteignit le point où il était nécessaire que l'empereur jouât le rôle de témoin oculaire, preuve justement que l'Anglais ne s'était pas prosterné, car si les Anglais ne se prosternaient pas, l'empereur ne pouvait plus s'appeler « empereur ». Se prosterner devant l'empereur coulait de source, c'était comme s'habiller au saut du lit, manger quand on a faim. Que pouvaient bien penser les témoins en apprenant que, contre toute attente, quelqu'un ne se prosternait pas devant l'empereur ? Si j'avais été l'empereur, j'aurais été morose, et après un moment d'abattement, j'aurais dit que j'avais vu de mes propres yeux les « Barbares » s'incliner devant le trône ; j'aurais ainsi pu continuer à être moi-même et l'empereur serait resté l'empereur. La logique qui préside à tout cela est la suivante : comme ils s'étaient prosternés, je continuais à être empereur ; comme je suis l'empereur, vous êtes obligés de me croire : ils se sont bel et bien prosternés. Que pouvons-nous ajouter à cela ? Nous ne pouvons que lever les fesses, mettre le front contre terre et dire : « Sa Majesté l'empereur est saint et lumineux ! »

Cependant, même si nous écrivons l'histoire en nous fondant sur les paroles de l'empereur, nos souvenirs nous jouent immanquablement des tours, ils risquent de se déguiser et de se cacher entre les lignes des livres d'histoire…

Le 1er septembre 1839 éclata la guerre de l'Opium ; dans un mémoire adressé au trône analysant la situation de l'ennemi face à nous, Lin Zexu affirmait catégoriquement :

A part leurs fusils et leurs canons, les soldats barbares qui attaquent à pied en se battant à l'arme blanche ne sont guère expérimentés et ont les jambes et les pieds bandés très serré, si bien qu'ils ont du mal à se baisser. S'ils viennent à terre, ils seront encore plus gênés, si bien que leur force n'est en aucune façon impossible à soumettre.

Le 7 août de l'année suivante, la ville de Dinghai, au Zhejiang, tombait aux mains de l'ennemi ; Lin Zexu qui avait alors été démis de ses fonctions se présenta à l'empereur pour offrir ses conseils, déclarant que les soldats anglais « tombés à terre ne pouvaient se relever » – parce qu'ils avaient des jambes droites qui ne se pliaient pas.

Un historien du nom de Mao Haijian[1] écrit à ce sujet en petits caractères circonspects :

Lin Zexu avait vu personnellement des étrangers, il avait en outre passé en revue des soldats portugais. Les « jambes et les pieds bandés » décrivent peut-être les pantalons serrés et les bandes molletières. « Ils ont du mal à se baisser » signifie peut-être que les soldats portugais levaient la jambe en l'air, c'est-à-dire marchaient au prétendu « pas de l'oie », ce qui causa le malentendu. A cela s'ajoute le fait que les étrangers refusaient de s'agenouiller pour saluer, répandant dans la population l'idée qu'ils avaient des problèmes à l'articulation du genou. Peut-être cela explique-t-il la déclaration catégorique de Lin Zexu.
(*L'Effondrement de la dynastie céleste.*)

Bien sûr que cela l'explique. Nous observâmes affolés leur refus de s'agenouiller ou bien leur manière de s'agenouiller d'une seule et unique jambe et nous affirmâmes catégoriquement qu'ils avaient certainement des problèmes de genoux. Ensuite, l'empereur affirma que Macartney s'était agenouillé, et nous ne nous souvînmes plus que lui et sa suite ne s'étaient pas agenouillés, mais lorsque nous retouchâmes nos souvenirs par obéissance aux ordres impériaux, cet effet des genoux fut malencontreusement omis. Il resta là, tel un débris à la dérive, jusqu'à ce qu'il trouve un nouveau contexte : au moment où les soldats barbares nous honorèrent de leur visite, nous n'avions besoin que d'une canne de bambou pour les faire culbuter, car…

Dans une certaine mesure, ce dont nous nous souvenions n'était pas faux. D'après les souvenirs des membres de la délégation, pendant son séjour en Chine, Macartney avait souvent été tracassé par de

1. Né en 1954, professeur à l'université de Pékin, auteur de *Tianchao de bengkui* (*L'Effondrement de la dynastie céleste*).

graves douleurs rhumatismales, au point qu'il avait parfois du mal à bouger, mais à ce moment-là ses genoux n'étaient pas encore malades. En se creusant la tête, iI trouva le moyen de sortir de l'impasse diplomatique où il se trouvait, il allait seulement avoir besoin de l'aide du traducteur « Li ».

VIII

Résumé du *Mémoire adressé par l'envoyé spécial de Sa Majesté le roi d'Angleterre au vice-premier ministre He*[1] :

(...) pour éviter tout manquement à l'étiquette et manifester le plus grand respect de l'un de plus lointains et des plus grands pays du monde à l'égard de Sa respectée Majesté le grandiose Empereur, le présent envoyé s'apprête à exécuter tous les saluts effectués par les sujets de votre pays ainsi que les seigneurs dudit pays lorsqu'ils sont reçus par Sa Majesté l'Empereur de votre pays. Le présent envoyé est prêt à se conformer comme suit aux conditions énumérées ci-dessous : l'Empereur de votre pays enverra un haut fonctionnaire de rang et de qualité semblables au présent envoyé qui, vêtu des habits de cour, exécutera devant le portrait de sa Majesté le roi d'Angleterre le même salut que celui exécuté par le présent envoyé devant l'Empereur de votre pays. (...)

Je m'agenouille devant toi et tu t'agenouilles devant moi : tel était l'échange imaginé par Macartney, où chacun ne devrait rien à l'autre ; mais aux yeux de la dynastie, il s'agissait d'une extravagance totalement incompréhensible. S'agenouiller était l'expression d'une attitude de soumission absolue. Comment une

1. He Shen (1746-1799), haut fonctionnaire de la dynastie mandchoue.

soumission absolue pouvait-elle faire l'objet d'un échange réciproque ? Aussi lorsque ce mémoire fut présenté au « vice-premier ministre He », était-il déjà certain qu'il serait oublié par le célèbre sieur He Shen. Dans les annales de la dynastie, on ne trouve pas un mot de ce texte qui, après réception, avait été rapidement restitué à la délégation.

Ce que nous lisons actuellement n'est donc que la traduction de Ye Duyi, exécutée à partir des Mémoires du vice-ministre plénipotentiaire Staunton. Grâce à un traducteur moderne, ce mémoire est passé de l'anglais au chinois ; même si l'écriture est élégante, elle possède tous les éléments essentiels du style des documents diplomatiques qui nous sont familiers. Evitant de heurter tout en étant exact, l'ensemble du texte se garde d'employer les mots « saluer à genoux » ; l'expression a été soigneusement écartée tout en étant décrite avec une indéniable précision.

Mais au lointain mois d'août 1793, ce que lut M. He Shen n'était pas cette traduction ; entre Macartney et M. He, entre l'Angleterre et la Chine, cette lettre subit, par des tours et des détours, plusieurs traductions, plusieurs réécritures, dues à H. C. Hiittner, membre de la délégation, au traducteur Li, catholique chinois, et au fils de M. Staunton, jeune page en formation auprès de Macartney, appelé le petit Staunton.

D'après les souvenirs de Staunton, « la procédure fut extrêmement pénible » :

Le texte original en anglais était d'abord traduit en latin par M. Hiittner, car le traducteur chinois de la délégation ne comprenait que cette langue et non l'anglais ; ensuite ce traducteur traduisait oralement le texte latin en chinois pour cet homme venu nous prêter main-forte ; ce dernier couchait le texte par écrit en observant le style bureaucratique chinois ; pour finir, le gamin le recopiait pour lui donner la forme d'une lettre officielle.

(Staunton, *An Authentic Account of an Embassy from the King of Great Britain to the Emperor of China.*)

L'« homme venu prêter main-forte » était un catholique chinois présenté par les missionnaires vivant à Pékin. « Cet homme traduisait souvent des textes chinois pour les missionnaires. Au point de vue de la technique de l'écriture, il était à la hauteur de sa charge. Mais les Chinois avaient toujours peur de se mêler des affaires de l'Etat, lui-même craignait surtout que l'ambassadeur extraordinaire [chinois] ne reconnût son écriture, provoquant une catastrophe. » Aussi son brouillon de traduction devait-il être recopié par le petit Staunton puis l'original déchiré en tout petits morceaux devant lui.

Ils possédaient désormais deux « appeaux », Li et ce catholique sans nom ni prénom. Les deux anonymes ressentaient une crainte énorme, tout en éprouvant aussi la joie cachée des amoureux clandestins qui traversent secrètement l'obscurité de l'histoire. Ils ressemblaient plus encore à deux taupes avançant de concert, les Anglais n'ayant jamais réussi à comprendre exactement lequel des deux avait besoin de l'« aide » de l'autre. Staunton considérait que Li n'était « pas familier de la forme littéraire des textes administratifs chinois », il fallait donc que quelqu'un opérât un formatage ; il n'avait absolument pas prévu que Li aurait aussi besoin d'un traducteur, qui traduisît le chinois parlé en chinois écrit. Or en 1793, l'écart entre les deux langues était plus grand que celui qui séparait l'anglais du chinois.

De nombreuses années plus tard, grâce à une série télévisée, le visage de M. He Shen devint familier à des centaines de millions de Chinois ; nous nous habituâmes à sa tête, à ses yeux, à son nez et sa bouche toute en rondeur. Quand il décacheta l'enveloppe et vit le mémoire qu'elle contenait, nous entendîmes clairement son rire, « hi-hi », et nous vîmes son corps tout entier saisi de tremblements, comme si un souffle d'air l'agitait de l'intérieur. Finalement, ne pouvant plus se retenir, il partit d'un grand rire, laissant voir dans sa bouche béante une dent gâtée toute noire. Le rire s'atténua peu à peu, M. He resta paralysé sur sa chaise, comme s'il venait de vomir, des larmes aux coins des yeux, son ventre se soulevant et s'abaissant alternativement.

Oui, M. He n'avait jamais vu un texte officiel pareil, les caractères écrits de travers, vacillants comme la marche d'un crabe, issus de la main d'un gamin de douze ans qui avait commencé à apprendre le chinois à l'occasion de la venue en Chine de l'ambassade, à peine un an plus tôt.

IX

Le 7 avril 1840, à la Chambre des communes britannique, une voix résonnait dans la grande salle obscure ; tous les présents, ces hommes qui débattaient, à la fois excités et épuisés, partagés entre le profit et la justice, écoutaient attentivement :

Bien sûr, avant de commencer à faire couler le sang, nous pourrons proposer à la Chine d'engager des négociations. Mais je connais bien le caractère de cette nation, je connais bien le caractère de la classe qui dirige autoritairement cette nation, et je puis affirmer ceci : si nous désirons obtenir un quelconque résultat, tout en menant des négociations, nous devons faire étalage de notre puissance militaire.

Cette voix possédait une indéniable autorité ; le comte Thomas Staunton avait suivi successivement en Chine la délégation de Macartney et celle d'Amherst[1]. Son père avait été l'ambassadeur adjoint de la délégation de Macartney. Depuis 1798, alors qu'il avait dix-sept ans, il avait résidé en permanence à Canton en tant qu'employé de la Compagnie des Indes orientales, jusqu'en 1816. Personne ne connaissait mieux la Chine que le comte Staunton ; il avait consacré dix ans à traduire le *Code des Qing*, c'était peut-être le premier ouvrage chinois traduit directement en anglais. En 1810, le *Code des Qing* parut dans sa version anglaise. La même année, un professeur écrivait à Staunton : « Vous avez une riche expérience et vous avez mené un nombre incalculable de combats, vous connaissez donc parfaitement les diverses intrigues du mandarinat chinois, pour eux vous êtes un adversaire redoutable. »

Un adversaire redoutable, certes. Staunton avait en effet un puissant pouvoir de conviction. La motion en faveur de la guerre fut adoptée par la Chambre des communes à une faible majorité de cinq voix. De sa place, Staunton évoqua la lointaine ville appelée Canton, où il avait passé dix-huit ans de sa jeunesse. La ville allait trembler sous le feu des canons. Staunton éprouva un plaisir violent, comme s'il avait été frappé par un courant électrique.

Peut-être est-ce seulement à ce moment-là qu'en tant qu'« appeau » Li accomplit véritablement sa mission. Plus de quarante ans auparavant, sur la passerelle de la canonnière *Lion*, « Monsieur Prune » enseignait le chinois à un gamin anglais de onze ans. Le petit Staunton se souvenait de son visage banal et doux ; il se souvenait de sa voix grave. Il entendait aussi dans l'air les cris des puffins, comme s'il se souvenait

1. William Pitt Amherst (1773-1857).

du parc de rêve de Chine du Nord, où la main d'un grand empereur lui caressait légèrement la tête, une main dure et douce comme le jade. Le petit Staunton avait grandi. En quarante ans et quelques, il avait traversé les territoires silencieux de cet empire mystérieux coupé du monde, protégé, comme s'il avait traversé l'océan Atlantique, l'océan Indien et l'océan Pacifique, en suivant cette voix du tout début, la voix de Li, fragile, flottante, telle une luciole dans la nuit obscure infinie. Il avançait en chancelant. Peu à peu apparaissaient les contours des objets surgis de l'obscurité, de plus en plus distincts. Ce monde semblait s'être ouvert devant lui, il était devenu le premier Anglais possédant à fond le chinois…

Après « le premier », des inconnus s'approchèrent l'un derrière l'autre, se tinrent debout à côté de nous et tendirent l'oreille.

En 1825, neuf ans après que Staunton eut quitté la Chine, un jeune Américain du nom de Hunter arriva à Canton et fut ensuite envoyé par une firme étrangère à l'« Anglo-Chinese College » de Malacca, une école de langues où l'on enseignait le chinois. Il y apprit le mandarin – la chose peut paraître comique, mais pour un étranger, c'était seulement en un lieu situé à cinq cents kilomètres de Canton qu'on pouvait apprendre à parler avec les habitants de cette ville.

Des années plus tard, Hunter se rappela un de ses condisciples de l'institut anglo-chinois : un Néerlandais du nom de Moore ; il y avait aussi un « grand Chinois au visage grêlé de petite vérole » venu de l'île de Penang.

Il y avait étudié dans une école catholique romaine (…) Peu après il devint évident que ce n'était pas un individu ordinaire. Il connaissait parfaitement le latin et tous nos professeurs de chinois s'accordaient à dire qu'ils étaient frappés par son extraordinaire maîtrise du chinois. Il s'appelait Shaow-Tih[1], *était sichuanais et devait avoir vingt-cinq ans environ. Il parlait un mandarin vigoureux. Il était très utile à l'imprimerie chinoise de l'institut, car il écrivait très bien et pouvait copier les manuscrits à reproduire. Il agissait de manière prompte et énergique. Il avait de petits yeux perçants et scrutateurs. Pendant les seize mois que je passai à l'institut avec Moore et Shaow-Tih, ce dernier se consacra à l'anglais, non pas en y goûtant du bout des lèvres mais en l'étudiant à fond. Lorsque je quittai l'endroit pour regagner Canton, il avait fait des progrès surprenants. (…)*

Il venait souvent se promener ou monter à poney avec Moore et moi. Quand il montait à cheval, il avait l'air particulièrement maladroit. Mais ce qui était pénible, c'est qu'il était toujours en train de réfléchir à quelque chose.

(Bits of Old China.)

Par la suite, *The Canton Register* du 3 octobre 1829 publia l'annonce suivante :

A la demande du gouverneur Li, notre directeur général a retrouvé un jeune homme originaire du Sichuan qui a naguère étudié à l'Institut catholique de Penang puis à l'Ecole supérieure anglo-chinoise de Malacca. Le gouvernement de Pékin ayant diffusé des documents en latin provenant de Russie dont il avait déjà la traduction en chinois, s'en servait pour vérifier les capacités des étudiants. X. X. en avait traduit les grandes lignes en chinois. Il a ensuite été embauché pour un salaire mensuel de cent onces d'argent (environ trente livres sterling). D'après X. X., il s'agit du possible successeur du précédent empereur, mais c'est peut-être une simple plaisanterie. Ayant reçu la visite de Li Xunfu, il lui fit préparer un bateau et fournit aussi un drapeau officiel, afin de le raccompagner au palais impérial.

1. Transcription sino-malaise de caractères chinois inconnus.

Evidemment, X. X. n'était autre que Shaow-Tih. Il était désormais devenu interprète à la Cour des affaires tributaires[1]. L'omniprésent Hunter se rendit utile dans cette affaire ; c'est lui qui avait présenté son ancien condisciple à « notre directeur général ». Un étranger qui avait appris le chinois, un Chinois qui avait étudié l'anglais, c'était vraiment une amitié étrange et dangereuse.

X

C'est un livre mystérieux, rares sont ceux qui l'ont lu et il a depuis été oublié. Dans les immenses bibliothèques, il faut avoir feuilleté un nombre incalculable d'ouvrages avant de le trouver. Seuls quelques individus au visage flou, au tréfonds de temps obscurs, ont caressé sa lisse couverture en peau de mouton.

Hunter, Shaow-Tih et le petit Thomas Staunton furent sans doute les tout premiers lecteurs de ce livre. Ils avaient en effet certainement tous consulté le *Dictionary of Chinese Language – Huaying cidian*, qui était le premier dictionnaire chinois-anglais/anglais-chinois du monde.

En 1823, c'est-à-dire deux ans avant que Hunter ne vînt en Chine, cet ouvrage de six gros volumes de près de cinquante mille pages parut enfin en entier à Macao. Le rédacteur du dictionnaire, le Dr Robert Morrison[2], écrivit dans une lettre adressée à un ami :

C'est une compilation adressée au monde.

---

1. Organisme impérial chargé des relations avec les Mongols, les Turcs et les Tibétains.

2. Missionnaire protestant écossais (1782-1834), traducteur de la Bible en chinois.

Le Dr Morrison prononça certainement une phrase semblable. Si le monde est le livre de Dieu, les éditions de ce livre furent nombreuses. S'il n'y avait eu qu'une édition dans une seule langue, du fait du désordre linguistique régnant, le monde n'aurait pas pu le comprendre, ni le lire du début à la fin. Les deux éditions adressées au monde du *Dictionnaire chinois-anglais* firent l'objet de traductions réciproques de type encyclopédique ; ce fut la dénomination adoptée, les faits du monde de la langue chinoise avaient enfin un nom anglais, et les faits du monde de la langue anglaise avaient enfin un nom chinois.

Premier missionnaire protestant à venir en Chine, le Dr Morrison était très probablement plein d'un enthousiasme humaniste, il croyait avec ferveur à la possibilité de la traduction, il croyait ardemment que des nations différentes, des langues différentes pouvaient échanger et se comprendre pleinement. Lorsqu'un beau jour du début du XIXe siècle il se mit à compiler ce dictionnaire, ceux à qui il pensait n'étaient pas seulement les Chinois et les Anglais mais l'« humanité » ; l'humanité allait enfin réaliser une édition mondiale unifiée, et ce dictionnaire serait le brouillon de l'édition dont il rêvait.

D'après ce qu'on en sait, cette édition mondiale unifiée existe ; elle a vu le jour sur Internet, dans les salles de cinéma ou aux tables de négociation des grandes entreprises. La seule chose malcommode qui persiste, c'est que cette édition est écrite en anglais, c'est-à-dire que si l'on comprend l'anglais, on appartient à la *mankind* (l'humanité) et que si on ne le comprend pas, on reste un Chinois ou un Tanzanien. Quand Dieu créa le monde, il parlait hébreu[1], mais si

1. La langue de la Bible était en fait l'araméen.

nous revenions à l'époque antérieure à la tour de Babel et ne pouvions parler qu'anglais, cela serait quelque peu bizarre. En 1999, lorsque la société Microsoft lança le *Dictionnaire anglais mondial Encarta*[1], elle déclara : « L'anglais est actuellement la langue mondiale, elle appartient à tous ceux qui la parlent. » Anticipant l'avenir, Microsoft prévoyait qu'en 2050 plus de la moitié de la population de la planète – environ 4,2 milliards d'individus – aurait un niveau d'anglais « passable ». Peut-être suis-je vil mais, d'après moi, ce que sous-entend cette affaire, c'est que si nous devons emprunter la « route du futur[2] » tracée par Bill Gates, cela reviendra à dire : « *Sorry*, veuillez parler anglais. »

Parler couramment anglais signifiera donc devenir le peuple élu du « futur », ce futur est l'avenir de l'humanisme et du scientisme. Pour les Chinois du XXIe siècle, il possédera un pouvoir ne laissant aucune place au doute. Mais en 1825, à l'Ecole supérieure anglo-chinoise de Malacca, le jeune Chinois du nom de Shaow-Tih qui était en train de « réfléchir » avait certainement lu attentivement ce dictionnaire, car le compilateur de l'ouvrage était un des fondateurs de cette école. Shaow-Tih y vit-il l'« avenir » – notre langue, notre vie et notre monde re-rédigés dans une autre langue ? Ou bien appréhendait-il un danger imminent ?

Dans une certaine mesure, le *Dictionnaire chinois-anglais* fut une entreprise commune de Thomas Staunton et du Dr Morrison, car à l'époque Staunton étant justement le gérant de la Compagnie des Indes

---

1. Encyclopédie numérique créée par Microsoft en 1993 et abandonnée en 2009, faute de consultations, remplacée depuis par Wikipedia.

2. Formule calquée sur le titre du livre de Bill Gates, *The Road Ahead* (*La Route du futur*, Laffont, 1997).

orientales en poste à Canton, son aide et son soutien financier permirent de mener à bien ce vaste chantier. On pourrait dire que ce dictionnaire fut un investissement de la Compagnie des Indes orientales, pour lequel elle versa douze mille livres sterling – certains disent quinze mille livres sterling. En tout état de cause, cela représentait une somme colossale pour l'époque. Le motif qui présida à ce versement est facile à imaginer : un dictionnaire bilingue chinois-anglais pouvait servir à briser le rempart linguistique qui gênait le commerce avec la Chine. C'était en même temps le moyen d'opérer une mise en ordre systématique de la connaissance de l'immense marché chinois imaginaire, un exposé pour la première fois totalement « formaté ». C'était une cause humaniste splendide mais, dès le début, les entreprises humanistes furent aussi des entreprises capitalistes et colonialistes.

La position sociale de Morrison était elle-même multiple et ambiguë : sinologue jouissant d'une réputation mondiale, missionnaire et aussi traducteur officiel du gouvernement britannique et de la Compagnie des Indes orientales, Morrison arriva en Chine en 1817 et se mit à étudier le chinois. Il avait alors vingt-six ans. A ce qu'on raconte, chaque fois qu'il lui donnait un cours, le Chinois qui lui enseignait cette langue portait toujours sur lui une paire de souliers et un flacon de poison ; les chaussures étaient neuves. Si on lui demandait : « Que fais-tu ? », il répondait : « Je suis allé acheter des chaussures. » Car, bien sûr, s'il avait été arrêté par les autorités, il n'aurait pas eu d'autre choix que d'avaler le poison. En 1817, Morisson accompagna le comte Amherst à Pékin en tant qu'interprète. C'était la deuxième ambassade britannique après celle de Macartney. Encore plus malchanceuse, elle fut presque chassée de la capitale par l'empereur Jiaqing. L'empereur ayant « vu de ses propres yeux » Macartney se prosterner devant le précédent empereur, voulait savoir pourquoi les Anglais refusaient de le faire. Comme si l'on avait anticipé un doute concernant ce « déjà vu », l'ambassadeur adjoint était justement un autre témoin oculaire de l'époque en la personne du petit Thomas Staunton.

XI

A bord du *Melville,* vaisseau amiral de la flotte britannique, John Robert Morrison[1] examina pour la dernière fois la traduction chinoise du document du ministre des Affaires étrangères adressé au premier ministre chinois. Il en était fort satisfait ; la traduction était claire, exacte, irréprochable et correspondait parfaitement aux instructions de Palmerston[2] :

Il faut que tu fasses en sorte que la traduction de la lettre soit exacte ; il ne faut pas qu'elle s'éloigne inutilement de la grammaire anglaise, ni qu'elle emploie aucune forme de la langue chinoise qui nuise à sa sincérité et à sa clarté, mais elle doit se conformer strictement au texte original.

Debout sur la passerelle, on apercevait la plaine qui s'étendait au loin, avec tout au bout un lieu coiffé d'un ciel d'étain : la capitale de l'empire. Vingt-trois ans plus tôt, son père avait franchi l'imposante porte de la ville, pénétré dans le grand palais sacré. La voix de son père avait été conservée dans les archives de l'empire, abandonnée dans un coin des profondeurs du palais, peut-être était-elle couverte de poussière. Mais J. R. Morrison se dit que la volonté de Dieu était mystérieuse et

1. J. R. Morrison (1814-1843), fils de Robert Morrison.
2. Henry John Temple, troisième vicomte de Palmerston (1784-1865).

rigoureuse. La voix qu'avait émise son père dans un passé lointain n'avait en fait jamais été vraiment conservée. Tout comme le passage d'un oiseau ne saurait disparaître, chaque oiseau qui vole fait renaître le passé. Il écouta attentivement la voix qui résonnait dans l'au-delà, pareille à des fils de la vierge ; ce fut la voix de son père, c'était désormais sa propre voix, comme si le but secret qui traversait la vie du père et du fils avait consisté à forger cette voix pour la rendre transparente, acérée, afin de fendre le silence d'un noir profond.

On était le 16 août 1840. Six ans plus tôt, le 1er août, le père était mort sur ce grand fleuve qu'on appelle la rivière des Perles. Le ciel où roulaient des nuages noirs se projetait dans les yeux immenses du père embarqué sur un cotre rapide. Au dernier moment, à quoi pensa-t-il ? Peut-être aperçut-il l'avenir ? Peut-être aperçut-il dans le crépuscule la lettre écrite avec des armes glacées, avec du sang bouillant, que son fils avait traduite de l'anglais au chinois ; peut-être que le regard prudent, strict du fils était celui du père. Peut-être qu'à un instant donné, comme blessé par les phrases glacées, ardentes, le père ferma-t-il les yeux ?

J. R. Morrison était un peu las. Il se dit, qu'importe, demain un mandarin du palais impérial de Chine montera à bord, prendra cette lettre, puis un coursier rapide la portera jusque sur la table de l'empereur. En tant que premier traducteur du corps expéditionnaire britannique, il avait accompli les devoirs de sa charge.

Oui, J. R. Morrison, premier traducteur du corps expéditionnaire britannique, quand il s'exprimait en chinois, reprenait parfois le même nom chinois que son père : Ma Lisun.

XII

Lorsque le ministre plénipotentiaire Palmerston insistait sur la nécessité que la traduction fût « sincère » et « exacte », il réaffirmait un dogme traditionnel de la théorie de la traduction occidentale : elle doit être fidèle, elle doit permettre de refléter totalement le sens, sans omission, tel un miroir. C'était le devoir impérieux du traducteur, sans qu'il fût nécessaire de le recommander expressément, mais Palmerston se souvenait peut-être de ce qu'avait dit Samuel Johnson [1] longtemps auparavant : « Qui peut traduire dans le même style pour transmettre la même pensée, et en outre, ne modifier que la langue sans rien changer d'autre, celui-là mérite la plus haute distinction. » A l'évidence, il n'avait pas une entière confiance et avait des doutes sur la capacité de J. R. Morrison à obtenir « la plus haute distinction ».

Les propos du vieux Samuel Johnson montraient l'attitude ambiguë des Anglais vis-à-vis de la traduction, faite de confiance et de doute. En tant que nation en train de poursuivre son expansion coloniale et d'engager le dialogue dans des langues diverses, les Anglais étaient persuadés de pouvoir réaliser des traductions parfaites, comme si le « sens » préexistait aux différences entre les langues et que le traducteur devait seulement l'extraire d'une autre langue, puis réussir à l'exprimer symétriquement. La source première de ce « sens » a priori, originel, c'était Dieu, Dieu avait établi le sens ; même si par la suite il y avait eu l'explosion des langues de la tour de Babel, le monde du sens dépassait le désordre et la dissemblance. Bien sûr, à l'époque de Johnson, l'origine du sens avait connu des transformations décisives ; désormais, l'être qui se tenait là, c'était

1. Poète, traducteur, journaliste (1709-1784).

l'« homme ». Au milieu et au-dessus des différentes sortes d'hommes concrets, il y avait un « Homme » majuscule, qui avait permis à toutes les langues de devenir transparentes, à toutes les langues de refléter son apparence, c'est pourquoi deux inconnus pratiquant des langues différentes pouvaient finalement reconnaître leur propre langue dans la voix de leur interlocuteur. Leurs esprits communiquaient, ils avaient réalisé une traduction parfaite.

Mais chacun sait combien en réalité cette « plus haute distinction » est rare. D'après le ton de Johnson, on pouvait discerner que lui-même avait des doutes sur la capacité d'un individu à obtenir finalement cette récompense. Si l'on considère que parallèlement à l'histoire des colons britanniques se déroulait l'histoire d'une traduction, eh bien, l'histoire de cette traduction était aussi l'histoire d'une traduction erronée. Chaque fois qu'une langue rencontre une autre langue, c'est un piège d'une profondeur insondable, où s'agitent et bouillonnent les erreurs, les malentendus, les illusions et les tromperies les plus inconcevables. « Traduire » c'est « leurrer » ; même si la parole des anciens Chinois est décevante, elle n'est vraiment pas fausse.

Le *Zhanggu congbian (Recueil de documents historiques)*, publié en mars 1990 par le musée du Palais impérial, reproduit la traduction de l'édit[1] présenté par l'ambassade de Macartney à l'empereur Qianlong :

(...) notre pays sait que le territoire de la Chine est immense, qu'elle administre une population innombrable, que son grand empereur a à cœur de veiller à chaque instant sur son peuple. Non seulement les territoires de Chine mais encore les territoires étrangers doivent le protéger ; ils en sont

1. Emis par le roi George III sous le titre *An Authentic Account of an Embassy from the King of Great Britain to the Emperor of China.*

convaincus dans leur cœur, si bien que la tranquillité règne partout. Chaque pays possède divers savoirs, divers arts, sur lesquels veille le grand empereur avec bienfaisance, les invitant à déployer tous leurs efforts afin que le progrès ait lieu et que l'adaptation soit ingénieuse. Il y a longtemps que notre pays a l'intention de faire venir un envoyé, mais comme les alentours de ses frontières n'étaient pas en paix, le retard a duré. Actuellement les ennemis des quatre orients ont été calmés, nos frontières sont en paix, nous avons construit bon nombre de grands navires et envoyé nombre d'hommes sensés naviguer sur les océans pour se rendre partout. L'intention n'est pas d'accroître notre territoire, lequel nous suffit, ni de convoiter un commerce à bon marché, mais de prendre connaissance des différents endroits sur les lieux répartis sur la Terre. Chaque lieu et chaque chose pourront se montrer assez accommodants, nous pourrons obtenir les avantages des autres pays, et ceux-ci pourront obtenir des avantages de nous. Nous craignons d'avoir une connaissance incomplète des lieux des différents territoires, et de tout ignorer de certains, nous devons à présent connaître les idées d'autrefois afin de bénéficier de la bienfaisance du Seigneur, il faut que nous connaissions les animaux, les plantes et les diverses choses de chaque territoire, il faut que chaque pays échange les choses des différents lieux afin que tout le monde en profite. Aussi faut-il réfléchir souvent afin que chaque pays comprenne les coutumes et le protocole de l'autre. Actuellement nous avons appris que de tous les territoires, dans les lieux administrés par le grand empereur de Chine les coutumes et l'étiquette sont plus élevées qu'ailleurs, elles sont extrêmement raffinées et extrêmement prodigieuses. La Chine en réalité est le premier lieu, dont nous sommes convaincus qu'il est admiré partout, ce qui incite ceux qui le chérissent à venir manifester leur soumission[1]. *(...)*

---

1. Le traducteur s'est efforcé de restituer le charabia chinois de la traduction du texte anglais.

Outre cette traduction historique, le sieur Ye Duyi[1] nous a fourni une traduction moderne du même extrait, qui apparaît dans son *Yingshi yejian Qianlong jishi (Récit authentique de l'audience accordée par Qianlong à l'émissaire britannique).*

(…) Sa Majesté le roi d'Angleterre qui, de par la volonté du ciel, a en toutes choses depuis son accession au trône fait de la bienveillance le fondement de son action, outre veiller en permanence à garantir la paix et la sécurité sur son territoire et à promouvoir le bonheur, la sagesse et la vertu pour ses sujets, s'est employé dans tous les domaines possibles à faire bénéficier l'humanité entière de sa bonté. Guidé par cet esprit sublime, même si la puissance militaire britannique s'est fait sentir dans tous les territoires du monde, après avoir remporté la victoire, Sa Majesté le roi d'Angleterre, dans les conditions les plus équitables, a apporté le bonheur d'une paix partagée à ses ennemis défaits. A part le bonheur prospère procuré à ses sujets qui dépasse celui des dynasties précédentes, Sa Majesté a chargé à plusieurs reprises les plus éminents savants de son royaume d'organiser des voyages lointains, pour procéder à des découvertes et des explorations géographiques. Ces entreprises ne visaient en aucune façon à étendre le territoire déjà immense qui satisfait à ses besoins et ne visait pas non plus à s'emparer des richesses étrangères, ni même à profiter des entreprises commerciales extérieures de ses sujets. Sa Majesté aspire à étudier les productions des différents pays du monde, à échanger avec les territoires arriérés le savoir concernant les techniques et le bien-être, afin d'élever le niveau de connaissance de toute l'humanité. Sa Majesté a souvent envoyé des navires chargés d'animaux et de semences dans les régions désolées afin d'aider les populations. Par ailleurs, Sa Majesté veille à se

1. 1912-2004.

renseigner sur la vie matérielle et spirituelle des pays d'ancienne civilisation afin de tirer les leçons du passé. Les peuples des vastes territoires de votre pays, sous le gouvernement de Sa Majesté l'empereur, voient leur pays prospérer, vénéré en cela par tous les pays alentour. L'Angleterre entretient aujourd'hui des contacts pacifiques avec les pays du monde entier, c'est pourquoi Sa Majesté le roi d'Angleterre considère que le moment est venu de nouer des relations amicales entre les deux empires civilisés que sont la Chine et l'Angleterre[1] *; (...)*

Si l'on compare ces deux traductions, on a forcément l'impression que l'un des traducteurs était devenu fou ; quant à savoir lequel, cela dépend de qui vous êtes. Si vous viviez dans la Chine du XVIIIe siècle, vous considéreriez que la version conservée dans les archives du Grand Conseil d'Etat de l'empereur était à n'en pas douter la vraie ; la manière de s'exprimer est soumise, chaque ligne de caractères exprime un consentement simple et honnête. En outre, elle fait entendre une « voix », elle imite la « parole ». Au XVIIIe siècle, tout Chinois éduqué n'aurait pas « parlé » ouvertement par écrit, il n'aurait pas laissé de « voix » ; seule la langue parlée utilisée par des gens du peuple pouvait être couchée par écrit. Cette façon d'écrire montrait en soi la basse vulgarité du locuteur. Mépriser la voix était une règle fondamentale du chinois ancien, c'était ce qui permettait de distinguer l'écrit de la parole. Ceux qui écrivaient appartenaient à la classe supérieure, ceux qui parlaient appartenaient à la classe inférieure. Et dans la traduction conservée dans les archives du Grand Conseil d'Etat, les Anglais sont à dessein montrés comme des rustres de classe inférieure.

---

1. On trouvera le texte original de ce passage dans *East India Company in China*, Appendix I, « Letter from King George III to the Emperor of China ».

Ce qui fait qu'on ne sait plus si l'on doit rire ou pleurer, c'est d'apprendre grâce à la traduction de M. Ye Duyi que les Anglais se donnèrent beaucoup de mal pour brosser d'eux-mêmes un tableau de gens « civilisés ». Ce texte officiel ressemble à un aperçu de l'idéal humaniste : l'expansion du savoir, des techniques et du commerce, la foi dans « l'humanité entière », c'est comme si nous voyions l'« Homme » majuscule en train de marcher vers nous.

Mais si le sage occidental a raison, la traduction doit être un miroir face au texte à traduire ; cet Homme majuscule s'était donc certainement heurté à un miroir magique, pareil à une glace réfléchissant de mauvais génies ou au « précieux miroir de la galanterie[1] » ; la traduction de l'époque ressemble en effet à une imitation comique du texte original.

Comment une chose pareille put-elle se produire ? Ce fut comme pour le mémoire sur la question de la prosternation à genoux. Le texte avait été d'abord traduit de l'anglais en latin puis du latin en chinois ; la perte de sens et les erreurs étaient inévitables. De plus, celui qui avait traduit en chinois devait certainement être le nommé Li que nous connaissons bien ; sa traduction avait sans doute dû être retouchée ou réécrite par un fidèle qui connaissait les règles de la rédaction des documents officiels chinois ; par habitude, par peur ou par bienveillance à l'égard de Macartney, il est possible qu'ils aient modifié exprès le contenu du texte, par exemple en remplaçant le grand passage de fanfaronnades du roi d'Angleterre par des louanges célébrant la vertu de l'empereur de Chine. Si Macartney avait compris le chinois, il aurait été étonnant qu'il n'en eût pas été furieux.

---

1. Allusion à un épisode du *Rêve dans le pavillon rouge* : miroir aux pouvoirs curatifs offert à Jia Rui par le taoïste fou.

Mais le point essentiel de l'affaire n'est pas là ; il réside dans le fait qu'en 1793 ce genre de texte était totalement impossible à traduire en chinois. Il n'y avait pas moyen de trouver les mots correspondants qui en expriment le sens : en chinois, « l'humanité entière » serait devenue « sous le ciel » et la suite sous-entendue de « sous le ciel », c'est « tous les sujets du souverain ». Quelle solution y avait-il pour régler le problème ? Même si vous étiez le traducteur le plus fidèle, votre traduction se serait forcément éloignée du texte originel pour aboutir à un autre sens, que vous le vouliez ou non.

Il y a un secret qu'il faut comprendre : hors de la langue il n'y a pas de sens, le sens se trouve dans la langue. Qu'il s'agisse de Palmerston ou de J. R. Morrison, ces humanistes naïfs qui étaient en même temps des colonialistes féroces ne percevaient pas cela ; eux-mêmes comme leurs interlocuteurs étaient persuadés que dans l'univers il n'y avait qu'un sens, que leur propre langue exprimait totalement. La seule différence, c'était que de toute façon ils manœuvraient des canonnières de fort tonnage et pouvaient passer par-dessus n'importe quel piège imprévu.

C'est pourquoi les gens n'avaient aucune raison de se demander si J. R. Morrison avait suivi à la lettre les instructions de Palmerston ; il s'était certainement dévoué corps et âme à sa tâche. Or sa traduction comportait de graves erreurs, la *Lettre du ministre plénipotentiaire britannique Palmerston adressée au Grand Conseiller aux ordres de l'empereur* déformait l'attitude et l'intention du gouvernement britannique. Il ne s'agissait en aucune façon d'un « mystère difficile à expliquer » ; la clef de l'énigme était la suivante : en tant qu'Anglais venu en Chine à l'âge de seize ans, éduqué par sa famille et ayant étudié sérieusement le chinois, il évoluait entre deux langues tel un serviteur attaché à deux maîtres. Evidemment il était fidèle à sa propre langue, mais quand il partait de l'anglais pour pénétrer le chinois, il ne pouvait s'empêcher de devenir le serviteur du chinois. Dressé par la « vérité » du chinois, suivant les règles et les habitudes de cette langue, sous son pinceau, les mots *satisfaction and redress* ne pouvaient devenir que « disculpation et réparation », alors que des formulations comme « indemniser et redresser un tort » incluaient l'entièreté des principes politiques, juridiques et commerciaux des Anglais depuis la Grande Charte. En 1840, elles se situaient tout à fait en dehors de l'expérience linguistique du chinois.

Peut-être que pendant un instant le pauvre J. R. Morrison perçut distinctement la situation dans laquelle se trouvaient son père et lui : ils avaient appris une autre voix, cette voix représentait une autre description du monde dans laquelle ils s'efforçaient d'introduire leur propre voix, mais chacun de leurs cris était l'écho d'une voix ancienne.

Il s'agissait de deux oiseaux bizarres, ils allaient continuer à voler, car entre ciel et terre les oiseaux apprenaient les nouvelles en premier ; ils savaient que certains mondes relevaient finalement du silence et que d'autres mondes allaient faire toujours plus de tapage. Au cours de notre long vol, nous emportons silencieusement dans notre bec le rêve d'un monde, jusqu'au soir où le clair de lune devient limpide comme l'eau. Dans leur sommeil profond, les oiseaux des forêts plongent dans un rêve inconnu, et quand l'aube pointe, ils s'éveillent, ils crient en battant des ailes, ils ignorent que leur voix leur a été volée…

Nous disposons enfin du mémoire de l'ambassade Macartney et de la traduction exacte de la *Lettre du ministre plénipotentiaire britannique adressée au Grand Conseiller aux ordres de l'empereur de Chine.* Mais de nombreuses années ont passé, ce fut un très long processus de traduction, des traducteurs innombrables y consacrèrent les efforts d'une vie entière, ils durent introduire un par un des mots nouveaux dans la langue chinoise, modifier progressivement la structure, la grammaire du chinois, jusqu'à ce qu'un homme du nom de Ye Duyi et un autre du nom de Jiang Tingfu[1] réussissent à passer avec légèreté de la langue d'origine à la traduction, de l'anglais au chinois, comme si le sens coulait de manière transparente entre les deux langues, entre les deux voix.

Le chinois de l'an 1840 retomba dans le silence ; le monde du sens avait réussi à se faire oublier, le soleil se coucha sur un désert, la Terre entière fut envahie par les herbes sauvages.

XIII

Dans cette histoire, pleine d'étranges rencontres fortuites, de symétries et de répétitions, le père et le fils Staunton assumèrent successivement la charge d'ambassadeur adjoint des missions envoyées en Chine ; quand le petit Staunton occupa cette charge, Morrison était le traducteur de la délégation. En 1840, le petit Staunton devint un des moteurs de la guerre de l'Opium, et le principal traducteur du corps expéditionnaire britannique était le fils de Morrison.

Il y eut aussi un autre personnage qui nous est familier : Hunter. Dans *Bits of Old China*, il écrivit :

Lorsqu'en 1824 j'embarquai à New York à bord du Citizen, *j'emportais une lettre d'introduction d'Oliphant, ami de ce docteur, qui lui était adressée. Mais*

1. Historien, diplomate de la République de Chine (1895-1965).

quand j'arrivai à destination, il se trouva qu'il était parti pour l'Angleterre et je ne pus donc faire sa connaissance. C'est seulement en 1827, après que je fus rentré de l'institut de Malacca (dont il était l'un des fondateurs), que je pus le rencontrer. Il me fit alors passer un examen, pour voir si j'avais fait quelques progrès dans l'étude du chinois, et il déclara mon « niveau excellent ».

Ce « docteur » n'était autre que Morrison ; selon l'expression traditionnelle chinoise, Hunter était le « disciple » de Morrison. On se souvient qu'à l'institut de Malacca, Hunter avait un condisciple appelé « Shaow-Tih ». Grâce à l'introduction de Hunter, en 1829, il fut envoyé comme traducteur à la Cour des affaires tributaires à la capitale ; à ce moment-là, Morrison devait se trouver à Canton ou à Macao, et l'on ignore si Shaow-Tih rencontra ce professeur.

A l'automne de l'année 1829, les oies sauvages de la lointaine Pékin s'envolaient vers le sud. Le ciel était très haut, d'un bleu éclatant. A Canton, sur la place située devant les Treize Colonnes[1], Hunter et Shaow-Tih marchaient au milieu d'une foule fort bruyante. Comme à son habitude, Shaow-Tih ne disait mot. Hunter se demanda soudain qui était cet ami toujours silencieux. Que pensait-il ? Son silence semblait dissimuler une chose mystérieuse, que Hunter ne découvrirait jamais.

« Le ciel de Pékin doit aussi être clair », dit Hunter.

Shaow-Tih esquissa un sourire.

C'était peut-être la dernière fois qu'ils se voyaient, pensa Hunter. Pékin était situé à une distance infinie et son ami allait disparaître dans ce palais qu'on disait obscur et profond.

1. Nom de la seule rue où les compagnies étrangères avaient le droit de s'installer.

En réalité, en 1830 et 1838, ils se retrouvèrent à deux reprises ; à chaque fois, Shaow-Tih passait en coup de vent, pour « chercher quelques livres étrangers ».

En 1839, quand le commissaire impérial Lin Zexu arriva à Canton, parmi les gens qui constituaient sa suite on aperçut Shaow-Tih . Cette fois, il ne rencontra pas son ami Hunter, mais…

Peu après l'arrivée de Son Excellence le commissaire impérial à Canton, des gens m'apportèrent une traduction en anglais d'une lettre que lui et des fonctionnaires de haut rang du gouvernement de Canton avaient écrite à l'intention de Sa Majesté la reine d'Angleterre concernant le commerce de l'opium, qu'ils avaient livrée au bureau d'un marchand, et que l'on me demandait de traduire en chinois, afin de vérifier que la traduction originelle était exacte. Cette traduction était à l'évidence du pinceau de mon ancien condisciple Shaow-Tih. Il demeura à Canton jusqu'à la fin de cette année, et j'appris ensuite qu'il était retourné à Pékin. Puis je n'eus plus jamais de nouvelles de lui. La correspondance entre nous posait problème, échappant entièrement à notre volonté.

(Bits of Old China.)

Dès lors, nous sûmes qui était Shaow-Tih ; il s'appelait Yuan Dehui et était le premier traducteur de l'anglais de Lin Zexu. A ce moment crucial de l'histoire, les traducteurs principaux des deux parties opposées étaient les élèves d'un même maître : J. R. Morrison était le fils de Morrison, et Yuan Dehui avait fait ses études dans l'établissement de Malacca fondé par Morrison.

Les souvenirs épars réunis par Hunter à la fin de sa vie nous permettent d'approcher ce personnage tombé dans les zones d'ombre de l'histoire : Yuan Dehui. Nous avions oublié ce nom, mais cet homme avare de paroles réécrivit secrètement notre code génétique et rectifia notre langue. A travers ses yeux, Lin Zexu vit le « monde ». Par la suite, ce dernier transmettrait tous les documents traduits à un lettré du nom de Wei Yuan, qui à partir de ces textes rédigea le *Haiguo tuzhi* (*Illustrated Treatise on Maritime Countries*). Les Chinois commencèrent alors à rechercher et à accepter un « sens » commun de caractère mondial.

Il s'agit véritablement d'un arbre généalogique mystérieux. On se souvient peut-être que le traducteur du nom de « Li » fut à l'origine de la graine ; c'est par lui que les racines et les branches commencèrent à croître secrètement sans que personne dans l'histoire ne s'en avisât.

En 1917, un diplômé de l'université Columbia aux Etats-Unis, du nom de Hu Shi, lança le « mouvement de l'écriture en langue parlée », et le feuillage de l'arbre généalogique devint si luxuriant qu'il cacha le ciel. Ce mouvement ne ressembla jamais à ce qu'il proclamait ; son véritable objectif caché était de permettre à la langue chinoise de devenir complètement une langue qui pût traduire et qui pût être traduite, afin que nous puissions entendre clairement sans le moindre risque d'erreur les voix et les sens venus du monde.

A ce moment-là, les oiseaux pourraient-ils déployer librement leurs ailes ?

Note 1 : Le décret impérial et les genoux des Occidentaux

En 1817, au 7e mois de la 22e année de l'ère Jiaqing des Qing, l'empereur Jiaqing chassa la délégation anglaise de Pékin. L'ambassadeur en titre de cette mission était le comte Amherst, et l'ambassadeur adjoint et l'interprète Thomas Staunton et Morrison. Dans son *Edit adressé au roi d'Angleterre*, Jiaqing écrivait :

De hauts fonctionnaires de ma cour ont informé votre ambassadeur de la date et des rites à respecter pour l'audience : c'est le 7 de ce mois que moi, l'empereur, je devais vous recevoir. Votre ambassade s'est présentée à la porte du palais. A mon arrivée, le chef de votre délégation nous a informés que vous étiez brusquement tombé malade, et ne pouviez marcher. Il se peut en effet que votre ambassadeur fût malade, j'ai donc demandé à ses adjoints de se présenter à l'audience. Mais ces deux adjoints ont déclaré eux aussi qu'ils étaient malades. C'est extrêmement grossier, mais je ne vous accuserai pas plus. A partir de ce jour, je vous ordonne de rentrer chez vous.

On voit qu'à l'époque la situation était assez embarrassante : recevoir un diplomate était une affaire d'Etat ; une fois que le décor était planté, l'empereur devait gravir les marches du trône, et alors qu'on s'attendait à ce que l'ambassadeur se prosternât devant lui, inopinément « John Bull » se montra soudain têtu comme un bœuf ; l'ambassadeur « ne pouvait plus bouger ses souliers », incapable qu'il était de lever la jambe et de marcher. Bien. On comprit clairement qu'il faisait l'idiot, l'empereur l'accepta et invita les vice-ambassadeurs ; mais curieusement ceux-ci ne pouvaient pas lever la jambe non plus. Cette fois, cela revenait à lui faire perdre la face. L'empereur n'eut plus d'autre choix que de leur faire rouler leur couchage et lever la jambe pour s'en aller.

Sans doute à partir de cette date, les Chinois pensèrent un peu plus que les Occidentaux avaient les jambes raides. Ils pensaient d'ailleurs cela depuis longtemps ; ainsi d'après le *Langqian jiwen*[1] (*Notes historiques sur la dynastie des Qing*, vol. II) :

1. Ouvrage de Chen Kangqi (1840-1890), bibliophile.

Du temps de Kangxi, un envoyé russe porteur de tribut arriva à Pékin. Le Saint bienveillant (appellation désignant l'empereur Kangxi) ordonna de choisir des hommes forts dans le « bataillon des maîtres de la capture » et qu'ils se tiennent aux aguets à proximité de l'auberge. Chaque fois qu'un envoyé et son valet russes sortaient, il fallait qu'un maître de la capture les suivît. Bien que les Russes fussent grands et forts, comme ils s'enveloppaient les cuisses dans du tissu, leurs jambes n'étaient guère mobiles. Quand par hasard ils se montraient rudes avec les gens du peuple, le soldat leur donnait un coup de pied par-derrière et les faisait tomber par terre au point qu'ils ne pouvaient plus se relever. C'est ainsi que la loi était strictement respectée.

Les « maîtres de la capture » s'entraînaient sans doute à la lutte mongole. Lorsqu'il avait reçu un violent coup de pied par-derrière, il est probable que le diable étranger non seulement ne pouvait plus se relever, mais que n'importe quelle autre personne aurait été dans le même cas. Cependant, à l'époque de Kangxi, les gens, lucides, avaient remarqué que les Occidentaux se bandaient les jambes mais n'avaient pas établi de lien direct avec les genoux.

En 1873, 12e année de l'ère Tongzhi, l'empereur finit par recevoir des émissaires étrangers contre l'exécution d'une salutation comprenant trois révérences. En l'an 2 de l'ère Guangxu (1876), la cour des Qing envoya en Angleterre la première ambassade au sens moderne, résidant à l'étranger. Un jour de 1892, le vice-ministre britannique des Affaires étrangères convoqua le conseiller d'ambassade chinois ; la partie anglaise mettait de l'ordre dans ses archives et voulait de l'aide pour jeter un coup d'œil à des documents en chinois. Il y avait entre autres des boîtes contenant toutes sortes de choses rangées dans la réserve des archives depuis plus de soixante-dix ans, qui avaient été expédiées de Chine mais n'avaient jamais été ouvertes. Dès qu'il les eut décachetées, le conseiller vit que les boîtes contenaient des tubes de bambou enveloppés dans de la mousseline de soie jaune. A l'intérieur des tubes se trouvaient des rouleaux épistolaires, et lorsqu'ils les déroulèrent, ils découvrirent qu'il s'agissait de l'*Edit adressé au roi d'Angleterre* par l'empereur Jiaqing, comportant trois versions, en mandchou, en chinois et en latin.

Xue Fucheng, qui remplissait à l'époque les fonctions d'ambassadeur auprès de quatre pays – l'Angleterre, la France, l'Italie et la Belgique –, habitait à Paris. Quand il reçut la copie du décret impérial envoyée par le conseiller d'ambassade, il exprima sa profonde émotion dans son journal :

J'ai lu respectueusement l'édit, dont le sens est d'une portée considérable et aurait mérité de convaincre les étrangers. Mais à l'époque les mœurs n'étaient pas encore ouvertes et les mots des langues de Chine et d'Occident ne pouvaient pas encore se comprendre. J'ai constaté que ces paquets étaient entiers et avaient été conservés longtemps au ministère des Affaires étrangères ; comme il n'y avait personne qui pût les lire à la cour d'Angleterre, ils ne furent en fait jamais ouverts.

(Journal d'un ambassadeur auprès de quatre pays – l'Angleterre, la France, l'Italie et la Belgique.)

En fait, il ne connaissait qu'une partie de l'affaire ; au sein de la délégation anglaise, Staunton et Morrison avaient tous deux appris le chinois, en outre il existait aussi une version en latin, aussi ne peut-on pas dire qu'il n'y avait « personne qui pût les lire ». Ainsi, si l'édit ne fut jamais ouvert, c'est peut-être parce que l'on savait ce qu'il contenait sans même le lire.

Le résultat de l'affaire fut que le texte de l'empereur Jiaqing dont le « sens [était] d'une portée considérable » resta cacheté soixante-dix ans à Whitehall à Londres, et le premier à le lire fut un sujet du souverain qui en était l'auteur.

Note 2 : Deux Chinois à Londres

En 1792, quand l'ambassade de Macartney s'embarqua pour la Chine, « dans toute l'Angleterre on ne trouvait pas une seule personne qui comprît le chinois », mais environ vingt ans plus tôt, il y avait quand même deux Chinois à Londres. En effet, d'après les écrits de M. Fan Cunzhong[1], on apprend que :

Un dénommé Tan Jihua, aussi appelé Ji Hua, arriva de Canton en 1769. Pendant les onze ans qui suivirent, il connut une période faste. C'était un sculpteur qui, lorsqu'il tenait une boule d'argile en main, n'avait besoin que de deux coups d'œil pour modeler votre tête, laquelle, à ce qu'on raconte, était assez ressemblante. Il connut alors une vogue extraordinaire : des hauts fonctionnaires, des aristocrates, des célébrités, des artistes se précipitèrent chez lui pour se faire modeler le portrait. George III s'adressa spécialement à lui pour qu'il modelât une série de têtes de la famille royale. En 1770, lors de l'exposition organisée par l'Académie royale des beaux-arts, une de ses œuvres y figurait, il s'agissait d'un buste. Parmi les œuvres de l'Académie royale réalisées d'après nature par le célèbre peintre Zoffany[2] *et qui nous ont été transmises, on peut voir le portrait de Tan Jihua, personnage entre deux âges, à l'allure du petit noiraud cantonais typique. Ce M. Tan a aussi laissé quelques lettres en anglais, dont certaines adressées à trois dames d'Oxford, à la grammaire parfois hésitante, mais assez drôles. (…) A part lui, il y eut un autre*

1. Fan Cunzhong (1903-1987).
2. Johann Zoffany (1733-1810).

Chinois, un peu plus jeune, venu également de Canton, du nom de Huang Adong. C'était un commerçant qui avait toutefois reçu une formation de lettré.

(*Zhongguo wenhua zai qimeng shiqi de Yingguo [La Culture chinoise dans l'Angleterre des Lumières]*, Shanghai, 1991.)

Ce M. Huang Adong mangea aussi en compagnie du grand peintre Reynolds[1] et du poète et linguiste William Jones[2]. Avec Tan Jihua, il fut sans doute un des premiers Chinois à venir en Angleterre.

Note 3 : La version en langue parlée du Mémoire sur l'audience accordée par Qianlong à l'émissaire britannique

Macartney écrivit par la suite ses Mémoires que le célèbre savant Liu Bannong[3] a traduites en chinois sous le titre *Mémoire sur l'audience accordée par Qianlong à l'émissaire britannique.* Le style de la traduction de M. Liu présente un intérêt particulier par la naïveté de la langue parlée moderne des débuts. Par exemple, dans le marchandage entre Macartney et l'émissaire de la cour des Qing sur la question de l'étiquette à observer lors de l'audience accordée par l'empereur, on croirait lire un roman en langue parlée :

Je dis : « L'étiquette anglaise consiste à plier un genou, tirer à soi la main de Sa Majesté l'empereur, la serrer, tendre les lèvres et la baiser. »

Cet homme s'étonna, disant : « Comment cela serait-il possible ? S'y prendre ainsi devant notre empereur ? »

1. Joshua Reynolds (1723-1792).
2. Orientaliste (1746-1794).
3. Linguiste, traducteur et poète (1891-1934).

Je dis : « Bien sûr que oui. Si l'on utilisait le salut réservé à l'empereur dans notre pays pour saluer l'empereur de votre pays, ce serait déjà parfaitement respectueux. Pourquoi penser qu'on ne pourrait pas y recourir ? »

Après avoir parlé, je fléchis un genou, pour montrer comment on saluait. Les trois hommes inclinèrent la tête et s'en allèrent, la mine apparemment satisfaite, et ne recommencèrent pas à argumenter avec force comme précédemment.

L'après-midi, M. Zhou revint et dit : « J'ai transmis vos propos à l'Etat (il désignait He Shen). Il a dit : "Cette fois-ci, soit votre émissaire exécutera le salut anglais, soit nous enverrons d'abord notre ministre exécuter le salut chinois devant le tableau représentant l'empereur et l'impératrice de votre pays ; la délibération n'a pas encore abouti. Vous aurez une réponse dans une demi-journée." » Je ne répondis rien.

Peu après, le commissaire impérial tatar (Jin Jian, qui était chargé de l'accueil des délégations étrangères) revint et dit : « Présentement, il a été décidé d'inviter votre délégation à exécuter le salut anglais, mais en vertu des coutumes chinoises, tirer la main de l'empereur pour la baiser reste déraisonnable ; veuillez considérer la possibilité que votre délégation évite de tirer la main et de la baiser, et remplace ce salut en s'agenouillant des deux jambes. »

Je répondis : « J'ai déclaré depuis longtemps que nous ne ferions pas le salut chinois ; s'agenouiller des deux jambes, n'est-ce pas le salut chinois ? Si vous, vous exécutez ce salut, notre délégation s'y refuse. »

M. Jin répondit : « Puisqu'il en est ainsi, à deux jambes ou à une seule, peu importe. Mais la condition obligatoire est que vous évitiez de tirer la main pour la baiser. »

Je dis : « Nous avons examiné en détail votre préférence ; mais rappelez-vous que c'est votre proposition, ce n'est pas celle de notre délégation. Notre délégation aurait

Accident causé par un Américain.

aimé exécuter un salut complet devant l'empereur de votre pays ; aujourd'hui, pour répondre à votre désir, nous n'exécuterons qu'un demi-salut. »

Celui qui faisait la traduction sur place, c'était Li qui venait de rentrer de Naples où il avait fait ses études ; la formule « tirer la main et la baiser » paraît plus vraie que nature.

Note 4 : L'interprète de Li Hongzhang

A l'époque, Li Hongzhang[1] avait créé un département des Affaires occidentales avec à son service deux interprètes importants. L'un était Wu Tingfang, l'autre Luo Fenglu. Luo Fenglu maîtrisait parfaitement le chinois et l'anglais, c'était un des rares traducteurs remarquables de la fin de Qing ; il fut par la suite nommé ministre plénipotentiaire en Angleterre. M. Wu est une célébrité de l'histoire moderne. Originaire de Hongkong, il avait fait ses études à Londres où il avait obtenu le diplôme d'avocat. Après la guerre sino-japonaise (1894), il accompagna Li Hongzhang au Japon pour négocier la paix. La version anglaise du *Traité de Shimonoseki*[2] fut l'œuvre de Wu et Luo. Ensuite, ils restèrent au service de Li Hongzhang comme traducteurs.

Le niveau d'anglais de Wu Tingfang n'avait rien à envier à celui des Anglais, mais n'ayant pas reçu une éducation chinoise traditionnelle, son niveau de chinois laissait à désirer. Ecrire au pinceau était le savoir de base des Chinois éduqués de l'époque, or M. Wu ne s'y était

1. Général (1823-1901) qui écrasa la révolte des Taiping.

2. Traité signé en 1895 entre la Chine et le Japon ; aux termes de ce « traité inégal », la Chine dut céder Formose, Port-Arthur et verser une indemnité de sept cent quarante millions.

jamais entraîné. Il passait ses journées à traduire des dépêches de l'agence Reuter pour Li Hongzhang et après les avoir traduites, il était toujours obligé de demander à quelqu'un de les mettre au propre avant de les lui remettre. Un jour, Li Hongzhang lui demanda brusquement :

« C'est toi qui as écrit ça ?

— Oui », répondit-il.

Li Hongzhang éclata de rire :

« Luo Fenglu dit que tu ne sais pas écrire. »

Puis se tournant vers son fils, Li Jingfang, il ajouta : « Regarde, il écrit beaucoup mieux que toi ! »

Le hasard voulut qu'un domestique apportât une dépêche de Reuter. Li Jingfang, voulant sans doute se donner en spectacle, claironna :

« Cette dépêche est urgente, traduis-la ici. »

M. Wu, fort embarrassé, n'eut d'autre choix que de prendre Li Jingfang à part et de se mettre à traduire tout en lui demandant de peser son langage. Tracée d'un pinceau maladroit, sa traduction n'était évidemment pas écrite en jolis petits caractères ; tous les caractères étaient plus gros que l'ongle. Voyant cela, Li Hongzhang dit en riant :

« Tu n'es pas si vieux que ça. Comment se fait-il que tu sois devenu presbyte ? Aurais-tu oublié d'apporter tes lunettes ? »

Wu Tingfang connaissait certes parfaitement l'anglais, mais ses caractères étaient assez laids ; il arrivait que la « compréhension » et l'« élégance » laissent à désirer, en revanche la « fidélité » ne devait pas poser de problème. Plus extravagant encore, lorsqu'il ne comprenait pas une phrase étrangère, curieusement, il la traduisait quand même. On raconte qu'un certain Xu, originaire du Zhejiang, avait de lointains liens familiaux avec l'épouse de Li Hongzhang ; ce dernier lui permit donc d'étudier l'anglais avec un conseiller occidental, l'Américain Pethick[1]. Au bout d'un an, un photographe occidental vint dans les bureaux pour prendre des photos. Li Hongzhang pensa alors au dénommé Xu et, afin de vérifier ses capacités, lui ordonna donc de faire l'interprète. Le jour où le photographe arriva, Xu se mit à gesticuler et à baragouiner, inondant l'Occidental de paroles, lequel réagit avec calme. Li Hongzhang, voulant le rassurer, dit :

« Ce gamin se révèle fort utile ! »

On ignore comment le nommé Xu se rendit « utile » par la suite, cependant il ne comprenait vraiment pas l'anglais. Pendant plus d'une année, il avait passé son temps à s'occuper de combats de coq, de courses à cheval et de visites aux prostituées, mais il n'avait pas pris un seul cours d'anglais. Ce jour-là, avait-il demandé à l'avance à Pethick de s'entendre avec le photographe pour que, le moment venu, chacun parlât à sa guise et que ce dernier se contentât de regarder ses gestes, le baragouin qu'il débitait n'étant que des paroles en l'air destinées à abuser Li Hongzhang ?

Note 5 : « Voir son ombre dans un miroir d'essayage »

De mars 1903 à septembre 1905, la revue bimensuelle de Shanghai *Xiuxiang xiaoshuo – Illustrated Fiction* publia en feuilleton le roman de Li Boyuan[2], *Wenming xiaoshi (Petite Histoire de la civilisation)*. Trois ans auparavant, à l'occasion de la grande confrontation entre les Boxeurs et l'armée alliée des huit puissances occidentales, la Chine était entrée dans le XXe siècle. Le bouleversement national de 1900 fut le moment

1. William N. Pethick, secrétaire particulier de Li Hongzhang.

2. Aussi appelé Li Baojia, poète, essayiste et calligraphe (1867-1906).

critique du processus de modernisation de la Chine. La suite de l'histoire fut fixée lors de ces troubles cataclysmiques ; ce ne serait plus qu'une question de temps pour qu'elle fût écrite. Ainsi, tout observateur un peu sensé put voir que la dynastie des Qing était condamnée. Avec ce sentiment de fin historique et culturelle, le mouvement du 4-Mai qui allait ouvrir une ère nouvelle était prêt à fleurir.

Dans le contexte linguistique du début du siècle dernier, le mot « civilisation » avait un sens particulier. Ce qu'il désignait, c'était la vague modernisatrice qui balaya tout le pays après 1900. Chez les puissants et chez les humbles, du haut en bas de l'échelle, dans un désir de repartir à zéro, tout le monde voulut se « civiliser », or la norme de la « civilisation » se trouvait en Occident. Les événements de 1900 avaient blessé mortellement la confiance en soi de la nation dans le domaine culturel, au point que pour un vieux pays civilisé depuis cinq mille ans, « civilisation » devint un mot employé pour tout ce qui venait de l'extérieur.

Sur cette toile de fond, nous découvrons les traducteurs présentés dans la *Petite Histoire de la civilisation* ; leurs visages, leur physionomie nous sont déjà familiers. Ils étaient les parvenus du nouveau siècle, qui détenaient un pouvoir culturel considérable. Ces hommes qui s'étaient toujours cachés dans l'ombre de l'histoire marchaient désormais sur le devant de la scène, tous les publics avaient les yeux rivés sur eux, avec un regard mêlé de curiosité, de crainte, d'inquiétude et de doute. Eh oui, nous voulions tous être « civilisés », mais ces « civilisés » qui avaient des mots occidentaux plein la bouche nous laissaient perplexes : qui étaient-ils ? Etaient-ils des gens de chez nous ou venaient-ils de l'extérieur ? A première vue, ils ne venaient pas du dehors, mais ils ne ressemblaient pas non plus à nos gens ; leur identité et leur position étaient louches, ambiguës, ils se tenaient au milieu de la scène, au point focal du regard de la foule, et en même temps cette position signifiait qu'ils se tenaient à la marge de la multitude.

C'est pourquoi, en les voyant se donner ainsi en spectacle, nous pûmes en profiter. Le début de la *Petite Histoire de la civilisation* se passe dans la préfecture de Yongshun, au Hunan, dans un coin reculé d'une campagne pauvre. Un beau jour débarquent plusieurs étrangers par la porte de l'Ouest. Le préfet s'empresse d'aller les accueillir, sauf que… personne ne sait parler une langue étrangère. Heureusement, dans une des sous-préfectures se trouve un vieux secrétaire de l'administration impériale du nom de Zhang, qui « autrefois dans on ne sait quelle école du chef-lieu de la province avait étudié l'anglais pendant trois mois » et qui apprenait à lire des livres occidentaux aux deux fils du sous-préfet. Le préfet, ravi, s'exclama : « Je me réjouis que les fils de mon ami étudient la culture occidentale, c'est désormais le premier sujet d'étude utile à l'administration de nos affaires. Leurs perspectives d'avenir sont illimitées, on ne peut que respecter ce choix. » Et il invita aussitôt le secrétaire Zhang à l'accompagner.

L'un de ces étrangers était en fait un géologue, qui répondait à l'invitation de Zhang Zhidong, gouverneur général du Hubei, à venir explorer les ressources minières de la région, lequel géologue était accompagné d'un interprète. « L'interprète avait le nez surmonté de petites lunettes cerclées d'or, il était coiffé d'un haut-de-forme et chaussé de souliers de cuir qui faisaient clac-clac sur le sol. Il était vêtu en tout et pour tout d'une chemise courte et d'un pantalon, blanc de pied en cap. S'il n'avait pas eu une natte d'un noir d'encre pendue au-dessus des fesses, tout le monde aurait pensé qu'il était étranger. »

A part sa tresse postiche, il ressemblait comme deux gouttes d'eau aux fonctionnaires interprètes traîtres tels qu'on les voit souvent. Mais l'apparence d'un « fonctionnaire interprète » était déjà, au début du siècle, un modèle homologué ; par la suite, dans les romans et les films modernes, il n'y eut que des modifications de détail.

Lorsqu'elles se rencontrèrent, les deux parties se saluèrent ; hôtes et invités s'assirent chacun de leur côté et la scène comique put commencer :

Voulant à tout prix faire étalage de son savoir, le secrétaire Zhang se mit à débiter en langue étrangère wan, tu, tuoli, kemu, yesi [1], *de manière inintelligible. Au début, l'ingénieur des mines tendit une oreille et répondit de temps en temps par une phrase ou deux ; par la suite, on le vit seulement tantôt froncer les sourcils, tantôt émettre un rire forcé, sans plus prononcer une parole. Observant les deux hommes, le préfet et le sous-préfet pensèrent qu'ils avaient une conversation très agréable, et ils en étaient si fiers qu'ils en oubliaient de parler. Après un moment d'interruption, l'ingénieur des mines s'adressa soudain en chinois au secrétaire Zhang : « Monsieur Zhang, il vaudrait mieux que vous parliez dans la langue de votre pays. La langue étrangère que vous parlez, non seulement l'interprète ne la comprend pas, mais moi non plus je n'en comprends pas un traître mot. »*

Le locuteur en langue étrangère du petit village perdit alors gravement la face. Ensuite, le sous-préfet présenta ses excuses au préfet, lequel se montra toutefois indulgent : « Il ne faut pas lui en vouloir, même si sa connaissance de la langue étrangère reste faible, dans toute la préfecture de Yongshun, je crains qu'à part lui on n'aurait trouvé personne d'autre ; c'est déjà bien qu'il soit présent ici pour ouvrir les esprits. »

1. One, two, three, come, yes.

Si les choses se passaient ainsi dans les petites bourgades, dans les hauts lieux on assistait à un autre type de scène. Au chapitre 45 du livre, on lit que Huang Sheng, gouverneur de l'Anhui, fit venir avec force paroles mielleuses et cadeaux somptueux un conseiller du nom de Lao Hangjie, qui, lui, était un homme de talent :

A l'âge de douze ans, il fut admis comme élève dans l'école de maître Lu. Constatant par la suite que cette école ne lui convenait pas, il alla faire ses études au Japon à ses propres frais. Il fréquenta d'abord une petite école, puis entra à l'université Waseda, où il suivit des cours de droit. Au bout de deux ans, mécontent de la faiblesse du niveau, il se rendit à New York, en Amérique, où il intégra le Bridge College[1] *et continua à faire du droit. Quand il eut fini ses études, il partit pour Hongkong, où il s'installa comme avocat. Qu'un Chinois exerçât la profession d'avocat à Hongkong était un fait sans précédent.*

D'après ce que l'on sait, Lao Hangqie, ayant reçu un contrat d'embauche, alla aussitôt se présenter chez An Shaoshan et Yan Yihui qui étaient installés à Hongkong. En fait, ces deux personnages rappellent Kang Youwei et Liang Qichao. Apprenant que Lao Hangjie avait été recruté par le gouvernement comme conseiller, An Shaoshan déclara, perplexe :

Dès qu'il est question de ce gouvernement corrompu, on éprouve une haine implacable ! Pourtant ce genre de jeune homme a été stimulé par l'effervescence du monde extérieur et a progressivement compris deux, trois petites choses. (...) M. Lao a pris à bras-le-corps l'étude des affaires du monde, c'est un talent utile ; une fois là-bas, s'il sait profiter des circonstances, il offrira peut-être une lueur d'espoir, nul ne peut le savoir.

1. Ce « Bridge College » semble une invention de Li Boyuan.

Comparativement, Yan Yihui donna au contraire un avertissement sincère :

Mon vieux Lao, tu as été engagé par la Chine pour occuper le poste de conseiller ; cet engagement est une affaire extrêmement importante, que tu ne peux pas traiter à la légère. Il faut que tu le lises en te pénétrant de chaque page. Ensuite, quand tu vas t'occuper des affaires publiques, tu devras faire en sorte de t'adapter au poste où tu seras placé. Par la suite, quand tu rentreras au pays et que tu engageras des tractations, tu pourras te battre conformément à la raison, même si ce n'est pas utile. En fin de compte, tu te seras fait une réputation d'intransigeance, au contraire de ceux qui oscillent selon leur interlocuteur.

Pénétré de tous ces enseignements, il est sûr que Lao Hangjie dut penser que de belles perspectives s'ouvraient à lui. Il fit ses bagages et prit la route pour rejoindre son poste.

La suite de l'histoire est amusante. Ayant mangé du pain pendant des années, s'étant fait couper la natte, habillé entièrement à l'occidentale, lorsqu'il passait par Shanghai il n'avait pas envie d'habiter dans une auberge de style chinois. Il descendait à l'hôtel cinq étoiles Astor House qui lui coûtait cinq *dayang* la nuit, afin de tracer une frontière claire entre ses « vieux compatriotes » et lui. Quand on lui proposa de rentrer au pays selon la tradition, de modifier sa mise, de se laisser pousser la natte, on l'entendit proférer avec véhémence :

Quant au changement de costume, depuis que j'ai reçu la dépêche, j'ai réfléchi à cette idée, mais la transformation serait trop rapide et au contraire mal vue ; quand je serai rentré dans l'Anhui, les choses se passeront sans difficulté et je pourrai en effet y réaliser mes projets, sans perdre de temps.

Dans notre pays, le problème qui se pose, c'est justement cette natte. Sans la natte, il y a longtemps que nous serions devenus puissants et prospères, comme tout le monde.

Mais moins de deux jours plus tard, notre ami alla traîner dans une boutique de vêtements usagés et s'acheta deux longues robes avec jaquette à la mode, puis demanda à un ami de faire passer une petite annonce dans le *Shenbao.* « Pour la somme de deux *dayang*, il lui trouva une natte montée sur une résille. On rabattait les cheveux par-dessus pour la dissimuler et on la coiffait comme une vraie, sans qu'on voie la moindre rupture. »

Ayant fermé la porte de sa chambre, Lao Hangjie « changea d'accoutrement des pieds à la tête, arpenta lentement la pièce, regarda son ombre dans le miroir d'essayage et se trouva vraiment chic ».

« Chic » était le mot juste. La raison pour laquelle Lao Hangjie s'était mué d'« étranger » en Chinois s'expliquait par le fait qu'il avait le béguin pour Zhang Ai'ai, une prostituée, et que cette Zhang Ai'ai avait des goûts conservateurs, n'aimant pas du tout les diables étrangers ni les faux diables étrangers. L'apparence « civilisée » dont s'était paré Lao Hangjie fondit comme neige au soleil. Il cessa évidemment d'habiter à l'Astor House et emménagea dans une auberge de Yangjingbang[1].

Mais une fois parvenu dans l'Anhui, notre sieur conseiller plein d'ardeur se retrouva rapidement installé à un poste mal rétribué. La raison en était qu'un jour il avait reçu la visite d'un Allemand :

Avec un bruit de chaussures qui claquent sur le sol, un Occidental entra, regarda le gouverneur Huang et hocha

1. Quartier de Shanghai situé à cheval sur les concessions britannique et française, où s'est formé le pidgin anglais.

du chef (…) puis il fit un signe de tête à Lao Hangjie et prononça trois caractères, « shi, mi, tuo ». Le gouverneur Huang savait que cet Allemand s'appelait en effet Shimituo (Schmidt). Lao Hangjie, qui s'apprêtait justement à s'adresser à lui en anglais pour lui demander son nom, l'entendant se présenter, ravala la phrase qu'il avait au bord des lèvres. Selon la coutume allemande, quand des inconnus se rencontrent, ils doivent toujours décliner eux-mêmes leur prénom et leur nom, sans attendre que l'on s'adresse à eux pour parler, ni préférer que la personne leur demande leurs nom et prénom. Mais comment le pauvre Lao Hangjie pouvait-il savoir cela ? Le gouverneur Huang fit signe à l'homme de s'asseoir et Schmidt prit la parole en premier : « Je marche (sic) du Shangdong. Une personne m'a coupé (sic) cinq mille onces d'argent. Je lui ai demandé réclamer (sic), il ne m'a pas donné. Veuillez monsieur me porter une aide. » La langue que parlait Schmidt n'avait rien d'abscons, mais Lao Hangjie n'avait pas appris l'allemand, comment pouvait-il comprendre ? Il en fut réduit à ouvrir de grands yeux et à le regarder. Schmidt répéta et finalement le gouverneur Huang et l'Allemand traitèrent de l'affaire pendant un bon moment. Bien qu'il ne comprît pas l'allemand, il comprenait quelque chose aux chiffres et savait ce que veulent dire les trois mots « cinq mille onces ». Se tournant vers Lao Hangjie, il demanda : « S'il dit cinq mille onces, cela signifie-t-il qu'il réclame une compensation ? » Lao Hangjie, incapable d'articuler une phrase, se contenta de dire : « Oui, oui, oui. » Le gouverneur Huang n'était absolument pas d'accord. Voyant que ni le gouverneur Huang ni l'homme habillé à l'occidentale assis à côté de lui ne comprenaient l'allemand, Schmidt crut qu'il n'avait pas été clair et se dit qu'il reviendrait le lendemain avec un interprète. Il fit alors un signe de tête au gouverneur Huang et à Lao Hangjie, prononça encore une phrase et sortit, l'air dégagé.

Quelques jours plus tard, un vice-consul français arriva dans l'Anhui. Le gouverneur organisa un banquet en son honneur. L'étranger baragouinait, tantôt en anglais, tantôt en français. Lao Hangjie était évidemment capable de lui répondre en anglais, mais tombant sur du français il resta bouche bée, telle une courge tranchée par le milieu.

Cette fois, le gouverneur Huang fut totalement découragé. Il avait embauché un homme soi-disant de talent qui parlait « étranger », comment se faisait-il qu'il ne parlait qu'anglais !? Lao Hangjie ne faisait donc pas l'affaire et il rentra à Hongkong, déprimé, prêt à accepter n'importe quel emploi.

Cette histoire est cousue de malentendus et d'illusions. Plein d'entrain, Lao Hangjie croyait pouvoir exercer un vrai métier. Il n'imaginait pas qu'il ferait seulement l'interprète, et l'interprète idéal que le gouverneur avait en tête, c'était quelqu'un capable de comprendre les langues de mille pays. Qu'il s'agît d'anglais, de français ou d'allemand, il devait pouvoir faire face. Evidemment on ne pouvait trouver nulle part pareil interprète.

En apparence, les Lao Hangjie du début du siècle se cachaient donc dans des palaces occidentaux pour changer de mise, se regardaient dans un miroir, mais en réalité ils ne ressemblaient à rien. On les avait pris pour le peuple élu « civilisé », mais dans la réalité leur « civilisation » pouvait devenir comique, car ladite réalité ne correspondait absolument pas à ce qu'ils avaient imaginé. Et les gens trouvaient même que ces interprètes officiels ne correspondaient absolument pas à l'idée de la « civilisation » qu'ils avaient imaginée.

L'histoire se déroule ainsi au milieu des chocs entre toutes sortes d'illusions et de notions imaginaires. Les illusions de beaucoup d'individus de l'époque n'étaient pas aussi extravagantes que nous l'avons cru par la suite.

Par exemple, dans la tête du gouverneur Huang, comprendre une langue étrangère, c'était les comprendre toutes, ce qui n'est pas farfelu. A la fin du XIXe siècle, il y avait encore des hauts dignitaires mandchous qui dans leurs mémoires adressés très cérémonieusement au trône disaient : en Occident il n'y a en fait qu'un pays, c'est l'Angleterre. L'Amérique, la France, l'Allemagne, etc., ce sont d'autres façons de désigner l'Angleterre, pour tenter d'abuser encore la dynastie céleste.

Il ne fallait pas manquer de culot pour inventer un truc pareil !

11

AGIR : TROIS HISTOIRES

Deux risque-tout ayant gagné une somme d'argent voulaient se rendre à pied au Tibet, afin d'écrire chacun un livre.

Li Jingze réfléchit et dit : si c'était moi, j'aurais empoché l'argent, je serais allé me cacher dans un appartement loué en banlieue et j'aurais écrit un livre racontant mes aventures risquées au Tibet.

Un héros venu de Russie

C'est une histoire racontée par Malraux.

Ce devait être vers 1925. Dans un bar de Singapour, Malraux rencontre un Russe. A l'époque, qu'on soit à Singapour, à Hongkong, à Shanghai ou à Tianjin, et évidemment aussi à Harbin, on pouvait en effet rencontrer partout ce genre de Russes, ressemblant à des ours solitaires. On les reconnaissait au premier coup d'œil : déprimés, fragiles, abandonnés là, torturés par le mal du pays. Tel était le Russe en question : un ours décoloré venu dans la mer de Chine du Sud.

Le Russe était déjà un peu ivre. Ses yeux gris fixaient Malraux au loin. Ils étaient de la même espèce. Tous deux collectionneurs d'antiquités, ils apparaissaient et disparaissaient dans les coins les plus reculés de la

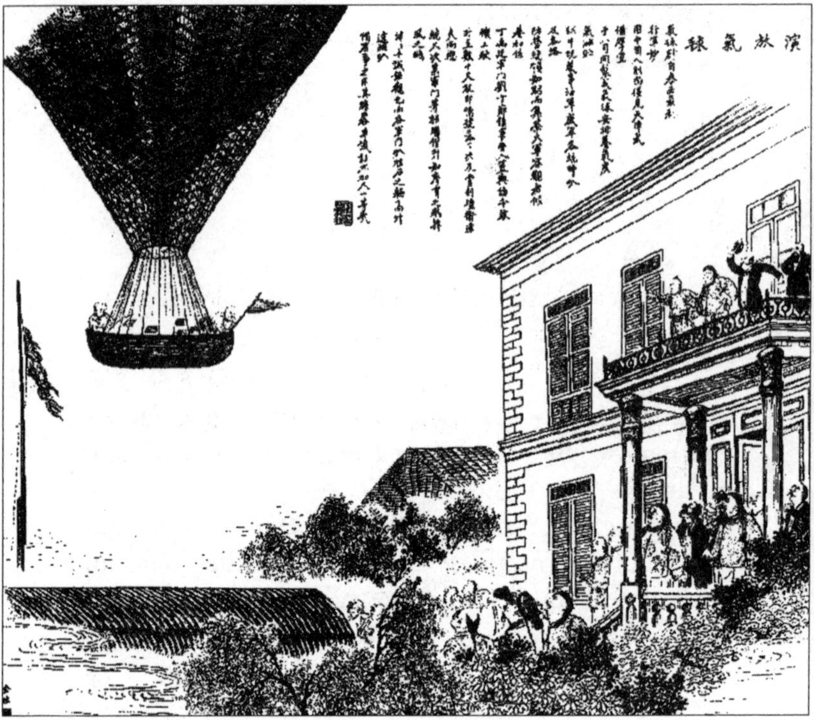

Lâcher de montgolfière.

planète et, avec de l'argent et une bêche d'archéologue, extrayaient ou volaient ces fleurs rares sans propriétaires. Ils exhalaient la même puanteur. Ils avaient beaucoup de choses à se dire.

Le Russe sortit de son sac les cinq petits Bouddhas sculptés dans l'ivoire qu'il venait d'acheter à un petit marchand indien installé dans la rue. Il les posa un par un sur le comptoir. Immaculés, luisant dans la semi-obscurité de l'endroit, les Bouddhas semblaient dormir.

« Regarde, mon ami, j'achète souvent ce genre de trucs. Quand j'en ai trouvé quelques-uns, je les mets dans une tombe où je les enfouis tels quels. Dans cinquante ans, quelqu'un va les exhumer et ils auront pris toutes les couleurs de l'ancien. Le gars sera persuadé d'avoir trouvé un trésor. J'aime bien mettre nos successeurs dans l'embarras, mon ami. Dans une tour d'Angkor Vat, j'ai gravé une phrase obscène en sanskrit, puis je l'ai vieillie. Ça a vraiment l'air très ancien. Un beau jour, il y aura un "touche-à-tout" qui va la traduire. »

Pour finir, le Russe et Malraux s'encouragèrent mutuellement avec force éclats de voix : « Nous devons trouver le moyen de donner une leçon à tous ces abrutis qui se croient très malins ! »

C'est une histoire qu'a racontée Malraux et qu'il a écrite des années plus tard.

Parlons maintenant du sens de cette histoire. Nous regardons les infos à la télé et l'on nous annonce qu'on a découvert quelque part une tombe antique, qu'on en a extrait des pièces archéologiques précieuses, présentant une grande valeur scientifique, etc. On peut alors imaginer la surprise des « travailleurs de l'archéologie » ; ils ont découvert de nouvelles pièces à conviction qui vont leur permettre de compléter, de réviser nos connaissances du « passé ». Cette histoire qu'est l'Histoire devra forcément être racontée à nouveau.

Mais à ce moment-là, le Russe, au paradis ou en enfer – je suppose que ce sera en enfer –, va partir d'un grand rire méchant. Son mauvais coup a réussi, sa camelote est entrée dans l'histoire. Au son de son rire, la « vérité » de l'histoire et notre confiance dans une histoire véridique auront tourné à la plaisanterie cruelle.

Il s'agit carrément d'un cauchemar. Si jamais le Russe avait parcouru la Terre entière, s'il avait ouvert toutes les tombes anciennes, ou bien si chaque creuseur de tombe ancienne s'était livré à la même blague de mauvais goût que le Russe, comment pourrions-nous croire encore que nous possédons un passé « fiable » ? Et comment pourrions-nous affirmer que le « présent » que nous avons sous les yeux est un « présent » vrai à cent pour cent ?

Mais ce Russe fut un héros. Nous sommes tous les esclaves de l'histoire, les esclaves du temps, les esclaves de la mort ; nous n'avons jamais eu le choix, nous ne pouvons y échapper, c'est ce qu'on appelle l'« absurde ». Dans cette « absurdité », la grande majorité des hommes sont des « abrutis qui se croient très malins », qui croient à la vérité de l'histoire, à la vérité du temps, qui croient au « sens » de la vie actuelle dans l'histoire et dans le temps.

Apparemment, c'est très bien, car le point de vue de cette majorité nous redit notre « absurdité » avec des mots directs, positifs ; du coup, la mine florissante, nous nous sentons gais et dispos. Mais il y a toujours un être, la mine florissante, gais et dispos, tel que ce Russe, qui refuse de continuer à être « absurde ». Il s'emploie à faire un petit geste, afin que cet « absurde » pareil à une énorme pierre ne puisse plus lui écraser la tête de manière aussi sûre. Il se met à agir, tel un cheval bien dressé qui se libère brusquement de sa bride. Avec une joie immense, il attaque par surprise le « passé » et le « présent », l'histoire et le temps sous un angle subtil. L'absurde digne se transforme alors en un absurde comique instable. Il prouve qu'il peut tirer quelque chose de l'absurde, et c'est pour lui une victoire secrète.

Ayant fini d'exposer le sens de cette histoire, nous savons pourquoi ce « héros » était russe. C'était un « Russe blanc », il avait jadis nagé dans le luxe, il avait passé son temps à caresser des antiquités pour le plaisir. Il est très possible qu'il était alors lui aussi un « abruti qui se croyait très malin ». Mais en 1917, l'histoire avait changé de visage. Ce monsieur n'avait eu d'autre choix que de quitter son pays natal et de s'enfuir en

Amérique. *L'hirondelle qui naguère s'abritait sous l'auvent du palais, volette aujourd'hui dans la masure du pauvre*[1]. Heureusement auparavant il avait eu l'occasion d'examiner les objets les plus rares, si bien qu'il réussit à gagner sa vie en recherchant des collections pour le musée de Boston. Sauf que ce monsieur avait mauvais caractère : l'histoire ne m'a pas fait de cadeaux, je ne peux donc pas la laisser tranquille. Il se mit alors à lui jouer de mauvais tours, à intriguer et à causer un peu de désordre. Jusqu'au jour où il tomba sur ce Français, en fit son ami intime, lui raconta la vérité et, de manière imprévue, se montra d'un coup au grand jour.

Le chef-d'œuvre de Malraux

Reparlons maintenant de l'histoire de Malraux, laquelle est beaucoup plus compliquée.

En novembre 1996, vingt ans après la mort de Malraux, sa dépouille mortelle fut transférée au Panthéon. Par ce geste grandiose, la France lui rendait hommage : *Aux grands hommes, la patrie reconnaissante*, peut-on lire au fronton de l'édifice. A la suite de Voltaire, Rousseau, Hugo et Zola, Malraux était le cinquième écrivain à jouir de cet honneur.

André Maurois déclara : « La vie de Malraux fut son chef-d'œuvre. » Ce fut vraiment un événement extraordinaire. Nous pouvons désormais lire dans sa biographie :

Malraux (3 nov. 1901-23 nov. 1976) : célèbre romancier français du XXe siècle. Il se distingua dans divers domaines tels que l'archéologie, l'art et l'action politique. Il naquit à Paris dans une famille riche. A l'âge de vingt et un

1. Deux vers d'un poème célèbre de Liu Yuxi (772-842).

ans, il part au Cambodge en compagnie de son épouse pour explorer les ruines des temples. Dans les années 1920, l'Asie du Sud-Est et la Chine étaient submergées par une vague révolutionnaire et l'ordre ancien était au bord de l'effondrement. Malraux organise le mouvement Jeune Annam, crée le journal L'Indochine *et se rend en Chine pour rencontrer Borodine, l'envoyé du PC soviétique. En 1926, après avoir quitté l'Indochine et être rentré en France, il publie* La Tentation de l'Occident. *En 1928, 1930 et 1933, il publie successivement* Les Conquérants, La Voie royale *et* La Condition humaine, *le dernier obtenant le prix Goncourt. En 1930, quand le fascisme apparaît sous l'aspect du nazisme, il organise un comité réclamant la libération des communistes connus internationalement Ernst Thaelman et Georges Dimitrov, incarcérés [en 1933] dans les prisons nazies. Quand éclate la guerre civile en Espagne, il organise aussitôt une escadrille internationale [España], qu'il dirige personnellement, et participe à plusieurs vols. En 1937, il publie* L'Espoir, *écrit à partir de son expérience personnelle en Espagne. Au début de la Deuxième Guerre mondiale, il s'engage comme tankiste. Fait prisonnier, il s'évade et sous le nom de « colonel Berger » il s'engage dans la Résistance dans le Centre-Sud de la France. Peu après, il organise la brigade Alsace-Lorraine, dont il se nomme commandant. Sur le front d'Alsace, il rencontre de Gaulle, avec qui il noue des liens indéfectibles. Il sera nommé successivement ministre de l'Information et ministre de la Culture. Il prend sa retraite à la suite de De Gaulle et s'installe dans le Nord de la France pour se consacrer à des recherches sur l'art. En 1951, il avait publié* Les Voix du silence *; il crée un humanisme universel. Ayant traversé toute sa vie les moments critiques de périodes révolutionnaires et mené des luttes courageuses pour son pays, pendant les dix années où il occupe le poste de ministre de la Culture, bien qu'il détienne un certain pouvoir, Malraux ne pourra pas* *déployer à plein ses vastes ambitions à cause des limites de sa charge.*

(*Britannica Concise Encyclopædia*, Editions de la Grande Encyclopédie chinoise, 1986.)

Sa biographie est véritablement une œuvre épique, qui englobe la politique, la violence et la création, et dont le héros, grâce à son énergie surprenante, mena son action dans un vaste espace. Ce caractère « vaste » ne désigne pas seulement les divers domaines de sa vie d'écrivain, de combattant, de politicien, d'artiste et d'archéologue, il s'applique aussi au monde immense qui va de la Chine à l'Espagne en passant par l'Indochine, qui constitue l'arrière-plan nécessaire de ce personnage d'épopée : un géant qui arpenta la Terre entière.

Venons-en maintenant au sujet principal : les traces laissées par Malraux en Chine. A part les mots gravés sur une stèle, nous avons besoin d'un fil conducteur plus subtil pour suivre clairement son parcours et la durée de son séjour en Chine.

Au cours de l'été 1928, *Les Conquérants* parurent en France. Ce roman a pour sujet la grande grève qui immobilisa Canton et Hongkong entre le mois de mai 1925 et le mois d'octobre 1926. Ce premier ouvrage valut à Malraux sa renommée littéraire. Le résumé sur la quatrième page de couverture indique : « De 1924 à 1927, il fut délégué du Guomindang en Cochinchine, puis en Indochine. En 1925, il fut le délégué à la propagande du mouvement nationaliste de Canton dirigé par Borodine. »

En 1933 parut *La Condition humaine*, livre qui raconte le troisième soulèvement armé des ouvriers de Shanghai en 1927. La même année, dans une lettre au grand critique américain Edmund Wilson, Malraux raconte qu'il était « commissaire du Guomindang en Indochine et enfin à Canton ».

En tant que lecteur occidental, vous auriez certainement été fortement impressionné. M. Malraux avait écrit deux romans traitant de révolution, de violence et de mort, et tous ces événements s'étaient produits dans le lointain Orient. Non seulement cela, mais vous auriez pu deviner en toute logique que Malraux était un des personnages de ses romans et que ce Français avait mystérieusement participé à l'histoire de Chine. Un critique du livre *Les Conquérants* lui donne carrément comme sous-titre *Journal des batailles autour de Canton, 1925*, confirmant ainsi que le roman serait une autobiographie de l'auteur.

Mais pour nous qui sommes des lecteurs chinois, la lecture des romans de Malraux est une expérience étrange. *La Condition humaine* fut traduit par Ding Shizhong sous le titre « Le Destin de l'humanité ». En 1999, quelqu'un qui s'ennuyait à mourir sortit ce livre de sa bibliothèque.

Se pourrait-il que Chen ait soulevé la moustiquaire ? Qu'à travers la moustiquaire il ait donné ce coup de couteau ? Son humeur inquiète lui causa de violentes douleurs à l'estomac.

Le lecteur poussa un soupir : pas un seul Chinois n'appellerait « Chen » tout court un Chinois du nom de Chen. Dès le premier mot, ce livre trahit le ton d'un Occidental. Il continua à lire et vit que l'auteur se demandait si ce « Chen » avait pu porter ce coup de couteau. Il se souvenait que lors d'un cours sur on ne sait quel roman, ce coup de couteau servant de début caractéristique plein de suspense avait été analysé comme une description fantaisiste. Il continua à lire, lut jusqu'au milieu de la nuit puis s'endormit. Alors qu'il n'avait pas terminé ce roman, il n'avait pas envie de le lire jusqu'au bout. Il trouvait que l'ensemble du récit semblait entièrement suspendu en un lieu pareil au rêve. Etait-ce bien le Shanghai de 1927 ? Non, vraiment pas. Même si l'on était en 1999, je savais que le lieu appelé Shanghai dans le livre, ce n'était pas Shanghai. Il y avait aussi ces gens, qui oscillaient comme des ombres, et dont le corps n'exhalait même pas l'odeur de la Chine.

Si ce lecteur avait lu un livre intitulé *Maerluo yanjiu (Etude sur Malraux)*, il n'aurait pas trouvé cela bizarre, car au chapitre « Malraux : un homme du siècle », il aurait appris que cet homme, tout comme lui, n'était jamais allé à Shanghai en 1927. Ce romancier, « à partir d'une Indochine aux bouleversements rapides et imprévus, conçut une Chine en pleine effervescence ; à partir de Saïgon et Cholon, il décrivit Shanghai ; à travers le tortionnaire Maurice Cognacq (gouverneur de la Cochinchine), il décrivit le bourreau Chiang Kai-chek ; d'après des marchands de la rue Catinat, il brossa le portrait des courtiers du Bund ; d'après les gémissements de la société du delta du Mékong ou de la baie de Saïgon, il imagina le soulèvement impétueux du continent chinois ; et il se servit de ses camarades de lutte du mouvement annamite de la jeunesse comme modèles pour concevoir les stratèges de Canton ».

C'est-à-dire que, sur la carte, à un bout c'est Shanghai et Canton, à l'autre c'est Saïgon au Vietnam. Quant aux *Conquérants* et à *La Condition humaine*, ils flottent entre ces deux extrémités.

En 1927, Malraux se trouvait déjà en France ; il avait quitté l'Indochine sous tutelle française le 30 décembre 1925, salué le jour de son départ par deux Chinois d'outre-mer membres du Guomindang : Dong Rui et Tang Dai. Ces deux hommes étaient sans doute à l'époque les seuls révolutionnaires qu'il connût qui avaient un lien avec la Chine. Car en réalité ce fut seulement au mois d'août de cette année-là qu'il se rendit une fois à Hongkong et qu'il y séjourna quelques jours afin d'acheter du matériel d'imprimerie pour le journal *L'Indochine* qu'il avait créé. C'est pendant ces quelques jours qu'il put être témoin de la grande grève de Canton et Hongkong qui durait déjà depuis deux mois. Cela lui suffit pour écrire *Les Conquérants*, mais cela ne lui suffit certainement pas pour devenir un « commissaire du Guomindang en Indochine et à Canton » ni un « délégué à la propagande » du représentant du PC soviétique en Chine, Borodine. Ce Français laissa tout juste à Hongkong les traces d'un visiteur pressé, mais grâce à deux romans, ces traces depuis longtemps balayées par le vent pénétrèrent sur le continent chinois et entrèrent dans l'histoire tumultueuse de la première grande révolution chinoise.

On raconta alors que Malraux avait été un « héros » de la grande révolution chinoise. Chaque fois que l'on parlait de ces événements, Malraux devenait un sphinx : « une conversation vaguement mystérieuse, un silence difficile à supporter, diverses insinuations, un ton affirmatif et une vérité à peine perceptible inimaginable ».

Face à cette vérité dont on ne dit pas qu'elle a existé, ni qu'elle n'a pas existé, qu'elle ressemble à cela ou qu'elle n'y ressemble pas, que peut-on faire ? On est face à une haute montagne perdue dans les nuages.

En 1997, l'année où la dépouille de Malraux fut transférée au Panthéon, le sinologue belge Simon Leys publia un article dans le *New York Review of Books*, où il trancha d'une phrase : cet homme, « il savait surtout se vanter ». Donnons-en un exemple. Feuilletez la *Britannica Concise Encyclopædia*, et vous découvrirez qu'il pilota un avion à plusieurs reprises, qu'il fut tankiste, mais en réalité il ne savait même pas conduire une voiture, sans parler d'un avion ou d'un tank.

Les écrivains qui « savent se vanter » sont en fait très nombreux. Entre le talent de vantard de son contemporain Hemingway et celui de Malraux, on a du mal à discerner le meilleur. Un jour, un rédacteur en chef qui avait avalé quelques verres d'alcool me confia sur un ton mystérieux, comme s'il me révélait un secret : « Les écrivains sont tous des idiots, ils ne font pas la distinction entre la réalité et la fiction. » Il avait oublié à qui il s'adressait, mais, comme on dit, le vent entre par une oreille et ressort par l'autre, jusqu'au jour où, Malraux qui était couché, s'éveilla et entendit soudain prononcer la phrase : « Il sait surtout se vanter. »

Malraux qui était déjà vieux se réveillait chaque matin avec des douleurs partout. Il enfonça la tête dans l'oreiller et se dit : à l'époque j'étais plein de force, pareil à un lion, une panthère ou un loup agile. Dans la jungle subtropicale du Cambodge, cet homme et sa compagne – une femme qui s'appelait Clara – ensemble, la main dans la main, foulaient les herbes profondes d'un vert clair. Les herbes étaient vraiment vertes ! La sève verte, gluante, ruisselait sur les feuilles ; le soleil était blanc, les dos élancés des Khmers brillaient comme l'ébène, ployés sous le poids de lourdes pierres.

Il s'agissait de quatre hauts-reliefs composés de sept énormes pierres, d'une extrême beauté, d'une beauté profondément endormie, que personne ne surveillait, jusqu'au jour où le temps stagnant se remit à couler, les pierres furent vues par deux paires d'yeux bleus, puis transportées en cachette hors de l'ancien temple au creux de la montagne et emportées vers un lieu lointain, inconnu.

Ces énormes pierres furent finalement transformées en une ligne de petits caractères, formant le début d'une œuvre puissante, romantique, riche de merveilleux :

Suis allé au Cambodge explorer les ruines d'un temple.

Eh oui, moi, Malraux, j'ai toujours fait ainsi, transportant l'Orient en Occident. L'Orient endormi ignorait ce que se passait, mais l'Occident poussa un soupir d'étonnement. Cela ressemble beaucoup à ce Russe qui haïssait tellement l'histoire ! Le pauvre type riait cruellement, écrasé sous le poids du destin. Jusqu'à maintenant j'entends toujours son rire, comme s'il n'avait jamais quitté ce bar de 1925. Mais ce Russe n'était qu'un détail sans importance, une simple piqûre dans l'histoire et dans le temps. Il ne pouvait que causer une légère démangeaison au monde. Alors que moi Malraux j'ai achevé un livre, j'ai écrit directement l'histoire, j'ai fait de moi un personnage dans l'histoire, personne ne sait que ce personnage qui s'appelle Malraux n'est en fait que de la fiction. Certes un jour viendra où un abruti qui se prendra pour un aigle proclamera que Malraux se vantait, mais Malraux vivra éternellement, car personne ne peut, tel un pharmacien, raffiner la « vantardise » pour n'en extraire que l'histoire pure, et surtout parce que Malraux vous a permis, a permis à tous les hommes, d'entrevoir un espoir :

L'histoire tente de transformer le destin en conscience alors que l'art s'efforce de transformer le destin en liberté.
(Pierre de Boisdeffre, *Un humanisme désespéré ; André Malraux – la Mort et l'Histoire.*)

Bien. Permettez-moi maintenant de vous expliquer ce que cela signifie : l'histoire est comme la mort. A cela près qu'elle raconte la mort, la conclusion fixée par le destin que nous ne pouvons accepter, d'une manière plus claire, plus logique, plus facile à comprendre. Mais une fois compris cela ? Une fois cela compris, on devient plus réaliste. Or, parmi ceux qui ont compris, certains n'ont pas envie de devenir réalistes. Moi, par exemple, qui m'appuie sur l'art, qui m'appuie sur la création audacieuse, sans scrupule, sans vergogne, j'ai vécu mon « histoire », je suis libre, l'histoire ne peut pas me faire grand-chose. Au contraire, ce que nous appelons l'histoire ressemblera de plus en plus à mes livres.

Est-ce ce que nous appelons « se vanter » ? Peut-être. Mais dans ma liste de vocabulaire je préfère choisir un autre mot : « agir ». On doit toujours agir pour prouver qu'on n'est pas un type qui reste planté là à attendre la mort. Lorsqu'on marche dans la rue, au milieu de millions de gens, on sait qu'on n'est qu'un grain de poussière, qu'on n'a aucun intérêt. Mais c'est à ce moment-là qu'il faut bondir, hurler, se rouler par terre, baver de l'écume, n'en faire qu'à sa guise. On se met alors à « agir », on est libre. Au fond on prouve que, quoi qu'on fasse, c'est la même chose, mais on aura été différent de la foule. On aura fait une grimace provocante à toutes ces choses que sont la mort, le destin, le temps, l'histoire, etc.

Cet homme qui s'appelait « Malraux », c'est ma provocation, grâce à laquelle je serai immortel.

Remarques

1. En 1931, Malraux et Clara entament un tour du monde et mettent pour la première fois le pied sur le continent chinois.

2. En 1965, Malraux se rend en Chine comme émissaire du président de Gaulle. Il rencontre Mao Zedong, Liu Shaoqi et bien sûr Zhou Enlai – cet organisateur du troisième soulèvement armé des ouvriers de Shanghai qui aurait servi de modèle au révolutionnaire Kyo Gisors de *La Condition humaine.* C'est-à-dire que vingt-deux ans après avoir fait paraître le livre, la fiction et la réalité se rencontrent pour la première fois à Pékin.

3. A la fin de sa vie, Malraux fit paraître ses *Antimémoires* ; il y décrit en détail la conversation entre géants qu'il eut avec Mao Zedong. Mais si l'on compare les notes prises sur le vif par l'interprète et le compte rendu fourni par l'ambassade de France en Chine, cette

rencontre n'aurait duré qu'une demi-heure et n'eut à l'évidence rien à voir avec le bavardage interminable que Malraux rapporte dans ses Mémoires.

Aux yeux des Occidentaux, l'histoire de la Chine copia à nouveau le livre de Malraux, car sa description fut la prédiction exacte de la « grande révolution culturelle » qui éclata par la suite.

Une coupure de presse

Il s'agit d'un journal du siècle dernier. Le papier, jauni, sert depuis toujours à emballer un tas de lettres d'autrefois. Un jour, comme vous le savez, ce jour finit toujours pas arriver, on a tout d'un coup envie de grimper sur une chaise pour attraper ces paquets de vieilles lettres ficelées et de fouiller en vitesse dans ces débris du passé. C'est alors que mon attention fut attirée par ce journal, que j'étalai sur la table pour le lisser avant de découper le texte qui y était écrit :

Meiwen (Belles lettres), *qui veut promouvoir la « prose d'action », m'a aussi commandé d'écrire un texte sur ce modèle et, sans réfléchir, j'ai accepté, puis je me suis mis à me torturer les méninges : « action » et « prose » ; la prose ne posait pas de problème, mais la question était de savoir comment « agir ».*

Le résultat de ma réflexion fut le suivant : les anciens pratiquaient la méditation ; « ce n'est pas le drapeau qui bouge, ce n'est pas le vent qui bouge, c'est l'esprit qui bouge[1] *» ; on voit que si l'esprit bouge, c'est aussi du mouvement. Si je réussis à éclaircir ce point, le texte sera facile à écrire. Comme on dit, « quand l'esprit erre à mille*

1. Phrase du sage bouddhiste Huineng qui départage deux moines en train de se quereller pour savoir si c'est le drapeau ou le vent qui bouge.

Naissance par césarienne.

lieues, la pensée atteint les huit directions », et sans décoller le cul de ma chaise, je réussirai à écrire un texte de « prose d'action ».

Evidemment, je sais que ce que recherchent les créateurs de « prose d'action », ce n'est pas cette action pareille à du rêve éveillé. Ils souhaitent que mes pieds arpentent la terre et que, qu'il pleuve ou qu'il vente, je supporte l'épreuve en laissant ma barbe pousser sans la tailler. Ensuite je reviendrai écrire de la « prose d'action ». Mais le problème, c'est que la faisabilité de ce genre d'action est assez faible. Moi, par exemple, je dois aller travailler ; si j'agis au point de disparaître sans donner signe de vie, je risque de briser mon bol de riz. Evidemment je peux encore démissionner, ainsi je serai libre. Mais une fois libre, je ne serai pas forcément capable d'agir. Le plus probable, c'est que je passe mes journées à traîner dans les bars, à bouquiner, à bavarder sur la Toile et qu'ensuite j'écrirai une petite pige lucrative qui ne sera qu'une broutille.

C'est pourquoi la vraie question est de savoir si nous recelons en nous l'impulsion qui pousse à agir. Si nous comprenons l'idée d'agir comme l'expérimentation par notre corps de l'inconnu, de la richesse et des périls du monde, voire de l'intervention sur le monde, comme une volonté de réalisation, je pense que nous tous ne possédons probablement pas cette impulsion ni cette capacité. Ce qui veut dire aussi que notre époque n'a plus de Hasek[1]*, de Hemingway, de Sartre, de Malraux, de Saint-Exupéry, etc. Certes dans notre pays, il y a longtemps que les anciens sages ont disparu sans laisser de traces. La plupart étaient des lettrés confucéens, pour qui la connaissance alliée à l'action représentait leur idéal, psalmodier des poèmes et écrire des textes n'étant que des activités accessoires.*

Agir ou ne pas agir, est-ce particulièrement important pour la littérature ? Difficile à dire. A notre époque, les écrivains ressemblent tous à des vierges chastes qui protègent de la même manière la pureté de leur expérience ; sur ce sujet, nous possédons tout un tas d'arguments théoriques et il n'est pas nécessaire de les organiser. En termes clairs, cela signifie, je pense donc je suis. Je me lève le matin, je descends dans la rue, je me saoule, je me couche ivre donc je suis, j'écris donc je suis. Sur ce sujet, je n'ai pas d'opinion contraire, j'estime que si des gens ne pensent pas comme ça, c'est assez bizarre. Car le cadeau le plus délicieux que nous aient offert les années 1990, c'est la vie quotidienne. Nous devons en profiter et la découvrir sans retenue.

Mais la littérature qui n'agit pas, introvertie, ressemble aux compétitions de la Coupe du monde de football, où

1. Jaroslav Hasek (1883-1923), auteur du *Brave Soldat Chveik.*

seule compte l'équipe qui arrive en tête du classement, celle qui arrive en deuxième position devant être accablée d'injures (sauf l'équipe de Chine, évidemment). Ce qui veut dire que, ou bien on est le meilleur, ou bien on n'est rien. Mais tout le monde est en train d'écrire, et les meilleurs sont forcément très peu nombreux, si bien que l'impression générale est d'une insipidité banale. On est donc obligé d'admirer les auteurs qui agissent, ils peuvent au moins s'appuyer sur l'étendue de leur expérience pour soutenir leurs écrits les plus divers. Bien sûr, le sens de l'étendue de l'expérience ne se limite pas à cela ; la raison fondamentale de l'existence de la littérature est probablement de deux sortes : primo « se connaître soi-même », secundo, étendre notre expérience, connaître autrui, connaître la richesse du monde, ce qui en dernier ressort nous permet aussi de nous connaître nous-mêmes.

Nous avons donc besoin maintenant d'une littérature extravertie, agissante, qui englobe évidemment la « prose d'action ». En prenant conscience de ce besoin, la revue Meiwen *montre véritablement sa lucidité, mais réussir ou non à produire ce genre d'écrits est une autre affaire. Selon moi, le résultat sera probablement le suivant : après avoir poussé de grands cris, il faudra mettre une sourdine. Non seulement parce que notre culture est en train de se délecter de la vie quotidienne, non seulement parce que l'époque nous a promis un merveilleux avenir fictif, où en restant assis sur une chaise nous nous croisons sur le théâtre des événements, mais, plus encore, parce que nous ne sommes pas encore de vrais « individus ».*

Depuis au moins les années 1980 et 1990, « individu » est le mot que tous les écrivains ont à la bouche ; pour lui nous travaillons laborieusement et faisons des recherches approfondies. Mais malheureusement je suis atteint d'une légère addiction à l'histoire. L'« individu » nous est venu d'Occident. Si l'on examine l'histoire de l'Occident, si l'on regarde en arrière, je considère que trouver un « individu » qui ressemble à quelque chose n'est vraiment pas facile. Sans parler du reste, quand les marchands ou les soldats dépourvus de la moindre culture qui apparaissent dans l'histoire se considéraient comme des « citoyens », notre « individualisation » était assez complète, et chez nous qui se serait préoccupé de savoir s'il était un « citoyen » ? Il n'y a que lorsque l'on se considère comme un citoyen que l'on peut devenir un « individu », car cela signifie que l'on a vis-à-vis du monde une responsabilité indubitable dont on ne peut être privé.

Cela nous amène à nous poser la question de savoir comment « agir » tout en « faisant de la prose ». A mon idée, la « prose d'action » ne doit pas être « stylisée », c'est-à-dire que si vous allez en personne à New York, ou bien, avec un peu plus de chance, si vous allez en avion de l'Inde aux pyramides, vous pouvez évidemment nous faire savoir que vous y êtes allé, mais nous ne pouvons pas vous en vouloir d'avoir été ému par votre nostalgie des temps anciens ou par l'émotion que vous ont procurée les pays étrangers. Mais ce n'est pas de l'« action » ni de la « prose d'action ». Que cela soit en terre étrangère ou dans la vie d'autrui, « agir » n'est pas « faire l'expérience de la vie », ce n'est pas examiner ni observer, mais c'est se plonger vraiment, c'est assumer de ne pas reculer par devoir, c'est permettre à notre expérience, en s'étendant, d'accueillir un destin. Peut-être qu'« agir », ce n'est pas du tout agir en terre étrangère ou dans la vie d'autrui ; « agir », c'est mener ma propre vie.

Parlons clairement. Vous devez aller faire la guerre comme Hemingway et en outre être criblé de balles, vous devez comme Malraux aller au Cambodge voler des statues bouddhiques. Au minimum, vous devez comme Sartre passer vos journées à vous préoccuper de tenir des réunions et de faire des proclamations, ou bien comme Foucault aller en Californie prendre des risques personnels en vous affranchissant des convenances.

Vous pouvez alors écrire de la « prose d'action ». Mais je doute que chez nous il y ait des gens qui « agissent » ainsi.

Le texte est vraiment mal écrit, surtout que tantôt il parle de l'« individu », tantôt du « citoyen », au point que l'on ne sait même pas de quoi il parle, comme si le gars, à force de tourner autour du pot, avait fini par perdre la boule et était incapable de trouver le chemin du retour. On ne peut pas comprendre les gens du siècle dernier, mais comme ce texte évoque Malraux, comme il parle du mot que Malraux aimait le plus, l'« action », c'est la raison pour laquelle je l'ai découpé et collé ici.

Troisième histoire

« D'ici, en suivant la Grande Muraille vers l'ouest, jusque là-bas, il faut au maximum quatre jours. »

Le doigt du vieux Ma se déplaçait sur la carte. L'« ici » dont il était question, c'était la passe de Juyong[1]. Le doigt bougea légèrement et nous arrivâmes à Datong[2]. Le fait que cette fois-là le point final risqué eût été fixé à Datong me réjouit intérieurement, car en ce lieu se trouvait Wang Xiangfu[3], qui accueillerait chaleureusement l'ami venu à pied par un chemin dangereux.

Pendant la dizaine de jours qui suivirent, j'escortai le vieux Ma par les grandes avenues et les petites rues de Pékin. Il m'apprit la manière de devenir un risque-tout, par exemple « quand on marche à travers la campagne, parfois on rate le rendez-vous avec un ami ou l'on est

1. Située à soixante kilomètres au nord-ouest de Pékin.

2. Ville du Shanxi, ancien haut lieu du bouddhisme, célèbre pour ses grottes et ses statues sculptées dans le roc.

3. Romancier, né en 1958.

désorienté ; revenir alors rapidement à l'endroit que l'on connaît bien, prendre la carte et la boussole, repérer l'endroit où l'on est et repartir en direction de l'objectif ». Nous achetâmes donc une boussole. Autre exemple, « quand on vit dehors, on ne peut pas se passer d'une moustiquaire », « la moustiquaire est très légère, facile à transporter, à l'intérieur elle fournit un espace de repos coupé de l'extérieur et vous donne un sentiment de sécurité ». Nous achetâmes donc des moustiquaires faciles à transporter. Nous dûmes aussi acheter une petite radio. Vous ne devinez certainement pas à quoi cela peut servir : à prévoir les orages. « Quand on écoute une émission et qu'on entend des parasites qui vous transpercent les oreilles, cela indique qu'il y a un orage à proximité, etc. »

En 1997, les éditions Zhongguo biaozhun et Renmin zhongguo s'associèrent pour publier un *Manuel illustré du risque-tout – la vie et la survie dans la nature*. Maintenant, lorsque j'utilise ce livre dans la pratique, j'ai l'impression que le vieux Ma m'a déjà tout dit. Sous un soleil torride, il prévoyait les lointains dangers qui surviendraient l'un après l'autre : les éboulis de pierres, la noyade, la rencontre de voleurs, les coups de soleil, une foulure de la cheville, le mal de ventre, les piqûres de moustiques, les piqûres de frelons, les morsures de serpents venimeux. En parlant de morsures de serpents, le ton du vieux Ma devint hésitant, il ne savait pas trop si dans le Nord en été on courait le risque de tomber sur des serpents venimeux, et sur quel type de serpents. C'était un risque que même le vieux Ma était incapable de prévoir et qui était à l'évidence beaucoup plus dangereux. Je me recommandai donc in petto de me rappeler ses paroles : « Quand on part en montagne, il faut porter des chaussures spéciales ou des bottes », « il ne faut pas introduire la main dans les trous des arbres ou les fentes de la paroi rocheuse » – les serpents sont en train de faire la sieste. Si jamais « on est mordu par un serpent, en attendant de gagner un hôpital, faire un garrot serré au-dessus de la blessure afin d'empêcher le venin de se répandre dans l'organisme ». En revanche « ouvrir la blessure et aspirer le venin n'est pas une bonne méthode, car la personne qui aspire risque elle aussi de s'empoisonner ».

Le vieux Ma insista à plusieurs reprises sur le fait qu'il ne fallait absolument pas ouvrir la blessure d'« autrui » ni aspirer le venin d'« autrui » avec la bouche, mais je décidai quand même que si jamais le vieux Ma se faisait mordre par un serpent, je me précipiterais et ouvrirais la blessure avec mon couteau de l'armée suisse bien effilé, puis j'aspirerais comme un fou. Imaginez un peu : le vieux Ma aurait certainement les larmes aux yeux, car ce serait vraiment le summum de la prise de risque, et un fait glorieux prouvant l'amitié ainsi que l'absence d'égoïsme et l'intrépidité qui nous unissaient comme des frères.

En fin de compte, au plus fort de l'été dans les montagnes du Nord de la Chine, y a-t-il ou non des serpents venimeux ? Jusqu'à présent, je n'en sais rien. Evidemment, le vieux Ma n'a jamais été mordu. Actuellement, mon vieil ami robuste vit dans une ferme d'élevage dans la prairie toute verte de Nouvelle-Zélande, où l'on entend, tchic-tchic, le son des ciseaux à tondre la laine. A Noël dernier, j'ai reçu de lui une carte postale où figurait un voilier du XVIIIe siècle qui voguait sur la mer. De son écriture appliquée, il m'écrivait : « Je pense à la Grande Muraille. »

Moi aussi, je pense à la Grande Muraille :

J'ai longtemps marché, sur le chemin de la guerre l'aller et le retour furent aussi difficiles.

Je n'imaginais pas la différence entre l'intérieur et les frontières, n'ayant sur le dos qu'un mince habit de cérémonie.

A cause du froid, le bruit des sources était douloureux, les feuilles des arbres avaient séché.

Il ne faut pas croire qu'une fois franchies les passes on est sorti d'affaire, dans la neige et au milieu des nuages l'espace s'étend à l'infini.

Sous la dynastie des Tang, il y a plus de mille deux cents ans, le poète Gao Shi[1], parti de Fengqiu[2], avait rejoint l'armée des Barbares d'azur à Youzhou[3] et franchi la passe de Juyong[4]. Sur mon carnet de notes, j'entourai d'un trait rouge grossier les deux phrases du poème *A cause du froid, le bruit des sources était douloureux, les feuilles des arbres avaient séché,* dont le style triste et dépouillé faisait peut-être écho à mon état d'esprit du moment, bien que le poème de Gao Shi évoquât la mélancolie de l'automne et que l'aventure du vieux Ma et moi se soit passée en plein été.

Sur le carnet de notes j'avais aussi recopié *Ecrit sur la route de Yunzhong* du poète peu connu Shi Jianwu[5] :

Au milieu du troupeau de moutons et de chevaux, je cherche le chemin de l'homme,
Au-delà de la passe de Yanmen, les hommes sont rares.
On raconte que jadis le chef-lieu s'appelait Yunzhong,
Aujourd'hui la ville a disparu, il ne reste que du sable.

Ce poème est fort étrange et j'ignore d'où il vient. Pour le trouver, je ne pense pas être allé fouiller tout le *Quan Tang shi (Recueil complet des poèmes des Tang).* Le poème ne me paraît pas si bon que ça. La raison pour laquelle je l'avais recopié dans mon carnet, c'est qu'à l'époque des Tang le chef-lieu de la région de Yunzhong

1. 704-765.
2. Sous-préfecture du Henan.
3. Sous-préfecture du Nord du Hebei.
4. Passe de la Grande Muraille, au nord du Hebei.
5. 780-861.

était l'actuel Datong au Shanxi. On voit que nos prises de risque s'accompagnaient non seulement d'une préparation matérielle complète mais aussi d'une préparation spirituelle complète. La voix des gens des Tang se réverbérait sur le point de départ et le point d'arrivée de cette marche ; c'était comme si je me voyais parcourir seul mille lieues à travers le vaste monde, pénétrant dans l'immensité de l'univers malgré mon étonnante petitesse. Ce sentiment et cette situation ne pouvaient-elles pas faire que *seul et sombre je fonde en larmes*[1] ?

Des années plus tard, le vieux Ma, « au milieu de son troupeau de moutons et de chevaux » repensait soudain à la Grande Muraille, ce qui m'incita à fouiller partout pour retrouver ce carnet de notes. Je le relus, profondément ému. Au cours de ces nuits d'été de l'année 1994, en haut d'un grand immeuble, une pluie violente battait la fenêtre. Nous nous serrâmes les mains et nous nous regardâmes, nous sentions que les affaires du monde, pour être instables, sont éternelles comme le ciel et la terre. Pourtant je ne me souviens pas que nous ayons atteint le degré de violence intérieure où *je tue un homme à chaque dix pas, et continue à tuer sur mille stades*[2].

Pour être précis, dans cette histoire apparaissent des femmes, et même deux : ma petite amie et l'épouse du vieux Ma. Si l'on évoque cette période, on ne peut pas ne pas les mentionner. Des années plus tard, elles ont parcouru beaucoup plus de chemin que leurs compagnons de l'époque. Ainsi, l'épouse du vieux Ma est actuellement à New York. Dans une lettre, il m'écrit : « Heureusement qu'elle n'est pas allée en un lieu plus

1. Vers tiré du poème de Chen Zi'ang (661-702), *En montant à la Terrasse de Youzhou.*

2. Vers tiré du poème de Li Bai, *Xiake xing* (*Ode au chevalier errant*).

éloigné que New York. » Je pense que c'est la différence fondamentale entre le vieux Ma, patron d'une ferme d'élevage, et son époque d'antan. Pour cette femme, un lieu éloigné, c'était un lieu situé au-delà de l'horizon. Peut-être ne savait-elle pas où exactement, mais ce n'était certainement pas New York où elle se trouvait à ce moment-là. Toutefois, ce ne sont que des paroles a posteriori.

Quand le vieux Ma et moi annonçâmes notre projet de partir en exploration à pied le long de la Grande Muraille, nous ne décelâmes pas les tenants et aboutissants de l'affaire dans les réactions enthousiastes de ces deux femmes. Dans un bar obscur envahi par la fumée où régnait un grand tapage, elles avaient les yeux humides, brillants. Elles parlaient beaucoup, nous bûmes beaucoup d'alcool. Quand cette soirée délicieuse prit fin, je crois que le vieux Ma et moi avions la même impression : nous étions des hommes extraordinaires qui allions entreprendre un long périple dangereux avec les encouragements, le souvenir, le respect et l'admiration des femmes que nous aimions. Evidemment, nous n'avions pas envie de les quitter, si ce n'est pour quelques jours, mais nous ne pouvions pas ne pas partir, car, malgré l'obscurité, les deux hommes que nous étions avions entendu un appel secret, pressant.

Dans les jours qui suivirent, nous eûmes droit au meilleur traitement que pouvaient imaginer des braves qui s'apprêtaient à entreprendre un long voyage ; chaque matin, je devais boire deux verres de lait, manger deux œufs frits et, le soir venu, je devais avaler un plat de travers de côtes ou un poulet à l'étuvée. Ensuite, assis à mon bureau, je devais me livrer à un nécessaire travail préparatoire sur table en vue de cette aventure dangereuse. Les documents à compulser, mettre en ordre et répertorier étaient très nombreux ; je consultai presque toute la documentation écrite

Prendre les gens dans ses bras
(faire preuve de compassion en soignant les pauvres).

concernant la Grande Muraille, confronté au dédain des anciens, leur pathos, leur fragilité et leur fermeté affichés devant la Grande Muraille. Quant à mon amie, elle me préparait dans la cuisine des soupers riches et nourrissants, ou bien échangeait par téléphone les recettes du jour avec l'épouse du vieux Ma. Je me dis que pendant cette période la structure de mon alimentation et celle du vieux Ma devaient être sensiblement les mêmes et que la technique culinaire des deux femmes ne devait avoir cessé d'évoluer.

Mais il y avait certaines choses que les anciens avaient couchées noir sur blanc depuis longtemps, et le vieux Ma et moi n'avions pas imaginé que cela avait pu se produire si tôt. Au téléphone, les deux femmes faisaient des messes basses, se consultaient et échangeaient leurs informations, et elles finirent par aboutir à l'idée qu'elles risquaient de *regretter d'avoir laissé partir [leur] mari à la guerre pour y glaner un titre de noblesse*[1]. « Ah, les femmes… s'exclama le vieux Ma, se lamentant sur les souffrances des hommes. A force de réfléchir, elles ont l'impression que nous allons être parachutés au-dessus du désert d'Irak. »

Il était clair que les suppositions et les descriptions concrètes toujours plus riches de périls divers que cette marche nous réservait peut-être avaient fini par effrayer les femmes. Presque chaque jour, le vieux Ma pouvait imaginer un ou plusieurs dangers et les contre-mesures nécessaires. Je finis par vivre dans l'appréhension. Dès que le téléphone sonnait, ma compagne allait répondre puis me tendait le combiné en disant : « C'est le vieux Ma. » Ce dernier prononçait d'emblée la même phrase : « Il y a un problème… Je ne sais pas si tu y as pensé. » Bien sûr que je n'y avais pas pensé. Nous nous lancions aussitôt corps et âme dans une discussion passionnante ; il fallait absolument modifier le plan arrêté au départ, sinon nous risquions de ne jamais revenir. Mon amie restait à mes côtés, me fixant d'un regard lointain. Je pense qu'à ce moment-là je crus saisir, en me trompant, le sens de ce regard.

La femme est une grande romantique ou une grande réaliste. Les deux femmes auxquelles nous faisions face étaient le parangon éclatant de la fusion entre romantisme et réalisme. Tels des chats, elles s'absorbaient dans leurs rêves et, toujours tels des chats, elles réagissaient avec promptitude et inventaient mille stratagèmes. Prêts à se mettre en route, les deux hommes découvrirent combien

1. Vers tiré d'un poème de Wang Changling (698-765).

il était difficile de partir. Plus précautionneuses que jamais, les deux femmes découvraient en effet des difficultés qu'il fallait résoudre d'urgence et des questions qu'il fallait régler avant le départ. Le vieux Ma et moi finîmes par perdre patience et annonçâmes sur un ton cassant que, de toute façon, nous partirions le jeudi suivant.

« Jeudi ? Comment ça ? Jeudi, c'est l'anniversaire de ma tante ! » s'exclama mon amie, alors que d'habitude elle et sa tante n'étaient pas si intimes. Mais « les enfants de ma tante ne sont pas avec elle », ajouta-t-elle.

A l'évidence, non seulement elle voulait réconforter la pauvre tata esseulée, mais à moins d'être un cœur de pierre et de ne pas entendre raison, je voudrais certainement l'accompagner, ce qui ferait tant plaisir à la vieille dame !

« Alors, vendredi », dit le vieux Ma en maugréant, comme s'il faisait une concession difficile. « Vendredi, ça ne marche pas non plus ! dit posément l'épouse du vieux Ma en hochant du chef, ce qui fit tinter les énormes boucles accrochées à ses oreilles. J'ai vérifié, vendredi n'est pas un bon jour. Il n'y a que le 8 du mois prochain qui soit un jour faste. »

Le vieux Ma et moi étions à deux doigts de prendre la fuite. « Un jour faste, est-ce une remarque qu'on attend dans la bouche d'une diplômée de physique ? »

Le dîner de départ se transforma en un débat sur les questions d'astrologie, de divination et de destin. Sous les exhortations vengeresses de ma compagne, l'épouse du vieux Ma remporta une victoire complète. A partir de là, chaque fois que j'entendais dire que nos scientifiques consultaient les oracles et même le Falungong, je ne trouvais plus cela bizarre, car quand la logique scientifique est saisie d'un léger spasme, cela peut entraîner un agnosticisme stupide.

Nous attendîmes la venue de ce « jour faste ». Le vieux Ma et moi étions conscients que la réalité du problème résidait dans la détermination des femmes à nous empêcher de tenter l'aventure. Qui sait quelle nouvelle trouvaille elles allaient faire avant le 8 ? Elles avaient plus d'un tour dans leur sac ! Nous considérâmes qu'il allait être nécessaire de nous livrer immédiatement à un travail idéologique patient et délicat afin de contrer leurs objections. Evidemment, le meilleur moyen de le faire consistait à proclamer que ce voyage ne présentait aucun danger. Ce serait un joyeux voyage à pied entrepris dans une période de paix et de prospérité. Mais « elles vont sûrement demander pourquoi nous ne les emmenons pas », dit le vieux Ma, l'air malheureux.

Eh oui, eh oui ! Comment pouvions-nous abuser nos femmes adorées en leur affirmant mordicus que ce voyage risqué pour de robustes risque-tout était devenu du tourisme banal ?

A l'issue de discussions répétées, le vieux Ma et moi finîmes par adopter une version commune.

Je sais que tu ne veux pas que j'y aille (« J'ai percé à jour tes idées diaboliques », expliqua le vieux Ma) mais comment pourrais-je ne pas y aller (lentement mais fermement) ? C'est dangereux ? Bien sûr que c'est dangereux, mais (marquer un léger temps d'arrêt en arborant une expression confuse) je ne peux vraiment pas ne pas y aller. Quand j'étais petit, je rêvais de partir, tout seul, très loin, de me tenir au sommet d'une montagne et de regarder le soleil se lever, avec le monde à mes pieds. (Je trouvais ce passage carrément exagéré, mais le vieux insista pour que nous le conservions.) Depuis plusieurs années, j'ai l'impression qu'une voix résonne en moi, qui m'appelle depuis un lieu très profond. (« Un bruit d'aspiration, tout léger, comme si un démon faisait la sarabande », me fit remarquer le vieux Ma.)

Restons-en là. En fait, je n'ai pas besoin de rappeler et de rabâcher ces explications truffées de banalités, car elles ne servent absolument à rien. « Je sais que tu ne veux pas que j'y aille », j'ai en effet prononcé cette phrase, mais à peine avais-je fini de l'articuler que mon amie m'a fixé de ses yeux de chat, comme si j'étais je ne sais quel monstre amusant : « Qu'est-ce qui te prend ? On n'a pas décidé que vous partiez le 8 ? » Puis, saisie d'une illumination subite : « Tu n'aurais pas peur, par hasard ? Ou bien tu as la flemme ? » Sans même attendre que je m'explique, elle tapota avec une grimace le ventre protubérant qui m'était soudain poussé récemment. « Faudrait pas que tu aies mangé toutes ces bonnes choses pour rien ! »

Pauvre de moi et pauvre vieux Ma ! Quand nous nous retrouvâmes le lendemain, il regarda longuement par la fenêtre l'avenue, les voitures, une par une, qui filaient à toute allure. Il se retourna, vida son bol de thé d'un trait et vociféra : « Tant pis, il faut partir le 8 ! »

Evidemment qu'il fallait partir le 8 ! J'y étais déterminé moi aussi. Maintenant, quand je me remémore ces quelques jours, je me rends compte combien cette détermination était ferme, comme sous l'effet d'une montée d'adrénaline. Les femmes avaient non seulement voulu empêcher notre aventure, mais le plus attristant, c'était qu'elles ne voudraient jamais le reconnaître ; elles nous encourageaient avec une tendre persévérance à prendre la route, car de toute façon elles n'avaient aucun moyen de nous en empêcher.

Elles devaient sortir victorieuses, le destin était de leur côté.

Quand mon amie et moi fîmes irruption dans la chambre de malade, nous vîmes au premier coup d'œil une jambe levée haut, couverte de bandages, telle une hampe de drapeau inclinée. Depuis cinq ans, chaque fois que je pense au vieux Ma, la première image qui me vient à l'esprit, c'est cette malheureuse jambe qui,

Canons géants aux frontières.

curieusement, avait été fracturée en mille morceaux par le choc d'une bicyclette.

Mon amie accompagna l'épouse du vieux Ma pour régler les frais d'hospitalisation, lui et moi restions silencieux. C'était le 6 août 1994, deux jours avant le « jour faste » prévu pour le départ.

Telle fut notre expérience de l'aventure. L'intérêt qui m'a poussé à la décrire, c'est que j'avais découvert que nous n'avions pas pris totalement conscience du vrai secret de cette expérience. Or, révéler ce secret est le sujet de ce texte.

Le 11 février 1999, les durs travaux d'aménagement arrivèrent enfin à leur terme. Deux jours plus tard, c'est-à-dire le 29 de la 12e lune[1], j'emménageai dans mon nouvel appartement. *Tant bien que mal j'enroule mes livres, fou de joie*[2], un camion emporte mes bouquins, ma vaisselle et ma batterie de cuisine ainsi que moi. A partir du pont Anzhen, nous franchissons le 3e périphérique, sortons au pont Sanyuan et roulons jusqu'à Xinyuanli. Ce déménagement, on pourrait le décrire ainsi :

Dangers de toutes parts, situation propre à anéantir le courage d'un héros, terrain envahi de ronces, à glacer le cœur d'un brave.

J'étais peut-être en train de m'asphyxier. Un ami de Shanghai m'exprima sa surprise au téléphone : « Pourquoi tu t'affoles comme ça ? Les appartements qui viennent d'être refaits sont toxiques, on peut en mourir, il y a eu un cas à Shanghai ! »

Je n'avais évidemment pas envie de devenir un nouveau cas. Vu que pour tous les travaux, on utilisait de grandes quantités de peintures chimiques, en théorie, les gens asphyxiés devaient tenir le coup. Plusieurs jours après avoir emménagé dans mon nouveau logement, en ouvrant en grand chaque jour portes et fenêtres, j'avais l'impression d'habiter dans une grotte glacée. Le vent du nord qui soufflait en permanence devait finir par balayer la puanteur. Mais insensiblement, on lisait dans les quotidiens que la qualité de l'air de Pékin était extrêmement mauvaise. La situation dans mon nouveau quartier étant particulièrement grave, l'air contenait de grandes quantités de dioxyde de soufre, de monoxyde de carbone ainsi que d'oxyde d'azote.

---

1. Du calendrier traditionnel.

2. Vers du poème de Du Fu, *En apprenant que l'armée impériale a repris le Henan et le Hebei*, traduction de Tchang Fou-jouei, *Anthologie de la poésie chinoise classique*, Gallimard, 1962.

Tu entends ? Ce sont tous des gaz toxiques ! Y a-t-il une échappatoire ?

Désormais, je vis à l'aise dans mon nouvel appartement, portes et fenêtres hermétiquement closes, et il y fait une température agréable. En Nouvelle-Zélande dans sa ferme d'élevage, avec son tapis d'herbe verte et son ciel bleu parsemé de nuages blancs, le vieux Ma respire sans compter un air pur plein d'ions négatifs. Comment peut-il imaginer que, soumis au risque de contracter une bronchite, une trachéite, une pneumonie, de l'emphysème pulmonaire, la tuberculose et le cancer du poumon, je considère les choses avec sérénité, sans la moindre contrainte ?

Mais le danger était loin de se limiter à cela. Quand je fus bien installé, mon père vint me rendre visite pour inspecter les lieux. Son fils s'étant bâti un nouveau nid, le vieil homme ne pouvait manquer de venir lui débiter un flot d'encouragements et d'espoirs. Puis il sortit une liasse de papiers, qu'il déploya. C'était du papier à calligraphie au format in-octavo où était écrit au pinceau :

Ne pas oublier de verrouiller la porte.
Ne pas oublier de fermer le gaz.
Ne pas oublier de couper l'eau.
Ne pas oublier d'éteindre les appareils électriques.

Le fils s'empressa de rire en manière d'excuse : « Papa, ta calligraphie est de plus en plus belle, elle vaut celle de He Shaoji[1]. A l'occasion, pourrais-tu me faire un grand tableau[2] ? » Le vieil homme prit un air grave : « Epargne-moi tes belles paroles, il faut que tu fasses très attention, c'est dangereux… »

1. Grand calligraphe (1799-1873).

2. Suspendu traditionnellement au milieu du mur nord de la salle de réception.

Oui, j'avais pris conscience du danger que présentait l'endroit où je me trouvais. Chaque fois que, rentrant chez moi, j'ouvrais la porte anti-effraction, j'avais l'impression de pénétrer dans un coffre-fort, mais d'après ce que j'avais entendu dire, les voleurs actuels utilisaient des techniques modernes, ils étaient armés jusqu'aux dents et un mur d'acier ne leur résistait pas plus de trois minutes. Sans se soucier de savoir s'il y avait quelqu'un à la maison ou non, ils apportaient toujours de la corde pour ligoter les occupants. Quant au gaz, si l'on oubliait de le fermer c'était certes dangereux, mais comme les tuyaux vieillissaient, il suffisait d'une étincelle au rez-de-chaussée pour qu'une explosion se produise dans les étages. Comment pourrait-on donc être rassuré ? Il faut bien entendu penser à fermer les robinets d'eau, le problème c'est qu'ils sont de mauvaise qualité. Je devrais remplacer les lames de parquet. Et les appareils électriques, inutile d'en parler. Ce ne sont pas des appareils, ce sont des bombes à retardement : les fils peuvent causer un court-circuit, la télévision peut se mettre à fumer, l'ordinateur émet un rayonnement, le climatiseur provoque des maladies. En réalité, il y a déjà une ampoule que je venais de changer qui a explosé au-dessus de ma tête, boum !

C'est pourquoi, dans ma réponse au vieux Ma, j'écrivis :

Le vrai secret est que le danger réside dans notre vie quotidienne. Même si nous n'avons pas atteint la Grande Muraille, je suis désormais un valeureux risque-tout.

Note : La bouteille et le brocart de Niya[1]

Il est impossible de vérifier si la ruse du Russe a réussi. Mais dans les fouilles archéologiques, il arrive parfois qu'on tombe sur ce genre d'affaire merveilleuse. Par exemple, la revue *Kexue* (*Science*, version chinoise de la revue *Scientific American*) a publié un article de Qi Dongfang[2], « L'énigme de Niya » :

Niya recèle encore un « tas d'ordures » peu banal. Stein[3]*, pendant « trois longues journées de travail, inhala à pleins poumons la puanteur qui émanait de cet antique tas d'ordures » (...) L'après-midi du 23 octobre 1995, je me trouvais à proximité du site n° 14 que Stein avait appelé le « tas d'ordures », lieu où à l'époque il avait installé son camp et où il découvrit par hasard une bouteille de verre intacte, sur laquelle était écrit le mot LONDON. Je me souvenais d'avoir lu dans un livre qu'en décembre 1906 Stein était arrivé à Kroraina et avait découvert, également par hasard, un mètre à ruban. Devant cette découverte amusante il ne put s'empêcher de rire et en avait rapidement conclu que c'étaient des objets perdus quelques années auparavant par l'explorateur suédois Sven Hedin*[4]*. Avec mille précautions, il conserva la bouteille et le mètre à ruban selon les règles de l'art et rapporta ces objets en Europe et, lors d'un banquet auquel assistaient tous ses amis illustres, il les restitua à Sven Hedin. Mais apparemment cette bouteille ne pouvait qu'être une relique appartenant à Stein.*

---

1. Ruine d'une cité-Etat de la Route de la Soie, située à quatre-vingt-dix kilomètres au nord de la sous-préfecture de Minfeng, au Xinjiang, découverte en 1901, appelée la « Pompéi d'Orient ».

2. Archéologue, né en 1956.

3. Marc Aurel Stein, explorateur britannique (1862-1943).

4. Sven Anders von Hedin, géographe, topographe, explorateur (1865-1952).

Les ruines de Kroraina et de Niya, au Xinjiang, sont des vestiges des anciens Etats des territoires de l'Ouest, situés aux confins du grand désert. Ces traces des anciens montrent clairement que si l'on y perd un objet, on peut le retrouver des années plus tard, et, qui plus est, sans que cela fasse perdre la tête aux archéologues. Mais la bouteille de verre et le mètre à ruban, qui surgissaient d'un « passé » immaculé, produisirent un collage comique. Il n'est pas étonnant que les descendants « ne purent s'empêcher de rire ».

Mais il arrive que le présent et le passé se rencontrent par hasard et coïncident avec précision. A Niya, en 1995, une équipe mixte d'archéologues chinois et japonais découvrirent dans les ruines un canon d'avant-bras[1] en brocart, sur lequel étaient curieusement tissés les mots en caractères chinois *les cinq étoiles qui apparaissent à l'est sont propices pour la Chine*, ce qui causa une vive surprise aux personnes présentes ! En fait, ce n'étaient que des paroles divinatoires de l'époque des Han ou des Jin[2], les « cinq étoiles » étant les cinq grandes planètes Vénus, Jupiter, Mercure, Mars et Saturne. D'après le « Traité d'astronomie » du *Hanshu*[3] : « Quand les cinq étoiles (...) se réunissent à l'est, c'est un signe très propice pour la Chine. Lorsqu'elles se réunissent à l'ouest, c'est propice aux attaques des Barbares. »

L'apparition des « cinq étoiles » dans une direction déterminée est un phénomène rarissime. D'après mes renseignements, la prochaine fois que cela se produira, ce sera le 21 mars 2022.

---

1. Pièce d'armure.

2. Dynastie Han (202 avant notre ère-220 après notre ère) ; dynastie Jin (266-420).

3. Histoire des Han.

12

LE « DIABLE » DU COUVENT

Pour l'éditeur, publier le *Memorial do Convento*[1] fut sans doute une affaire fâcheuse sur le plan commercial. La première édition de la traduction chinoise de ce roman de Saramago, parue en août 1996, fut en effet imprimée à dix mille d'exemplaires seulement. Ce n'est qu'en novembre 1998 que les livres apparurent enfin en grand nombre dans les librairies. A cette date, Saramago avait obtenu le prix Nobel de littérature. D'après le discours de réception prononcé par l'Académie royale de Suède :

José Saramago [se voit décerner le prix] pour avoir rendu sans cesse tangible une réalité fuyante dans une œuvre aux profondeurs insoupçonnées et au service de la sagesse, grâce à ses paraboles soutenues par l'imagination, la compassion et l'ironie...

Apparemment, voici ce qui s'était produit : pendant deux ans, la plus grosse partie des dix mille exemplaires de *Mémoire du couvent* n'avait pas été mise en vente. Elle était restée entassée dans les réserves, jusqu'au jour où l'agence News Broadcast avait annoncé la bonne nouvelle...

---

1. Paru en français sous le titre *Le Dieu manchot* ; voir la note de la page 90.

Si je raconte cela, ce n'est pas pour soupirer sous le coup de l'émotion. Etre intelligent après coup n'est pas une manière appropriée de montrer la sagesse d'un homme. Je n'ai aucune envie de reprocher au lecteur de n'être pas un connaisseur. Qui connaissait Saramago ? En tout cas, moi je ne le connaissais pas. S'il n'avait pas obtenu le prix Nobel, je n'aurais certainement pas acheté *Mémoire du couvent.*

Mais il est une question qui vaut la peine d'être posée : pourquoi ne connaissons-nous pas cet écrivain portugais ? Eh bien, en voici la raison : c'est un écrivain portugais.

Je sais très peu de chose de la littérature portugaise. Il y a des années, j'avais acheté un recueil bilingue chinois-portugais de poèmes de Camoens, parce qu'il contenait de belles illustrations. Mais aujourd'hui je ne me rappelle plus le titre de l'ouvrage – il y a longtemps que je l'ai perdu et je ne l'avais même pas lu. Ce n'est que récemment, en lisant l'*Anthologie des voyageurs portugais en Chine*[1], que j'ai appris que ce grand poète avait pendant un temps entretenu des relations avec la Chine. En 1553, Camoens avait été exilé en Inde pour avoir tué un officier dans la rue au cours d'une rixe. Ensuite il avait erré à l'aventure pendant une dizaine d'années et fini par s'établir à Macao en 1558, où il était devenu « administrateur de biens de personnes disparues et décédées ». Pendant cette période, il avait écrit son long poème *Les Lusiades,* devenu un classique de la littérature en langue portugaise. En 1831, Davis[2], gérant de la Compagnie des Indes orientales qui devint par la suite ambassadeur d'Angleterre en Chine, écrivit *Dans la grotte de Camoens,* poème que

1. Fernand Mendes Pinto (1509-1583), *Antologia dos Viajantes Portugueses na China,* Instituto cultural de Macau, 1998.

2. Sir John Francis Davis (1795-1890).

l'on trouve dans l'*Histoire des premiers temps de Macao*[1] d'Anders Ljungstedt. On lit :

Dans ce petit bois solitaire et silencieux qui ravit le regard,
Le soleil qui darde droit perce l'ombrage dense.
Un poète portugais laissa éclater son inspiration,
Et son génie inné donna un poème classique merveilleux.

Son buste de marbre orne la crevasse dans la roche,
Poète au destin malheureux, tant aimé et vilipendé.
On dit que Camoens, à la lueur ténue de la grotte,
Trouva le calme pour écrire son poème épique immortel.

Camoens écrivant dans une grotte obscure, cette situation dégage une impression d'épopée extraordinaire, mais la possibilité qu'elle ait pu exister est sujette à caution. En réalité, à Macao, Camoens ne fut pas troglodyte. Il habitait une maison occidentale avec un grand jardin et ce n'est qu'à proximité que se trouvait une grotte. Le 15 janvier 1794, plus de deux siècles plus tard, elle était devenue la propriété de la Compagnie britannique des Indes orientales, et accueillit alors un autre hôte : Macartney, qui venait juste d'achever sa visite à l'empire des Qing. Ce ministre plénipotentiaire anglais qui venait d'essuyer un échec était fort dépité et mijotait intérieurement la guerre qui éclaterait en 1840. C'est très longtemps après que les Chinois apprirent à quoi pensait Macartney.

Ils ignoraient qu'existait un « plus grand des poètes »[2] portugais. Cela n'a rien d'étonnant. Alors que Camoens écrivait de la poésie sur le territoire chinois,

1. Voir note 1, p. 52.
2. Titre habituellement attribué à Du Fu.

lui-même n'imaginait certainement pas qu'un jour viendrait où parmi les Orientaux à la peau jaune et aux yeux noirs l'un d'entre eux lirait son poème. A ce point de l'espace-temps, dans cette maison, le monde était très divers et les hommes qui se faisaient face vivaient chacun dans leur monde propre.

Et maintenant ? On dit que nous vivons à l'ère de la mondialisation, une culture mondiale va nous fondre en un seul bloc : « il n'y a plus qu'une planète ». Serait-ce qu'il ne reste aussi qu'un monde ? Pour Saramago, héritier de Camoens, pour un lecteur chinois spécialisé comme moi, les choses ne sont pas aussi simples. Sans prix Nobel, je n'aurais pas entendu parler de Saramago. Cependant, maintenant je le connais, est-il entré dans mon monde ?

Mon monde, c'est-à-dire mon monde littéraire, est un panthéon où figurent Shakespeare, Tolstoï, Dostoïevski, Flaubert, Kafka, Faulkner, Borges, Nabokov, Mishima, etc. – tous des « Barbares ». Pour ne pas oublier mes ancêtres, j'ajouterai Li Bo, Du Fu, Wang Wei, Su Shi. Il y a évidemment aussi Cao Xueqing, Lu Xun… Que leurs âmes reposent en paix.

Ce monde s'est bâti en l'espace d'une centaine d'années, c'est le résultat de l'histoire de la traduction et de l'histoire de l'acceptation. Mais je serais vraiment gêné de dire que cela ne concerne que la littérature. Cela n'a rien à voir avec les flammes de la guerre. Tout le monde peut voir que c'est un monde à caractère politique. En une centaine d'années, avec des hauts et des bas, les alliances verticales et horizontales de la politique internationale ont décidé du paysage littéraire de ce pays développé en dernier qu'est la Chine. Je vais donc prononcer une phrase irrespectueuse : le grand empire britannique possédait non seulement une reine, des métiers à tisser, une marine et de l'opium, mais aussi Shakespeare, cet immense dramaturge, qui constituait une partie du système colonial. Tout comme la répartition des sièges entre les membres permanents du Conseil de sécurité, la littérature mondiale que nous portons dans notre cœur, c'est avant tout la littérature anglo-américaine, la littérature russe et la littérature française, avec évidemment la littérature allemande et la littérature japonaise.

Normalement nous sommes les pauvres, et nous devrions entrer en sympathie naturelle avec toutes les nations opprimées, exploitées. Dans le mouvement de la nouvelle littérature, Lu Xun et les autres s'employèrent à faire connaître la littérature des pays faibles, des pays pauvres, des petits pays. Cela montre que lorsque la littérature chinoise est entrée dans la « modernité », tout en bâtissant notre tradition, tout en affirmant notre identité par rapport à l'arrière-plan mondial, nous nous sommes forcément égarés, nous avons hésité et notre pensée a emprunté toutes sortes de chemins et d'orientations. Mais la plupart des premiers écrivains entraînés par Lu Xun et les autres ne se sont pas gravés dans notre mémoire. Une des raisons à cela est extrêmement compliquée. Ce n'est pas forcément que leurs œuvres étaient mauvaises, c'est plutôt que notre mémoire n'est pas une académie impartiale. Toutes ces œuvres ont été soumises à la loi du plus fort de Darwin. A l'inverse, les « autres » œuvres, qui ont joué un rôle très important dans la construction de notre image, ont pénétré dans notre mémoire de façon prioritaire et totale, et y sont demeurées.

Au regard de l'histoire de la Chine après 1840, on peut négliger la Turquie, l'Egypte, la Pologne ou la Grèce, mais nous ne pouvons pas négliger les Etats qui ont rejeté la Chine dans une durable inquiétude de la modernité. Nous avons effectivement vu le monde, mais le monde que nous voyions n'était pas aussi grand, aussi riche qu'il le paraissait. C'était un système simple :

de ce côté-ci il y avait la Chine, de ce côté-là l'Angleterre, l'Amérique, la France, l'Allemagne et le Japon. *Coua-coua crie l'aigle pêcheur sur l'île au milieu de la rivière*[1].

Je n'ose donc pas garantir que Saramago puisse trouver une place durable dans mon ou dans notre monde littéraire, même s'il possède la garantie d'un prix Nobel, ça ne marchera pas forcément. Par exemple, qui penserait aujourd'hui à ces autres prix Nobel, le Nigérian Wole Soyinka, l'Egyptien Naguib Mahfouz, l'Africaine du Sud Nadine Gordimer ou la Polonaise Wislawa Szymborska. Apparemment, la situation est la suivante : même si nous nous trouvons à l'est de l'Occident, dans un pays du tiers-monde, nous avons un regard beaucoup plus acéré que l'académie suédoise. Evidemment, nous avons vu Kundera, nous avons vu Gabriel Garcia Marquez, mais c'est parce que nous avons reconnu en eux le nous-mêmes de nos rêves. Ce ne sont pas des Noirs, ce ne sont pas des femmes, ce ne sont pas des chrétiens islandais ; venus du tiers-monde, ils sont entrés triomphalement dans le palais du premier monde.

Mais regardons quand même Saramago, même si le Portugal se trouve à la marge lointaine de la grandiose Europe.

En lisant *Mémoire du couvent*, dans la traduction de Fan Weixin, je n'oserais dire que le texte est « fidèle ». D'autant que je ne comprends pas le portugais. Mais il est certain que le livre est « fluide » et qu'il est « élégant[2] ». Dans mon idée, la version originale de

---

1. Vers tiré du premier poème du *Shijing (Classique des odes)*, que l'auteur utilise ici comme métaphore de l'oiseau qui ne voit pas plus loin que le bout de son bec.

2. Fidélité, fluidité et élégance sont les trois qualités que les Chinois attendent d'une traduction.

Saramago doit ressembler à ça, c'est une randonnée extatique à travers le monde, lucide et robuste. Le narrateur tout-puissant réussit à écrire dans une excellente langue parlée ; parmi les écrivains chinois contemporains qui manient notre langue, rares sont ceux qui atteignent ce niveau.

Ce n'est certes pas une découverte. Wang Xiaobo [1] a déjà exprimé son admiration pour la langue de traducteurs tels que Wang Daoqian [2]. Cachés derrière leurs traductions, ils ne cessent de nous démontrer combien le chinois moderne peut être précis, élégant, majestueux et profond. « Elégant » est un mot éblouissant. Si jamais j'écrivais un roman et qu'après l'avoir lu vous me disiez, la langue est très élégante, je ne saurais pas dire si c'est un compliment ou une insulte. Le centre de gravité de l'intérêt du chinois moderne n'a jamais été l'élégance ; c'est le mordant, la colère, l'enthousiasme exagéré ou le visage épanoui du hippie, mais ce n'est certainement pas l'élégance. Je voudrais donner quelques exemples d'élégance : Zhou Zuoren [3], Zhang Ailing [4], le *Jinsheng jinshi (Cette vie, ce monde)* de Hu Lancheng [5], l'époux de Zhang Ailing à qui elle vouait un profond amour bien qu'il fût inconstant, mais il se trouve justement que tous ces personnages ont été marqués par des « problèmes historiques » déshonorants. Comme disait Mengzi, « pour savoir si ce qu'un homme a dans le ventre est mauvais, il suffit d'examiner son regard. » En chinois moderne, il semble que si ce que l'écrivain a dans le ventre est mauvais, son écriture est élégante. Le lien qui existe entre les deux est très difficile à démêler ;

1. Ecrivain (1952-1997).
2. Traducteur du français (1921-1993).
3. Frère de Lu Xun, essayiste (1885-1967).
4. Ecrivaine (1920-1995).
5. Ecrivain (1906-1981).

mettons cela de côté pour le moment et parlons d'autre chose, à savoir l'« élégance » des traducteurs.

La traduction littéraire est une expérience extraordinaire qui consiste à réécrire dans sa propre langue une œuvre écrite auparavant par un autre dans une autre langue. Pour cela, il faut devenir « cet autre ». Parlant de la traduction des *Rubayat* d'Omar Khayam par Fitzgerald, Borges suppose que :

Peut-être que l'âme d'Omar s'installa, jusqu'en 1857, dans celle de Fitzgerald.

Pour de nombreux intellectuels pris dans le courant de l'histoire agitée et périlleuse de ce siècle, la traduction fut donc une sorte de bonheur. Elle possédait en soi un sens, qui n'avait pas besoin d'être vérifié ni approuvé. Evidemment, il est possible que cette œuvre « serve à la critique », mais on pouvait au moins grâce à la fidélité envers « cet autre » préserver la fidélité envers soi-même. C'est pourquoi la traduction offre la possibilité de « vivre ailleurs ».

De même, sur le plan du langage, les traducteurs eux-mêmes « vivent ailleurs ». Cet « ailleurs » impose une discipline stricte, il exige maîtrise, discrétion, et l'emploi de toutes ses forces pour exprimer une autre voix. La langue doit par conséquent garder ses distances avec le langage de tous les jours. Le traducteur doit même s'efforcer d'éviter les intrusions dans le langage quotidien, car il porte avec lui l'« ici et maintenant », il trouble la voix venue du passé, venue d'ailleurs. Or on doit permettre à cette voix de couler aisément dans sa propre voix. Au cours de ce processus, à l'écrit, le chinois moderne – de l'écrit à l'écrit – est mis à l'épreuve, recréé.

Si l'on considère que, dans un contexte culturel profond, l'élégance est une conformité libre à la discipline et à la norme, la possibilité de faire ce que l'on veut sans enfreindre les règles, c'est une danse gracieuse exécutée avec des entraves aux pieds. La langue élégante des traductions d'œuvres remarquables dessine un autre visage du chinois moderne.

Souvent on reproche à la langue des romans actuels d'être défectueuse, d'être influencée par la traduction. En vérité, les mauvaises traductions, les traductions erronées sont répandues partout sur terre. Les mauvais romans, la langue fautive seront sans doute aussi omniprésents au XXIIe siècle. Ce sera toujours pareil. Vous soutiendrez mordicus que cela n'a aucune importance, et ce sera toujours plausible, mais veillez à ne pas vous confronter à votre chef de famille, car le vieux va vous hurler dessus : T'as pas réussi à apprendre ça !

Car les bons traducteurs, la langue de qualité des œuvres traduites, ça existe, *Mémoire du couvent* en est un exemple.

Interviewé par un journaliste, Saramago déclara un jour : « Il faut que vous sachiez une chose, j'ai une opinion de plus en plus arrêtée, à savoir que nous sommes tous de pauvres diables, tous. »

La phrase « nous sommes tous de pauvres diables » servit de titre à un article de présentation de Saramago. Apparemment elle correspond bien au goût de l'auteur et elle correspond bien aussi au goût des lecteurs de littérature assez spécialisés. Quand Saramago dit cela, nous pouvons le trouver très profond.

Mais dans l'environnement linguistique de Saramago, le sens de « diable » est extrêmement compliqué ; ce n'est pas le génie malfaisant du *Voyage en Occident*[1]. C'est peut-être le désir, la joie du monde actuel, c'est peut-être la raison, la modernité, c'est peut-être un

1. Un des quatre romans-fleuves, chefs-d'œuvre de la littérature chinoise.

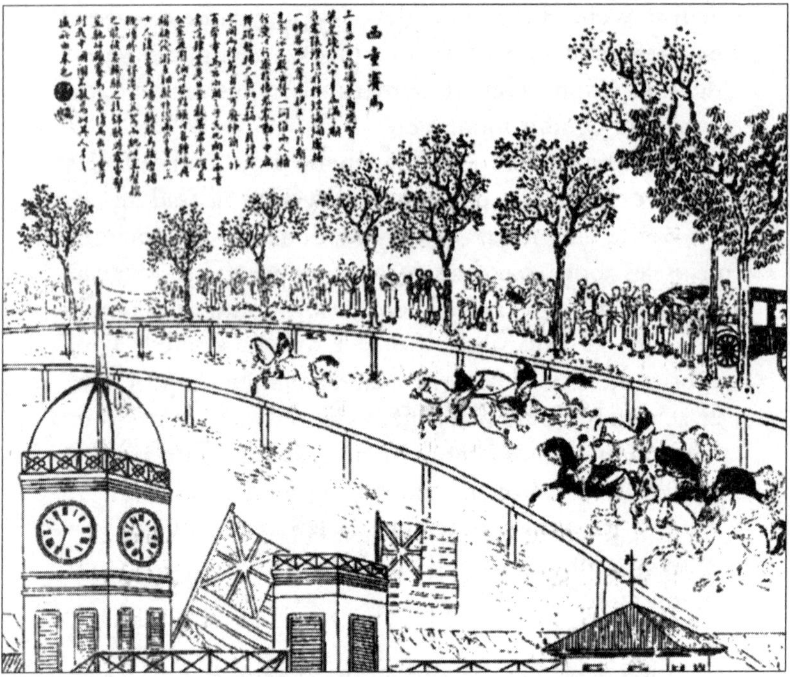

Course de chevaux d'enfants occidentaux.

révolutionnaire. C'est pourquoi quand Saramago dit « nous sommes tous de pauvres diables », j'ai très envie de connaître le contexte, sinon je ne peux pas comprendre réellement sa pensée.

Dans *Mémoire du couvent,* Saramago dit en effet d'une voix sévère : « Nous le peuple… »

Evidemment, dans l'environnement linguistique du Moyen Age, « nous le peuple » correspondrait à « nous pauvres diables ». En outre, quand dans le roman les gens rêvent qu'ils volent et finissent par voler, mais à la fin retombent sur la terre, la force et les limites du sujet et de la raison apparaissent indubitablement. C'est le mythe de la « modernité ». Les hommes annoncent que Dieu est mort, que le diable a vaincu, mais en même temps que sa victoire, le diable découvre combien il est pitoyable. *Mémoire du couvent* est un roman compliqué, plusieurs possibilités d'interprétation se déploient devant nous, mais quand j'entends « nous le peuple… », la voix est immense, de longue portée ; elle résonne dans le texte après avoir surmonté le vacarme.

Même si nous avons récité la phrase suivante un nombre incalculable de fois : « Le peuple, le peuple seul, est la force motrice, le créateur de l'histoire[1] », en fait, dans notre champ de vision, nous voyons très rarement le peuple. Nous savons qu'entre le peuple et les événements historiques aux effets apparents puissants, il doit y avoir un lien, mais la question qui se pose est de savoir où se trouve au fond ce lien. L'école française des Annales considère que dans une perspective à long terme, la vie et le travail de millions d'individus, leurs activités courantes, ont un sens intrinsèque plus important que les événements historiques exceptionnels ou concrets, et que ce sont eux qui à partir du passé ont modelé le présent. Par exemple, pour l'histoire de Chine, si l'on compare le commerçant anonyme à bord d'un navire marchand qui apporte des graines de maïs et de pommes de terre en Chine, les paysans innombrables qui sur une longue période de temps vont les répandre à travers le territoire, avec n'importe quel souverain ou haut fonctionnaire, avec n'importe quels « jeune talentueux et belle jeune fille », l'apport de ces derniers semble beaucoup plus modeste, car les transformations des conditions d'existence et l'augmentation de la population que les premiers ont favorisées, ont constitué la force fondamentale de l'histoire de Chine.

1. Phrase célèbre de Mao, tirée du *Petit Livre rouge*.

C'est pourquoi j'ai aimé lire tous les livres de Braudel : *La Méditerranée et le monde méditerranéen à l'époque de Philippe II*, *Civilisation matérielle, économie et capitalisme du XVe au XVIIIe siècle* et *L'Identité de la France*. Dans ces livres, le peuple et la vie du peuple ne sont plus des notions abstraites ; elles sont rendues visibles et ont un sens éloquent. Cela nous fournit une position sûre sur laquelle nous pouvons lever les doutes concernant la narration théâtrale de notre histoire et de notre vie.

J'ignore si Saramago aimait Braudel, mais dans son roman il opère le même genre de démarche. Dans *Mémoire du couvent*, trois seigneurs se cachent dans la masse, dans leur époque. Ce sont des membres du « peuple » que la narration historique ne permet pas de distinguer, mais leurs rêves et leurs peines, la volonté qu'ils tirent de la masse effacent le pouvoir sacré du souverain et de l'Eglise. L'histoire se passe au XVIIIe siècle. Nous savons que cette époque et l'époque future n'appartiendront plus au souverain ni à l'Eglise, mais même si Braudel ne permet pas à ces grands anonymes de faire entendre leur voix, c'est une chose que le roman peut faire.

Ensuite, nous pouvons reparler d'« élégance ». Le titre du présent texte est « Le diable du couvent » ; j'aime bien ce titre, car par rapport au texte lui-même, il recèle au moins trois sens. D'abord, il rappelle le roman de Saramago : l'Europe du Moyen Age était un couvent, mais le diable y était embusqué, en train de rêver de faire chavirer le monde. Ensuite, c'est aussi une métaphore de la situation de nombreux traducteurs chinois du passé, qui au milieu des tempêtes de l'histoire se plongèrent dans la traduction, tels des « diables dans un couvent ». Enfin, nous en venons à parler d'« élégance » ; si vous considérez la plus élégante des langues comme un couvent, les moines qui y pénètrent le font pour soumettre le diable qu'ils ont en eux, afin de refroidir sa voix doucereuse, perfide, et d'en faire des éléments de langage.

Note 1 : Un poème épique vicieux

Dans *L'Europe chinoise*[1], l'érudit français Etiemble fait une critique mordante de Camoens :

Par malheur, l'un des livres (...) qui eurent en Europe la plus forte et déplorable influence, ce furent les trop fameuses Lusiades *de Camoens ; ouvrage abject, mais qui permit à son auteur de se racheter de tout ce que son souverain pouvait à bon droit lui reprocher. Aventurier, spadassin, escroc, poursuivi pour tentative de meurtre, fourré au cachot, pardonné le 5 mars 1553 par le roi, mais à la condition expresse que cet individu aille le servir cette année dans l'Inde.*

Il part donc pour Goa en 1553 ; on le trouve à Macao, où sa conduite lui vaut de nouveaux ennuis avec la justice, puis d'être réexpédié vers Goa ; son vaisseau sombre près du Cambodge. Camoens sauve quand même le manuscrit des Lusiades. *De nouveau, la prison. Départ pour le Mozambique ; amours – qui le rachètent un peu – avec une esclave de couleur. Un petit retour en Chine où il continue les* Lusiades.

(...)

Ouvrage dont me répugne une grossièreté qui ose se flatter de courber « sous le joug infamant » divers peuples dont le « Turc oriental ». Il ne s'agit que du « fourbe roi des Maures », d'âmes « noires » et « perfides », de « pervers » sectateurs de Mahomet, bref, tous les adjectifs du dénigrement foisonnent :

1. Gallimard, 1988.

rusés, malfaisants, trompeurs, haineux, barbares, maudits, voilà le ton de ces trop fameuses Lusiades, *publiées en 1572 et qui valurent à leur méprisable calomniateur une pension de 15 000 réaux par an, réversible à sa mère quand mourut Camoens. Bien que sa correspondance le rende un peu moins méprisable, je le tiens pour abject d'avoir, fût-ce par peur de l'Inquisition, composé cette prétendue « épopée ». Que ne s'est-il inspiré de* l'Iliade, *dont le personnage le plus pur appartient au camp de l'ennemi : Hector !*

Actuellement, je n'ai toujours pas lu les *Lusiades*, mais je crois que si le « poème épique » d'un colon peut être « impérissable », en même temps, il est forcément « vicieux ».

Note 2 : Le tout premier livre

Comment s'appelait cet homme ? Minhaosheng ? Ou je ne sais quoi-haosen ? Je ne me rappelle plus, je n'ai plus le livre sous la main, et actuellement je n'ai aucun moyen de vérifier. Il me semble qu'il était allemand et à vrai dire qu'il devait être du XVIe ou du XVIIe siècle. Il a écrit un livre, dont le titre est peut-être *Les Aventures du grand roi vantard*[1], peut-être que non. Je doute même que ce livre ait eu une couverture. Un jour du début des années 1970, il tomba entre les mains d'un enfant chinois.

Je pense que ce fut le premier livre de littérature étrangère que je lus. J'ai presque entièrement oublié l'intrigue, je me souviens seulement que le gars avait été propulsé au ciel, boum, par un gros canon.

---

1. Derrière les mystérieux « Minhaosheng » et « -haosen », le lecteur aura peut-être reconnu le mot Münchhausen. *Les Aventures du grand roi vantard* est en effet le titre de la traduction chinoise des *Aventures du baron Münchhausen.*

Il me semble que le livre était illustré. Le grand et maigre « grand roi vantard » portait une barbiche de chèvre, il était vêtu d'une cuirasse et coiffé d'un chapeau pointu d'allure bizarre, et j'imagine que c'était un genre de chevalier errant.

Le « vantard » était-il joyeux ? Je n'oserais l'affirmer, mais vu qu'il était vantard, il était certainement joyeux, et le livre me rendit moi-même joyeux. Par la suite, il ne cessa d'être abrégé et simplifié par le temps et, pour finir, il devint un rayon de lumière, qui dansait joyeusement. Quand je lus *Don Quichotte*, *Le Vicomte pourfendu*, *Le Maître et Marguerite*, j'eus l'impression de relire *Les Aventures du grand roi vantard* ; guidé par ce premier rayon de lumière, j'adorai tous les livres « hors sujet » farcis d'exagérations.

J'ignore quelle est la place des *Aventures du grand roi vantard* dans l'histoire de la littérature, j'ignore même s'il est antérieur ou postérieur à *Don Quichotte*, mais ce fut en tout cas ma source personnelle dans l'histoire de la littérature. Chaque individu possède sa propre histoire de la littérature ; il s'agit d'une bibliothèque secrète, qui recèle les livres que nous avons lus, les tout premiers et les plus récents. Entre les deux, il y a le temps, les circonstances, les influences empilées couche par couche comme la neige et l'ordre instauré au hasard des prises de conscience, sauf que c'est seulement dans cet ordre que la littérature concerne vraiment notre vie.

Maintenant je puis exprimer assez clairement ce que signifie ce livre pour moi ; c'est le fruit d'un esprit fantaisiste et impertinent, une création osée de la réalité au moyen du langage, un pouvoir de séduction magique : lorsque nous disons qu'il en est ainsi, les choses deviennent ainsi. Ou bien une possibilité imaginaire : une rêverie sans contraintes, irréaliste, dans laquelle un boulet de canon ou n'importe quel objet bizarre nous projette à une distance infinie.

Je considère que c'est là que réside la quintessence du roman, dont l'un des secrets se cache dans ce livre ancien tout mince.

Qu'ai-je lu ensuite ? J'ai lu *La Montre*[1], roman soviétique pour enfants, dont le traducteur était, me semble-t-il, Cao Jinghua[2]. Ensuite ce fut peut-être *Et comment l'acier fut trempé*[3]. C'était aussi un vieux livre, écrit verticalement, dont le papier avait jauni. Pas mal de gens avaient lu cet exemplaire et avaient souligné de grands traits rouges les endroits qu'ils considéraient comme des maximes. Je relisais tous les passages signalés en rouge, m'extasiant secrètement devant pareil éclat sonore ; je crois que quelqu'un qui dans l'enfance a le goût des belles phrases manifeste forcément de l'enthousiasme pour l'éducation. En effet, ordinairement, les belles phrases sont dites sur un ton éclatant et quand elles sont bien tournées, elles sont agréables à entendre.

Il y a encore un point qui permet de prouver qu'éduquer une personne, même un enfant, présente beaucoup de difficulté. Quand j'eus terminé de lire *Et comment l'acier fut trempé*, je dois avouer que mon personnage préféré c'était Tonia. Un jour de mars 2000, j'allumai la télévision et je vis soudain plusieurs étrangers en train de grimper sur la Grande Muraille. *Et comment l'acier fut trempé* était devenu une pièce télévisée et plusieurs comédiens ukrainiens étaient venus à Pékin pour l'occasion. Je n'ai pas vu la pièce, mais parmi les étrangers je reconnus Tonia au premier coup d'œil et, de fait, c'était bien elle, elle lui ressemblait beaucoup.

---

1. Livre de L. Panteleev paru en 1929.

2. Traducteur, prosateur (1897-1987). Le livre fut traduit par Lu Xun en 1935.

3. Roman soviétique de Nikolaï Ostrovski, paru en 1932.

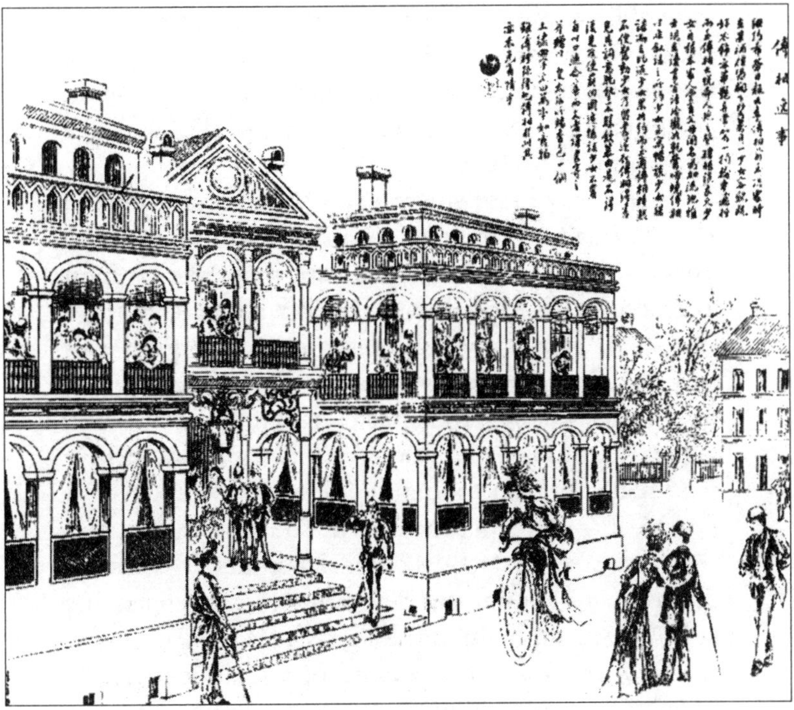

Anecdote sur Li Hongzhang (appelé Fuxiang) qui, ayant rencontré une cycliste à New York, de retour à Pékin, lui envoya un sachet de lavande offert par l'impératrice Cixi.

Bien sûr, Tonia était une demoiselle bourgeoise. Tandis que Pavel travaillait à la construction d'une ligne de chemin de fer, elle, ses délicates mains blanches emmitouflées dans des gants de fourrure, se moquait de lui, proférant des propos méprisants injustifiés. Même si c'était une enfant, je savais que Tonia n'était pas « gentille », et évidemment, je n'arrivais pas non plus à déterminer si elle était « méchante ». Mais, qu'elle fût gentille ou méchante, cette demoiselle présentait une particularité : elle était très belle. Elle portait une veste ressemblant à une marinière. Sa jupe courte virevoltait, elle gambadait avec agilité, faisant résonner ses éclats de rire lumineux au milieu de la forêt. Dans l'esprit d'un enfant chinois des années 1973 ou 1974, elle laissa une impression indélébile.

Voyez un peu, je voulais vous parler de *Et comment l'acier fut trempé*, et vous voilà les yeux fixés sur une Tonia. Cela ne pose-t-il pas un petit problème ? A mon avis, alors qu'à l'âge de neuf ou dix ans je consacrais tous mes efforts à « faire des progrès[1] », que j'étais membre d'une brigade de petits pionniers rouges, je ne devais pas encore être affecté de problèmes idéologiques. Le problème était qu'un enfant possède déjà le sentiment du beau et quand émerveillé il découvre la beauté, il ne se préoccupe plus de son éducation.

Par la suite, je grandis, je fis des études de lettres, je devins même « travailleur de la littérature », j'appris que la littérature doit éduquer les gens et le *Wenxue gailun (Introduction à la littérature)* m'apprit l'authenticité, la bonté, la vertu et tout ce qui s'ensuit, mais je suis toujours gêné de le raconter partout, plein de confiance, parce que je me souviens encore de ce que j'avais tiré des années auparavant de *Et comment l'acier fut trempé,* quand j'étais un enfant.

Au cours des années 1970, le monde de l'édition chinoise connut de nombreux faits extraordinaires, parmi lesquels figure la « diffusion interne ». A ce jour, j'ignore encore qui appartenait en fait à l'« intérieur » et qui appartenait à l'« extérieur ». Apparemment, les librairies de la Chine nouvelle, c'était l'« extérieur », alors que le service de documentation de l'organisme où je me trouve actuellement, c'était l'« intérieur ». A l'« intérieur », je lus beaucoup de livres, parmi lesquels

1. Il s'agit bien sûr de progrès idéologiques.

les romans soviétiques occupaient sans doute la plus grande place. *Hiver de neige*[1] et autres étaient tous « à critiquer ». Evidemment je ne les critiquais jamais. Mon principal intérêt en les lisant portait sur la vie révisionniste corrompue. Je pense que mon goût premier pour les choses telles que voitures particulières, résidences secondaires et danses de salon vient de là. Bien sûr, il y avait aussi le caviar, qui semblait délicieux. A part cela, on peut dire des autres livres que je les ai lus pour rien.

Mais il y avait un livre à « diffusion interne » qui avait laissé dans mon souvenir une égratignure pas tellement physique ; c'était un livre de Mishima, dont j'ai oublié le titre.

Maintenant j'ai dans ma bibliothèque les œuvres choisies de cet auteur, mais j'ai la flemme d'aller vérifier et je préfère faire confiance à ma mémoire assez médiocre. J'ai d'ailleurs toujours des doutes extrêmes à l'égard de ces « Mémoires » écrits qui manifestent une mémoire extraordinaire.

Il me semble que dans son avant-propos ou sa postface l'auteur nous mettait particulièrement en garde contre la renaissance du militarisme japonais, mais je ne me souviens plus où dans ce livre se cachaient ce complot et ce danger. Il est très possible qu'à l'époque je ne l'aie pas vu. Ce dont je me souviens, c'est d'un détail : un Japonais, en pays étranger (la Thaïlande ?), rencontre un autre homme. Ce dernier est affecté de nævi rouges en forme de Grande Ourse. Le Japonais en déduit que cet homme est la réincarnation d'un ami à lui car le défunt portait une marque parfaitement identique.

Quand je lus ce livre, je devais avoir onze ou douze ans. Bien que j'eusse déjà entendu de la bouche de ma grand-mère maternelle tout un tas d'histoires

1. Roman d'Ivan Chamiakine (1970).

de rétribution et de réincarnation, ce fut seulement à ce moment que je découvris, terrifié, les mystères insondables du monde. Pensez donc, qu'un être humain se réincarne, cela n'avait rien d'étrange. Le hic, c'est qu'il portait encore la marque sur la peau ; de manière inimaginable le dessin rouge vif de la Grande Ourse avait franchi la succession des naissances et des morts. Et il y avait encore une question : qui était « il » ? Etait-ce le premier « il » ou le deuxième ?

Je pense que je n'avais même pas lu le livre jusqu'à la fin, il m'avait terrorisé. Le rideau de la réalité du monde s'entrouvrait légèrement, laissant entrevoir une faille à l'enfant.

Il y eut aussi *Ma vie d'enfant*, *Mes universités*, *En gagnant mon pain* ainsi que *Ma mère* et *La Vie de Klim Sanguine* du vieux Gorki. Les trois premiers me causèrent une sorte d'addiction, les deux derniers me plongèrent dans le désespoir. Plus tard, un professeur de littérature me dit que *Ma mère* était un bon livre mais que lorsqu'il avait écrit *Klim Sanguine*, Gorki avait apparemment un « problème idéologique ». Or ce qui avait plongé un enfant d'une dizaine d'années dans le désespoir, c'était la disparition, l'effacement rendu par son style d'être solitaire, obstiné et indocile.

Je me dis que le Gorki que j'ai lu dans les années 1970 équivaut au moins au Salinger que j'ai lu plus tard. La seule fois où j'ai fait l'école buissonnière pendant mes études primaires et secondaires, ce fut dans une grande mesure sous son influence. L'enfant que j'étais était pétri d'auto-apitoiement : comme je suis malheureux, je vais mener une vie errante, sans jamais me retourner, je suis seul en ce monde. Et prendre conscience de cela m'emplissait à la fois de tristesse et de fierté. Toutes les épreuves de *Ma vie d'enfant*, *Mes universités* et *En gagnant mon pain* m'attendaient.

Dans mon esprit, je ne cessais de ruminer tout en les savourant chacune de ces épreuves, endurant la faim et le froid, accomplissant de durs travaux, me faisant frapper, et à cette idée, j'éprouvais un léger frisson de plaisir.

Evidemment, je ne devins jamais un héros. Je traînai trois jours chez un petit copain de classe « à problèmes », puis, la queue basse, je rentrai à la maison où je jouai les enfants sages. D'ailleurs l'aventure montrait clairement que ce « malheur » extrêmement douloureux était au fond fabriqué de toutes pièces ; Gorki m'avait fourni le manuel de base.

Mais cette minuscule « révolution » qui s'est produite dans les années 1970 continue d'avoir pour moi un sens important. A partir de là, certaines des expériences fondamentales de la vie ont pris la forme d'idées : par exemple, l'immensité du monde. Je savais bien sûr depuis longtemps que le monde était très grand, mais il me semble que c'est seulement à ce moment-là que j'ai pris conscience que dans le vaste monde il y avait un « moi », que pour cette raison l'homme pouvait se sentir seul, que la solitude était à la fois aussi fragile et aussi solide, que dans la solitude on devenait un héros et que l'expérience de l'héroïsme comprenait l'allégresse du martyre et du sacrifice, comme si se sacrifier marquait l'opposition et la vengeance la plus forte vis-à-vis du vaste monde.

J'imagine que je me suis totalement trompé dans ma lecture de Gorki. Que faire alors ? Lire de travers se produit tout le temps, tous les jours, chez tous les lecteurs.

Qu'y eut-il encore ? Il y eut Balzac ; son *Père Goriot* et son *Eugénie Grandet* me permirent de savoir ce qu'est le « caractère ». Il y eut Stendhal ; je me souviens d'avoir sorti en douce *Le Rouge et le Noir* de sous l'oreiller de ma mère et de l'avoir remis en place avant qu'elle ne rentre de son travail. L'enfant d'une dizaine d'années que j'étais n'a semble-t-il pas tiré d'enseignement ni subi la moindre corrosion de ce livre, il éprouva seulement pour la première fois le plaisir secret de lire un livre interdit.

Et ensuite, beaucoup, beaucoup d'autres.

POSTFACE

Merci à Braudel. C'est après avoir lu son livre que j'ai écrit celui-ci.

Au cours de l'été 1994, à bord d'un bateau de croisière qui franchissait les Trois Gorges sur le Yangtsé, je lus Braudel pour la première fois ; il s'agissait de *Civilisation matérielle, économie et capitalisme du XVe au XVIIIe siècle*. Il allait faire nuit, l'eau du fleuve s'étendait à l'infini, la sirène retentissait à coups longs ou brefs, faisant naître des pensées lointaines. A ce moment, Braudel me transporta au XVe siècle. Là-bas, à la source de la « modernité », se trouvaient les châteaux forts et les prairies d'Europe, les marchés et les champs de la dynastie Ming. Nous pénétrâmes dans notre logement en humant l'odeur particulière du XVe siècle, examinâmes le pain et le riz posés sur la table. Y avait-il de la viande ? Quels plats de légumes ? Nous marchâmes vers la forêt, vers la plaine, vers l'océan. Nous vîmes les hommes d'il y a cinq cents ans qui marchaient péniblement, nous fixâmes chaque détail : le tissu du manteau qu'ils portaient, les roues de leurs charrettes et les avirons de leurs bateaux, le poids des pièces d'argent contenues dans leurs bourses, le papier et les plumes qu'ils utilisaient pour signer leurs traités…

Braudel dit que c'est cela « l'histoire », que l'histoire avance secrètement à travers de doux détails innombrables.

Mais ce n'est pas seulement l'histoire, c'est aussi la vie. Nous sommes maintenant en l'an 2000. Les jours qui ont précédé semblent avoir été jetés dehors, mais pour moi ils sont toujours présents, c'est un sourire, un verre d'alcool, c'est l'odeur de l'herbe au cœur de la nuit, ce sont les traces de pluie sur la vitre, c'est une fine cicatrice, ce sont des voyants lumineux qui clignotent au rythme d'une mélodie ainsi que d'un son, tels deux yeux dans l'obscurité... Toutes ces choses sont pleines comme toujours. Elles permettent à la vie de devenir vraie, d'acquérir du sens.

L'« histoire » fait de même. Braudel m'a permis de confirmer que ces événements se sont produits sur le devant de la scène. Les faits et les personnages éclairés par les feux de la rampe du théâtre de l'histoire ne sont au fond pas importants. A l'aune des siècles, des millénaires, ce qui est vraiment important, ce sont les millions de gens qui surgissent inconsciemment de l'obscurité, c'est la vie ordinaire des individus innombrables : leurs habits, leur nourriture, leurs maisons et leurs actes, leurs croyances, leur sagesse, leur courage, leur inspiration et bien sûr aussi leur cupidité et leur ignorance. L'apparence et le secret de l'histoire sont rédigés à partir des gènes minuscules qui constituent cet ensemble. Les hommes et les événements dignes d'intérêt ne sont que la mousse qui flotte à la surface de l'eau.

C'est pourquoi j'aime les rechercher, ces hommes cachés au revers et dans les recoins de l'histoire, identifier leurs traces dans les multiples couches d'ombre, écouter attentivement leurs voix indistinctes, intermittentes...

C'est ainsi qu'est né ce livre. Rédiger ce genre d'ouvrage est une aventure risquée : parcourir des textes hétéroclites, recueillir toutes sortes de menus indices et de fragments de textes disparates. Ensuite vaincre le temps qui s'étend devant soi et les déserts oubliés, puis à l'aide de ces morceaux épars pénétrer la vie, les rêves et les illusions du passé.

Ce n'est certainement pas une œuvre académique. Je n'ai jamais eu l'intention d'observer un cadre savant quelconque. C'est même le contraire. Pour finir, c'est un ouvrage fantaisiste où, dans la fantaisie, se déroulent à nouveau de manière vivante les faits du passé, comme lorsqu'on fait germer et pousser une fleur de lotus à partir d'une graine desséchée depuis deux mille ans.

Ce livre se déploie entre nous et eux, entre notre territoire et des terres étrangères, entre la Chine et l'Occident. Cela tient d'abord à ce que ces hommes et ces faits sont extrêmement intéressants. Mais, plus important encore, à notre époque de prétendue « mondialisation », au son des célébrations du renouveau de toutes choses à l'occasion du changement de millénaire, j'ai ressenti avec force que les situations dans lesquelles vivent les hommes n'ont pas connu de grands changements. Les situations pleines de malentendus et d'errements, les rencontres d'inconnus, les faits inouïs, les regards vigilants et les idées exubérantes, tout cela constitue les phénomènes les plus basiques de notre existence. Notre optimisme historique vient toujours de notre amnésie, comme si l'homme ne se souvenait que de son curriculum vitæ, qui consigne son évolution, comme si nous rappeler les temps anciens risquait de nous donner l'impression qu'ils ne nous ont pas quittés, que rien ne disparaîtra plus, que tous ces débris cachés dans des coins reculés attendaient encore d'être lus et d'être à nouveau racontés.

Je suis reconnaissant à Wu Youru[1] de nous avoir fourni les illustrations de ce livre, d'abord parues dans *Dianshizhai huabao*[2] (*Revue illustrée du pavillon*

1. Peintre (?-1894).

2. *Dianshizhai Pictorial*, magazine publié à Shanghai de 1884 à 1898.

Dianshi) au cours de la deuxième moitié du XIXe siècle. En fouillant dans ces pages croquées au trait dans le style chinois dépouillé, on voit toujours apparaître devant soi l'œil de Wu Youru, c'est-à-dire un œil en train d'observer les concessions étrangères de Shanghai, en train d'observer le nouveau monde, perplexe, obstiné, mais animé aussi d'une sorte d'excitation et de joie. Face à cette paire d'yeux, je vois mes propres yeux et l'échange secret qui s'établit entre nos regards. L'impression laissée par Wu Youru sur le monde reste éternellement gravée sur notre rétine.

Telle est ma postface.

Li Jingze
29 février 2000

Achevé d'imprimer sur les presses
de l'imprimerie Liberdúplex,
Sant Llorenç d'Hortons (Barcelone),
Espagne

Dépôt légal : février 2017